화성의 타임슬립
Martian Time-Slip

MARTIAN TIME-SLIP

필립 K. 딕 걸작선

화성의 타임슬립
Martian Time-Slip

♦

김상훈 옮김

폴라북스

◑ 차례

01

페노바르비탈을 먹고 깊은 잠에 빠져 있던 실비아 볼렌은 누군가가 자신을 부르는 소리를 들었다. 날카로운 목소리가 그녀가 가라앉은 잠의 층(層)을 차례로 뚫고 들어와서 완벽한 무아의 경지에 흠집을 냈다.

"엄마."

집 밖에서 아들이 또 불렀다.

몸을 일으키고 침대 곁에 놓아둔 유리잔의 물을 한 모금 마셨다. 그러곤 맨발로 천천히 일어섰다. 시계를 보니 9시 반이다. 가운을 찾아 걸치고 창가로 갔다.

더 이상 이걸 먹으면 안 되겠어. 실비아는 생각했다. 이런 약을 계속 복용하느니 다른 치들과 마찬가지로 분열증이 진행되도록 그냥 몸을 맡기는 편이 차라리 낫다. 줄을 잡아당겨 창문의 로만셰이드를 올리자 눈에 익은 불그죽죽한 햇살이 쏟아져 들어왔다. 눈이 부셔서 아무것도 보이지 않는다. 이마에 손을 대고 외쳤다. "무슨 일이니, 데이비드?"

"급수선給水船이 왔어, 엄마!"

그렇다면 오늘은 수요일이라는 얘기가 된다. 실비아는 알았다는 듯이 고개를 끄덕이고 창가에서 몸을 돌렸다. 불안정한 발걸음으로 침실에서 나와 주방으로 갔다. 지구에서 생산된 견고한 커피주전자 스위치를 켠다.

나더러 어떻게 하라고? 실비아는 자문했다. 모두 준비되어 있잖아. 데이비드가 어차피 알아서 다 할 거야. 그녀는 싱크대의 물을 틀어 얼굴을 씻었다. 거무스름한 물이 고약한 냄새를 풍기는 탓에 자꾸 헛구역질이 나온다. 물탱크에서 물을 빼고 청소해야 할까. 탱크 속을 깨끗하게 씻어내거나, 염소 투입량을 조절하거나, 막힌 필터가 없는지 확인해야 할지도 모르겠다. 아마 그 전부를 해야 할지도. 급수 요원에게 부탁하면 안 될까? 소용없다. UN이 그런 일까지 해줄 리가 없지 않은가.

"나도 나가봐야 해?" 실비아는 뒷문을 열고 물었다. 미세한 모래를 잔뜩 함유한 차가운 공기가 소용돌이치며 몰려왔다. 바람을 피하기 위해 고개를 돌린 채로 아들이 대답하기를 기다렸다. 안 그래도 된다고 대답하도록 훈련해두었다.

"안 와도 될 것 같아." 소년은 퉁명스럽게 대꾸했다.

가운 차림으로 주방의 식탁에 앉아 토스트와 애플소스가 담긴 접시를 앞에 두고 커피를 마시며 밖을 내다보았다. 급수 요원이 탄 소형 평저선平底船이 통통거리며 운하를 따라 올라오고 있다. 결코 서두르는 기색이 없지만 언제나 정시에 도착할 수 있도록 속도를 유지하고 있는 모습이 실로 공무원답다. 지금은 1994년 8월 둘째 주이다. 무려 열하루나 기다린 끝에 비로소 북쪽으로 1마일 떨어진 곳의 주택들 사이를 지나가는 대수로大水路의 물을 배급받게 된 것이다.

급수 요원이 배를 수문에 대더니 건조한 지면 위로 뛰어내렸다. 급수 카드를 끼운 링 바인더와 수문을 열기 위한 여러 도구를 거추장스러운 듯이 들고 있었다. 회색 제복은 진흙투성이였고, 무릎까지 오는 장화는 운하 침니沈泥가 말라붙어 뿌옇게 변색해 있었다. 독일인일까? 아니다. 이쪽으로 고개를 돌린 사내는 슬라브계 특유의 넙적한 얼굴이었고, 모자챙에는 붉은 별이 달려 있었다. 오늘 당번은 러시아였지만, 순서 따위는 까맣게 잊고 있었다.

급수 관리를 담당하는 UN 당국이 정한 윤번제 순서를 잊어버린 사람은 실비아 혼자가 아닌 듯했다. 옆집의 슈타이너 가족도 집 앞 포치에 모두 나와 급수 요원을 기다리고 있었던 것이다. 아버지와 둔중해 보이는 어머니, 금발에 통통하며 소란스러운 슈타이너 네자매가.

급수 요원은 슈타이너 가족의 수도꼭지를 잠그고 있었다.

"비테, 마인 헤어*." 슈타이너는 운을 뗐다가 모자의 붉은 별을 보고는 입을 다물었다.

---

* Bitte, Mein Herr. 독일어로 '제발 부탁입니다, 나리'라는 뜻.

실비아는 미소 지었다. 안됐네.

데이비드가 뒷문을 열더니 집 안으로 뛰어 들어왔다. "엄마, 무슨 일이 일어났는지 알아? 어젯밤 슈타이너 아저씨네 물탱크에 금이 가서 물이 반이나 새어버렸대! 슈타이너 아저씨가 그러는데, 밭에 줄 물이 모자라서 작물이 다 말라죽을 판이래."

실비아는 마지막 토스트 조각을 먹으며 고개를 끄덕였다. 그런 다음 담배에 불을 붙였다.

"저 집 정말 큰일났어." 데이비드가 말했다.

"그래서 평소보다 조금 더 급수량을 늘려달라고 부탁하고 있는 거야?" 실비아가 말했다.

"이웃집 밭이 말라버리는 걸 그냥 둘 수는 없어. 우리가 사탕무 농사를 망칠 뻔했던 거 기억나, 엄마? 그때 슈타이너 아저씨가 지구산 살충제를 나눠주지 않았으면 우리 건 다 말라죽었을 거야. 그래서 수확이 끝나면 사탕무를 나눠주겠다고 약속했는데, 결국 잊어버렸잖아."

사실이다. 당시 일을 떠올리자 가슴이 뜨끔했다. 그래, 그런 약속을 하긴 했지만…… 그쪽에서는 아무 말도 하지 않았잖아. 기억하고 있는 것은 확실하지만. 게다가 데이비드가 언제나 옆집에 가서 놀고 있으니 그쪽에서 잊어버렸을 리가 없다.

"엄마, 급수하는 아저씨한테 가서 좀 부탁해주면 안 돼?"

데이비드가 간원했다.

"이번 달 우리 집 물을 조금 나눠줄 수는 있어. 호스로 물을 뿌린다든지 해서 말이야. 하지만 물이 새게 놓아두다니 — 배급

받은 물 가지고서는 턱도 없다고 만날 징징거리는 사람들을 어떻게 믿으란 말이니.”

“알았어.”

데이비드는 풀 죽은 표정으로 고개를 떨궜다.

“누구든 남보다 더 많이 받을 자격은 없어, 데이비드. 누구든 말이야.”

“저 집 사람들은 자기들 재산을 지키는 방법을 모르는 것 같아, 엄마. 슈타이너 아저씨는 기계 하나 제대로 다룰 줄 모르잖아.”

“자업자득이네 그럼.”

짜증스러웠다. 그제야 자신이 완전히 잠에서 깨지 않았다는 사실을 깨달았다. 덱사밀을 먹어야 한다. 그게 없으면 제대로 눈을 뜨지도 못한다. 이대로 있으면 해 질 무렵이나 되어야 완전히 깰 것이고, 그때가 되면 또 페노바르비탈을 먹어야 하지 않는가. 욕실로 가서 약장에서 하트 모양의 조그만 알약들이 담긴 약병을 꺼내서 몇 알 남아 있는지 세어보았다. 23알밖에 없다. 늦기 전에 대형 트랙터 버스를 타고 사막 너머에 있는 읍내 약국으로 가서 알약을 보충해둘 필요가 있다.

위쪽에서 시끄럽게 콸콸거리는 소리가 들려왔다. 옥상에 있는 커다란 함석 물탱크에 물이 차는 소리다. 급수 요원은 이미 수문을 닫아놓은 상태였다. 슈타이너 가족의 간원도 결국은 헛수고로 끝났다는 얘기가 된다.

점점 속이 켕기는 것을 느끼며 잠을 깨는 알약을 먹기 위해 잔에 물을 받았다. 잭이 집에서 조금 더 시간을 보내면 좋을 텐데. 남편이 없으니 너무나도 텅 빈 느낌이다. 이토록 비참한 상황을 참고 견뎌야 하다니, 야만스럽다고밖에는 할 수 없다. 지금 우리의 삶을 지배하고 있는 언쟁과 갈등, 물 한 방울에도 전전긍긍해야 하는 이런 생활방식에 도대체 무슨 의미가 있단 말인가. 그보다 더 중요한 것이 있지 않는가……. 우리가 믿었던 희망찬 미래는 도대체 어디로 간 걸까.

옆집에서 느닷없이 라디오가 왱왱거리기 시작했다. 댄스 뮤직이 들리더니 농기구 광고 같은 것이 흘러나온다.

"……밭고랑의 깊이와 각도를 조절합니다." 광고 속 성우의 목소리가 차갑게 반짝이는 아침 공기 속에서 울려 퍼졌다. "미리 설정된 자동조절장치가 달려 있기 때문에 아무리 서투른 고객님도 거의 단박에—"

다시 댄스 뮤직으로 바뀌었다. 다른 방송국으로 다이얼을 돌린 듯하다.

아이들이 다투는 소리가 들린다. 오늘도 내내 또 이런 식으로 흘러가는 것일까? 견딜 수 있을지 자신이 없었다. 잭은 일 때문에 주말까지는 돌아오지 않는다. 아예 결혼하지 않은 것이나 마찬가지다. 남편이 있는지 없는지도 모르지 않는가. 이런 생활을 위해 나는 지구에서 이 먼 곳까지 이민을 왔단 말인가. 라디오 소리와 어린애들의 목소리가 듣기 싫어서 양손으로 귀를 막았다.

다시 침대로 돌아가야 해. 내가 있어야 할 곳은 거기잖아. 실비아는 이런 생각을 하며 마지못해 옷을 갈아입기 시작했다.

또 다른 하루를 시작하기 위해.

잭 볼렌은 번치우드 파크에 있는 회사 사무실에서 뉴욕 시에 있는 아버지와 무선전화로 통화하고 있었다. 몇천만 마일이나 되는 우주공간을 사이에 두고 여러 개의 인공위성을 경유해야 하는 탓에 교신 상태는 평소와 마찬가지로 좋지 않았다. 그러나 레오 볼렌은 이걸 위해 거금을 쓰고 있었다.

"프랭클린 D. 루스벨트 산이라니, 그게 도대체 뭔 소립니까?" 잭은 고함치듯 말했다. "아버지가 뭔가 잘못 알고 계신 것 같군요. 거긴 아무것도 없습니다. 완전한 황무지란 말입니다. 부동산업자라면 모르는 사람이 없을 텐데요."

아버지의 희미한 목소리가 대꾸했다. "아냐, 잭. 확실한 얘기라고 생각해. 그래서 거기로 가서 직접 땅을 둘러보고, 너하고 의논하고 싶다는 거야. 실비아하고 아이는 잘 있느냐?"

"잘 있습니다. 하지만 제 말을 들으세요. 그런 데 투자하면 안 됩니다. 운하에서 떨어진 곳의 땅을 파는 건 사기나 다름없습니다. 게다가 운하라고 해봤자 사용 가능한 건 전체의 10분의 1도 안 된다는 걸 모르십니까."

아버지처럼 산전수전 다 겪은, 그것도 미개발지 투자를 전문으로 하는 사업가가, 도대체 어떻게 그런 가짜 정보에 현혹되었는지 잭은 도무지 이해할 수 없었다. 한동안 서로를 못 본 사이에 혹시 망령이라도 든 것이 아닐까 하는 불길한 생각까지 들었다. 하지만 회사의 속기사가 구술한 편지에 그런 징후는

15

없었다.

혹시 지구하고 화성에서는 시간이 다르게 흐르기라도 하는 것일까? 심리학 학회지에서 그런 취지의 글을 읽은 적이 있다. 그게 사실이라면 아버지는 새하얗게 센 머리를 하고 비칠거리며 화성에 도착할지도 모른다. 그런 무모한 일을 막을 방법은 없는 것일까? 아들인 데이비드는 할아버지가 온다고 하면 좋아할 게 뻔하고, 아내인 실비아도 시아버지하고는 죽이 잘 맞는다. 수화기 너머에서 뉴욕 시와 관련된 뉴스를 보도하는 목소리가 희미하게 들려왔지만, 어느 소식도 잭의 흥미를 끌지는 못했다. 그에게는 너무 비현실적이었다. 10년 전에 잭은 그가 속한 지구 사회를 떠나오기 위해 엄청난 노력을 했고, 마침내 성공했다. 옛 고향 얘기 따위는 듣고 싶지 않았다.

그럼에도 불구하고 아버지와의 유대는 남았다. 얼마 후 아버지가 난생처음으로 지구를 떠나 이곳으로 오면 이 관계는 더 긴밀해질 것이다. 평소에도 아버지는 너무 늦기 전에, 바꿔 말해서 죽기 전에 다른 행성을 방문하고 싶다고 말하곤 했다. 목소리도 단호했다. 그러나 우주선 자체는 예전에 비해 크게 개선되었다고는 해도, 우주여행에는 여전히 많은 위험이 도사리고 있다. 그러나 아버지는 개의치 않는 눈치였다. 그 누구도 그를 막을 수는 없다. 이미 승선 예약도 끝났다고 했다.

"예, 아버지. 그런 힘든 여행에도 견딜 자신이 있을 정도로 건강하시다니 정말 다행입니다. 무사히 오실 수 있으면 좋겠군요."

잭은 체념한 듯이 말했다.

반대편에서 사장인 미스터 이가 이쪽을 바라보며 수리 요청을 기입한 노란 메모지를 들어 보였다. 마르고 호리호리한 미스터 이. 싱글 정장에 나비넥타이 차림이다……. 화성 같은 외계 행성에서조차도 이런 중국풍의 옷차림은 확실히 뿌리를 내리고 있었다. 마치 광둥[廣東] 시내의 사무실에 있는 듯한 복장이다.

미스터 이는 메모지를 가리키며 느린 몸짓으로 그 내용을 알렸다. 우선 몸을 부르르 떤 다음 왼손으로 오른손에 무엇인가를 붓는 시늉을 했고, 이마를 닦더니 옷깃을 잡아당긴다. 그러고는 가느다란 손목에 찬 시계를 들여다보았다. 잭 볼렌은 이 몸짓의 의미를 이해했다. 어딘가의 낙농장에 있는 냉장기가 고장났고, 긴급하게 수리할 필요가 있다는 뜻이다. 대낮이 되어 기온이 올라가면 우유는 썩어버린다.

"알겠습니다, 아버지. 전보를 기다리고 있겠습니다." 잭은 작별인사를 하고 전화를 끊었다. "통화가 너무 길어져서 죄송합니다." 이렇게 말하고 미스터 이에게서 메모지를 받아들었다.

"노인은 화성 여행 같은 건 하지 않는 편이 나은데."

미스터 이는 특유의 차분하면서도 거침없는 어조로 말했다.

"제가 어떻게 살고 있는지 꼭 보러 오겠다는군요."

"자네 사는 것이 마음에 들지 않는다면 도와주시기라도 하겠다는 얘긴가?" 미스터 이는 한심하다는 듯이 미소 지었다. "여기서 뭔가 큰 건수를 올리겠다는 다짐이라도 했나? 여기엔 다이아몬드 따위는 없다고 말하지 그랬어. 그런 건 이미 UN이 독차지했다고 말이야. 방금 건넨 그 메모 말인데, 파일을 보니 두 달 전에 같은 고장으로 수리를 받은 기록이 있더군. 원인은 동력원 아니면 도관 문제였어. 모터의 회전수가 느닷없이 느려지면서, 과열로 타버리는 걸 막기 위해 퓨즈가 나간다는군."

"발전기로 뭔가 다른 것들까지 돌리고 있지는 않은지 확인해 봐야겠군요."

미스터 이를 위해 일하는 건 쉽지 않군. 잭은 회사 헬리콥터들이 주기駐機되어 있는 옥상으로 올라가면서 생각했다. 이 회사에서는 모든 것이 합리정신에 입각해서 이루어진다. 미스터 이는 마치 계산기처럼 생겼고, 계산기처럼 행동했다. 6년 전, 스물두 살이었을 무렵 잭도 지구보다는 화성에서 일하는 편이 더 이익이라고 계산했다. 화성에서는 모든 종류의 기계, 움직이는 부품이 달린 장치들을 수리할 기사들이 턱없이 부족했다. 지구에서 새 기계를 들여오려면 막대한 운임이 들기 때문이다. 지구에서라면 그냥 갖다 버릴 낡은 토스터조차도 화성에서는 알뜰하게 수리해서 쓰는 식이다. 미스터 이는 폐품 활용을 선호했다. 중화인민공화국의 절약을 중시하는 검소하고 금욕적인 환경에서 나고 자란 미스터 이는 낭비를 좋아하지 않았다. 그는 허난[河南] 성의 전기기사였기 때문에 필요한 기술을 갖추고 있었다. 그래서 보통 사람이라면 엄청난 고뇌 끝에 겨우 도달할 결론을 냉정하고 질서정연하게 도출할 수 있었다. 마치 스테인리스 틀니를 만들기 위해 치과에 갈 때처럼 주저하지 않고 화성 이민 절차를 밟았던 것이다. 일단 화성에 회사를 차린 뒤에는 UN달러로 빠져나가는 경비를 절감하는 데 전력을 다했다. 마진율은 낮았지만 서비스는 철저했다. 사업은 1988년부터 6년에 걸쳐 비약적으로 확장되었고, 긴급사태가 발생할 경우—무를 재배하거나 소량의 우유를 차갑게 유지하는 일에도 어려움을 겪는 식민지에서 긴급하지 않은 사태 따위는 존재하지 않았지만—그의 수리회사에게 우선권이 주어질 정도로까지 성장했다.

잭은 헬리콥터의 문을 닫고 엔진의 시동을 걸었다. 헬리콥터는 곧 이륙했고, 마수걸이 작업을 수행하기 위해 번치우드 파크의 건물 위 뿌옇게 흐린 아침 하늘로 상승했다.

오른쪽 먼 곳에서는 거대한 우주선이 지구로부터의 여행을 끝내고 현무암의 원 안에 착륙하는 중이었다. 살아 있는 화물을 위한 발착장이다. 다른 화물들은 여기서 동쪽으로 100마일 떨어진 지점으로 배달된다. 이 우주선은 1급 여객선이었고, 승객들은 착륙 직후 그들의 몸에 붙어 있는 바이러스, 박테리아, 곤충, 잡초 씨앗 따위를 모조리 제거하는 원격조작식 장비의 방문을 받게 될 것이다. 승객들 모두가 태어났을 때 그대로의 모습으로 우주선 밖으로 나와서 여러 종류의 화학 약액을 뒤집어써야 하고, 불평불만을 토로하면서도 무려 8시간이나 계속되는 신체검사를 감수해야 한다. 이런 식으로 식민지 전체의 안전을 확인한 뒤에야 비로소 나가서 살아도 좋다는 허가가 떨어진다. 개중에는 지구로 강제 송환되는 사람들조차 있다. 우주여행 중에 받은 스트레스 탓에 유전적인 결함이 있음을 나타내는 증세를 보인 사람들이다. 잭은 참을성 있게 이민 절차를 견디는 아버지의 모습을 머리에 떠올렸다. 이 정도는 감수해야 해. 아버지라면 이렇게 말할 것이다. 꼭 필요한 일이니까. 시가를 피우며 명상에 잠긴 나이 든 아버지의 모습…….. 철학자연한 모습이지만 그가 받은 교육이라고는 뉴욕 주가 제공하는 의무교육 7년이 전부였다. 그것도 경제가 가장 침체해 있던 시대의. 묘한 일이지만 그런 환경에서조차도 타고난 성격은 사라지지 않는 법이다. 아버지는 어떻게 하면 올바르게 행동할 수 있는지를 알려주는 삶의 지혜를 스스로 터득했다. 사회적인 것이 아니라, 그보다 더 깊고 항구적인 지식을 말이다. 아버지라면 화성에도 쉽게 적응할 것이다. 짧은 체류 기간 동안에도 실비아나 나보다 훨씬 더 익숙해질 것이다. 데이비드와 거의 맞먹을 정도로…….

할아버지와 손자는 죽이 맞았다. 두 사람 모두 실용적이고 빈틈없는 성격이기 때문이다. 반면에 대책 없을 정도로 낭만적인 성향도 가지고 있었다. F.D.R. 산맥 어딘가의 땅을 사겠다는 충동적인 결정이 좋은 예다. 노인의 가슴에서 끊임없이 타오르던 희망의 마지막 불꽃인지도 모르겠다. 이미 개발이 끝난 화성 거류지들로부터 멀리 떨어진, 사려는 사람도 거의 없는 글자 그대로의 변경邊境에 도대체 왜 관심을 보이는 것일까. 잭은 육안으로 세네터 태프트 운하를 확인하고 그 위를 날기 시작했다. 운하를 계속 따라가면 맥콜리프 낙농장이 나온다. 시들어 빠진 몇천 에이커 너비의 풀밭에서 예전에는 우량종이었던 저

지종 젖소들을 기르고 있지만, 젖소들은 부적절한 환경 탓에 조상인 야생 소처럼 비쩍 마른 상태였다. 이 부근이 거주 가능한 화성이다. 거미줄처럼 종횡무진으로 지면을 가로지르는, 일견 비옥해 보이는 운하. 그러나 운하는 생명을 겨우 유지시켜 줄 정도이고, 결코 그 이상을 주지는 않는다. 바로 아래의 세네터 태프트 운하에는 혐오스러운 초록색 물이 완만하게 흐르고 있었다. 최종적인 여과 과정을 거치기는 했지만, 오랜 세월에 걸쳐 운하 바닥에 침전된 진흙과 토사와 오염물질이 섞여 있기 때문에 도저히 사람이 마실 수 있는 물은 아니었다. 화성 주민의 뼈에 얼마나 많은 양의 알칼리 성분이 축적되었는지는 오직 신神만이 안다. 그러나 그들은 아직 살아 있었다. 뿌연 황갈색으로 변색한 침전물투성이의 물이기는 하지만 그것을 마시고 죽었다는 사람은 아직 없다. 서쪽을 향해 끝없이 뻗어나가는 황무지는 인류의 과학이 권토중래해서 기적을 일으킬 것을 고대하고 있는 듯한 느낌이다.

70년대 초에 화성에 착륙한 고고학 조사단은 현재 지구 문명으로 대체되고 있는 화성 문명의 단계적 쇠퇴에 관한 조사를 열성적으로 추진했다. 화성의 문명이 사막에서 꽃을 피운 적은 단 한 번도 없었다. 지구의 티그리스와 유프라테스 강 유역과 마찬가지로 물을 대서 경작할 수 있는 토지에만 매달렸던 것은 명백했다. 고대 화성 문명은 최성기에도 행성 표면의 5분의 1만을 점유했고, 나머지 부분은 고스란히 원시상태로 남겨졌다. 잭의 집이 있는 윌리엄 버틀러 예이츠 운하와 헤로도투스 운하의 합류점은 과거 천 년 동안 비옥한 토지를 제공해준 운하망의 거의 말단에 해당한다. 잭의 가족은 최근에 이민했다. 11년 전에는 이민자의 수가 설마 이토록 급감할 줄은 그 누구도 상상하지 못했지만 말이다.

헬리콥터의 무전기가 직직거리더니 미스터 이의 조그만 목소리가 흘러나왔다. "잭, 다른 곳에서 또 수리 요청이 들어왔네. UN 당국에서 연락을 받았어. 공립학교의 기능에 문제가 생겼는데 그쪽에서도 당장 수리할 사람이 없다는군."

잭은 마이크를 집어 들고 대답했다. "죄송합니다, 미스터 이. 예전에도 말씀드린 듯한데, 저는 학교 기계를 수리하는 기술교육을 받지 못했습니다. 봅이나 피트에게 맡기시는 편이 나을 겁니다." 예전에도 말했잖아. 그는 속으로 되뇌었다.

미스터 이는 특유의 논리적인 말투로 대답했다. "이번 요청은 워낙 중요해서 거절할 수가 없네, 잭. 우리 회사가 일찍이 수리 요청을 거절한 적이 한 번도 없다는 걸 자네도 알잖나. 그런 태도는 도저히 적극적이라고는 할 수가 없군. 힘들어도 수리는 해줘야겠어. 당장 못 가는 다른 기사도 그쪽 일이 끝나는 대로 학교로 보내주겠네. 그럼 이만." 미스터 이는 교신을 끊었다.

그럼 이만 좋아하시네. 잭은 언짢은 표정으로 중얼거렸다.

아래쪽에 두 번째 거류지가 보이기 시작했다. 루이스 타운이다. 화성에서 가장 먼저 건설된 개척지 중 하나인 수자원노동조합의 주요 거주지였다. 고장 난 기계는 조합원들이 직접 수리하기 때문에 미스터 이의 회사와는 거래가 없었다. 지금 직장이 더 이상 견디기 어려워진다면 잭은 언제든 사직서를 내고 루이스 타운으로 이주할 수 있었다. 조합에 들어가면 아마 지금보다 보수도 나을 것이다. 그러나 최근 수자원조합 거류지에서 일어난 일련의 정치적 사건이 마음에 들지 않았다. 현 수자원노동조합장인 어니 코트는 시끌벅적한 선거운동과 몰상식한 투표 조작을 통해 당선된 인물이었으며, 그가 조합을 운영하는 방식을 보면 그곳에서 일하고 싶다는 욕구는 별로 생기지 않았다. 잭이 보아온 바로는, 어니 코트의 지배는 초기 르네상스 시대 전제정치의 모든 요소에 족벌주의를 양념 삼아 첨가한 것에 가까웠다. 그러나 루이스 타운은 경제적으로 번영하고 있는 것처럼 보였다. 공공사업 부문도 잘 발달했고, 성공적인 재정정책을 편 덕택에 막대한 현금 수입이 있었다. 루이스 타운은 효율적이고 부유했으며, 주민 전원에게 괜찮은 직장을 공급할 여력이 있었다. 북쪽의 뉴 이스라엘을 제외하면 화성에서 가장 활력이 넘치는 거류지라고 해도 과언이 아니다. 이스라엘인들의 거류지는 광신적인 시오니스트 개척단이라는 이점을 보유하고 있었다. 사막 한복판에서 야영을 하면서 오렌지 재배에서 화학비료 정제에 이르기까지 각양각색의 개간 프로젝트에 종사하는 일꾼들이다. 뉴 이스라엘은 혼자 힘으로 화성 사막의 3분의 1을 개간했다. 사실 화성에서 적든 많든 지구로 생산품을 역수출하는 거류지는 뉴 이스라엘뿐이었다.

수자원노동조합의 수도인 루이스 타운을 지나 UN의 첫 번째 순교자인 앨저 히스의 기념비 위를 통과하자 광활한 사막이 출현했다. 잭은 등받이에 등을 기대고 담배에 불을 붙였다. 미스터 이가 재촉하는 표정으로 옆에서 감시하고 있는 통에 보온병에 든 커피를 가져오는 것을 잊었다. 그 탓에 졸리다. 나한테 억지로 학교 일을 시킬 수는 없어. 잭은 확신이라기보다는 분노에 가까운 감정을 느끼며 되뇌었다. 이따위 직장은 집어치우면 그만이야. 그러나 그만둘 생각이 없다는 사실을 그는 알고 있었다. 일단 학교로 가서 한 시간쯤 여기저기를 건드리면서 바쁘게 수리하는 시늉을 하면 그만이다. 그러면 곧 봅이나 피트가 와서 수리를 해줄 것이다. 그러면 회사 체면도 세우고, 모두 함께 사무실로 돌아갈 수 있다. 미스터 이를 포함한 모든 사람이 만족할 것이다.

아들과 함께 학교를 방문한 적이 몇 번 있었다. 지금과는 상황이 달랐다. 데이비드는 반에서 일등이었고, 최상급 티칭머신 밑에서 공부했다. UN이 그토록 자랑하는 개별 지도 시스템을 최대한 이용하기 위해 늦게까지 학교에 머물며 공부하는 일도 잦았다. 손목시계를 보니 10시였다. 데이비드에게서 들은 얘기와 직접 방문했을 때 목격한 것으로 미루어보건대, 지금 이 시간에는 아리스토텔레스에게 과학, 철학, 논리학, 문법, 시학, 고전 물리학의 기초를 배우고 있을 것이다. 수많은 티칭머신 중에서도 데이비드는 아리스토텔레스에게서 대부분의 지식을 습득하고 있는 듯했다. 그나마 다행이다. 아이들 대다수는 더 위세 당당한 교사를 선호했기 때문이다. 프랜시스 드레이크 경(영국사와 기본적인 남성 예절), 에이브러햄 링컨(미국사와 근대전 및 근대국가의 기초), 율리우스 카이사르라든지 윈스턴 처칠 같은 살벌한 작자들 쪽이 더 인기가 있다. 잭 자신은 너무 일찍 태어난 탓에 개별 지도 시스템의 혜택을 받지는 못했고, 그 대신 교실에서 60명의 급우들과 함께 수업을 받았다. 고등학교에 들어간 뒤에는 천 명의 동급생들과 함께 폐쇄회로 TV에 나오는 교사의 지도를 경청해야 했다. 만약 신식학교에 입학했더라면 취향에 맞는 교사를 금세 찾아냈을 것이다. 첫 번째 학부형 참관일에 학교에 갔을 때 목격한 토머스 에디슨 티칭머신은 정말로 매력적이었다. 데이비드는 거의 한 시간 뒤에야 아버지를 그 기계에서 떼어놓을 수가 있었다.

헬리콥터 아래로 보이는 사막은 드문드문 풀이 난, 대초원을 연상시키는 땅으로 바뀌었다. 철조망 울타리가 맥콜리프 농장의 경계를 표시하는 동시에 이 일대가 텍사스 주의 관리하에 있는 영역임을 알리고 있다. 맥콜리프의 아버지는 텍사스의 석유왕이었고, 화성 이민을 위해 사비를 들여 우주선을 마련한 인물이었다. 수자원조합도 그에 비하면 신참이다. 잭은 담뱃불을 끄고 헬리콥터의 고도를 낮추며, 눈부신 햇살 속에서 농장 건물을 찾아보려고 했다.

방목된 작은 무리의 소떼가 헬리콥터가 내는 폭음에 놀라 도망쳤다. 잭은 소들을 내려다보며 음울한 얼굴을 한 작은 키의 고집 센 아일랜드인 농장주 맥콜리프가 이 사실을 눈치채지 못했기를 빌었다. 맥콜리프에게는 자기가 기르는 소들에 대해 극히 비관적일 수밖에 없는 이유가 얼마든지 있었기 때문이다.

그는 소들이 저렇게 비쩍 마르고, 병약해지고, 우유도 제대로 만들어내지 못하는 것은 화성의 모든 것들이 작당해서 못살게 굴기 때문이라고 의심하고 있었다.

잭은 무전기를 켜고 마이크를 향해 말했다. "수리 요청을 받고 온 이 컴퍼니의 잭 볼렌 기사입니다. 맥콜리프 농장에 착륙 허가를 요청합니다."

잠시 후 광대한 농장의 일각에서 대답이 돌아왔다. "좋아, 볼렌. 착륙을 허가하겠어. 왜 이렇게 늦었는지는 물어봐도 소용없겠지만." 맥콜리프는 체념한 듯 뚱한 목소리로 말했다.

"곧 도착합니다." 잭은 얼굴을 찡그리며 대꾸했다.

이윽고 붉은 모래를 배경으로 희게 번득이는 건물들이 전방에 나타났다.

"1만 5천 갤런의 우유가 있어." 무전기 스피커에서 맥콜리프의 목소리가 들려왔다. "이 빌어먹을 냉장고를 당장 고쳐주지 않는다면 몽땅 썩어버릴 거야."

"거의 다 왔습니다."

잭은 이렇게 말하고는 양쪽 귀에 엄지손가락을 갖다 대고 스피커를 향해 괴상망측한 표정으로 한껏 얼굴을 찌푸려 보였다.

02

전직 배관공이자 수자원노동조합의 제4행성 지부장인 어니 코트는 아침 10시가 되자 침대에서 일어났고, 평소 습관대로 증기 욕실로 직행했다.

"여어, 거스."

"여어, 어니."

모두가 그를 이름으로 불렀고, 본인도 그 사실에 만족하고 있었다. 어니가 빌과 에디와 톰을 향해 고개를 까닥해 보이자, 그들도 일제히 인사를 건넸다. 자욱하게 들어찬 수증기가 두 발을 감싸더니 물방울로 변해 타일 위로 뚝뚝 떨어진다. 물은 곧 배수구로 빨려 들어갔다. 이 부분이 특히 마음에 든다. 욕실은 한 번 쓴 물을 다시 저장하지 않도록 설계되어 있었다. 배출된 물은 밖의 뜨거운 모래에 그대로 흡수되어 영영 사라져버린다는 뜻이다. 나 말고 도대체 누가 이런 사치를 즐길 수 있을까? 뉴 이스라엘의 부자 유대인들조차도 고의적으로 물을 낭비하는 증기 욕실을 쓰지는 않는다.

어니는 샤워를 하며 주위 사람들을 향해 말했다.

"내가 들은 소문 하나를 당장 조사해줘. 캘리포니아에서 온 그 포르투갈계 기업조합이 F.D.R. 산맥 일대를 갖고 있던 거 알지? 거기서 철광석을 채굴하려고 했지만 광석의 질이 워낙 형편없어서 도저히 채산을 맞출 수 없었잖아. 그런데 최근 들어 땅 소유권을 팔았다는 얘기가 돌고 있어."

"아, 그 얘기라면 저희도 들었습니다."

부하들은 고개를 끄덕였다.

"얼마나 손해를 봤는지 궁금하군요. 타격이 엄청 컸을 겁니다."

"그게 아냐. 원래 샀던 가격보다 더 많이 내겠다는 바이어가 나타났어. 포르투갈 놈들은 오래전에 사둔 땅으로 이익을 봤다는 얘기야. 팔지 않고 꿍쳐놓았던 덕택이지. 도대체 그런 땅을 사려고 한 멍청이가 누군지 궁금해. 알다시피 나도 그쪽에 광석 채굴권을 좀 갖고 있거든. 그러니까 누가 그 땅을 샀고, 어떤 사업을 하고 있는지를 알아봐. 거기서 무슨 일을 벌일 작정인지를 알고 싶다는 뜻이야."

"알겠습니다."

모두가 일제히 고개를 끄덕였다. 그중 한 사람—프레드인 듯하다—이 샤워기를 끄고 철벅거리며 탈의실 쪽으로 갔다. "제가 조사해보겠습니다, 어니." 프레드는 어깨 너머로 말했다.

"당장 착수하죠."

어니는 온몸에 비누칠을 하면서 남은 사내들을 향해 계속 말했다. "내 채굴권은 반드시 지켜야 해. 지구에서 온 얍삽한 투기꾼 놈들이 그 산을 애들 소풍에나 걸맞은 국립공원 따위로 개발하는 걸 그대로 두고 볼 수는 없으니까 말이야. 그건 그렇고, 내가 들은 얘기를 하나 해줄까? 러시아하고 헝가리 공산당의 고위 간부들이 일주일쯤 전에 여기로 왔다는군. 보나마나 시찰을 온 거겠지. 집단농장은 작년에 망했지만, 그렇다고 포기할 놈들이 아니지. 맞아. 녀석들의 머리는 벌레 수준이야. 벌레처럼 끈질기게 다시 나타나지. 빨갱이 놈들은 화성에서 집단농장이 성공하는 걸 보고 싶어서 몸살을 앓고 있어. 지구에 있는 놈들에겐 견디기 힘든 유혹이거든. 그래서 그 포르투갈 녀석들이 자기들 땅을 공산당한테 몽땅 팔아치웠다고 해도 놀랄 일은 아냐. F.D.R. 산이 조 스탈린 산으로 이름이 바뀌었다고 해도 난 놀라지 않아."

모두들 추종하는 듯한 의미의 웃음을 터뜨렸다.

"그건 그렇고, 내가 당장 처리해야 할 일들이 산적해 있는 건 여전하구먼." 어니는 세차게 쏟아져내리는 온수로 비누거품을 씻어내며 말했다. "더 이상 이 문제에만 매달려 있을 수가 없으니까 자세한 조사는 자네들이 맡아줘. 난 지난번에 동부로 가서 우리 조합의 멜론 시험재배장을 둘러보았는데, 뉴 잉글랜드 종을 화성의 자연에서 성공적으로 육성할 수 있다는 전망이 열렸다고 하더군. 자네들 모두 그걸 궁금해했지. 가능만 하다면야

아침에 맛있는 캔털루프* 한 조각쯤 먹고 싶은 건 인지상정이
니까 말이야."

"옳으신 말씀입니다." 다들 맞장구를 쳤다.

"하지만 멜론보다 더 신경 쓰이는 일이 하나 생겼어. 일전에
UN의 관리가 여길 방문해서 우리 조합의 검둥이 관련 규정에
관해서 항의하고 갔거든. 아, 검둥이란 말은 차별 용어니까 쓰
면 안 되겠군. UN 관리들처럼 '잔존 토착민'이라고 부르거나,
아니면 그냥 블리크맨이라고 해야 하나. 하여튼 그 작자가 여기
온 건 우리 거류지가 운영하는 광산에서 블리크맨을 기준 이하
의, 그러니까 최저임금보다 더 낮은 임금으로 고용하는 걸 조
합이 허가했다는 사실을 알아차렸기 때문이야. 물론 대놓고 우
리한테 딱딱거리지는 못해. UN 당국이 아무리 멍청하다고 한
들, 블리크맨 나부랭이들을 정규직으로 채용하라는 소리는 차
마 못하니까 말이야. 검둥이들처럼 일을 하는 둥 마는 둥 하는
녀석들한테 정상적으로 최저임금을 지불하다가는 우린 파산이
야. 하지만 화성의 지하에서 제대로 숨을 쉴 수 있는 건 그 녀석
들밖에는 없으니 고용을 안 할 수도 없는 일이지. 산소흡입기
따위를 도입하면 좋겠지만 운송비용이 터무니없이 비싸서 필
요량을 확보하는 건 불가능해. 지구에서 산소탱크니 압착기니
하는 것 따위를 만드는 녀석들은 떼돈을 벌겠군. 사기꾼 같은
자식들. 하여튼 그런 것에 피 같은 돈을 쓰는 건 병신 짓이야."

---

* cantaloupe. 과육이 주황색인 남유럽산 소형 멜론.

모두가 진지한 표정으로 고개를 끄덕였다.

　"우리 운영방침을 가지고 UN 관리들이 감 놔라 배 놔라 하는 걸 그냥 놓아둘 생각은 추호도 없어. 당국이라고 해봤자 기껏해야 모래땅 위에 UN 깃발 하나 박아둔 것에 불과했을 무렵부터 우리 조합은 여기서 땀을 흘리고 있었잖아. UN이 화성에 변변한 움막 하나도 갖고 있지 않았을 때 우리는 이미 택지 개발을 하고 있었어. 남쪽에 있는 미국하고 프랑스 사이의 분쟁 지역을 포함해서 말이야."

　"맞습니다." 사내들이 맞장구쳤다.

　"하지만 UN의 높은 나리들이 수로를 관리하고 있는 게 문제야. 물은 꼭 필요하니까 말이야. 물은 운송 수단, 동력원, 식수원뿐 아니라, 지금처럼 목욕할 때도 반드시 필요해. 놈들은 언제든 물 공급을 끊을 수 있으니까, 우리 생명줄을 잡고 있는 거나 마찬가지야."

　어니 코트는 샤워를 마쳤다. 따뜻하고 축축한 타일 위를 철벅거리며 걸어가서 종업원에게서 타월을 받아 든다. UN 생각을 하니 속이 울렁거리며 예전에 십이지궤양을 앓았던 왼쪽 옆구리에서 사타구니까지 뜨끔했다. 뭔가 먹어두는 편이 낫겠군.

　어니는 종업원의 시중을 받으며 잿빛 플란넬 바지와 티셔츠를 입었다. 부드러운 가죽장화와 선원모를 착용하고, 증기 욕실에서 나와 조합 회관의 복도를 걸어갔다. 전용식당 안으로 들어가자, 헬리오가발루스라는 이름의 블리크맨 요리사가 아침식사를 마련해놓고 기다리고 있었다. 어니는 핫케이크와 베이컨이 잔뜩 담긴 접시, 오렌지주스, 그리고 지난주의《뉴욕타임스》일요판이 놓인 식탁 앞에 앉았다.

"안녕하십니까, 미스터 코트."

탁상 단추를 누르자 조합의 비서 풀에서 파견 나온 비서가 인사했다. 본 적이 없는 얼굴이다. 어니는 한번 흘끗 보고는 그리 미인은 아니라고 판단했고, 다시 신문으로 눈을 돌렸다. 게다가 나를 '미스터 코트'라고 부르다니 도대체 무슨 생각을 하고 있는 걸까. 어니는 오렌지주스를 홀짝이며 3백 명의 탑승자가 전원 사망한 우주선 조난 사고에 관한 기사를 읽었다. 자전거를 실은 일본 화물선이었다고 한다. 웃음이 나왔다. 우주공간을 둥둥 떠다니는 자전거들. 곰곰 생각해보니 좀 아깝다. 화성처럼 질량이 작은 행성, 그것도 느려터진 운하를 제외하면 실질적인 동력원이 없고 석윳값이 금값인 곳에서 자전거는 큰 경제적 가치를 가진다. 페달을 밟으며 모래 위를 몇백 마일 달린다 해도 돈 한푼 들지 않으니까 말이다. 기름을 먹는 엔진이 달린 운송수단을 사용할 수 있는 사람은 수리 정비 관계자나, 어니처럼 요직에 자리잡은 중요인물로 한정된다. 물론 대중교통수단이 있긴 하다. 각 거류지 사이를 연결하고, 외곽의 거주지와 바깥 세계를 연결해주는 트랙터 버스라든지……. 그러나 버스는 지구에서 수입하는 연료에 전적으로 의존하고 있기 때문에 부정기적인 운행밖에는 할 수 없었다. 어니 본인은 버스에 타면 밀실공포증에 시달린다. 너무나도 느리기 때문이다.

《뉴욕타임스》를 읽고 있자니 잠시나마 고향인 사우스 패서

디나에 돌아간 듯한 느낌을 받았다. 옛날 어니의 가족은 《뉴욕타임스》 서해안 판을 구독했다. 어릴 적에 집 어귀의 우편함을 열고 신문을 가져오던 기억이 난다. 어니의 생가는 살구나무와 깔끔한 단층집들이 늘어선 거리에 있었다. 도로 옆에 주차된 차들. 주말에는 언제나 깔끔하게 손질되는 잔디밭. 그가 가장 그리워하는 것은 바로 이 잔디밭이었다. 이런저런 손질도구와 약 따위를 포함해서 말이다. 비료를 실은 외바퀴 손수레, 새로 뿌릴 잔디 씨앗, 전지가위, 초봄에 설치하는 철망 울타리와…… 긴 여름 내내 법이 허락하는 한 계속 돌아가는 스프링클러. 고향에서도 물은 부족했다. 삼촌인 폴은 법으로 절수節水해야 하는 날에 세차를 하다가 체포된 적도 있었다.

계속 신문을 읽어가던 중에 리즈너 여사라는 인물을 환영하기 위한 리셉션이 백악관에서 열렸다는 기사를 읽었다. 산아제한국의 직원인 그녀는 치료적 낙태수술을 8천 번이나 시행함으로써 미국 여성들에게 모범을 보였다고 한다. 일종의 간호사로군. 어니는 판단했다. 여자한테는 고귀한 직업일 수도 있겠다. 그는 신문지 갈피를 넘겼다.

그러자마자 지면의 4분의 1을 차지한 광고가 눈에 들어왔다. 어니 자신이 문안 작성을 도운, 화성 이민을 요란하게 권유하는 광고였다. 어니는 의자 등받이에 등을 기대고 신문을 접은 다음 광고를 자세히 들여다보았다. 그는 깊은 만족감을 느꼈다. 멋져 보이는군. 문안에도 쓰여 있듯이 담력 있고 모험심이 왕성한 사람이라면 반드시 솔깃해할 제안이다.

광고에는 화성이 필요로 하는 온갖 기술이 길게 나열되어 있었다. 목록에 포함되지 않은 직업은 카나리아 사육사라든지 항문과 의사 정도다. 게다가 광고는 석사학위밖에 없는 사람이 지구에서 직장 얻기가 얼마나 힘든지를 지적하며, 화성에서는 학사학위만 있어도 얼마든지 좋은 직장을 얻을 수 있다고 선전하고 있었다.

이 정도면 틀림없이 효과를 볼 것이라고 어니는 판단했다. 따지고 보면 그가 화성에 이민 온 것도 학사학위밖에는 갖고 있지 않았기 때문이다. 취직할 가망이 없는 지구를 떠나 화성에 도착했을 때는 어니도 일개 조합 배관공에 불과했다. 그러나 단 몇 년 만에 내게 어떤 일이 일어났는지를 보라. 지구에서 학사학위밖에 없는 배관공은 미국 해외원조단의 일원으로 아프리카로 가서 죽은 메뚜기를 치우는 것이 고작이다. 지금 그의 동생 필은 실제로 그런 일을 하고 있었다. 필은 캘리포니아 대학을 졸업했지만, 거기서 딴 우유검사원 자격을 제대로 써먹을 기회는 단 한 번도 주어지지 않았다. 필과 함께 백 명이 넘는 우유검사원이 배출되었지만, 취직 전망이 암울하기는 매한가지였다. 지구에는 아무런 기회도 없다. 그러니까 이 형님이 화성으로 오라고 했잖아. 어니는 뇌까렸다. 여기 오면 쓸모 있는 일을 할 수 있어. 교외의 낙농장에 있는 비쩍 마른 젖소들을 보라고. 정말 우유 검사가 필요해 보이잖아.

그러나 이 광고에는 함정이 숨겨져 있었다. 일단 화성에 온 이민자에게는 아무 보장도 주어지지 않기 때문이다. 모든 것을 포기하고 지구로 돌아갈 수 있다는 보장조차 없었다. 공항시설이 미비한 탓에 지구로 돌아가는 티켓값이 훨씬 비쌌기 때문이다. 어니가 도착했을 때도 고용에 관해서는 아무런 보장도 받지 못했다. 이런 사태의 원인을 제공한 것은 지구의 4대 열강인 중국, 미국, 러시아와 서독이었다. 이들이 식민 행성들의 개발 사업에 주력하는 대신 항성 탐험 쪽에 더 신경을 쓰고 있기 때문이다. 강대국들은 켄타우루스 항성계로의 여행 같은 황당무계한 항성 간 여행 프로젝트에 시간과 두뇌와 재력을 쏟아붓고 있었다. 이미 몇십억 달러에 달하는 돈과 방대한 인력이 허비되었다. 어니 코트는 항성 간 여행이 왜 필요한지 도무지 이해할 수가 없었다. 도대체 누가 존재할지 안 할지도 모르는 항성계로 4년이나 걸리는 여행을 하고 싶어 한단 말인가.

반면에 지구의 강대국들의 태도가 돌변하는 게 두렵기도 했다. 어느 날 아침, 강대국들이 갑자기 정신을 차리고 화성과 금성의 식민지를 새로운 눈으로 바라보기 시작한다면? 식민지의 허술하기 짝이 없는 개발 상황을 목도하고 뭔가 대책을 세울 필요가 있다고 판단한다면? 바꿔 말해서, 강대국들이 제정신으로 돌아올 경우 나, 어니 코트는 어떻게 처신해야 할까? 숙고해 봐야 할 문제다.

그러나 다행히도 강대국들이 당장 이성을 되찾을 기색은 없었다. 여전히 항성 간 여행에 강박적으로 집착하고 있었기 때문이다. 지금 이 순간에도 그들은 2광년 떨어진 곳에서 치열한 각축을 벌이고 있었다. 어니 입장에서는 크게 안도할 만한 일이다.

신문을 계속 읽던 중에 스위스 베른에 있는 여성단체가 또다시 행성 식민의 현황을 우려하는 성명을 발표했다는 기사가 눈에 들어왔다.

식민지보호위원회가 화성의 우주 공항에 관한 우려를 표명

여성단체는 UN의 식민부에 제출한 청원서를 통해 지구발 우주선들이 착륙하는 화성의 발착장들이 인류의 거류지와 운하망에서 너무 떨어져 있다는 우려를 재차 표명하고 있었다. 승객들은 경우에 따라서는 무려 백 마일에 달하는 황야를 힘들게 횡단해야 하며, 여성과 노약자들조차도 예외가 아니라는 식이었다. 식민지보호위원회는 이름 있는 주요 운하에서 25마일 내에 있는 지점에 이민선을 착륙시키는 UN 규제법안이 통과되기를 원하고 있었다.

자선가를 자처하는 멍청이들. 어니는 신문기사를 읽으면서 생각했다. 아마 지구 밖으로 나가본 사람은 단 한 명도 없을 것이다. 보나마나 누군가가 고향으로 보낸 편지를 통해 얻은 지식일 것이다. 양로연금을 받고 화성으로 이주해서 UN이 무상 제공하는 토지에 얹혀사는 백모님 따위가 토로할 법한 불평이다. 여성단체는 화성에 거주하는 앤 에스터헤이지라는 회원이 보내는 정보에 크게 의존하고 있었다. 에스터헤이지 여사는 화성의 여러 거류지에 흩어져 사는 사회복지에 관심이 많은 여성들을 상대로 등사판 회보를 발행한다. 어니도 그녀의 회보를 정기구독하고 있었지만, 「여론은 반박한다」라는 회지 제목에는 솔직히 신물이 난다. 긴 기사들 사이에 종종 삽입되곤 하는 한두 줄의 풍자적인 구호도 도저히 취향이 아니었다.

　　음용에 적합한 청정한 물을! 유능한 식민지 의원을 만나서
　　우리가 믿고 마실 수 있는 정화 설비를 요구하자!

　「여론은 반박한다」에 실린 기사들 중에는 특수한 전문용어를 너무 많이 구사한 탓에 도통 이해할 수 없는 것들도 있었다. 그러나 이 회보가 열성적인 여성 독자들을 다수 확보하고 있다는 점은 명백했다. 자신이 읽은 기사를 또렷하게 뇌리에 각인하고, 행동이 필요하다면 즉각 실력 행사에 나서는 회원들 말이다. 지금 이 순간에도 그들은 지구의 식민지보호위원회와 힘을 합쳐 주요 수자원이나 인류의 거류지로부터 위험할 정도로 멀리 떨어진 곳에 건설된 화성의 우주선 발착장에 대해 항의하고 있을 것이 뻔하다. 따지고 보면 그보다 더 큰 투쟁의 일익을 담당하고 있다고 해도 무방하지만, 그래도 어니는 이번 경우에 한해서는 구역질이 나려는 것을 억누를 수 있었다. 화성에 있는 20여 개의 발착장 중에서 주요 운하로부터 25마일 이내에 위치한 것은 새뮤얼 곰퍼스* 공항 하나뿐이었고, 이 공항은 그의 거

---

* Samuel Gompers(1850~1924). 미국의 노동운동 지도자.

류지 전용이었기 때문이다. 만에 하나 식민지보호위원회의 압력이 실효를 거둔다면, 지구에서 화성으로 오는 모든 여객선은 어니의 공항에 착륙하는 수밖에 없다. 물론 공항 사용료는 모두 그가 사는 거류지 차지가 된다.

에스터헤이지 여사와 그녀가 발행하는 회보와 지구의 여성 단체 모두가 어니에게 경제적인 이익을 가져다줄 주장을 옹호하고 있다는 사실은 우연이 아니었다. 앤 에스터헤이지는 어니의 전처다. 지금도 좋은 친구 사이였고, 결혼생활 중에 설립했거나 매입한 여러 사업체를 여전히 공동 소유하고 있었다. 그들은 사적인 면에서는 공통점이 전무했지만 기타 다른 면에서는 여전히 협력관계를 유지하고 있었다. 앤은 키가 크고 비쩍 마른 활동적이고 위압적인 여장부였다. 굽 낮은 구두와 트위드 천 웃옷을 걸치고, 검은 안경을 쓰고, 커다란 가죽백을 어깨에 걸고 성큼성큼 걷는 모습은 여성적인 것과는 거리가 멀었다. 하지만 앤은 빈틈이 없는데다가 머리회전이 빠른, 타고난 경영자였다. 사업과는 무관한 부분만 서로 건드리지 않는다면 나쁘지 않은 사업 파트너다.

앤이 어니의 전처이며 여전히 재정적인 파트너라는 사실은 그리 잘 알려져 있지 않다. 그녀와 연락을 취하고 싶을 때는 거류지의 속기사에게 편지를 구술하는 대신, 책상 서랍 안에 넣어둔 조그만 암호식 구술녹음기를 쓴다. 전하고 싶은 말을 직접 녹음기에 불어넣은 다음 전령을 시켜 암호화된 테이프를 보내는 식이다. 전령은 그것을 이스라엘 거류지에 있는 앤 소유의 공예품 가게에 전달한다. 앤이 답장을 보낼 필요가 생기면 같은 방법으로 버나드 바루크* 운하 근처에 있는 어니의 매제 에드 로킹엄의 시멘트 회사 사무실에 테이프를 맡기도록 미리 얘기가 되어 있었다.

1년 전, 에드 로킹엄이 아내인 퍼트리샤와 세 아이들을 위해 집을 지었을 때 그는 절대로 하면 안 되는 짓을 했다. 사설 운하를 팠던 것이다. 공공연하게 법을 어기고, 순전히 개인적인 용도를 위해 전체 운하망에서 물을 끌어왔다는 뜻이다. 어니조차도 매제의 폭거에 분노했지만 결국 로킹엄은 아무런 법적 제재도 받지 않았다. 로킹엄의 장남 이름을 붙인 이 조촐한 사설 운하는 사막 내부로 80마일이나 들어간 곳까지 물을 보내며, 덕분에 퍼트리샤는 잔디밭과 수영장, 충분히 물을 댄 꽃밭으로 둘러싸인 멋진 자택에서 살고 있다. 퍼트리샤는 특히 동백나무 재배에 심혈을 기울이고 있었다. 화성으로 이식된 동백 중에서는 유일하게 시들지 않고 살아남은 것들이다. 초목이 고사하는 것을 막기 위해 낮에는 스프링클러가 쉴 새 없이 물을 뿌려댔다.

12개의 커다란 동백나무 관목은 어니의 눈에는 불필요한 허식虛飾으로 비쳤다. 어니는 여동생과도, 에드 로킹엄과도 별로 사이가 좋지 않았다. 그치들은 도대체 뭘 하러 화성에 온 것일까? 엄청난 돈과 노력을, 단지 고향인 지구에서의 생활을 최대

---

* Bernard Baruch(1870~1965). 미국의 금융업자.

한 똑같이 재현할 목적으로 아낌없이 쏟아붓다니 부조리의 극치가 아닌가. 그럴 거라면 애당초 지구를 떠나지 말았어야 하는 것 아닌가. 어니에게 화성은 신천지였고, 새로운 삶, 새로운 생활방식을 의미했다. 어니를 위시한 이민자들은 빈부와는 무관하게 화성이라는 새로운 환경에 단계적으로 적응하는 과정에서 수없이 많은 미세한 자기조정을 거친 생존자들이었다. 실질적으로 진화했다고 해도 과언이 아니다. 새로운 인류가 탄생한 것이나 마찬가지다. 그런 그들이 화성에서 낳은 자식들은 처음부터 새롭고 독보적인 경향을 보였다. 어떤 면에서는 그들을 낳은 부모에게도 불가해한 존재였다. 어니와 앤 사이에서 태어난 두 명의 아들은 지금 루이스 타운 외곽의 개척촌에서 살고 있다. 가끔 만나러 가긴 하지만, 어니는 자기 자식들을 도무지 이해하기가 힘들었다. 기껏 말을 걸어보아도 돌아오는 것이라고는 삭막한 시선뿐이며, 마치 아버지인 어니가 빨리 떠나주기를 고대하고 있는 듯한 인상까지 준다. 두 아들은 유머감각이 전혀 없는 것처럼 보이지만 감수성만은 풍부했고, 동물이나 식물이나 풍경 얘기가 나오면 지치지도 않고 대화를 계속했다. 두 아들 모두 화성산 애완동물을 기르고 있었지만 어니의 눈에는 귀엽기는커녕 오로지 끔찍할 뿐이었다. 모양은 사마귀를 닮았고 덩치가 당나귀만 한 곤충을 어떻게 애완동물이라고 할 수 있겠는가. 이 빌어먹을 생물들은 복서라고 불렸다. 야생상태에서 두 마리가 만나면 곧잘 뒷발로 일어서서 권투선수 같은 자세를 취하며 싸움의식儀式에 돌입하기 때문이란다. 싸움은 보통 한쪽이 죽고 잡아먹히는 것으로 끝나는데, 아들인 버트와 네드가 기르는 애완 복서들은 주인이 하는 단순한 작업을 돕고, 서로를 잡아먹지 않도록 훈련되어 있었다. 복서들은 반려동물 역할도 하고 있었다. 화성에서 자라는 아이들은 고독하다. 아이들 수가 아직 절대적으로 소수인 탓이지만 그것 말고도 다른 이유가 있는 듯하다…… 하지만 어니는 다른 이유가 무엇인지 모른다. 아이들의 커다란 눈과 무엇인가에 홀린 듯한 표정은 마치 눈에 보이지 않는 무엇인가를 갈구하고 있는 듯한 인상을 준다. 그들은 고독을 선호하고, 조금이라도 기회가 있으면 정처 없이 황야를 돌아다니는 일을 즐긴다. 그러다가 뼛조각 따위를 전리품이랍시고 집으로 가지고 돌아온다. 뼈가 아니라 옛 검둥이 문명의 유물일지도 모르지만, 본인이나 거류지에 아무런 도움도 안 된다는 점에서는 오십보백보였다. 헬리콥터를 타고 화성 상공을 비행할 때면 언제나 홀로 방황하는 아이들 한두 명은 목격한다. 백이면 백, 바위를 뒤집거나 모래땅을 파고 있었다. 마치 화성의 거죽을 벗겨내고 그 밑으로 파고들려는 듯이…….

어니는 책상 맨 아랫칸 서랍의 자물쇠를 열고 배터리 방식의 조그만 암호식 구술녹음기를 꺼냈다. 그는 스위치를 켠 다음 녹음기에 대고 말하기 시작했다. "앤, 만나서 얘길 좀 해야겠어. 그 위원회에는 여자가 너무 많은데다가 기본 방침이 잘못됐어. 예를 들어 지난주 《타임스》에 실렸던 광고는 문제가 많더군. 거기서 그런—" 암호 녹음기가 찍찍거리더니 멈췄다. 어니는 입을 다물고 다시 버튼을 눌렀다. 릴이 천천히 도는가 싶더니 다시 정지했다.

이미 한 번 수리한 거잖아. 분통이 터진다. 그 무능력한 게으름뱅이들은 녹음기 하나도 제대로 못 고치나? 암시장으로 가서 엄청난 돈을 지불하고 하나를 더 사야 할지도 모른다. 정말로 그럴지도 모른다는 생각에 어니는 움찔했다.

책상 너머에 조용히 앉아서 그의 지시를 기다리던 예의 별로 예쁘지 않은 비서가 어니의 눈짓에 반응했다. 그녀는 연필과 메모장을 꺼내서 그가 구술하는 편지를 속기로 기록하기 시작했다.

"예비 부품도 거의 없는데다가 화성의 기후가 금속이나 배선에 얼마나 악영향을 끼치는지는 잘 알지만," 어니는 운을 뗐다. "아무리 힘들더라도 내 암호 녹음기처럼 중요한 기계의 수리에는 만전을 기해줬으면 좋겠어. 써야 할 때 쓰지 못하면 곤란하다고. 그러니까 자네들이 제대로 이걸 고칠 수 없다면, 계약을 해지하고 조합의 거류지 안에서 수리업을 해도 좋다는 면허를 박탈하겠어. 계속 이럴 거라면 차라리 외부업체에게 하청을 주는 편이 나아." 어니가 고개를 끄덕이자 비서는 속기를 멈췄다.

"녹음기를 수리공장으로 보낼까요, 미스터 코트?" 비서가 물었다. "당장 그럴 수 있습니다만."

"됐어." 어니는 그르렁거리듯이 말했다. "이제 나가봐."

비서가 자리를 뜨자 어니는 다시 《뉴욕타임스》를 집어 들고 읽기 시작했다. 여기가 지구라면 녹음기 따위는 헐값으로 살

수 있는데. 사실, 지구였다면— 빌어먹을. 여기 광고에 있는 것들 좀 봐라. 고대 로마 동전에서 모피코트, 야영 장비, 다이아몬드, 로켓식 우주선, 바랭이에서 추출한 독까지 없는 것이 없다. 염병할!

그래도 암호식 녹음기 없이 전처와 신속하게 연락을 취해야 한다는 문제는 여전히 남아 있었다. 아예 잠깐 들러서 얼굴을 보는 편이 나을지도 모르겠군. 외출하기에는 좋은 핑계야.

어니는 전화로 조합 건물의 옥상에 헬리콥터를 대기시켜두라고 지시했다. 그런 다음 남은 아침식사를 모두 먹어치웠다. 서둘러 입가를 닦은 다음 엘리베이터로 갔다.

"안녕하십니까, 어니."

헬리콥터 조종사가 인사했다. 조종사 풀에서 온 쾌활한 청년이었다.

"여어." 어니는 조종사의 도움을 받아 거류지의 가구점에 특별주문해서 만든 전용 가죽의자에 앉았다. 앞좌석에 앉은 조종사 뒤에서 어니는 발을 포개고 편하게 고쳐 앉았다. "일단 이륙하라고. 침로針路는 차차 지시하겠어. 급하지 않으니까 서두르지 않아도 돼. 그나저나 오늘은 참 날씨가 좋군 그래."

"정말 좋지요." 헬리콥터의 회전날개가 돌기 시작하자 조종사가 맞장구쳤다. "F.D.R. 산맥 위에 안개가 낀 것만 제외하면 말입니다."

아직 완전히 이륙하기도 전에 헬리콥터의 스피커가 웅웅거리기 시작했다.

"긴급 통지. 자이로컴퍼스 좌표 4.65003의 사막지대에서 블리크맨 몇 사람이 열사병과 갈증으로 죽어가고 있습니다. 루이스 타운의 북쪽에서 비행 중인 모든 헬리콥터들은 최대 속도로 현장으로 가서 구조활동을 시작해주십시오. 국제연합법에 의거, 모든 상용 및 개인용 헬리콥터는 이 명령을 따라야 합니다."

머리 위 어딘가에서 화성을 주회 중인 인공위성의 송신기를 경유해서, UN 아나운서의 또렷한 목소리가 같은 메시지를 되풀이했다.

어니는 헬리콥터가 침로를 바꾼 것을 알아차리고 말했다. "어이, 그냥 가자고."

"지시에 따라야 합니다." 조종사가 대꾸했다. "법률에 그렇게 정해져 있으니까요."

염병할. 어니는 화를 억눌렀다. 본부로 돌아가자마자 이 녀석을 해고해야겠군. 최소한 정직 처분감이야.

헬리콥터는 사막지대에 진입, UN이 지목한 지점을 향해 고속으로 날아가기 시작했다. 검둥이 놈들. 어니는 뇌까렸다. 블리크맨 나부랭이를 구하려고 하던 일을 모두 집어치우고 날아가야 한다는 게 말이나 돼? 홈그라운드나 매한가지인 사막에서 조난을 당하다니 정말 멍청한 놈들이다. 지난 5천 년 동안 자기들끼리 잘 먹고 잘 살아온 놈들을 굳이 도울 필요가 어디 있단 말인가?

잭 볼렌이 이 컴퍼니 소속 헬리콥터의 고도를 낮춰 맥콜리프 낙농장에 착륙하려고 한 순간, UN의 아나운서가 비상 통지문을 읽기 시작했다. 수없이 들어왔지만, 그때마다 내심 그를 전율케 했던 메시지를.

"……블리크맨 몇 사람이 열사병과 갈증으로 죽어가고 있습니다." 사무적인 목소리가 말했다. "……루이스 타운의 북쪽에서 비행 중인 모든 헬리콥터들은—"

알았어. 잭은 마이크를 켜고 대답했다. "여기는 이 컴퍼니 소속 헬리콥터. 현재 자이로컴퍼스 좌표 4.65003 부근을 비행 중. 즉각 구조에 나서겠다. 2, 3분 안에 도착할 예정이다."

잭은 기수를 남쪽으로 돌렸다. 맥콜리프의 낙농장과는 반대 방향이다. 헬리콥터가 갑자기 되돌아가는 광경을 목격하고, 그 이유가 무엇인지를 깨달은 맥콜리프가 분통을 터뜨리는 모습을 상상하며 잭은 잠깐 동안이긴 하지만 이루 형언할 수 없는 만족감을 느꼈다. 대농장주들과 블리크맨은 상극이다. 빈곤에 시달리며 사막을 유랑하는 이 원주민들은 끊임없이 농장으로 와서 음식과 물, 그리고 치료해줄 것을 요청하기 때문이다. 때로는 노골적으로 구걸하는 경우도 있다. 그런 불쌍한 자들의 토지를 빼앗아 쓰고 있으면서도, 피해 당사자들이 구걸을 하면 울화통을 터뜨리는 것이다. 그것이 부유한 농장주들의 생리인 듯하다.

다른 헬리콥터 한 대도 응답하고 있었다. 조종사의 목소리가 들린다. "현재 자이로컴퍼스 좌표 4.78995 부근을 비행 중. 최대한 빨리 현장으로 가겠다. 음료수 50갤런을 포함해서 식량을 싣고 간다." 조종사는 소속을 밝히고 교신을 끊었다.

잭 볼렌은 방목된 소들이 풀을 뜯고 있는 낙농장을 뒤로하고 남쪽으로 향했다. 블리크맨 무리를 찾아 광막한 사막을 열심히 응시한다. 아, 저기 보인다. 작은 바위산 그늘에 옹기종기 모여 있다. 전혀 움직이지 않는 것을 보니 모두 이미 죽었는지도 모르겠다. 이들을 발견한 것은 화성 상공을 가로지르는 UN의 인공위성이었지만, 조난자를 구조할 능력까지는 없다. 무기력한 관할당국을 대신해서 우리가 이렇게 구조에 나섰지만— 그런들 무슨 소용이 있단 말인가. 블리크맨은 어차피 멸망해가는 종족이고, 그나마 남아 있는 후예들조차도 자포자기 상태에 빠져 인구수가 매년 급감하고 있다. 그들은 UN의 피후견인이었고, UN의 보호를 받고 있었다. 후견인 노릇 한번 빽적지근하게 하는군. 잭은 생각했다.

그렇지만 쇠망의 길을 걷고 있는 종족에게 도대체 무슨 일을 해줄 수 있단 말인가. 텔레비전 카메라를 갖춘 최초의 소비에트 우주선이 화성의 하늘에 출현해서 촬영에 착수했던 60년대에도 화성의 원주민들은 이미 멸종 직전이었다. 그들의 말살을 획책한 인류 집단은 없었다. 애당초 그럴 필요가 없었기 때문이다. 그래도 블리크맨들은 처음에는 엄청난 호기심의 대상이었다. 화성에 도달하기 위해 쓰인 수십억 달러가 아깝지 않은 발견이었다고나 할까. 외계인은 실제로 존재했던 것이다.

잭은 블리크맨들이 웅크리고 있는 장소에 인접한 편평한 모래땅 위에 헬리콥터를 착륙시켰다. 엔진을 끈 다음 문을 열고 밖으로 나왔다.

모래땅을 가로질러 꼼짝도 않는 블리크맨들을 향해 걸어가는 잭의 몸 위로 뜨거운 햇살이 가차 없이 내리쬐었다. 블리크맨들은 아직 살아 있었다. 눈을 뜨고 잭을 바라보고 있다.

"비는 나에게서 소중한 그대들 위로 내린다."

잭은 블리크맨의 관습에 따라 그들의 언어로 인사를 건넸다.

가까이서 보니 주름투성이의 노부부와 역시 부부로 보이는 젊은 남녀 및 갓난아이로 이루어진 5인 가족이었다. 물이나 먹을 것을 찾아 독자적으로 사막을 횡단하려고 했던 것이리라. 그들이 의존해 살던 오아시스가 말라버렸기 때문인지도 모른다. 블리크맨이 빠져들기 쉬운 전형적인 곤경이라고나 할까. 그렇게 시작된 긴 여정은 예외 없이 이런 식으로 끝난다. 탈진해서 쓰러진 채로 바싹 말린 채소처럼 시들어버린 사람들. UN의 인공위성이 발견하지 못했다면 곧 죽었을 터이다.

젊은 블리크맨 남성이 천천히 몸을 일으키더니 한쪽 무릎을 꿇고 가냘프게 떨리는 목소리로 말했다. "고귀한 그대가 내려주는 비는 우리에게 활력을 가져다준다, 친구여."

잭이 젊은 블리크맨에게 수통을 던져주자 청년은 웅크린 자세로 서둘러 수통 마개를 따더니 지면 위에 반듯이 드러누운 노부부에게 건넸다. 노파가 수통을 받아들고 물을 마셨다.

그러자마자 변화가 찾아왔다. 죽은 사람 같던 우중충한 잿빛 피부에 다시 생기가 돌더니 눈 깜짝할 사이에 활력을 되찾는다.

"저희가 가져온 알에 물을 채워도 괜찮겠습니까?"

블리크맨 청년이 물었다. 모래땅 위에 파카알이 몇 개 박혀 있다. 희끄무레한 알 내부는 텅 비어 있었다. 블리크맨은 이 알에 물을 넣어 운반한다. 블리크맨은 기술과는 아예 인연이 없기 때문에 점토 단지조차도 가지고 있지 않았다. 그러나 이들은 먼 옛날 화성의 대운하를 건설한 종족의 말예인 것이다.

"물론 괜찮아. 다른 헬리콥터가 물을 더 많이 가지고 올 거야." 잭은 자기 헬리콥터로 가서 점심이 든 도시락통을 꺼냈다. 블리크맨 청년에게 가서 그것을 건네며 "먹을 거야"라고 말했다. 마치 그들이 그 사실을 모르기라도 한다는 것처럼. 이미 일어선 노부부가 비틀거리며 손을 내민다.

뒤쪽에서 두 번째 헬리콥터의 굉음이 접근해왔다. 2인승 대형 헬리콥터가 천천히 지면에 착륙했다. 회전날개가 아주 천천히 돌아갔다.

조종사가 큰 소리로 말했다. "도움이 더 필요합니까? 필요 없으면 다시 이륙하겠습니다."

"물이 부족해요." 잭이 대답했다.

"오케이." 조종사는 엔진을 끈 다음 5갤런짜리 물통을 들고 밖으로 달려 나왔다. "여기 있습니다."

잭과 새로 온 조종사는 그 자리에 서서 블리크맨 청년이 물통의 물을 알에 옮겨 담는 광경을 구경했다. 블리크맨의 소지품은 그리 많지 않았다. 독화살이 든 화살통 하나에, 한 사람당 짐승가죽 한 장. 여자들이 하나씩 지니고 다니는 돌판은 그들이 가진 유일한 재산이었다. 이 돌판이 없으면 성인 여자 취급을 못 받는다고 한다. 수렵과 채집을 통해 손에 넣은 고기나 곡

식은 여자들이 모두 이 돌판 위에서 조리한다. 그밖에는 약간의 담배를 가지고 있을 뿐이었다.

"제가 태우고 온 승객 말인데," 젊은 조종사가 잭의 귀에 대고 나직하게 말했다. "UN이 이런 일을 우리한테 강제적으로 시키는 걸 그리 탐탁해하지 않는 눈치더군요. 상공에서 감시하고 있는 인공위성에게 들통난다는 걸 모르고 있는 겁니다. 비상 통지를 무시하면 벌금이 얼만데."

잭은 상대방의 헬리콥터 쪽을 돌아보았다. 육중한 몸집의 대머리 사내가 좌석에 앉아 있었다. 영양상태가 좋고 거만한 느낌을 주었다. 사내는 다섯 명의 블리크맨에게는 눈길도 주려 하지 않고 뚱한 얼굴로 앞만 바라보고 있었다.

"법률을 어길 수는 없는 일 아닙니까." 조종사는 변명하듯이 말했다. "그러다가 걸리면 벌금은 제가 다 물어야 하는데."

잭은 2인승 헬리콥터 쪽으로 걸어가서 조종실에 앉아 있는 덩치 큰 대머리 사내에게 말을 걸었다. "다섯 사람의 목숨을 구했는데도 기쁘지 않습니까?"

대머리 사내는 깔보는 듯한 눈초리로 잭을 내려다보며 대꾸했다. "검둥이 다섯 마리를 구했다고 해야지. 다섯 사람의 목숨을 구한 것하고는 얘기가 달라. 넌 그렇게 생각 안 한다, 이거야?"

"예, 나는 그렇게 생각 안 합니다. 앞으로도 마찬가지일 겁니다."

"그런 건 내가 알 바 아냐." 대머리 사내는 내뱉듯이 말했다. 붉게 달아오른 얼굴로 잭의 헬리콥터를 흘끗 보며 기체에 쓰인 마크를 확인한다. "곧 본때를 보여주겠어."

잭 곁으로 다가온 조종사가 황급하게 속삭였다. "어니입니다. 어니 코트." 그러고는 사내를 향해 큰 소리로 말했다. "이제 출발하겠습니다, 어니." 조종사는 조종실 안으로 모습을 감췄다. 회전날개가 다시 돌기 시작했다.

헬리콥터는 다섯 명의 블리크맨과 잭을 남겨두고 하늘로 날아올랐다. 블리크맨들은 물을 모두 마시고 지금은 잭이 준 음식을 먹고 있었다. 빈 물통이 옆에 떨어져 있다. 파카알은 모두 물을 채우고 마개를 닫아놓았다. 블리크맨은 헬리콥터가 이륙해도 위를 올려다보려고 하지도 않았다. 물론 잭 쪽도 바라보지 않았지만 말이다. 단지 자기들끼리 블리크어로 쑥덕거릴 뿐이다.

"어디로 가려던 거야?" 잭이 물었다.

젊은 블리크맨은 남쪽으로 멀리 간 곳에 있는 오아시스의 이름을 댔다.

"거기까지 갈 수 있을 것 같아?" 잭은 노부부를 가리켰다. "저분들하고 함께?"

"예, 나리." 젊은 블리크맨이 대답했다. "나리와 다른 나리가 주신 식량과 물이 있으니 이제는 가능합니다."

그럴 것 같지는 않군. 잭은 생각했다. 물론 이들은 가능하다고 할 것이다. 설령 불가능하다는 사실을 잘 알고 있어도 말이다. 종족의 자존심인지도 모르겠다.

"나리." 젊은 블리크맨이 말했다. "여기로 와서 저희를 도와

주신 것에 대해 감사의 선물을 드리고 싶습니다." 그러면서 무엇인가를 내밀었다.

소유물이 거의 없다시피 한 블리크맨들에게 선물로 내놓을 물건이 있다는 사실은 믿기 힘들다. 그러나 잭이 손을 내밀자 젊은 블리크맨은 뭔가 작고 차가운 것을 손바닥 위에 올려놓았다. 검고 쭈글쭈글하게 말라붙은 물체. 나무뿌리의 일부처럼 보인다.

"물의 정령입니다." 블리크맨이 말했다. "그게 있으면 언제든 원할 때마다 생명의 원천인 물을 얻을 수 있습니다."

"하지만 자네들에게는 아무 도움도 못 줬잖아?"

젊은 블리크맨은 희미하게 웃으며 대답했다. "도움을 줬습니다. 나리를 여기로 불러줬잖습니까."

"이게 없으면 자네들이 나중에 곤란해지는 거 아냐?"

"하나 더 있습니다, 나리. 우리 손으로 만든 겁니다." 젊은 블리크맨은 노부부를 가리켰다. "저분들은 명인입니다."

좀 더 자세히 훑어보자, 얼굴과 손발 같은 것이 달려 있다는 것을 알 수 있었다. 살아 있는 생물을 건조시켜 미라로 만든 것이다. 오그린 다리가 있었고, 조그만 귀도…… 잭은 전율했다. 묘하게 인간을 닮은 얼굴이, 마치 비명을 지르는 순간 살해당하기라도 한 것처럼 고통으로 일그러져 있다.

"어떻게 쓰는 건데?"

"예전에는 물이 필요하면 물의 정령에게 오줌을 쌌습니다. 그러면 그녀는 되살아납니다. 하지만 지금은 그러지 않습니다.

나리들한테서 아무 데서나 오줌을 갈기는 것은 좋지 않은 일이라는 것을 배웠으니까요. 그 대신 지금은 침을 뱉습니다. 거의 오줌 못지않은 효과가 있습니다. 그녀는 그 소리를 듣고 깨어나고, 눈을 뜨고 주위를 둘러봅니다. 그러고는 물을 부릅니다. 그런 식으로 나리를 불러왔던 겁니다. 지면으로 내려오지 않았던 다른 나리, 머리에 털이 없고 덩치가 큰 그 나리도 그렇게 불러왔습니다."

"그 나리는 큰 권력을 갖고 있어." 잭이 말했다. "배관공조합 거류지의 왕이거든. 루이스 타운도 모두 그 작자 거야."

"그랬군요." 젊은 블리크맨이 말했다. "그럼 루이스 타운에는 들르지 않겠습니다. 머리에 털이 없는 나리가 우리를 좋아하지 않는다는 걸 알고 있으니까요. 저희에게 물을 주긴 했지만, 속으로는 그러고 싶어 하지 않았기 때문에 저희도 물의 정령을 선물하지 않았습니다. 그 나리의 행동에는 진심이 깃들어 있지 않았습니다. 물은 그 나리의 마음이 아니라 손에서 왔을 뿐입니다."

잭은 블리크맨들에게 작별을 고하고 헬리콥터로 돌아왔다. 그는 잠시 후 이륙했다. 아래에서 블리크맨들이 천천히 손을 흔들고 있다.

잭은 물의 정령을 데이비드에게 주려고 마음먹었다. 주말에 집에 돌아갔을 때 주기로 하자. 오줌을 갈기든 침을 뱉든 네 마음이라고 하면서.

03

노버트 슈타이너에게는 행동의 자유가 있었다. 자영업자이기 때문이다. 번치우드 파크 교외에 있는 작은 철제건물 안에서 화성산 식물이나 무기물만을 써서 방부제나 화학약품이나 무기 질소비료 따위를 전혀 첨가하지 않은 건강식품을 제조하고 있다. 번치우드 파크의 다른 업체가 상업용 나무상자, 종이상자, 병, 봉투 등에 완제품을 포장해서 넣어주면, 슈타이너가 화성 전 지역을 돌아다니며 고객에게 직접 팔고 다니는 식이다.

경쟁상대가 전무한 덕분에 소득은 짭짤했다. 화성에서 건강식품 제조업자는 슈타이너뿐이다.

게다가 부업도 하나 있었다. 미식가들을 상대로 지구에서 송로버섯, 거위간 파테, 캐비어, 캥거루 꼬리 수프, 덴마크산 블루

치즈, 훈제 굴, 메추리알, 럼 바바* 따위의 고급식품을 수입하는 일이다. 화성에서는 모두 유통이 금지된 것들이다. 식민지는 모든 식량을 자급자족해야 한다는 UN의 정책 때문이다. UN의 식품전문가들은 식품을 우주선으로 수송하면 유해한 방사선에 오염될 위험이 있기 때문에 안전하지 않다고 주장하지만, 슈타이너는 속지 않았다. 식량 자급자족을 장려하는 진짜 이유는 고향인 지구에서 전쟁이 일어날 경우 식민지인 화성이 받게 될 타격을 우려하기 때문이다. 전쟁이 일어난다면 식량 송출은 중지되고, 그럴 경우 자급능력이 없는 식민지는 기아에 시달리다가 단기간에 소멸해버릴 것이 뻔하다.

슈타이너는 UN의 이런 논리를 존중하기는 하지만 실제로 그것을 따를 생각은 없었다. 송로버섯 통조림 몇 개를 밀수한다고 해서 낙농업자가 우유를 짜지 않는 것은 아니고, 돼지나 육우나 양을 키우는 목축업자들이 목장의 채산을 맞추려는 노력을 포기하는 것은 아니지 않은가. 설령 캐비어 병조림이 병당 20달러의 가격으로 이곳저곳의 정착지에서 팔린다고 해도, 농부들은 여전히 사과와 복숭아와 살구나무를 심고, 돌보고, 살충제를 뿌리고, 물을 줄 것이다.

슈타이너는 어젯밤에 도착한 할바라고 불리는 터키 과자가 든 통조림을 점검하는 중이었다. 이 과자는 필리핀 마닐라와 슈타이너가 황량한 F.D.R. 산의 일각에 블리크맨 인부들을 써

---

* Rum baba. 럼 시럽을 넣은 케이크

서 닦은 조그만 발착장 사이를 왕복하는 자동유도식 우주선에 실려왔다. 할바는 잘 팔렸고, 특히 뉴 이스라엘에서 인기가 좋았다. 슈타이너는 통조림에 하자가 없는지를 확인해보며 한 캔당 적어도 5달러는 받을 수 있겠다고 판단했다. 아참, 루이스타운의 어니 코트를 잊으면 안 된다. 어니는 슈타이너가 입수할 수 있는 거의 모든 과자류를 흔쾌히 사들였다. 치즈와 생선 통조림에도 사족을 못 쓴다. 5파운드 캔에 든 캐나다산 훈제 베이컨이나 네덜란드산 햄에 이르러서는 말할 나위도 없다. 사실 어니 코트는 단일 고객으로는 슈타이너의 최고 단골이었다.

슈타이너가 지금 앉아 있는 조그만 창고는 그가 불법으로 건립한 소규모 사설 발착장이 보이는 곳에 세워져 있었다. 발착장 위에는 어젯밤 도착한 로켓이 수직 상태로 우뚝 서 있었다. 슈타이너가 고용한 기술자―슈타이너 본인은 직접 손을 쓰는 일에는 전혀 소질이 없다―인 오토는 마닐라로 되돌려 보낼 로켓의 정비에 여념이 없었다. 길이가 불과 20피트밖에는 안 되는 소형 로켓이지만 스위스제이고 성능도 믿을 만하다. 하늘 위에서는 화성 특유의 불그스름한 태양이 주위를 에워싼 산 봉우리의 그림자를 발착장 위에 길게 떨어뜨리고 있었다. 슈타이너는 창고 안을 데우기 위해 석유난로를 켰고, 창고의 창문을 통해 밖을 내다보았다. 오토가 그를 향해 고개를 끄덕이며 로켓이 짐을 싣고 귀환할 준비가 되었음을 알렸다. 슈타이너는 할바 깡통들을 일단 바닥에 내려놓았다. 포장박스를 잔뜩 실은 손수레를 밀며 창고 문을 지나 바위투성이의 지면을 나아갔다.

"백 파운드는 되어 보이는데요."

슈타이너가 밀고 온 손수레를 본 오토가 못 미덥다는 듯이 말했다.

"보기보다 훨씬 가벼워."

슈타이너는 대꾸했다. 상자 안에는 건초가 들어 있었다. 이것을 필리핀에서 특수한 방식으로 가공하면 해시시와 매우 유사한 효과를 내는 마약으로 변신한다. 버지니아산 잎담배에 섞어 피우는 방식으로 소비되는 이 마약은 미국에서는 고가로 팔렸다. 슈타이너 자신은 단 한 번도 피워본 적이 없다. 그에게 육체와 정신의 건강은 하나였기 때문이다. 슈타이너는 자기가 파는 건강식품의 효능을 믿었고, 흡연과 음주를 멀리했다.

오토와 힘을 합쳐서 로켓에 화물을 실은 다음 봉인했다. 오토가 유도장치의 타이머를 설정했다. 며칠 뒤에는 지구의 마닐라에 사는 호세 페스키토가 이 화물을 수령하고, 슈타이너가 주문한 것들을 실은 로켓을 다시 화성으로 되돌려 보낼 것이다.

"돌아갈 때 저도 태워주시겠습니까?" 오토가 물었다.

"먼저 뉴 이스라엘에 들러야 하는데."

"상관없습니다. 시간은 많습니다."

과거에 오토 지트는 단독으로 소규모 암거래에 종사한 경험이 있었다. 그가 다루는 물건은 부서지기 쉬운 소형 전자제품으로 한정되었으며, 밀수 수단으로는 지구와 화성을 왕래하는 일반 여객선을 이용했다. 처음에는 높은 값을 부를 수 있는 타이프라이터라든지 카메라, 테이프레코더, 모피, 위스키 따위를 밀수하려고 했지만, 경쟁에서 밀려난 탓에 단념해야 했다. 생활필수품이라고 할 수 있는 이런 물품들을 식민지 행성으로 대량 밀반입하는 사업은 막대한 자본력과 독자적인 수송망을 보유한 직업적 암거래상들이 장악하고 있었기 때문이다. 애당초 별로 내키지 않았던 일이니 상관없었다. 원래는 수리공이 되고 싶었다. 오토가 화성에 온 것도 바로 그 때문이지만, 화성에서는 두세 개의 업체가 일종의 길드처럼 사업을 독점하고 있다는 사실을 몰랐던 것이 화근이었다. 슈타이너의 이웃인 잭 볼렌이 일하고 있는 '이 컴퍼니'도 그중 하나였다. 적성검사를 받아보았지만 결과는 만족스럽지 못했다. 그래서 화성에 와서 1년 남짓 되었을 무렵, 슈타이너와 그의 조그만 밀수업을 위해 일하기 시작했던 것이다. 오토에게는 굴욕적인 일이었지만, 그래도 뜨거운 햇살이 내리쬐는 사막에서 육체노동을 하는 것보다는 훨씬 나았다.

오토와 함께 창고로 돌아가면서 슈타이너는 말했다. "개인적으로 난 이스라엘인들을 별로 좋아하지 않아. 단골이니 만날 얼굴을 맞대기는 하지만, 그 녀석들의 생활방식은 아무리 봐도 부자연스러워. 그런 막사에서 집단생활을 하고, 언제나 사막에 나가서 과수원인지 뭔지는 모르겠지만 하여튼 오렌지나 레몬 나무를 심는 데만 정신이 팔려 있어. 지구에서도 아무 자원도 없는, 화성과 별로 다르지 않은 사막에서 살고 있었으니까 우리에게는 없는 큰 이점을 갖고 있다고 해도 되겠지만."

"사실입니다. 하지만 인정할 건 인정해야 하지 않을까요. 정말로 죽어라 일하니까요. 게으른 것과는 인연이 먼 친구들입니다."

"그뿐만이 아냐." 슈타이너는 대꾸했다. "음식에 관해서는 위선자도 그런 위선자가 없어. 우리한테서 율법에 맞지 않는 고기 통조림을 얼마나 사댔는지 생각해보라고. 거기서 유대교 음식 규정을 지키는 작자는 아마 단 한 명도 없을걸."

"흐음, 그 친구들이 훈제 굴을 사는 게 마음에 들지 않으면 안 팔면 그만이지 않습니까."

"그건 내가 참견할 종류의 일이 아냐."

실은 슈타이너가 뉴 이스라엘에 가야 할 이유는 하나 더 있었다. 오토조차도 까맣게 모르는 사실이다. 슈타이너의 아들은 이른바 '비정상적 아동'들을 위한 뉴 이스라엘의 특수시설에서 살고 있었다. 비정상적 아동이란 '공립학교'에서 정상적인 교육을 받을 수 없을 정도로 육체적, 심리적으로 일탈한 아이들을 가리킨다. 슈타이너의 아들은 자폐아였다. 시설의 교사는 슈타이너의 아들을 그가 태어난 인간 문화와 접촉시키려는 시도를 벌써 3년째 계속하고 있었다.

자식이 자폐아라는 것은 부모에게는 특별한 수치羞恥로 받아들여졌다. 심리학자들은 자폐증이 대개 정신분열증적인 경향을 가진 부모들의 결함을 이어받은 데서 온다고 보기 때문이다. 이제 열 살인 만프레드 슈타이너는 태어나서 지금까지 단 한 마디도 말을 한 적이 없다. 언제나 발끝으로만 뛰어다니며,

사람들을 마치 뾰족하고 위험한 사물이라도 되는 것처럼 피하고 있다. 육체적으로는 매우 건강하고 체격도 좋은 금발 소년이었기 때문에, 태어나서 1년 동안은 슈타이너 부부도 아들을 무척 귀여워했다. 그러나 지금은— 벤 구리온* 캠프의 교사들조차도 만프레드에 관해서는 비관적이었다. 시설의 교사들은 보통 낙관적인데도 말이다. 그것이 그들의 임무가 아니던가.

"뉴 이스라엘에는 늦게까지 머물러 있을지도 몰라." 슈타이너는 오토와 함께 헬리콥터에 할바 통조림을 실으며 말했다. "거기 있는 키부츠들을 모두 돌아다니려면 몇 시간이나 걸리니까."

"왜 나를 데리고 가려 하지 않는 겁니까?"

오토는 버럭 화를 내며 힐문했다.

슈타이너는 발을 이리저리 움직였고, 고개를 숙이고는 겸연쩍은 표정으로 말했다. "오해하지 말게. 나도 길동무가 있는 편이 더 좋아. 하지만—" 한순간 오토에게 사정을 털어놓을까 하는 생각이 머리를 스쳐갔다. "트랙터 버스정류장까지 데려다줄게— 그럼 되지?"

슈타이너는 피로를 느꼈다. B-G 캠프에 가보았자 만프레드는 여전히 누구와도 눈을 마주치려고 하지 않고, 어린애라기보다는 경계심이 강한 민첩한 동물처럼 그의 주위를 휙휙 돌아다닐 것이 뻔하다……. 가봤자 아무 소용도 없지만, 그래도 가봐야 했다.

* David Ben-Gurion(1886~1973). 이스라엘의 초대 총리. 시오니스트.

마음속으로는 모든 것을 아내 탓으로 돌리고 있었다. 그녀는 만프레드가 갓난애였을 무렵에도 말을 걸거나 애정을 보인 적이 한 번도 없었다. 화학자로 교육받은 덕분에 이지적이고 실제적이기는 했지만 어머니로서는 낙제감이었다. 자기가 낳은 아이를 마치 실험실의 흰 쥐를 다루듯이 씻고 먹였다니 알 만하지 않은가. 아들의 청결과 건강에 신경을 쓰기는 했지만 자장가를 불러준다거나 함께 웃는 법은 결코 없었고, 실제로 자기 아이와 말을 나누려고 시도한 적도 없었다. 그런 어머니가 기르는 자식이 자폐증인 것은 어쩌면 당연하다. 그런 상황에서 도대체 어떤 선택이 있었단 말인가? 이런 생각을 하며 슈타이너의 마음은 무겁게 가라앉았다. 애당초 석사학위를 가진 여자와 결혼한 것부터가 잘못이었다. 그는 옆집에 사는 이웃인 볼렌의 아들―아이답게 고함을 지르고, 놀기 좋아하는―을 머리에 떠올렸다. 그 어미인 실비아 볼렌의 모습도 떠오른다. 그녀야말로 진짜 어머니이고, 진짜 여자다. 활기차고, 육체적으로도 매력이 있으며, 생기발랄하다. 물론 거만하고 이기적이기도 하지만……. 자기가 가진 것이 무엇인지를 뚜렷하게 알고 있었다. 슈타이너는 오히려 그런 점이 더 좋았다. 그녀는 감상적인 여자가 아니다. 강인한 여자다. 이를테면 물 문제에 대해 그녀가 보인 반응을 생각해보라. 물탱크에 금이 가서 2주분의 물이 모두 새어나갔다고 우는소리를 해도 눈썹 하나 까딱하지 않았다. 당시 일을 떠올리며 슈타이너는 쓴웃음을 지었다. 실비아 볼렌은 한순간도 기만당하지 않았다.

오토가 말했다. "그럼 버스정류장에 내려주십쇼."

슈타이너는 안도하며 대꾸했다. "좋아. 자네까지 그 이스라엘 놈들을 상대할 필요는 없으니까 말야."

오토는 슈타이너를 훑어보았다. "아까도 말했듯이 노버트, 난 그치들을 싫어하지 않습니다."

두 사람은 헬리콥터에 올라탔다. 슈타이너는 조종석에 앉아 엔진 시동을 걸었다. 오토와는 더 이상 아무 얘기도 나누지 않았다.

뉴 이스라엘 거류지 북쪽에 있는 와이즈만 비행장을 향해 헬리콥터를 몰면서 슈타이너는 이스라엘인들에 대해 악담을 늘어놓았다는 사실에 대해 양심의 가책을 느꼈다. 원래는 오토를 못 따라오게 하려고 적당히 꾸며댄 말이었고, 결코 본심이 아니었다. 그가 느끼는 진짜 감정과도 상반되는 말이었다. 그는 자신이 수치심 때문에 그랬다는 것을 문득 깨달았다. B-G 캠프에 결함이 있는 아들을 맡겨놓았다는 사실 자체가 수치스러웠던 것이다······. 수치심이란 도대체 얼마나 강한 충동이길래, 나로 하여금 그런 얼토당토않은 말까지 늘어놓게 만드는 것일까.

이스라엘인들이 없었다면 아들은 돌봐주는 사람도 없이 방치되었을 것이다. 화성에 있는 비정상아를 위한 수용시설은 그곳이 유일했다. 모든 종류의 시설을 셀 수도 없이 많이 갖춘 지구와는 딴판이었다. 게다가 만프레드를 시설에 맡기기 위해 슈타이너가 지불하는 양육비는 극히 적은 액수였다. 거의 형식적인 것에 불과하다고 해도 될 정도다. 착륙한 헬리콥터 밖으로 나가면서 슈타이너는 점점 죄의식이 강해지는 것을 자각했고, 급기야는 어떻게 하면 이스라엘인들의 얼굴을 똑바로 바라볼 수 있을지 걱정해야 할 지경에 이르렀다. 상상하고 싶지도 않지만 그들은 슈타이너의 마음을 읽고, 모종의 방법을 이용해 그가 다른 곳에서 무슨 얘기를 지껄였는지를 간파할지도 모른다.

그러나 뉴 이스라엘의 발착장 담당자는 그를 보고도 쾌활하게 인사를 건넸을 뿐이었다. 덕택에 슈타이너의 죄의식도 조금씩 사라지기 시작했다. 결국 겉으로 드러나지는 않은 듯하다. 그는 육중한 여행가방들을 끌고 발착장을 가로질러 버스정류장으로 갔다. 시내의 비즈니스 중심지로 승객들을 실어 나르는 트랙터 버스를 잡아타기 위해서였다.

버스를 타고 편한 자세로 좌석에 앉자마자 아들에게 줄 선물을 깜박 잊고 사 오지 않았다는 사실을 깨달았다. 시설의 교사인 미스 밀치는 아들을 만날 때면 언제나 선물을 사 오라고 했다. 면회가 끝난 뒤에도 만프레드가 아버지의 방문을 떠올릴 수 있는 튼튼한 물건이 좋다고 했다. 도중에 어디든 들러야겠다고 슈타이너는 생각했다. 장난감이나 게임 따위가 좋을지도 모른다. 그러자 B-G 캠프의 시설에 아이를 맡긴 여자가 뉴 이스라엘에서 선물가게를 운영한다는 사실이 떠올랐다. 앤 에스터헤이지의 가게다. 거기 들르면 될 듯하다. 그녀는 만프레드를 만난 적이 있고, 비정상아에 관해서도 충분히 이해하고 있었다. 뭘 사 가면 되는지도 잘 알 터이다. '아드님은 몇 살인가요?' 따위의 당혹스러운 질문을 받을 염려도 없다.

선물가게 근처의 정류장에서 내렸다. 편안한 마음으로 깔끔한 점포와 사무실들을 구경하며 보도를 걸었다. 뉴 이스라엘은 많은 점에서 고향을 연상케 했다. 번치우드 파크나 루이스 타운보다도 훨씬 더 진짜 도시답다. 적잖은 수의 통행인들이 바쁘게 돌아다니고 있었다. 슈타이너는 번화가의 활력을 한껏 들이마셨다.

현대적인 간판과 비스듬한 전시창이 인상적인 선물가게 앞으로 왔다. 창틀에 놓인 상자 속의 화초가 화성산 관목이라는 점을 제외하면 베를린의 번화가에 있는 가게라고 해도 좋을 정도였다. 가게 안으로 들어가자 카운터 뒤에 앉아 있던 앤 에스터헤이지가 그를 알아보고 미소 지었다. 중년의 원숙한 매력을 갖춘, 검은 머리가 인상적인 40대 초반의 여성이었다. 언제나 단정한 옷매무새. 게다가 생기 있고, 지적인 느낌을 잃지 않는다. 그녀가 시민단체나 의회에서 대활약하고 있다는 사실은 잘 알려져 있었다. 정기적으로 회보를 발간할 뿐만 아니라 이런저런 위원회에서도 활동 중이다.

그러나 그녀의 아들이 B-G 캠프에 수용되어 있다는 사실을 아는 사람은 같은 처지에 있는 몇몇 부모들과 캠프 직원들밖에는 없었다. 그녀의 아들은 아직 세 살밖에는 안 된 유아였고, 태아기에 감마선에 노출될 경우 발생하는 것과 동일한 종류의 끔찍한 육체적 결함을 가지고 태어났다. 슈타이너는 딱 한 번 본 적 있을 뿐이다. B-G 캠프에는 중증 기형아들이 다수 수용되어 있었고, 그 결과 슈타이너는 겉모습에는 연연하지 않고 눈에 보이는 그대로를 겸허하게 받아들이는 법을 배웠다. 그러나 그녀의 자식을 처음 보았을 때는 놀라지 않을 수가 없었다. 아이는 온몸이 주름투성이인데다가 너무나도 작았고, 여우원숭이처럼 커다란 눈을 갖고 있었다. 손가락 사이에는 마치 수서 동물 같은 물갈퀴가 달려 있었다. 슈타이너는 눈앞의 생물이 상상을 초월할 정도로 예민한 감각을 가지고 있음을 직감했다. 아이는 지독하게 꼼꼼하게 그를 훑어보았고, 슈타이너 본인조차도 거의 접근하지 못하는 심부深部까지 파고 들어왔다……. 마치 그의 마음속으로 밀고 들어와서 숨겨진 비밀들을 탐색하고, 일단 뒤로 물러난 다음 자신이 얻은 정보를 바탕으로 그를 받아들인 듯한 느낌이랄까.

문득 앤 에스터헤이지와 그녀의 남편 이외의 어떤 남자—그녀에게는 더 이상 남편이 없었으므로—사이에서 태어난 이 아이가 부모의 눈에는 화성인으로 비칠 것이라는 생각이 들었다. 그러니까, 화성에서 태어난 아이라는 뜻이다. 그녀가 현재 싱글이라는 것은 예전에 대화를 나누다가 알게 된 사실이었다. 그녀의 어조는 담담했고, 그 사실에도 전혀 개의치 않는 눈치였다. 오래전에 이혼했다고 한다. 그렇다면 B-G 캠프의 시설에 있는 아이는 사생아라는 얘기가 되지만, 그녀는 대다수 현대 여성이 그렇듯이 사생아를 낳았다는 사실을 불명예로 여기지는 않는 듯했다. 슈타이너도 같은 의견이었다.

육중한 여행가방을 바닥에 내려놓으며 슈타이너는 말했다.

"단출하지만 정말 멋진 가게로군요."

"고마워요." 그녀는 카운터 앞으로 나오며 말했다. "뭘 도와드릴까요, 슈타이너 씨? 혹시 몸에 그렇게 좋다는 요구르트하고 맥아麥芽라도 팔러 오신 건가요?" 검은 눈이 장난스럽게 반짝거렸다.

"만프레드에게 줄 선물을 하나 사러 왔습니다."

여자의 얼굴에 측은해하는 듯한, 상냥한 빛이 떠올랐다. "그러셨군요. 그럼―" 그의 곁을 떠나 매대 쪽으로 간다. "얼마 전에 B-G 캠프를 방문했을 때 저도 만프레드를 만났답니다. 혹시 음악에 무슨 관심을 보이던가요? 자폐 아동들은 곧잘 음악을 즐긴다던데."

"그림 그리기를 좋아합니다. 하루 종일 그림을 그리고 있습니다."

그러자 그녀는 플루트를 닮은 조그만 목제 피리를 집어 들었다. "이건 현지에서 만든 건데, 아주 잘 만들어졌어요." 그녀는 피리를 내밀었다.

"그렇군요. 이걸 사겠습니다."

"B-G 캠프의 미스 밀치는 자폐 아동들의 마음을 열기 위해서 음악을 쓴다네요." 앤 에스터헤이지는 나무피리를 포장하면서 말했다. "특히 음악에 맞춰 춤추는 것이 효과가 있다고 하더군요." 그러고는 조금 주저하더니 말을 이었다. "슈타이너 씨, 제가 지구의 정치단체와 긴밀한 관계를 유지하고 있다는 건 아시죠. 실은…… UN이 어떤 법안을 상정하려고 한다는 소문을 들었는데……." 그녀는 목소리를 낮췄다. 얼굴이 창백했다. "일부러 이런 나쁜 소식을 들려드리고 싶지는 않지만, 만약 그게 사실이라면, 실은 거의 확실한 얘기라고 생각되는데……."

"얘기해보십쇼." 여기 오지 않았으면 좋았을 텐데. 중요한 정보는 반드시 그녀의 귀에 들어온다는 사실을 슈타이너는 알고 있었다. 아직 그 내용을 듣지도 않았지만, 단지 그것만으로도 불안감을 느끼기에는 충분했다.

"현재 UN에서 심의 중이라고 들었는데, 비정상아의 처우에 관한 법안이 통과될 것 같다는군요." 떨리는 목소리였다. "그렇다면 B-G 캠프의 시설은 폐쇄될 겁니다."

잠시 후 슈타이너는 가까스로 입을 열었다. "하지만, 왜?" 그러고는 상대방의 얼굴을 멍하게 바라보았다.

"두려움 때문이에요— 그러니까, 그들이 말하는 '결함종缺陷種'이 식민 행성에 출현하는 걸 두려워하고 있다는 뜻이에요. 인류를 순수하게 유지하고 싶은 거죠. 무슨 뜻인지 아시겠어요? 저도 이해는 하지만, 그래도— 그래도 그런 생각에는 찬성할 수 없어요. 아마 제 자식 때문인지도 모르겠군요. 아니, 상황이 달랐어도 절대로 찬성 못 했을 거예요. 지구에서는 비정상아의 수가 늘어나도 걱정 안 해요. 우리 같은 식민 행성에 관해서 품고 있는 희망을 지구에 대해서는 품고 있지 않으니까. 그런 심리를 이해하려면 지구에 있는 사람들이 우리에 대해 느끼고 있는 이상주의라든지, 불안에 관해서 알 필요가 있어요……. 가족을 데리고 지구에서 화성으로 이민을 오기 전에 어떤 생각을 갖고 있었는지를 기억하세요? 그 사람들은 화성에 비정상아들이 존재한다는 사실 자체를 지구의 가장 큰 고질痼疾 중 하나가 미래에 이식된 징후로 보고 있는 거예요. 왜냐하면 그들에게는 우리야말로 미래이기 때문이고ㅡ"

슈타이너는 상대의 말을 가로막았다. "법안 통과는 확실한 겁니까?"

"확실하다고 봐요." 여자는 고개를 들고 그를 똑바로 쳐다보았다. 그녀의 지적인 눈은 침착했다. "우리 같은 입장에서는 신경을 쓰지 않을 수 없는 일이죠. 만약 B-G 캠프가 폐쇄된다면 정말 끔찍한 일이ㅡ" 그녀는 말을 끝맺지 못했다. 그녀의 눈에서 슈타이너는 형언할 수 없는 공포를 읽었다. 그의 아들과 그녀의 아들 같은 비정상아들은 모종의 과학적이고, 고통을 수반하지 않는 순간적인 방법으로 안락사당한다. 설마 그런 말을 할 작정이었단 말인가.

"말해주십시오."

"아이들을 잃게 될 거예요."

그는 구토감이 치밀어오르는 것을 느끼며 말했다. "안락사시킨다, 이거군요."

"세상에. 어떻게 그런 끔찍한 말을 할 수 있죠. 마치 자기는 상관없다는 듯이?" 그녀는 공포에 가득 찬 눈으로 슈타이너를 응시했다.

"하느님 맙소사." 슈타이너는 쓰디쓴 말투로 내뱉었다. "만에 하나 그게 사실이라면ㅡ" 그러나 도저히 그녀 말을 믿을 수가

67

없었다. 혹시 믿고 싶지 않기 때문일까? 아니면 말도 안 될 정도로 소름끼치는 일이라서? 아니다. 그녀를 믿지 않는 것은 그녀의 직감을, 그녀의 현실감각을 믿을 수 없기 때문이다. 보나마나 왜곡되고 히스테리컬한 뜬소문을 듣고 하는 소리일 것이다. B-G 캠프와 거기 수용된 아이들에게 간접적인 영향을 줄수도 있는 법안이 상정되었을 가능성은 있다. 하지만 그들은, 비정상아의 부모들은, 언제나 그런 불안감 속에서 살아오지 않았는가. 생식선에 영구적인 변화가 일어났다고 판명될 경우— 보통 이런 일은 대량의 감마선에 피폭될 경우에 일어난다— 는, 부모와 자식 모두에게 강제로 불임시술을 한다는 얘기를 읽은 적도 있다.

"UN에서 그런 법안을 작성한 사람이 도대체 누굽니까?"

슈타이너는 물었다.

"지구건강복지위원회에 소속된 여섯 명의 위원들이라고 하더군요." 그녀는 메모지에 그들의 이름을 썼다. "여기 쓰인 사람들입니다. 자, 슈타이너 씨, 우선 이 사람들에게 항의편지를 써주시면 고맙겠습니다. 그리고 주위 사람들에게도—"

슈타이너는 그녀의 말을 거의 듣고 있지 않았다. 그는 피리값을 지불한 후 고맙다는 말을 한 다음, 접은 메모지를 받아들고 선물가게에서 나왔다.

빌어먹을. 저런 곳에는 들어가지 말았어야 했어! 저 여잔 그런 얘기를 하는 걸 혹시 즐기는 거 아닐까? 애당초 공공문제에 감 놔라 배 놔라 할 입장도 아닌 저런 여자들이 터무니없는 헛

소문을 퍼뜨리지 않더라도, 이 세상에는 골치 아픈 문제들이 충분히 산적해 있지 않은가.

그러자 슈타이너의 가슴속에서 조용한 목소리가 말했다. 그 여자 말이 옳을지도 몰라. 그럴 경우는 현실을 직시하는 수밖에 없어. 슈타이너는 육중한 여행가방 손잡이를 꽉 쥐고 혼란과 공포에 휩싸인 채로 터벅터벅 걸어갔다. 빨리 B-G 캠프로 가는 일만 생각하느라 새로 개점한 길가의 작은 가게들은 아예 눈에 들어오지도 않았다.

B-G 캠프의 유리돔으로 덮인 거대한 온실로 들어가자 미스 밀치가 서 있었다. 모랫빛 머리카락을 가진 젊은 여자다. 그녀는 찰흙과 물감이 덕지덕지 묻은 작업복에 샌들 차림이었고, 황망한 표정으로 미간을 찌푸리고 있었다. 여자가 고개를 홱 치켜들더니 얼굴을 가린 헝클어진 머리카락을 뒤로 넘기면서 다가온다.

"안녕하세요, 슈타이너 씨. 오늘은 정말 힘든 날이군요. 새로운 아이가 두 명 들어왔는데, 그중 하나는 정말이지 지독하게 다루기 힘들어요."

"미스 밀치, 방금 선물가게에 들러서 앤 에스터헤이지를 만났는데—"

"UN에 상정 중이라는 그 법안 얘기를 들으셨군요?" 미스 밀치는 피곤한 기색이 역력했다. "예, 그런 법안은 정말로 존재합니다. 앤한테는 별의별 비밀정보가 다 들어오는 것 같군요. 어떻게 그런 일이 가능한지는 모르겠지만. 만프레드 앞에서는 가급적 불안한 기색을 보이지 않도록 해주세요. 오늘 새로 온 아이들 때문에 많이 동요하고 있거든요."

미스 밀치는 슈타이너를 만프레드가 있는 놀이방으로 안내하려고 온실 밖 복도로 나갔다. 슈타이너는 황급히 뒤를 따라가서 그녀를 멈춰 세웠다.

"그런 법안이 통과되면 우린 도대체 어떻게 해야 합니까?"

숨 가쁜 어조였다. 그는 무거운 여행가방을 바닥에 내려놓고 나무피리가 든 종이봉투만 들고 있었다.

"저도 모르겠어요. 무슨 일을 할 수 있는지." 미스 밀치가 대꾸했다. 천천히 걸어가서 놀이방 문을 열자, 날카롭고 시끄러운 어린애들의 목소리가 들려왔다. "뉴 이스라엘 당국하고 지구의 이스라엘 정부는 물론 격렬하게 항의했고, 다른 정부들도 함께 항의했다는군요. 하지만 워낙 많은 부분이 비밀에 싸여 있고, 그런 법안이 존재한다는 사실 자체가 비밀인 탓에 모든 일은 수면 아래에서 진행되고 있다고 했어요. 자칫하다가 패닉을 일으키면 안 되니까요. 너무나도 민감한 문제잖아요. 이 문제에 관한 여론이 어떤지를 확실하게 아는 사람은 아무도 없어요. 애당초 여론에 귀를 기울여야 하는지에 대해서도 확신이 없고." 피로로 녹초가 된 듯한, 힘없고 느린 목소리였다. 그녀는 위로하듯이 그의 어깨를 두들겼다. "최악의 경우에도 B-G 캠프를 폐쇄하고 비정상아들을 지구로 강제 송환하는 조치밖에는 취하지 못할 거예요. 안락사 따위의 극단적인 조치는 없을 거예요."

슈타이너는 재빨리 대꾸했다. "지구의 수용소로 보낸다, 이 겁니까?"

"자, 만프레드를 찾으러 가죠." 미스 밀치가 말했다. "괜찮으시죠? 만프레드는 오늘 아버지가 오신다는 걸 알고 있다고 생각해요. 창가에 서 있었거든요. 물론 평소에도 자주 그러긴 하지만."

불현듯 흐느끼는 듯한 목소리가 튀어나왔다. "그치들의 생각이 옳을지도 모른다는 생각이 듭니다. 말도 못하고, 사람들과 함께 살아갈 능력도 없는 아이의 삶에 도대체 무슨 의미가 있겠습니까?"

미스 밀치는 그를 흘끗 보았지만 아무 말도 하지 않았다.

"일생 동안 정상적인 직장을 가지지도 못할 겁니다. 앞으로도 줄곧 사회의 짐이 되어 살아가겠죠. 그게 진실 아닙니까?"

"자폐 아동들은 여전히 저희들을 고민에 빠뜨린답니다." 미스 밀치는 말했다. "자폐아란 무엇인지, 그 원인은 무엇인지, 오랜 세월 동안 아무런 반응도 보이지 않다가 느닷없이 총체적인 정신 발육이 시작되는 현상은 어떻게 설명해야 하는지, 아직 제대로 알려진 게 거의 없죠."

"저는 그 법안에 진심으로 반대할 수가 없습니다." 슈타이너가 말했다. "처음 받은 충격이 사라진 지금, 곰곰이 생각해보고 내린 결론입니다. 그 법안은 정당한 것인지도 모릅니다. 정당하다는 생각이 자꾸 듭니다." 떨리는 목소리였다.

"흐음. 앤 에스터헤이지 앞에서 그런 소리를 안 하셔서 천만다행이군요. 그랬다가는 두 손 들고 항복할 때까지 붙들어놓고 설교를 했을 테니까요." 미스 밀치는 널찍한 놀이방으로 통하는 문을 열었다. "만프레드는 저기 모퉁이에 있어요."

멀찍이서 아들을 바라보며 슈타이너는 생각했다. 겉으로는 저렇게 멀쩡한데. 모양 좋은 머리통, 곱슬머리, 잘생긴 얼굴……. 소년은 허리를 굽히고 어떤 물체를 만지작거리는 일에 몰두하고 있었다. 정말로 아름다운 용모를 가진 아이다. 시원한 눈은 이따금 조롱하는 듯한 빛이 깃들 때도 있고, 환희와 흥분으로 반짝일 때도 있다……. 저 완벽하게 조화된 몸동작을 보라. 발끝으로 깡충깡충 뛰어다니며, 마치 다른 사람들의 귀에는 들리지 않는 음악에 맞춰 춤을 추고, 그 자신의 마음속에서 계속 흘러나오며 그를 매료해 마지않는 이름 모를 선율에 귀를 기울이고 있는 듯한 저 모습을.

저 아이에 비하면 우리 모두 너무나도 평범한 존재야. 납처럼 무거운 존재들이지. 우리가 민달팽이처럼 땅 위를 기어갈 때, 저 아이는 깡충깡충 춤을 춰. 마치 우리를 지면으로 잡아당기는 중력 따위의 영향을 받지 않는 것처럼. 혹시 우리와는 다른 종류의 새로운 원자로 이루어져 있기라도 한 걸까?

"여어, 매니." 슈타이너는 아들에게 말을 걸었다.

소년은 고개를 들지도 않았고, 아무런 자각의 징후도 보이지 않았다. 단지 손에 든 물체를 만지작거릴 뿐이었다.

그 법안의 기초자들에게 편지를 보내야겠어. 슈타이너는 생각했다. 내 아들이 수용소에 있다고. 그들의 의견에 나도 찬성한다고.

자신이 이런 생각을 떠올렸다는 사실에 그는 경악했다.

만프레드를, 죽이자고? 그제야 슈타이너는 깨달았다. 그런 얘기를 들은 것이 계기가 되어 아들에 대한 무의식적인 증오가 분출되었던 것이다. UN에서 비밀리에 법안을 논의하는 이유를 알 것 같았다. 많은 사람들이 이런 식의 증오를 품고 있기 때문이다. 자기도 모르는 새에.

"너한테 줄 피리는 없어, 매니." 슈타이너는 말했다. "그걸 왜 줘야 하는데? 어차피 넌 상관 안 할 거잖아?" 소년은 고개를 들지도 않는다. 그의 말을 듣는 기색도 전혀 없다. "맞아. 아무것도 없어." 슈타이너는 말했다. "모든 게 공허해."

우뚝 서 있는 슈타이너에게 장신의 호리호리한 몸에 흰 가운을 걸친 글러브 박사가 클립보드를 들고 다가왔다. 슈타이너는 퍼뜩 정신을 차리고 의사를 응시했다.

"자폐증에 관한 새로운 학설이 발표되었습니다." 글러브 박사가 말했다. "스위스의 베르크홀츠라이가 내놓은 겁니다. 그 얘기를 좀 해드리고 싶군요. 아드님에게 새로운 치료의 가능성이 열릴지도 모릅니다."

"그럴 것 같지는 않은데요." 슈타이너는 대꾸했다.

글러브 박사는 마치 그의 대답을 듣지 않은 것처럼 얘기를 계속했다. "베르크홀츠라이의 학설에 의하면 자폐증은 시간감각의 혼란에 기인한다고 합니다. 자신을 둘러싼 환경이 엄청나게 빠른 속도로 움직이기 때문에, 자폐증 환자는 당연히 그런 현상에 적응하지 못합니다. 바꿔 말해서, 주위환경을 제대로 지각하지 못합니다. 텔레비전 영상을 고속으로 돌리면 화면 속의 물체들이 눈에 보이지 않을 정도로 빠른 속도로 휙휙 움직이고, 목소리 또한 알아들을 수 없는 높다란 잡음으로 변하는 것과 같은 이치이지요. 이 새로운 학설에 입각해서 자폐증을 앓는 아동을 폐쇄된 방에 집어넣고, 방 안에 있는 스크린에 슬로 모션 영상을 투영한다고 가정해보십시오 — 무슨 얘긴지 감이 옵니까? 음향과 영상 양쪽을 느리게 재생하는 겁니다. 우리 같은 보통 사람에게는 움직이는 것처럼 보이지도 않고, 사람 목소리라고 인지할 수도 없을 정도로 완만한 속도로."

슈타이너는 피곤한 어조로 말했다. "놀랍군요. 그렇게 종종 새로운 학설이 발표되는 분야입니까, 심리요법은?"

"예." 글러브 박사는 고개를 끄덕였다. "스위스 학자들이 특히 유명하지요. 마음의 병을 가졌거나, 자기만의 세계에 틀어박혀 통상적인 의사소통이 불가능할 정도로 고립된 사람들의 정신 연구에 있어서는 실로 독보적인 위치를 점유하고 있습니다. 무슨 얘긴지 아시겠습니까?"

"압니다." 슈타이너는 대답했다.

글러브 박사는 고개를 끄덕이며 자리를 떴고, 의자에 앉아 있는 다른 환자 곁으로 갔다. 환자는 여자였고, 어린 딸과 함께 천으로 된 표지의 그림책을 들여다보고 있었다.

위안거리조차도 되지 않는군. 슈타이너는 생각했다. 글러브 박사는 지구의 당국이 언제든 B-G 캠프를 폐쇄할 수도 있다는 사실을 아예 모르는 것일까? 세상물정을 모르는 저 의사는 너무나도 우직하게 자기 일에만 몰두하고 있다……. 아무것도 모르는 채로.

글러브 박사 뒤를 따라가던 슈타이너는 박사와 환자 사이의 대화가 멈추기를 기다렸다가 말했다. "선생님, 그 새로운 학설에 관해서 조금 더 얘기를 나누고 싶습니다만."

"예, 물론 그래야죠." 글러브 박사는 여자와 그녀의 딸에게 양해를 구한 뒤에 슈타이너를 누가 엿들을 염려가 없는 방구석으로 데려갔다. "이 시간감각의 차이라는 개념은, 모든 사상事象이 극단적으로 빠르게 일어나는 세계 안에 사로잡혀, 타자와 의사소통을 한다는 불가능에 가까운 일에 지치고 절망한 사람들에게 새로운 희망을 부여해줄 수 있고—"

슈타이너는 상대방의 말을 가로막았다. "설령 그 학설이 사실이라고 해도, 그런 환자를 도대체 어떻게 도울 생각입니까? 일생 동안 방 안에 가둬놓고 슬로모션 영상을 보여줄 겁니까? 솔직히 말해서 그런 건 탁상공론에 불과하다고 생각합니다. 현실을 직시하지 않는 허황된 생각입니다. B-G 캠프에는 선량한 사람밖에는 없는 것 같군요. 교활한 구석은 눈을 씻고 찾아봐도 없으니. 하지만 밖의 세상은 전혀 그렇지 않다는 걸 아셔야 할 겁니다. 여긴 실로 고상하고 이상주의적인 곳이지만, 모두들 자기 자신을 속이고 있습니다. 환자들까지 속이고 있다는 뜻입니다. 말이 심했다면 사과드리겠습니다. 하지만 이 슬로모션 방이라는 아이디어는 이곳의 축도처럼 느껴지는군요. 그야말로 전형적입니다."

글러브 박사는 고개를 주억거리며 열심히 귀를 기울이고 있었지만, 슈타이너의 말이 끝나자마자 대뜸 입을 열었다. "실용적인 장비를 지원받을 예정입니다. 지구의 웨스팅하우스 사가 제작한 장치입니다. 사회에서 타자와의 접촉은 주로 소리를 통해 이루어지고, 웨스팅하우스 사가 설계해준 특제 음향 녹음기는 환자, 이를테면 아드님인 만프레드를 향한 발화發話를 포착해서 녹음합니다. 그 즉시 산화철 테이프에 기록된 말을 느린 속도로 재생해서 들려주고, 재생이 끝나면 자동 삭제하고 다음 말을 녹음하는 형식이지요. 그 결과, 환자 본인의 시간 경과 속도에 맞춘 외부세계와의 접촉을 항구적으로 유지할 수 있습니다. 나중에는 비디오레코더도 써보고 싶군요. 시각 면에서의 현실을, 연속적인 슬로모션 동영상의 형태로 녹음된 음향과 동시에 제공하는 겁니다. 물론 실제 현실에서 한 걸음 물러난 곳에서 접촉이 이루어진다는 점은 인정해야겠죠. 그런 식의 접촉을 촉감까지 확대하는 것도 쉽진 않을 겁니다. 하지만 그런 시도가 허황되고 쓸모가 없다는 주장에는 찬성할 수 없습니다. 이 분야에서 화학요법이 크게 유행했던 것은 그리 오래전의 일이 아닙니다. 환자의 내적인 시간감각을 가속화하는 흥분제를 투여하면 주위에서 흘러 들어오는 자극을 이해할 수 있다는 점에 착안했던 거죠. 흥분제의 약효가 사라지면 다시 예전의 불완전한 인지 메커니즘으로 되돌아오기 때문에 치료법으로서는 별

가치가 없다는 것이 문제였지만요. 하지만 그런 시도를 통해 우리는 많은 것을 배웠습니다. 정신병은 화학의 문제이지 심리적인 문제가 아니라는 사실을 알아냈던 겁니다. 60년 동안이나 연구자들을 오도해왔던 잘못된 선입견이, 아미탈 나트륨을 이용한 단 한 번의 실험만으로 뒤집혀졌고—"

"다 헛소리야." 슈타이너는 내뱉었다. "내 아들과 접촉한다는 건 헛된 꿈에 불과해." 그는 글러브 박사에게 등을 돌리고 자리를 떴다.

B-G 캠프에서 나와서 버스를 타고 '붉은 여우'라는 번듯한 레스토랑으로 갔다. 그의 물건을 곧잘 사주는 단골이었다. 슈타이너는 주인과 거래를 마친 후 카운터 앞에 앉아 맥주를 마시기로 했다.

글러브 박사가 늘어놓은 장광설— 슈타이너가 화성까지 이민을 온 것은 바로 그런 꼴을 보기가 싫었기 때문이다. 수분이 훨씬 많다는 이유로, 맥주 한 잔이 위스키 한 잔보다 두 배나 비싼 행성으로 말이다.

'붉은 여우'의 주인이 슈타이너 곁으로 와서 앉았다. 살찌고 자그마한 몸집에 안경을 낀 대머리 사내였다. "왜 그리 음침한 얼굴을 하고 있나, 노버트?"

슈타이너는 대꾸했다. "B-G 캠프를 폐쇄한다고 해서요."

"듣던 중 반가운 소식이로군." 사내가 말했다. "화성에서 그런 괴물들은 필요 없어. 그런 것들이 있으면 우리 평판만 나빠

질 뿐이야."

"그건 저도 어느 정도 동감합니다."

"60년대에 그 독일제 약을 썼다가 태어난, 물개 지느러미가 달린 아이들과 마찬가지야. 일찌감치 모두 안락사를 시켰어야 했어. 팔다리가 멀쩡한 갓난애들도 얼마든지 태어나는데, 왜 그런 것들까지 살려줘야 해? 팔이 네 개 달려 있다거나 아예 팔이 없는 식의 기형아가 태어났다면, 자네도 똑같은 생각을 하지 않았을까?"

"그랬겠죠."

슈타이너는 이렇게 대꾸했지만, 지구에 사는 처남이 단지증短肢症이라는 얘기는 하지 않았다. 그는 태어날 때부터 팔이 없기 때문에 캐나다의 의수족 전문 회사에서 제조한 정교한 인공 팔을 달고 산다.

슈타이너는 잠자코 앉아서 맥주를 홀짝이며 카운터 뒤에 진열된 병들을 응시했다. 그는 처음부터 이 작고 뚱뚱한 사내를 싫어했고, 만프레드 얘기를 한 적도 없었다. 뿌리 깊은 편견을 가진 인물이라는 것은 진즉에 알고 있었다. 별로 특이한 일도 아니었고, 화도 나지 않았다. 단지 피곤할 뿐이다. 논쟁 따위를 벌이고 싶지는 않았다.

"그건 시작에 불과했어." 주인은 말했다. "60년대에 태어난 그 기형아들 말인데, B-G 캠프에도 그런 것들이 있는지 궁금하군. 난 거기 가본 적도 없고, 가볼 생각도 없지만 말이야."

슈타이너는 말했다. "B-G 캠프에 있을 리가 만무하지 않습니까. 거기 있는 아이들을 기형아라고는 하지 않습니다. 모든 비정상아가 기형인 건 아니니까요."

"아, 그거야 그렇겠지." 주인은 시인했다. "무슨 뜻인지 알겠네. 하여튼 간에, 처음 태어났을 때 안락사시켜버렸다면 B-G 캠프 같은 곳은 처음부터 생기지도 않았을 거야. 내가 보기에 60년대에 태어난 괴물들하고, 나중에 방사능 따위의 영향으로 태어났다는 변종들 사이에는 직접적인 관계가 있어. 따지고 보면 전부 열등한 유전자 탓이잖아. 안 그래? 지금 생각해보면 나치의 주장에도 일리가 있었어. 1930년대에 이미 열등한 혈통을 근절해야 한다고 주장했지. 바로 그때—"

"우리 아들이……" 슈타이너는 이렇게 말하려다가 입을 다물었다. 자기가 방금 무슨 말을 했는지 뒤늦게 깨달았던 것이다. 뚱뚱한 사내가 빤히 쳐다보고 있다.

"우리 아들이 거기 있습니다." 마침내 슈타이너는 말했다. "당신 아들이 소중한 만큼 우리 아들도 소중합니다. 언젠가는 우리 아들도 반드시 가슴을 펴고 세상에 나갈 수 있을 겁니다."

"내가 한잔 사겠네, 노버트." 뚱뚱한 사내가 말했다. "미안하이. 그런 말들을 해서 정말로 미안했어."

슈타이너는 말했다. "B-G 캠프가 폐쇄되는 건 우리처럼 거기에 자식을 맡긴 사람들에게는 엄청난 재앙이나 마찬가지입니다. 도저히 견딜 수 없을 겁니다."

"무슨 뜻인지 알겠네." 뚱뚱한 사내는 말했다. "어떤 기분인지 충분히 이해해."

"내가 어떤 기분인지 제대로 이해했다면 정말 대단한 겁니다. 나 자신도 이해 못하는 걸 이해한다는 얘기니까요." 슈타이너는 빈 맥주잔을 카운터 위에 내려놓고 의자에서 내려왔다. "더 마시고 싶지는 않군요. 비켜주시겠습니까. 이제 가봐야 합니다." 이러면서 육중한 여행가방을 집어 들었다.

"나와 거래를 튼 지 한참 됐지. 자넨 그 캠프 얘기를 곧잘 했지만, 한 번도 거기에 자네 아들이 있다는 소리는 안 했어." 주인이 말했다. "그런데 지금 와서 이러는 건 비겁하다고 봐." 이제는 화를 내고 있었다.

"뭐가 비겁하다는 겁니까?"

"염병할. 알고 있었으면 애당초 그런 얘긴 하지도 않았을 거야. 나쁜 건 자네야, 노버트― 미리 얘기해줄 수도 있었으면서 고의적으로 가르쳐주지 않았어. 정말이지 기분이 나쁘군." 주인은 화난 표정으로 얼굴을 붉혔다.

슈타이너는 양손에 여행가방을 들고 레스토랑에서 나왔다.

"오늘은 왜 이렇게 일진이 안 좋은 걸까." 그는 큰 소리로 말했다. 만나서 다투지 않은 사람이 없다. 다음에 이곳에 올 때는 일단 고개 숙여 사과부터 하며 돌아다녀야 할 것이다……. 다시 여기로 돌아온다면 말이지만. 하지만 싫어도 돌아와야 한다. 장사를 안 할 수는 없는 일이니까. 그리고 B-G 캠프에도 다시 가봐야 한다. 선택의 여지는 없었다.

갑자기 자살해야겠다고 결심했다. 이 생각은 느닷없이 그의 마음을 가득 채웠다. 마치 예전부터 줄곧 그의 일부로 존재하고 있던 것이 이제야 부상한 듯한 느낌이었다. 그러는 건 어렵지 않아. 헬리콥터를 추락시키면 그만이야. 그는 생각했다. 난 더 이상 노버트 슈타이너로 있는 것에 지쳤어. 난 노버트 슈타이너가 되고 싶지도 않았고, 밀수한 식품을 팔고 싶지도 않았고, 다른 어떤 부탁도 한 적이 없어. 이런 마당에 더 이상 살아간다고 해서 무슨 의미가 있을까? 난 손을 쓰는 일에 서툴고, 무엇을 고치거나 만드는 재주도 전혀 없어. 그렇다고 머리가 좋은 것도 아니고. 난 일개 세일즈맨에 불과해. 저수탱크 하나 제대로 간수 못한다고 바가지를 긁는 마누라를 대하는 일에도 지쳤어. 오토 지트의 잘난 상판대기도 더 이상 보고 싶지 않아. 내가 하는 장사인데도 불구하고 오토 같은 작자의 손을 빌리지 않으면 아무것도 못한다는 사실을 곱씹기는 싫어.

그래. 굳이 헬리콥터까지 갈 필요도 없어. 도로 반대편에서 웅웅거리며 다가오는 거대한 트랙터 버스가 눈에 들어왔다. 차체 측면에 모래가 뿌옇게 낀 것을 보니 방금 사막을 가로질러 온 듯하다. 뉴 이스라엘 같은 이웃 거류지에서 온 것이다. 슈타이너는 여행가방을 길가에 내려놓은 다음 느닷없이 차도 한복판으로 뛰어들었고, 트랙터 버스를 향해 돌진했다.

버스가 경적을 울렸다. 에어브레이크가 비명을 질렀다. 슈타이너가 머리를 숙이고 눈을 질끈 감은 채로 달려가는 것을 본 행인들이 놀라 멈춰 섰다. 시끄러운 경적소리에 귀청이 찢어질 듯한 아픔을 느낀 마지막 순간에야 그는 눈을 떴다. 버스 운전사가 아연실색한 표정으로 내려다보고 있었다. 운전대가 보였고, 운전사가 쓴 모자에 찍힌 숫자가 눈에 들어왔다. 그리고―

벤 구리온 캠프의 온실에 있던 미스 밀치는 사이렌 소리를 듣고 피아노를 치던 손을 멈췄다. 춤추는 아이들을 위해 반주 곡으로 차이코프스키의 〈호두까기 인형〉에 나오는 사탕 요정 의 춤을 치던 중이었다.

"불 났나 봐!"

어린 소년 하나가 창가로 달려가며 외쳤다. 다른 아이들도 그 뒤를 따랐다.

"아냐. 밀치 선생님, 구급차가 왔는데요." 창밖을 바라보던 다른 소년이 말했다. "시내 쪽으로 갔어요."

미스 밀치는 다시 건반을 두들기기 시작했다. 아이들은 피아 노에서 흘러나오는 선율에 이끌려 다시 원래 있던 자리로 돌 아왔다. 너희들은 동물원의 곰이야. 땅콩을 달라고 조르는. 아 이들은 음악을 그렇게 받아들였고, 미스 밀치는 그것을 춤으로 표현해보라고 격려했던 것이다.

만프레드는 음악에는 전혀 관심을 보이지 않고 고개를 숙인 자세로 방구석에 서 있었다. 무엇인가를 곰곰 생각하는 듯한 표정이었다. 한순간 사이렌 소리가 높아지며 길게 꼬리를 끌자 만프레드는 고개를 들었다. 그 광경을 목격한 미스 밀치는 놀 라 숨을 들이키며 작은 목소리로 기도했다. 소년이 방금 소리 를 들었다. 그녀는 고양감을 느끼며 한층 더 세게 건반을 두들 겼다. 그녀와 의사들의 생각은 옳았다. 소리를 써서 저 아이와 접촉하는 것이 가능하다! 그러자 만프레드는 천천히 창가로 가서 밖을 내다보았다. 창문 아래에 보이는 건물과 도로를 홀로 응시하면서, 만프레드를 자극하고, 주의를 끈 소리의 원인이 무엇인지를 알아보려고 했다.

아직 절망적인 것만은 아니었어. 미스 밀치는 되뇌었다. 쟤 아버지가 이 얘기를 들으면 뭐라고 할까. 절대로 포기해서는 안 된다는 증거야.

미스 밀치는 피아노 연주를 계속했다. 높다랗고, 쾌활하게.

04

한낮의 뜨거운 햇살에도 아랑곳 않고 채마밭 언저리에서 진흙 댐을 만들며 놀던 데이비드 볼렌은 UN 경찰의 헬리콥터가 슈타이너 가족의 집 앞으로 날아와 착륙하는 광경을 목격했고, 그 즉시 무슨 일이 일어났음을 직감했다.

파란 제복 차림에 반짝거리는 헬멧을 쓴 UN 경찰관이 헬리콥터에서 내리더니 슈타이너네 현관으로 다가갔다. 여자애 둘이 현관문을 열고 나오자 경찰관은 인사를 했고, 곧이어 나타난 슈타이너 부인과 몇 마디 말을 나누더니 함께 안으로 들어갔다. 현관문이 닫혔다.

데이비드는 벌떡 일어서서 채마밭에서 나왔고, 모래땅을 가로질러 도랑 쪽으로 달려갔다. 도랑을 껑충 뛰어넘어 슈타이너 부인이 팬지를 키우려다가 실패한 조그만 밭을 횡단했다. 슈타이너네 집 모퉁이에서 네 자매 중 한 사람과 느닷없이 마주쳤다. 소녀는 백지장처럼 새하얀 얼굴로 힘없이 서서, 멍하게 잡초를 잡아 뜯고 있다. 당장이라도 토할 것 같은 표정으로.

"어이, 너 왜 그래?" 데이비드가 물었다. "경찰 아저씨는 왜 너희 엄마를 만나러 온 거야?"

소녀는 그를 흘끗 보고는 느닷없이 도망쳤다.

무슨 일인지 알 것 같아. 데이비드는 생각했다. 슈타이너 아저씨가 뭔가 나쁜 짓을 저질렀다가 체포당한 거야. 데이비드는 가슴이 두근거리는 것을 자각하며 껑충거렸다. 도대체 무슨 짓을 한 걸까? 몸을 돌려 왔던 길을 되돌아갔다. 물이 흐르는 도랑을 뛰어넘은 다음 자기 집 현관문을 벌컥 열었다.

"엄마!" 데이비드는 방에서 방으로 돌아다니며 외쳤다. "아빠하고 엄마가 했던 말 기억나? 슈타이너 아저씨가 뭔가 나쁜 일을 하고 있다는 얘기 말야. 그 아저씨 직업이 수상하다고 했잖아? 지금 무슨 일이 일어났는지 알아?"

어머니의 모습은 어디에도 보이지 않았다. 보나마나 친구 집에 간 것이리라. 도랑을 따라 북쪽으로 조금 걸어간 곳에 살고 있는 헤네시 아줌마를 만나러 갔을 수도 있다. 어머니는 낮 시간이면 곧잘 다른 아줌마들 집에 가서 커피를 마시고 수다를 떨며 시간을 보내곤 했다. 흐음, 이런 엄청난 구경거리를 놓친 걸 알면 얼마나 억울해할까. 데이비드는 창가로 달려가 밖을 내다보았다. 무엇 하나도 놓치고 싶지 않았다.

경찰관과 슈타이너 부인은 집 밖에 나와 있었다. 경찰 헬리콥터를 향해 함께 천천히 걸어가려는 참이었다. 슈타이너 부인은 커다란 손수건으로 연신 눈가를 훔치고 있었고, 경찰관은 마치 친척이라도 되는 것처럼 그녀의 어깨를 껴안고 있었다. 데이비드는 두 사람이 헬리콥터에 타는 광경을 뚫어지게 바라보았다. 슈타이너 네 자매는 한곳에 모여서 묘한 표정을 하고 이 광경을 바라보고 있었다. 경찰관은 아이들한테 가서 뭐라고 말했고, 다시 헬리콥터로 돌아가려다가― 데이비드가 구경하고 있다는 사실을 깨달았다. 경찰관이 손을 흔들어 밖으로 나오라는 시늉을 하자, 데이비드는 두려웠지만 순순히 밖으로 나왔다. 눈부신 햇살에 눈을 깜박거리면서, 반짝거리는 헬멧을 쓰고 완장과 권총을 찬 경찰관을 향해 한 걸음씩 다가간다.

"이름이 뭐니?"

경찰관이 악센트가 섞인 영어로 물었다.

"데이비드 볼렌이요."

다리가 후들거린다.

"혹시 엄마나 아빠가 집에 계시니, 데이비드?"

"아뇨. 저밖에 없는데요."

"부모님이 돌아오시면 슈타이너 부인이 돌아올 때까지 저 아이들을 좀 맡아달라고 전해줄래?" 경찰관이 헬리콥터 엔진 쪽을 올려다보자 회전날개가 돌기 시작했다. "그럴 수 있지, 데이비드? 무슨 얘긴지 이해했지?"

"예."

데이비드는 경찰관이 스웨덴 국적을 나타내는 파란 수장袖章

86

을 달고 있다는 사실을 깨달았다. UN 산하의 각 부대를 나타내는 휘장에 관해서는 샅샅이 알고 있다. 경찰의 헬리콥터는 얼마나 빠른지 궁금했다. 보기에도 속도가 빨라 보인다. 한번 타 보고 싶다. 경찰관에 대한 두려움이 사라지자 이제는 조금 더 얘기를 나눴으면 좋겠다는 생각이 들었다. 그러나 경찰관은 당장 떠날 작정인 듯했다. 헬리콥터가 지면 위로 날아오르자 데이비드 주위로 강풍과 모래가 몰려왔다. 돌아서서 팔로 얼굴을 가려야 했을 정도였다.

슈타이너 네 자매는 여전히 함께 모여선 채로 아무 말도 하지 않았다. 장녀는 울고 있었다. 뺨 위로 눈물이 줄줄 흘러내렸지만 소리 내어 울지는 않았다. 세 살밖에는 안 된 막내가 데이비드를 보며 수줍게 미소 지었다.

"나하고 댐을 만들면서 놀래?" 데이비드가 큰 소리로 물었다. "다들 여기 와 있어도 돼. 아까 그 경찰 아저씨가 괜찮다고 했거든."

잠시 후 막내딸이 다가왔다. 언니들도 곧 따라왔다.

"너희 아버지 말인데, 무슨 짓을 한 거야?" 데이비드는 장녀에게 물었다. 열두 살이었고, 데이비드보다 나이가 많았다. "경찰 아저씨 말로는 얘기해도 괜찮다고 하던데." 데이비드는 이렇게 덧붙였다.

소녀는 대답하지 않았다. 단지 그를 빤히 쳐다볼 뿐이다.

"나한테만 얘기해줘. 절대로 아무한테도 얘기 안 할게. 난 비밀을 지킬 수 있어."

준 헤네시의 울타리를 치고 덩굴을 엮은 안뜰에서 실비아 볼렌은 일광욕을 하고 있었다. 아이스티를 홀짝이며 나른한 대화를 나누던 중에 집 안의 라디오에서 오후의 뉴스가 흘러나왔다.

옆에 누워 있던 준이 몸을 일으키고 말했다. "저 사람, 너희 옆집에 사는 사람 아냐?"

"쉿." 실비아는 아나운서의 말에 온 정신을 집중했다. 그러나 자세한 소식은 없었고, 단지 노버트 슈타이너라는 이름만이 짧게 언급되었을 뿐이었다. 건강식품 딜러인 슈타이너가 뉴 이스라엘 시내의 한 거리에서 달리던 버스에 몸을 던져 자살했다는 소식이었다. 이 얘기를 듣자마자 실비아는 자살한 사람이 이웃집 남자임을 알아차렸다.

"끔찍해라." 준은 몸을 일으키고 물방울무늬 면 홀터의 어깨끈을 고쳐 매며 말했다. "난 기껏해야 두어 번 만났을 뿐이지만, 정말이지—"

"언제나 음침한 표정을 짓고 있었어." 실비아가 말했다. "자살했다고 해도 놀랄 일은 아니라는 생각이 들어." 그래도 여전히 끔찍했다. 믿을 수가 없었다. 실비아는 일어서며 대뜸 말했다. "자식이 넷이나 되는데— 걔네들을 몽땅 아내한테 떠맡기고 간 거잖아! 정말 끔찍하지 않아? 이제 누가 그 아이들을 돌볼까? 평소에도 그냥 방치된 거나 마찬가지긴 했지만."

"암시장에서 장사를 하고 있다는 소문을 들었어." 준이 말했다. "그 얘긴 너도 알지? 혹시 그 일 때문에 막다른 골목에 몰린 건지도 몰라."

"하여튼 집에 돌아가서 슈타이너 부인에게 무슨 도움이 필요할지 알아봐야겠어. 잠시 애들을 돌봐줘야 할지도 몰라."

혹시 내 잘못일까? 실비아는 자문했다. 오늘 아침 물을 나눠주지 않았기 때문에 절망해서 목숨을 끊은 걸까? 당시 슈타이너는 그 자리에 있었으므로 전혀 터무니없는 일은 아니다. 아직 일하러 나가기 전이었다.

그렇다면 우리 탓일 수도 있겠네. 우리 가족의 행동에 문제가 있었던 걸까? 단 한 번이라도 그들을 따뜻하게 받아준 적이 없으니. 하지만 언제나 불평 불만밖에는 모르는 불쾌한 사람들이었어. 도와달라, 이걸 달라, 저걸 빌려달라. 만날 그런 말밖에 할 줄 모르는……. 그런 작자들을 어떻게 존중하란 말인가.

실비아는 준의 침실로 들어가서 바지와 티셔츠로 갈아입었다. 준도 곧 따라왔다.

"그래." 준이 말했다. "네 말이 맞아— 이럴 때는 모두가 힘을 합쳐서 도울 수 있는 건 도와야지. 슈타이너 부인은 여기 남을까, 아니면 지구로 돌아가려고 할까. 나라면 돌아갈 거야. 언제든 그럴 준비가 되어 있어. 여긴 너무 따분해서."

실비아는 핸드백과 담배를 집어 들고 준에게 작별인사를 했다. 자기 집으로 이어지는 도랑을 따라 빠른 걸음으로 걷기 시작했다. 가쁜 숨을 몰아쉬며 집에 도착하자 경찰의 헬리콥터가 하늘 너머로 사라지는 것이 보였다. 직접 알리러 온 거로군. 그녀는 판단했다. 뒤뜰에 가보니 데이비드와 슈타이너 네 자매가 있었다. 다들 노느라고 정신이 없다.

"슈타이너네 아줌마를 데리고 간 거니?"

큰 소리로 데이비드에게 물었다.

소년은 벌떡 일어나서 흥분한 표정으로 그녀에게 달려왔다. "응, 엄마. 함께 갔어. 경찰 아저씨가 그랬는데, 얘네들을 돌봐 주래."

바로 그걸 두려워하고 있었어. 실비아는 생각했다. 네 명의 소녀는 여전히 데이비드가 만든 댐 곁에 무표정하게 앉아서 진 흙을 주무르며 놀고 있었다. 고개를 들거나 인사를 하려고 하지도 않는다. 네 사람 모두 멍한 표정인 것은 아버지가 죽었단 소식에 큰 충격을 받았기 때문이리라. 그나마 막내는 활기를 되찾은 것처럼 보이지만, 아마 아버지가 죽었다는 사실을 처음 부터 제대로 이해하지 못했기 때문일 것이다. 그 조그만 사내 의 죽음이 일으킨 파문은 이미 사람들에게 영향을 끼치기 시작 했어. 냉기가 확산되듯이. 실비아는 가슴이 서늘해지는 것을 느 꼈다. 애당초 좋아하지도 않는 사내였는데도 이런 감정을 느껴 야 하다니.

슈타이너 네 자매의 모습을 바라보며 실비아는 전율했다. 이 둔중하고 우매하며 가정교육조차 제대로 못 받은 하류계층 아 이들을 내가 돌봐줘야 한다고? 그러자 대답이 절로 솟구쳐오 르며 모든 사려분별을 날려 보냈다. 난 싫어! 공황이 몰려온다. 선택의 여지가 없다는 사실은 명백했기 때문이다. 지금 이 순 간에도 그들은 그녀의 영역인 뜰에 멋대로 들어와서 놀고 있지 않은가— 싫든 좋든 이미 돌보고 있는 것이나 마찬가지다.

가장 어린 소녀가 기대하는 듯한 어조로 물었다. "볼렌 아줌마, 댐 지을 때 쓰려고 하는데 물 좀 더 얻을 수 있나요?"

물. 언제나 물을 구걸하는군. 실비아는 생각했다. 언제나 거머리처럼 달라붙어서 뭔가를 얻어내려고 해. 마치 타고난 본능처럼. 실비아는 소녀의 질문을 무시하고 아들에게 말했다. "할 얘기가 있으니 집으로 들어오렴."

어머니와 아들은 집 안으로 들어갔다. 이러면 밖에도 들리지 않을 것이다.

"데이비드, 쟤네들 아버지가 죽었다는 소식을 라디오 뉴스에서 들었어. 그래서 경찰이 와서 쟤네 엄마를 데리고 간 거야. 그러니까 당분간은 우리가 저 아이들을 돌봐줘야 해." 억지 미소를 지으려고 하다가 실패했다. "그러니까 슈타이너 가족이 아무리 싫어도, 이번만은—"

데이비드가 큰 소리로 항의했다. "난 싫어하지 않아, 엄마. 그런데 어떻게 죽었대? 심장발작을 일으켰어? 혹시 야생 블리크맨의 습격을 받은 거 아냐?"

"넌 그런 데까지 신경 안 써도 돼. 지금은 쟤네들을 위해 뭘 해줄 수 있을지만 생각해."

마음이 텅 비었다. 아무 생각도 떠오르지 않는다. 그나마 머리에 떠오른 것이라고는 저 아이들을 절대로 가까이에 두고 싶지 않다는 생각뿐이었다.

"이제 어떻게 하면 좋을까?"

데이비드에게 물었다.

"뭘 좀 먹으면 어떨까? 아직 점심 안 먹었다고 했거든. 쟤네들 엄마가 막 준비하려는 참에 경찰 아저씨가 와서."

실비아는 집 밖으로 나가 뒤뜰로 갔다. "점심 먹고 싶은 사람이 있으면 준비해줄게. 너희 집에서." 잠시 후 그녀는 슈타이너의 집으로 걸어갔다. 뒤를 돌아보자 막내만 따라오고 있었다.

맏이가 흐느끼는 듯한 목소리로 말했다. "저는 괜찮아요."

"그래도 뭘 좀 먹어두는 게." 이렇게 말하기는 했지만 실비아는 내심 안도하고 있었다. "따라오렴." 막내에게 말했다. "이름이 뭐지?"

"베티예요." 어린 소녀는 수줍게 말했다. "달걀 샌드위치 만들어줄래요? 코코아하고?"

"재료가 있으면 해줄게."

막내딸이 달걀 샌드위치를 먹고 코코아를 마시는 틈을 타서 실비아는 슈타이너의 집 안을 둘러보기로 했다. 침실에 가니 그녀의 흥미를 끄는 것이 있었다. 금빛 곱슬머리와 검게 반짝이는 커다란 눈을 가진 조그만 소년의 사진이었다. 마치 이곳이 아닌 다른 세상에서, 신성하기까지 하지만 어딘가 소름끼치는 피안彼岸에서 온 고독한 생물처럼 보여, 하고 실비아는 생각했다.

사진을 가지고 주방으로 가서 베티에게 누구인지 물어보았다.

"만프레드 오빠예요." 베티는 달걀과 빵을 우물우물 씹으며 대답했다. 그러다가 갑자기 킥킥거리며 웃기 시작했다. 그러면서 조금씩 흘린 말들을 규합해보건대, 부모에게서 만프레드의 존재를 누구한테도 언급하면 안 된다는 명령을 받은 듯했다.

"왜 함께 살지 않는 건데?"

실비아는 호기심을 감추지 못하고 물었다.

"캠프에 살거든요. 오빠는 말을 못해요."

"세상에, 불쌍하기도 하지." 실비아는 곰곰이 생각해보았다. 뉴 이스라엘의 비정상아 캠프 얘기가 틀림없다. 부모가 입막음을 한 것도 무리는 아니다. 곧잘 소문을 듣기는 하지만 정말로 보는 일은 거의 없는 예의 비정상아 중 하나를 낳은 것이다. 이런 생각을 하니 슬퍼졌다. 슈타이너 가족에게 이런 비극이 숨겨져 있을 줄은 꿈에도 생각 못했다. 게다가 슈타이너가 자기 목숨을 끊은 곳은 바로 뉴 이스라엘이었다. 틀림없이 아들을 만나러 갔을 것이다.

그렇다면 우리하고는 아무 상관 없는 일이었던 거야. 실비아는 침실에 사진을 가져다놓으면서 되뇌었다. 슈타이너의 극단적인 행동은 순전히 개인적인 문제에서 비롯되었던 것이다. 그렇게 생각하니 안도감이 몰려왔다.

묘한 일이다. 누군가가 자살했다는 소식을 듣자마자 반사적으로 자책하고 책임을 느껴야 하다니. 혹시 내가 어떤 일을 하지 않았더라면, 혹은 어떤 일을 했더라면…… 막을 수 있지는 않았을까? 그러니 모두 내 잘못이다. 이런 식이다. 그러나 다행히도 이번에는 상황이 전혀 다르다는 사실이 판명되었다. 실비아는 슈타이너 가족에게는 완전한 외부인에 불과했고, 그들의 진짜 삶과는 아무런 관련도 없었던 것이다. 모든 것이 그저 그녀의 상상일 뿐이었다. 느닷없이 양심의 가책을 느꼈던 것은 신경질적인 반사작용에 불과했다.

"오빠를 만나기는 하니?" 베티에게 물었다.

"작년에 가서 한 번 본 것 같아요." 베티는 주저하며 말했다. "혼자서 술래잡기를 하고 있었어요. 저보다 큰 오빠들도 많았고요."

그때 세 명의 언니들이 말없이 주방으로 들어오더니 식탁 곁에 나란히 섰다. 장녀가 먼저 입을 열었다. "마음이 바뀌었어요. 저희도 점심 먹을래요."

"그래." 실비아는 대꾸했다. "그럼 삶은 달걀 껍질 좀 까줄래? 데이비드도 불러오면 어떨까? 걔도 점심을 안 먹었거든. 다 함께 먹으면 즐거울 것 같지 않니?"

소녀들은 말없이 고개를 끄덕였다.

뉴 이스라엘의 중심가 대로를 따라 걸어가던 어니 코트는 길 앞쪽에 사람들이 모여서 웅성거리는 광경을 목격했다. 차들이 길모퉁이에 잇달아 멈춰 선다. 앤의 현대 공예품점이 있는 쪽으로 가려던 발길을 잠시 멈추고 그쪽을 바라보았다. 뭔가 사고라도 난 모양이군. 강도사건일까? 아니면 싸움이라도 벌어졌나?

그러나 그런 것을 일일이 구경할 짬은 없었기 때문에 어니는 다시 걷기 시작했고, 곧 전처가 운영하는 자그마한 공예품점 앞에 도달했다. 그는 양손을 바지 호주머니에 넣은 채로 천천히 가게 안으로 들어갔다.

"아무도 없어?" 어니는 쾌활한 어조로 물었다.

아무도 없었다. 보나마나 길모퉁이에서 일어난 소동을 구경하러 간 거로군. 장사꾼이 자알 하는 짓이다. 가게 문도 안 잠그고.

이윽고 앤이 숨을 헐떡이며 가게로 돌아왔다. "어머, 어니." 그를 보고 놀란 표정이었다. "하느님 맙소사. 방금 무슨 일이 일어났는지 알아? 그 사람하고 얘기를, 그냥 얘기를 나눈 지 한 시간도 채 안 됐는데. 그런데 지금은 이 세상 사람이 아니라니." 눈물이 솟구쳤다. 앤은 무너지듯이 의자에 앉았고, 크리넥스를 한 장 뽑아서 코를 풀었다. "정말 끔찍했어." 그녀는 분명하지 않은 목소리로 말했다. "사고도 아니었어. 일부러 자살한 거야."

"아, 그런 일이 일어났던 거군." 나도 가서 구경할 걸 그랬나. "누가 죽었는데?"

"당신은 모르는 사람이야. 수용시설에 아이가 있는데, 나도 거기서 만났어." 앤은 눈가를 문지르며 잠시 앉아 있었다. 그동안 어니는 가게 안을 어슬렁거리며 돌아다녔다. "흐음." 이윽고 그녀가 입을 열었다. "그런데 무슨 일로 왔어? 오래간만에 보니 반갑네."

"빌어먹을 녹음기가 또 고장 났어. 제대로 된 수리를 받는 게 얼마나 힘든지 당신도 알잖아. 녹음기를 못 쓰니까 결국 직접 오는 수밖에 없었어. 같이 점심 먹으러 갈까? 가게는 잠시 잠가두고 가면 되잖아."

"좋아." 앤은 심란한 표정으로 말했다. "세수하고 올게. 마치 나한테 일어난 일인 것 같아. 난 그걸 봤어, 어니. 그 사람이 버스에 그대로 깔리는 광경을. 워낙 덩치가 큰 버스라서 제대로 제동을 걸지도 못했어. 그래, 점심이 나을 것 같아. 나도 좀 나가 있고 싶어." 그녀는 서둘러 화장실로 들어가서 문을 닫았다.

잠시 뒤에 두 사람은 함께 보도를 걷기 시작했다.

"왜 사람들은 자살하는 걸까?" 앤이 물었다. "혹시 내 힘으로 막을 수는 없었는지. 자꾸 그런 생각이 들어. 아들한테 선물한다면서 우리 가게에서 피리를 사 갔는데. 그때도 피리를 가지고 있었어. 길모퉁이에 여행가방하고 함께 놓여 있더군. 결국 아들한테는 주지 못했지만. 혹시 그 사람이 자살한 것과 그 피리가 무슨 관계가 있는 건 아닐까? 난 피리를 권할까, 다른 것을 권할까 고민하다가—"

"작작해둬." 어니가 말했다. "당신 잘못이 아냐. 일단 자기 목숨을 끊으려고 결심한 사람은 누구도 막지 못해. 누군가를 자살하도록 유도하는 것도 불가능하고. 애당초 그치에게는 그런 피가 흐르고 있었던 거야. 숙명이라고. 오랫동안 자살을 하려고 마음의 준비를 해오다가, 갑자기 영감 같은 것이 떠오르면서 느닷없이 '쾅' 터져버리는 거지. 무슨 말인지 알겠지?" 어니는 앤의 어깨를 감싸고 어루만졌다.

앤은 고개를 끄덕였다.

"우리 아이도 B-G 캠프에서 살고 있잖아. 하지만 우린 그걸로 절망하거나 하지는 않아." 어니는 말을 이었다. "그런다고 세계가 끝나는 건 아니잖아. 안 그래? 우리는 계속 살아가지. 그런데 어디서 점심을 먹을까? 저기 보이는 '붉은 여우'는 어때? 괜찮은 곳이야? 새우튀김이 먹고 싶군. 빌어먹을, 거의 1년 동안이나 새우 구경을 못했어. 그놈의 수송 문제를 극복하지 못한다면 여기 이민을 오려는 작자는 아무도 없을걸."

"붉은 여우는 싫어." 앤이 말했다. "거기 주인이 정말 맘에 안 들거든. 저기 길모퉁이에 있는 레스토랑은 어떨까? 새로 생긴 덴데, 아직 한 번도 가본 적은 없지만 평판이 아주 괜찮던데."

레스토랑의 식탁에 앉아 음식을 기다리는 동안 어니는 아까 하던 말을 계속했다. "사람이 자살하는 건 어떤 확신을 했기 때문이야. 자기가 사회에 아무 쓸모도 없는 인간이라는 사실을 확신하는 거지. 피할 수 없는 진실과 얼굴을 맞댄다고나 할까. 자신이 그 누구에게도 별로 중요하지 않은 존재라는 걸 확신한다는 건 치명적이야. 한 가지 확실한 게 있다면 바로 그거겠지. 자연의 섭리에 가까워. 소모품은 처분되기 마련이지. 그것도 당사자의 손으로. 그래서 난 누가 자살했다는 소리를 들어도 절대 고민 같은 건 하지 않아. 화성에서 이른바 자연사라고 불리는 것들이 알고 보면 자살인 경우가 얼마나 많은지를 알면 당신은 놀랄걸. 모든 게 가혹한 환경 탓이야. 이 땅 자체가 부적응자를 솎아내는 거야."

앤 에스터헤이지는 고개를 끄덕였지만 표정이 밝아진 기색은 없었다.

"그래서 그 친구는―" 어니는 말을 이었다.

"슈타이너."

"슈타이너라고?" 어니는 앤을 빤히 바라보았다. "암거래상인 노버트 슈타이너 말이야?" 목소리가 높아진다.

"건강식품을 팔고 다녔어."

"바로 그 녀석이야!" 어니는 아연실색했다. "맙소사. 하필 슈타이너라니." 세상에 이럴 수가. 고급식품은 모두 슈타이너를 통해 입수했는데. 그 사내에게 완전히 의존하고 있었는데.

웨이터가 음식을 가지고 왔다.

"정말 난감하구먼." 어니가 말했다. "정말로, 정말로 난감한 상황이야. 이제 난 어떻게 해야 하지?" 파티를 주최하거나, 여자, 마티라든지 최근 사귀는 도린과 둘만의 오붓한 저녁식사를 할 때마다 어니는 슈타이너의 신세를 졌다……. 녹음기가 고장나는가 싶더니 이번에는 이런 소식을 들어야 하다니. 하루에 일어나는 사고치고는 너무 많다.

"혹시 그 사람이 독일인인 것하고 무슨 관련이 있었던 건 아닐까?" 앤이 말했다. "그 약물 재해 때문에 독일인들은 엄청난 고통을 겪었잖아.[*] 팔 대신 지느러미를 가진 아이들이 태어나는 걸 봐야 했지. 독일인들과 얘기를 나눠봤는데, 나치 치하에서 저지른 죄 때문에 신벌神罰을 받은 거라고 공공연하게 말하는 사람조차 있었어. 별로 신앙심이 깊지도 않은 보통 사업가들이 그런 얘기를 하더라고. 한 사람은 화성에 살고, 다른 하나는 지

---

[*] 1950년대 후반의 탈리도마이드 사태에 관한 언급이다. 당시 서독의 임산부들이 가장 큰 피해를 입었다.

구에 사는 사람이었어."

"멍청한 슈타이너 녀석." 어니가 말했다. "덜떨어진 녀석 같으니라고."

"음식을 먹어, 어니." 앤은 냅킨을 펼쳤다. "수프가 맛있어 보이네."

"못 먹겠어. 이따위 수프는 먹고 싶지 않아."

어니는 수프가 든 사발을 밀어냈다.

"그렇게 떼를 쓸 때는 당신은 여전히 커다란 아기 같아."

나직하고, 측은해하는 느낌조차 있는 목소리.

"염병할. 이따금 화성 전체가 내 어깨를 무겁게 짓누르는 것 같은 느낌을 받을 때가 있어. 그런 내가 아기처럼 보인다고?" 어니는 당혹한 얼굴로 분통을 터뜨렸다.

"노버트 슈타이너가 암거래에 관여하고 있다는 건 몰랐어."

"물론 몰랐겠지. 여성단체 일만으로도 바쁘실 텐데 그런 데까지 신경 쓸 틈이 어디 있겠어. 당신을 둘러싼 세계에 관해 얼마나 알고 있어? 내가 여기 온 것도 실은 그 때문이야. 지난주 《타임스》에 실린 광고 말인데, 정말이지 맘에 안 들어. 더 이상 그런 헛소리를 퍼뜨리면 안 돼. 지식층은 그런 걸 보면 오히려 반감을 느낀다고. 그건 당신처럼 삐딱한 사람들에게나 먹히는 전술이야."

"부탁이니 음식을 먹어." 앤이 말했다. "화를 가라앉히고."

"당신 글을 배포하기 전에 미리 검토할 수 있도록 조합에서 사람을 하나 보내겠어. 전문가야."

"진심으로 하는 소리야?"

온화한 목소리였다.

"우리 입장에서는 사활이 걸린 문제야— 우리가 정말로 필요로 하는 기술자들은 더 이상 화성으로 오려고 하지를 않아. 그 결과 우린 쇠락의 길을 걷고 있어. 모두가 다 아는 사실이지. 이대로 가다간 파멸이야."

앤은 살짝 웃으며 말했다. "누군가가 슈타이너 씨의 일을 이어받을 거야. 암거래상은 그 사람 말고도 있을 거 아냐."

"그렇게 시치미를 뚝 떼고 나를 욕심 많은 소인배로 몰아가려고 해도 소용없어. 화성 식민지 전체를 통틀어서 나처럼 책임감 있고 진지한 사람이 있으면 나와보라고 해. 따지고 보면 우리 결혼이 깨진 것도 당신 쪽에서 자꾸 그런 식으로 흠을 잡았기 때문이야. 질투심과 경쟁심 탓이지. 도대체 난 오늘 뭐 하러 여기에 온 걸까. 당신은 합리적으로 일을 처리하는 능력이 없어. 모든 일에 자기 성격대로 하지 않으면 직성이 안 풀리잖아."

"B-G 캠프를 폐쇄하자는 법안이 UN에 상정된 거 알아?"

앤은 침착한 목소리로 물었다.

"몰라."

"B-G 캠프가 폐쇄된다니까 고민되지 않아?"

"설마. 샘은 사람을 사서 돌보게 하면 그만이야."

"그럼 거기 있는 다른 아이들은?"

"딴전 피우지 마." 어니가 말했다. "어이 앤, 당신은 평소에도 남성 우위다 뭐다 하면서 불만을 늘어놓지만, 이번만은 이쪽 의견을 존중해줘야겠어. 글은 얼마든지 써도 좋지만 편집은 우리한테 맡기라고. 까놓고 말해서 당신의 그 회보는 득보다는 실이 더 많아. 대놓고 이런 얘길 하고 싶지는 않지만, 사실이니까 어쩔 수 없지. 소위 같은 편이라는 당신이 저질러놓은 일들을 보면 차라리 적이었으면 하는 생각이 들 때도 있어. 뭘 해도 취미의 영역을 벗어나지 못한달까. 당신도 보통 여자들하고 하등 다를 게 없어. 무책임하다고!" 어니는 화난 표정으로 씨근거렸다. 그러나 앤은 눈썹 하나 까닥하지 않았다. 그의 말에 동요하는 기색도 전혀 없었다.

"B-G 캠프를 폐쇄하지 않도록 압력을 걸어줄 수는 없겠어?" 그녀는 물었다. "그걸 통해서 상호거래가 가능할지도 몰라. 난 캠프를 계속 열어두고 싶거든."

"또 대의명분을 내세울 작정이야?" 어니는 사나운 어조로 말했다.

"응."

"솔직하게 대답해줄까?"

그녀는 태연자약하게 고개를 끄덕였다.

"난 그 유대인 놈들이 그 캠프를 열었을 때부터 마음에 들지 않았어."

"정말이지 솔직 무식하시군요, 어니 코트 씨. 모든 사람의 친구."

"그런 게 떡 버티고 있으면 화성에서 병신들이 태어난다는 걸 선전하는 거나 마찬가지잖아. 화성으로의 여행은 생식기에 종종 손상을 입히기 때문에, 이곳에서는 독일에서 태어난 지느러미 기형아들도 별거 아닐 정도로 무시무시한 괴물들이 태어납니다. 이런 식으로 말이야."

"당신도 붉은 여우 주인과 똑같아."

"난 단지 현실을 직시하고 있을 뿐이야. 우린 살아남기 위해 투쟁하고 있어. 지구에서 이민자들이 계속 와주지 않으면 우린 앉은 자리에서 말라죽는 수밖에 없어. 당신도 알잖아, 앤. B-G 캠프만 없다면, 화성은 수폭 실험으로 대기가 오염된 지구와는 전혀 다릅니다, 기형아 따위는 태어나지 않습니다, 이런 식으로 선전할 수도 있다는 걸. 난 그러고 싶었지만 B-G 캠프 탓에 공염불이 되고 말았어."

"B-G 캠프 탓이 아냐. 실제로 비정상아들이 태어난다는 사실이 문제잖아."

"화성에서 비정상아들이 정확히 몇 명 태어나는지를 확인할 방도는 없어. B-G 캠프만 없으면."

"사실이 아니라는 걸 뻔히 알면서도, 꼬리를 잡히지 않을 거라는 확신만 있으면 무슨 거짓말이라도 하겠다는 거야? 지구에 있는 사람들한테 화성이 더 안전하다고—"

"물론이지."

어니는 고개를 끄덕였다.

"그건— 부도덕한 행위야."

"천만에. 부도덕한 건 내가 아니라 당신하고 당신을 지지하는 여자들이야. B-G 캠프를 현상 유지함으로써—"

"논쟁은 이제 그만. 피차 의견이 바뀌지도 않을 텐데 그러는 건 시간 낭비야. 그거나 빨리 먹고, 루이스 타운으로 돌아가줘. 나도 마냥 당신을 상대하고 있을 시간은 없어."

그들은 묵묵히 요리를 먹었다.

행성 간 운수업자 연맹ITU이 설립한 거류지 소속이지만 B-G 캠프에서 정신과 의사로 파견 근무 중인 밀튼 글러브 박사는 캠프에서의 모든 일과를 끝내고 자기 사무실로 돌아왔다. 책상 앞에 앉아서 집어 든 것은 지난달의 집 지붕 수리비 내역이 적힌 청구서였다. 지붕 수리는 될 수 있는 한 뒤로 미루고 있었지만—스크레이퍼를 써서 모래가 쌓이는 것을 막는 큰 공사였다—거류지의 주택 검사과에서 수리를 하지 않으면 30일 안에 집을 몰수하겠다는 명령서를 보내왔다. 그런 연유로 그는 수리비를 내지 못하리라는 것을 뻔히 알면서도 전문업자에게 수리를 부탁하는 수밖에 없었다. 달리 선택의 여지가 없었다. 돈은 한 푼도 없었다. 이번 달은 최악이었다.

아내인 진이 조금만 더 허리띠를 졸라매준다면 얼마나 좋을까. 그러나 절약조차도 근본적인 해결책은 되지 못했다. 이것은 더 많은 환자들을 진료해야만 비로소 해결할 가망이 있는 문제다. 글러브 박사는 ITU에서 월급을 받고 있었지만, 환자를 진료할 때마다 한 명당 50달러의 보너스를 챙긴다. 공식적으로는 인센티브라고 불리는 가외수입이었지만, 실제로는 이것이야 말로 흑자와 적자를 가르는 관건이었다. 정신과 의사의 쥐꼬리 같은 월급으로는 아내에 자식들까지 먹여살리는 것은 불가능하다. 그리고 ITU가 특히 인색하다는 사실은 널리 알려진 사실이었다.

그럼에도 불구하고 글러브 박사는 여전히 ITU의 거류지에 살고 있었다. 질서정연한 공동체였고, 어떤 면에서는 지구를 많이 닮았기 때문이다. 뉴 이스라엘은 다른 국가 거류지들과 마찬가지로 너무 비장한 느낌이 나서 오히려 껄끄러웠다.

국가 거류지에서도 한 번 살아본 적이 있기는 하다. 연합아랍공화국이 설립한 거류지였는데, 지구에서 수입한 초목들이 다량으로 순조롭게 자라고 있는 부유한 지역이었다. 그러나 이웃 거류지들에 대한 주민들의 줄기찬 적의가 문제였다. 처음에는 그냥 짜증스러운 정도였지만, 시간이 흐르자 이 감정은 점차 혐오감으로 변해갔다. 주민들은 낮에 생업에 종사하면서도 이웃들의 흠을 찾는 일에 몰두했고, 평소에는 지극히 온화하고 매력적인 인물조차도 특정 화제를 언급하기만 하면 이성을 잃고 폭발해버리는 경우를 너무 많이 보아왔다. 밤이 되면 그들의 적의는 구체적인 행태를 갖춘다. 국가 거류지는 밤이면 생기를 되찾기 때문이다. 낮에는 과학실험이나 개발의 장으로 기능하던 연구소가, 밤이 되면 일반주민에게 문호를 열고 사악한 폭력 도구의 생산공장으로 전용轉用되었다. 주민들은 이런 행위를 통해 열띤 흥분과 환희를 맛보고, 당연하다는 듯이 애국심을 내세운다.

그런 덜떨어진 작자들이 뭘 하든 내가 알 바가 아니다. 자신의 삶을 그런 식으로 낭비하다니 정말 한심했다. 옛 지구에서의 국가 간 알력까지 고스란히 유지할 거라면 이 먼 화성까지 이민을 온 의미가 없지 않은가. 이를테면 어제의 UN 조간신문에는 전기기술자조합의 거류지에서 일어난 난투극 얘기가 실려 있었다. 기사는 폭행 가담자들 일부가 이탈리아 거류지에서 유행하는 빳빳하게 왁스를 먹인 팔자수염을 하고 있었다는 사실을 지적하면서 이탈리아 거류지가 사건의 흑막임을 암시하고 있었다……

상담실 문을 노크하는 소리를 듣고 퍼뜩 정신을 차렸다. 그는 "예"라고 대답하고, 지붕수리 청구서를 책상 서랍에 집어넣었다.

"연맹원인 퍼디 씨가 오셨습니다."

아내는 그가 가르친 대로 사무적으로 문을 열며 말했다.

"들여보내." 글러브 박사는 말했다. "아, 1, 2분만 기다려줘. 일단 그 친구의 개인 기록을 훑어봐야겠어."

"점심은 먹었어요?"

"당연히 먹었지. 건너뛸 이유가 없잖아."

"안색이 안 좋아 보여서."

그럼 곤란하지. 글러브 박사는 사무실에서 나와서 욕실로 갔다. 최근 유행하는 캐러멜 톤 분을 신중하게 얼굴에 발랐다. 덕택에 안색은 좀 나아졌지만, 기분까지 나아지지는 않았다. 이런 파우더가 팔리는 이유는 ITU의 지배층이 스페인인과 푸에르토리코인이며, 이들은 피고용인이 자기들보다 더 밝은 피부를 가지고 있으면 위축되기 때문이란다. 물론 파우더 설명서에 그런 언급은 없고, 단지 "화성의 기후로 인해 자연스러운 피부빛이 희끄무레하게 변색되는 현상을 방지"한다고 쓰여 있을 뿐이지만.

이제 환자를 만날 시간이다.

"안녕하십니까, 퍼디 씨."

"안녕하십니까, 선생님."

"기록을 보니 빵집을 경영하시는군요."

"예, 맞습니다."

한 박자 기다렸다가 물었다. "뭘 상담하고 싶어서 오셨는지요?"

퍼디는 바닥을 내려다보며 챙 없는 모자를 만지작거리고 있었다. "실은 정신과 상담을 받으러 온 건 이번이 처음입니다."

"예, 기록에도 그렇게 나와 있더군요."

"실은 매제가 파티를 열어주겠다고 하는데…… 저는 파티에는 그다지 흥미가 없어서."

"싫어도 반드시 참석해야 하는 파티입니까?"

글러브 박사는 책상 위의 탁상시계에 달린 버튼을 슬며시 눌렀다. 시계는 째깍거리며 연맹원 퍼디에게 할당된 30분을 세기 시작했다.

"저를 위한 파티나 마찬가집니다. 매제의 아들, 그러니까 제 조카를 도제로 받아들여달라는 부탁을 하려고 그러는 겁니다. 그럼 나중에 저처럼 연맹원이 될 수 있다고 생각하는 거죠." 퍼디는 단조로운 어조로 말을 이었다. "……하지만 저는 어떻게 하면 그 파티에 빠질 수 있는지를 생각하느라고 밤잠을 설치고 있습니다. 친척이니까 대놓고 싫다고는 얘기하기 힘들고……. 하지만 가기 싫은 걸 어쩌겠습니까. 도저히 내키지가 않습니다. 그래서 이렇게 선생님을 뵈러 온 겁니다."

"그랬군요. 흐음, 일단 그 파티에 관해 자세히 말씀해주십시오. 언제, 어디서 열리는지. 참가자들은 누군지. 그럼 제가 다 알아서 처리해드리겠습니다."

퍼디는 안도한 표정으로 웃옷 호주머니에 손을 넣더니 촘촘히 타이프 친 서류를 꺼냈다. "대신 처리해주시겠다니 정말로 고맙습니다, 선생님. 정신과에 가면 아무리 무거운 고민도 해결할 수 있다는 얘긴 정말이었군요. 고민하느라고 밤잠을 설쳤다는 얘기는 빈말이 아닙니다."

그러고는 외경심 가득한 눈으로 눈앞의 의사를 응시했다. 마치 사교술의 달인을 보는 듯한 눈초리였다. 난마처럼 얽히고설킨 대인관계에 적응하지 못하고 좌절하는 조합원들의 수는 오래전부터 증가일로를 걷고 있었다.

"더 이상 고민하실 필요는 없습니다."

글러브 박사는 이렇게 장담했지만, 속으로는 이런 생각을 하고 있었다. 그 정도 분열증은 가벼운 축에 속해. 당신 병은 바로 그거야. 당신을 짓누르는 사회적인 중압은 내가 알아서 제거해줄 테니 걱정 마. 그럼 당분간은 예전처럼 만성 부적응증에 시달리면서 그럭저럭 살아갈 수 있을 거야. 적어도, 당신의 빈약한 사교 능력을 넘는 과도한 사회적 요구를 다시 받을 때까지는…….

퍼디가 상담실을 떠나자 글러브 박사는 다시 생각에 잠겼다. 이것이 화성에서 개발된 정신요법의 실체였다. 환자의 병적인 공포를 제거하는 대신, 변호사처럼 환자의 대리인 역할을 맡아서—

진이 다시 들어와서 말했다. "밀튼, 뉴 이스라엘 당국에서 전화가 왔어. 보슬리 투빔이야."

하느님 맙소사. 투빔은 뉴 이스라엘의 지도자였다. 뭔가 문제가 생긴 것이 틀림없다. 서둘러 수화기를 집어 들었다. "글러브입니다."

"글러브 박사." 음울한, 굵고 위압적인 목소리가 말했다. "투빔일세. 자네 환자로 보이는 사람이 사망했다는 보고를 받았어. 헬리콥터 편으로 시내로 와서 확인을 해주겠나? 그러기 전에 간단한 정보를 알려주지. 사망자 이름은 노버트 슈타이너이고, 서독 출신—"

"제 환자가 아닙니다." 글러브 박사는 상대방의 말을 가로막았다. "제가 맡은 환자는 그 사람의 아들입니다— 이곳 B-G 캠프 시설에 있는 자폐 아동이죠. 그런데 슈타이너가 죽었다니 그게 무슨 소립니까? 오늘 아침에 만나서 말을 나눈 지 얼마 되지도 않았는데 그럴 수가. 정말로 그 슈타이너 맞습니까? 맞는다면, 자폐증의 특성상 환자 아버지인 슈타이너의 기록뿐만 아니라 가족 전체의 정보를 갖고 있습니다. 자폐 아동의 경우, 치료를 시작하기 전에 우선 가족관계부터 면밀히 파악할 필요가 있으니까요. 하여튼 알겠습니다. 당장 가겠습니다."

"자살인 게 확실해 보이네."

"정말이지 믿기 힘들군요."

"B-G 캠프의 스탭들하고 30분 가까이 얘기를 나눴는데, 슈타이너는 캠프를 떠나기 직전까지도 자네와 함께 있으면서 대화를 나눴다고 하더군. 검시 배심에서 경찰 측은 슈타이너에게 혹시 우울증 징후가 있었는지, 극단적으로 내성적인 심적 상태에 빠져 있던 것은 아닌지 알고 싶어 할 걸세. 자넨 그 친구가 하는 얘기를 직접 들었으니, 혹시 자살을 미리 막을 수는 없었는지, 아니면 적어도 심리요법을 받게끔 유도할 기회는 없었는지 물어볼지도 모르겠군. 아무래도 슈타이너는 자네의 의심을 살 만한 얘기는 하지 않은 것 같지만 말이야."

"그런 징후는 전혀 없었습니다."

"그럼 그리 걱정할 필요는 없겠군. 그냥 그 친구의 임상적인 배경에 관해 설명하기만 하면 될 거야……. 당사자를 자살로 몰아간 원인에 관해서 추측하는 식으로 말이야."

"감사합니다, 미스터 투빔." 글러브 박사는 힘없는 목소리로 말했다. "아들 일을 고민한 나머지 그랬을 수도 있겠죠. 저는 단지 새로운 치료법에 관해서 설명했을 뿐입니다. 나름 기대도 컸습니다. 하지만 슈타이너는 회의적이었고 제 설명에 귀를 기울이려 하지 않았습니다. 제가 예상하던 종류의 반응은 아니었죠. 하지만 자살이라니!"

혹시 이것 때문에 B-G 캠프의 일자리를 잃는 것은 아닐까.

글러브 박사는 고민했다. 절대로 그럴 수는 없다. 일주일에 한 번 그곳에서 일하고 받는 보수는 재정 상태에 상당한 보탬이 되어주었다. 그런다고 해서 경제적 안정까지 보장받는 것은 아니지만, 적어도 보장받는 듯한 기분을 맛볼 수는 있었다. B-G 캠프의 수표에는 그런 효과가 있었다.

슈타이너, 그 어리석은 작자는 자신의 죽음이 다른 사람들에게 어떤 영향을 끼칠지 조금이라도 상상해보았을까? 당연히 그랬겠지. 보나마나 복수가 목적이었을 것이다. 우리에게 앙갚음을 하려고— 하지만 앙심을 품은 이유가 뭘까? 자기 아들을 치료하려고 해서?

글러브는 이번 사건의 심각성을 깨달았다. 슈타이너는 의사와 면담한 직후에 자살했다. 투빔이 미리 경고해줘서 정말 다행이지만, 신문은 보나마나 그 사실에 주목할 것이다. B-G 캠프를 폐쇄하고 싶어 하는 작자들에게는 호재로 작용할 것이 뻔하다는 뜻이다.

잭 볼렌은 맥콜리프 낙농장 냉장시설의 수리를 끝내고 헬리콥터로 돌아왔다. 조종석 뒤에 공구상자를 집어넣고 사장인 미스터 이와 연락을 취했다.

"이제 학교가 남았어." 미스터 이가 말했다. "꼭 가줘야겠네, 잭. 아직도 자네 말고는 가줄 사람이 없어."

"알겠습니다."

잭은 헬리콥터의 시동을 걸었다. 이미 체념한 상태였다.

"자네 부인한테서 메시지가 하나 와 있네, 잭."

"그래요?" 잭은 깜짝 놀랐다. 미스터 이는 사원의 아내가 회사에 전화를 거는 것을 탐탁해하지 않았고, 실비아도 그 사실을 잘 알고 있었다. 혹시 데이비드한테 무슨 일이 일어난 것일까. "뭐라고 하던가요?"

"우리 교환수가 전화를 받았는데, 자네 이웃에 사는 슈타이너라는 사내가 자살했다는군. 그래서 그 집 아이들을 맡아서 돌보고 있다고 했어. 혹시 오늘밤 집에 돌아올 수는 없는지 알고 싶어 했는데, 유감이지만 힘들 거라고 대답해뒀네. 자넨 주말이 될 때까지 회사에서 대기하고 있어야 하니까 말이야."

슈타이너가 죽었다. 잭은 중얼거렸다. 제 앞가림도 못하는 불쌍한 얼간이가 죽었다. 흐음, 본인 입장에서는 차라리 그러는 편이 나았을지도 모르겠다.

"알겠습니다." 잭은 마이크에 대고 말했다.

낙농장의 척박한 목초지 위로 이륙하자 이런저런 상념이 몰려왔다. 슈타이너의 죽음은 우리 모두에게 영향을 끼칠 것이다. 그것도 깊은 곳까지. 강렬하고, 예리한 느낌. 직감이라고 불리는 것. 직접 얼굴을 맞댔을 때조차도 한두 마디 이상 얘기를 나눈 적이 없는 사이였다. 그러나…… 망자의 존재는 어떤 상황에서든 압도적으로 다가오는 법이다. 죽음이라는 현상 자체가 하나의 권력이며, 생에 맞먹는 외포를 불러일으키는 대격변이기 때문이다. 게다가 죽음은 생보다 훨씬 더 이해하기 힘들다.

잭은 기수를 화성의 UN 본부 쪽으로 돌렸다. 그곳에서는 그들의 삶을 통괄하는 거대한 자동 기계가…… '학교'라고 불리는 특이한 인공 존재가 그를 기다리고 있다. 지구를 떠나온 이래, 그가 가본 그 어떤 곳보다도 소름끼치는 장소가.

05

왜 나는 이곳에만 오면 신경이 곤두서는 걸까? 잭 볼렌은 발 아래에 있는 오리알 모양의 건물을 자세히 훑어보았다. 행성의 검고 흐릿한 대지 위로 희고 뚜렷하게 부각된 '학교'는 마치 누군가가 그 자리에 황급하게 떨궈놓고 간 듯한 느낌을 주었다. 주위 풍경과 전혀 어울리지 않는다는 뜻이다.

잭은 현관 앞의 포장된 구획에 헬리콥터를 착륙시켰을 때 손가락 끝이 하얗게 변해서 감각이 없다는 사실을 깨달았다. 긴장하면 반드시 나타나는 익숙한 징후다. 그러나 동급생들과 함께 헬리콥터 편으로 일주일에 사흘을 등교하는 데이비드는 학교를 전혀 두려워하지 않는다. 잭이 느끼는 두려움은 아무래도 성격상의 문제인 듯했다. 기계에 관해서 너무나도 잘 알고 있기 때문에 학교라는 환영幻影을 순순히 받아들이고 게임을 즐길 수가 없는 것이다. 잭에게 학교의 인공물들은 기계도 아니었고, 그렇다고 생물도 아니었다. 어떤 의미에서는 그 양쪽 다였다.

잠시 후 그는 도구상자를 끼고 응접실에 앉아 있었다.

잡지꽂이에서 《모터 월드》지를 꺼내 들었을 때 훈련으로 예민해진 잭의 귀는 찰칵 스위치가 들어오는 소리를 포착했다. 학교가 그의 존재를 알아차린 것이다. 잭이 어떤 잡지를 골라서 집어 들었는지, 얼마나 오랫동안 그것을 읽는지, 다음 읽을거리로는 무엇을 고르는지 일일이 기록하고 있다. 그는 관찰당하고 있었다.

문이 열리더니 트위드 정장을 입은 중년 여자가 들어와서 살짝 웃어 보였다. "미스터 이가 보낸 수리 기사이시군요."

"예." 잭은 일어서며 말했다.

"처음 뵙겠습니다." 여자는 이렇게 말하며 따라오라는 시늉을 했다. "교사 한 명의 상태가 줄곧 안 좋았는데, 아무래도 출력 관계의 문제인 것 같아요." 여자는 복도를 성큼성큼 걸어가더니 어떤 방 앞에서 멈춰 섰고, 그가 다가오자 문을 열어주었다. "'성난 잡역부'입니다." 이렇게 말하며 안을 가리킨다.

데이비드에게 얘기를 들은 덕택에 단번에 알아볼 수 있었다.

"갑자기 고장이 나서." 여자가 그의 귓가에서 속삭였다. "보이시죠? 예정된 행동을 수행하던 도중에 갑자기 상태가 이상해지더니 고래고래 소리를 지르기 시작했고, 주먹 쥔 손을 흔들다가 멈춰버렸답니다."

"주主 회로가 그 사실을 몰랐을 리가—"

"제가 바로 주 회로입니다."

중년 여자는 이렇게 대꾸하고는 쾌활한 미소를 지어 보였다. 강철테 안경 뒤의 눈이 번득인다.

"그렇군요." 잭은 겸연쩍게 말했다.

"이것 때문이 아닌가 하는 생각이 드는군요."

여자―실제로는 학교의 보행식 단말기―는 이렇게 말하며 종이쪽지를 건넸다. 종이를 펼쳐보니 자동조절식 피드백 관閥으로 이루어진 집적회로의 배선도였다.

"이 교사는 이른바 권위 대상 중 하나가 아닙니까? 아이들에게 다른 사람의 소유물을 존중하라고 가르치는, 교사들 중에서도 매우 엄정한 인물인 걸로 알고 있습니다만."

"그렇습니다."

잭은 '성난 잡역부'를 수동으로 리셋한 다음 다시 부팅했다. 교사는 잠시 찰칵거리더니 갑자기 얼굴을 붉히며 팔을 들어 올렸고, 마구 고함을 질러대기 시작했다. "거기 너희들, 절대로 여기 들어오면 안 돼. 알겠어?"

수염투성이의 턱을 화난 듯이 부들부들 떨며 입을 여닫는 모습을 보고 있자니, 이 기계가 어린아이에게 얼마나 큰 영향을 끼칠지 상상하는 것은 어렵지 않았다. 잭 본인이 느낀 감정은 혐오감이었지만 말이다. 그러나 이 기계 자체는 성공적인 티칭머신의 정수라고 할 만한 것이다. '성난 잡역부'는 학교 안 복도 여기저기에 마치 유원지의 게임 부스처럼 배치된 두 다스의 동료 티칭머신들과 힘을 합쳐 자기 임무를 훌륭하게 수행한다.

복도 모퉁이 너머에는 다음 티칭머신이 자리잡고 있었다. 몇몇 아이들이 열변을 토하고 있는 기계 교사 앞에 모여 얌전히 귀를 기울이고 있다.

"……그래서 이렇게 생각했지." 그쪽 티칭머신이 상냥하고 격의 없는 목소리로 말하고 있다. "세상에 — 우리들은 그런 경험에서 뭘 배워야 하는 걸까? 하고 말이야. 배워야 하는 게 뭔지 아는 사람 있니? 샐리, 네가 대답해보렴."

어린 소녀의 목소리가 대답했다. "어, 그러니까, 아무리 나쁜 짓을 한 사람에게도 착한 부분은 있다는 얘기 아닐까요?"

"너는 어떻게 생각하니, 빅터?" 티칭머신이 중얼거렸다. "난 빅터 플랭크의 의견을 들어보고 싶은데."

소년은 더듬거리며 대답했다. "방금 샐리가 한 말에 저도 찬성해요. 조금만 더 자세히 들여다보면, 어떤 사람도 마음속 깊은 곳에서는 선하다는 점을 알 수 있다는 뜻입니다. 그렇죠, 휘트록 선생님?"

그렇다면 지금 잭이 듣고 있는 것은 휘트록 티칭머신의 목소리라는 얘기가 된다. 아들인 데이비드가 좋아해, 곧잘 언급하곤 하는 교사였다. 잭은 공구를 꺼내 들며 귀를 기울였다. 휘트록은 백발이 성성한 노신사였고, 캔자스 부근의 사투리로 말한다……. 그는 언제나 상냥하며, 아이들이 자기 의견을 말할 시간을 충분히 준다. 휘트록은 티칭머신 중에서도 매우 관대한 축에 속했다. 거칠고 위압적인 '성난 잡역부'와는 딴판이다. 잭이 보기에는 소크라테스와 드와이트 D. 아이젠하워를 합쳐놓은 듯한 인물에 매우 가까웠다.

"양이란 참 희한한 동물이지." 휘트록이 말했다. "먹이가 될 만한 것, 이를테면 옥수수 줄기 따위를 울타리 너머로 던져주면 무슨 일이 일어나는지 아니? 1마일 떨어진 곳에서도 금세 알아차리고 달려온단다." 휘트록은 껄껄 웃었다. "양은 자기와 직접 관련이 있는 일에 관해서는 엄청나게 똑똑해. 그런 걸 보면 진짜로 똑똑하다는 것이 무슨 뜻인지 알 것 같지 않니? 똑똑한 사람은 책을 많이 읽었다거나, 어려운 단어를 많이 아는 사람이 아니라…… 무엇이 자기에게 이익이 되는지를 제대로 간파할 줄 아는 사람이야. 똑똑하면 살아가는 데 정말 큰 도움이 된단다."

잭은 무릎을 꿇고 '성난 잡역부'의 등판을 떼어내기 시작했다. 학교의 주 회로는 옆에 서서 지켜보고 있었다.

이 기계는 전자기 테이프에 기록된 지시에 따라 과장된 연기를 수행하지만, 연기의 각 단계는 청중의 반응에 맞춰 임의로 수정된다. 고로 이것은 폐쇄 시스템이 아니며, 테이프의 기록과 아이들이 내놓은 대답을 비교하고, 조합照合하고, 분류한 다음에야 비로소 반응하는 기계다. 그러나 티칭머신이 식별하는 범주는 한정되어 있기 때문에 기계 자체의 독자적인 견해 따위가 성립할 여지는 없다. 그럼에도 불구하고 티칭머신은 사람들에게 마치 정말로 살아 있는 생물인 듯한 환상을 준다. 기계공학의 승리라고나 할까.

티칭머신의 강점은 인간 교사와는 달리 개개의 학생들에게 집중할 수 있다는 점이다. 단지 수업을 진행만 하는 것이 아니라 맞춤지도가 가능하다는 뜻이다. 한 대의 티칭머신은 무려 천 명에 달하는 학생들을 맡아 가르칠 수 있지만 어떤 제자를 다른 제자와 혼동하는 일은 결코 없으며, 개인차에 입각해서 반응하기 때문에 누구를 가르치느냐에 따라서 미묘하게 다른 존재로 변신한다. 기계장치인 것은 맞지만, 거의 무한대에 가까운 복잡성을 가지고 있다고나 할까. 티칭머신은 잭 볼렌이 이미 터득한 진실—이른바 '인공물'이라는 것들이 놀랄 정도로 심오할 수 있다는 사실—을 체현한 존재였다.

그러나 잭 자신은 티칭머신에 대해 저항감을 느끼고 있었다. 예의 '공립학교'의 이념 자체가 그의 기질과는 상반되는 것이었기 때문이다. '학교'란 학생들에게 지식을 전달하거나 가르치는 장소가 아니라, 아이들을 일정한 틀, 그것도 지독하게 제한적인 틀에 넣어 새로 찍어내는 곳이다. 따라서 '학교'는 아이들이 이어받은 문화에 대한 연결고리였고, 그들을 상대로 문화 전체를 조금씩 잘라 파는 도구에 불과했다. 아이들을 문화에 억지로 끼워 맞추는 일도 당연히 정당화되었다. 문화의 계승이야말로 '학교'의 지상과제였다. 엉뚱한 방향으로 이어질 가능성이 있는 개인의 성향은 가차 없이 교정된다.

이것은 '학교'라고 불리는 복합정신과 아이들 개개인의 정신 사이에서 벌어지는 투쟁이라고 해도 무방했다. 그리고 이 투쟁에서 중요한 패를 모두 쥐고 있는 것은 물론 전자다. 적절한 반응을 보이지 않는 아동은 자폐증 진단을 받는다. 바꿔 말해서,

그 아동의 객관적 현실감각에 우선하는 주관적 인자에 순응하도록 다시금 유도받는다는 뜻이다. 그런 아동은 퇴학 처분을 받은 후 전혀 다른 종류의 학교―부적응 아동의 사회 복귀를 도울 목적으로 설립된 B-G 캠프―로 보내진다. 캠프에서 이루어지는 것은 교육이 아니라 환자에 대한 치료다.

화성을 지배하는 세력에게 자폐증은 실로 편리한 개념이겠지. 잭은 '성난 잡역부'의 등판을 떼어내며 생각했다. 자폐증은 '정신병질자'라는 오래된 개념을 대체했다. 한편 '정신병질자'는 그보다 더 전에 쓰이던 '정신박약'이라는 표현을 대체한 것이며, '정신박약' 이전에는 '심신상실자'라는 용어가 쓰였다. 그리고 B-G 캠프에 수용된 아이에게는 기계가 아닌 인간 교사, 더 정확하게 말하자면 심리요법사가 할당된다.

아들인 데이비드가 '학교'에 입학했을 때부터 잭은 나쁜 소식을 들을 것을 각오하고 있었다. 데이비드가 티칭머신들이 학생들을 분류할 때 쓰는 성취 척도를 결국 충족시키지 못했다는 통지를 받아도 하등 이상할 것이 없다고 생각했기 때문이다. 천만다행히도 데이비드는 티칭머신들의 가르침에 열성적으로 반응했고, 높은 평점을 획득하기까지 했다. 데이비드는 교사들 대부분을 좋아했고, 집에 돌아와서도 언제나 그 얘기만 했다. 가장 엄격한 티칭머신들과도 죽이 잘 맞았다. 잭의 우려가 사실무근임이 증명된 셈이다. 데이비드는 자폐증이 아니었다. 따라서 B-G 캠프로 보내지는 일은 결코 없을 것이다. 그래도 잭은 마음이 편치 않았다. 실비아가 지적했듯이 잭의 마음을 편하게 해주는 것 따위는 애당초 존재하지 않는 것인지도 모르겠다. 화성에서는 '학교'와 'B-G 캠프'라는 단 두 가지 길밖에는 존재하지 않는다. 그리고 잭은 양쪽 모두를 신뢰하지 않았다. 왜? 이유는 그도 모른다.

혹시 자폐증이라는 정신상태가 실제로 존재하기 때문인 것은 아닐까 생각한 적도 있었다. 자폐증이란 수많은 성인들을 엄습하는 정신분열증의 유아적 형태일지도 모르겠다. 정신분열증은 늦든 빠르든 거의 모든 가정에 영향을 끼치는 주요 질병이며, 자폐증 환자란 요컨대 사회가 심어놓은 동인動因을 견디지 못하는 사람을 의미한다. 분열증 환자들이 적응을 포기했거나 처음부터 아예 받아들이지 못한 현실이란 대인관계로 이루어진 현실이며, 특정 가치를 내포한 특정 문화 속에서 그들이 직접 살아가며 경험하게 되는 현실을 의미한다. 따라서 이것은 생물학적인 삶도 아니고, 전승받는 삶도 아니며, 본인이 직접 터득해야 하는 종류의 삶이다. 부모나 교사로 대표되는 주위의 권위 대상을 비롯해서, 인격 형성기에 접촉하는 모든 사람들과의 직접적인 교류를 통해서 비로소 성립하는 삶이다.

그런 연유로, 배우지 못하는 아이들을 퇴학시키는 '학교'의 처사는 정당하다고 할 수 있었다. '학교'가 가르치는 것은 단순한 지식이 아니고, 돈 버는 방법도 아니고, 먹고사는 데 유용한 기술도 아니다. 어린아이들은 그보다 훨씬 더 심오한 것을 배운다. 자신을 에워싼 문화의 일부는 그 어떤 희생을 치루더라도 지킬 가치가 있다고 교육받는 것이다. 그 결과 어린아이의 가치관은 실존하는 인간의 행위와 구체적으로 결부된다. 어린 아이는 그런 과정을 통해 자신이 이어받은 전통의 일부가 된다. 살아가면서 그런 전통을 유지할 뿐만 아니라 적극적으로 살찌우기까지 한다는 뜻이다.

결국 진정한 자폐증이란 공공의 노력에 대한 완전한 무관심이라고 정의할 수 있을는지도 모르겠다. 인간이 가치관을 전달받고 보존하는 주체임을 외면하고, 마치 혼자 힘으로 모든 가치를 창조한 것처럼 행동할 경우 나타나는 존재의 한 양식인 것이다. 그러나 잭 볼렌은 티칭머신만을 가치 판단의 유일한 권위로 간주하는 '학교'의 시스템을 끝끝내 받아들일 수가 없었다. 사회의 가치관은 끊임없이 변화하기 마련이지만, '학교'는 그런 가치들을 안정시키고, 고착시키고, 방부 처리하려는 시도에 불과하기 때문이다.

'학교' 자체가 신경증을 앓고 있다는 결론을 잭이 내린 것은 이미 오래전의 일이었다. '학교'가 원하는 것은 절대로 새로운 일이 일어나지 않으며, 예상을 벗어난 이변 따위는 아예 존재하지도 않는 세계였다. 이것은 강박증의 세계이며, 건강함과는 거리가 멀다.

2년쯤 전에 잭은 아내에게 그의 이런 가설을 피력한 적이 있다. 실비아는 어느 정도까지는 관심을 가지고 그의 얘기에 귀를 기울였고, 이렇게 대답했다. "하지만 잭, 당신은 중요한 점을 간과하고 있어. 잘 생각해봐. 이 세상에는 신경증보다 훨씬 더 나쁜 것들이 얼마든지 있잖아." 잭은 아내의 낮고 단호한 목소리에 귀를 기울였다. "정말로 나쁜 것들이 무엇인지는 우리도 조금씩 알아가고 있어. 당신도 잘 알 거야. **그걸 극복한 적이 있으니까.**"

잭은 고개를 끄덕였다. 아내가 한 말의 진의를 이해했기 때문이다. 잭 자신도 20대 초에 정신분열증을 앓은 적이 있다. 요즘은 워낙 흔하고 자연스러운 병이긴 했지만, 그렇다고 해서 끔찍함이 덜했던 것은 아니었다. 분열증은 그를 뻣뻣하게 경직된 강박증 환자로 만들어놓았다. 길을 잃은 그에게 새로운 기준점이 되어준 것은 '학교'였다. 그가 완만하게나마 침로를 변경함으로써 인류 사회에 다시 합류하고, 다른 사람들과 다시 한 번 현실을 공유할 수 있는 계기를 마련해주었던 것이다. 잭은 스스로의 경험을 통해 신경증이 왜 인위적인 발명품인지를 이해하게 되었다. 신경증이란 병에 시달리는 개인이나 위기에 직면한 사회가 인위적으로 만들어내는 것이다. 필요가 빚은 발명품인 것이다.

따라서 신경증을 너무 나쁘게만 보지 말라는 실비아의 말은 타당했다. 신경증이란 의식적인 멈춤이기 때문이다. 어떤 시점에서 삶을 동결시켜 더 이상 사태가 악화되는 걸 막는 행위라고나 할까. 왜냐하면 그 너머에는—

정신분열증 환자라면 누구나 그 너머에 무엇이 있는지를 알고 있다. 과거에 정신분열증 환자였던 사람도. 잭은 과거의 경험을 떠올렸다.

방 반대편에 앉아 있던 두 사내가 묘한 표정으로 그를 쳐다보았다. 방금 내가 뭐라고 했지? **허버트 후버**[*]는 캐링턴보다 훨씬 **더 나은 FBI 국장이 될 거라고 했다.** "틀림없어. 돈을 걸어도 좋아." 잭은 이렇게 덧붙였다. 머리가 멍한 느낌. 맥주를 홀짝인다. 모든 것이 무겁다. 팔도, 맥주잔도. 고개를 쳐드는 것보다는 푹 숙이는 편이 더 편하다……. 그는 커피테이블 위의 성냥갑을 뚫어지게 보았다.

"FBI 국장은 허버트 후버가 아니라," 루 노팅이 말했다. "J. 에드거—"

하느님 맙소사! 잭은 낭패감에 휩싸였다. 맞아, 허버트 후버라고 했어. 그걸 지적받고 나서야 알다니. 도대체 난 어떻게 된 걸까? 마치 반쯤 잠이 든 느낌이다. 어젯밤에는 10시에 잠자리에 들어서 거의 12시간이나 잤는데. "아, 그렇지." 잭은 말했다. "물론 허버트가 아니라……" 혀가 꼬였다. 그는 신중하게, 천천히 말을 이었다. "……J. 에드거 후버라고 말하려고 했던 거야." 그러나 잭의 목소리는 마치 레코드판이 돌다가 만 것처럼 흐릿해졌고 느려졌다. 이제는 거의 고개를 드는 것이 불가능해졌다. 잭은 루 노팅의 거실에서 앉은 채로 잠이 들고 있었다. 그러나 눈이 감기지 않는다— 감으려고 했지만, 눈꺼풀이 말을 듣지 않는다. 그의 시선이 성냥갑에 못 박혔다. 성냥을 켜기 전에 종이 덮개를 닫으시오. 그는 그것에 쓰인 글을 읽었다. 이 말을 그릴 수 있습니까? 첫 번째 레슨은 무료이고, 등록 의무는 없습니

---

[*] Herbert Clark Hoover(1874~1964). 미국의 제31대 대통령.

다. 뒤쪽의 무료 가입 신청란을 보시기 바랍니다. 루 노팅과 프레드 클라크가 자유의 박탈이라든지 민주적 과정 따위의 추상적 개념에 관해 논쟁을 벌이는 동안, 잭은 눈 하나 깜짝하지 않고 계속 앞만을 응시했다……. 사람들의 대화는 또렷하게 들렸고, 듣고 있어도 귀에 거슬린다거나 하는 일은 없었다. 그러나 두 친구의 생각이 틀렸다는 사실을 알고 있었으면서도 반박할 욕구는 전혀 생기지 않았다. 그냥 둘이서 논쟁하도록 놓아두자. 그쪽이 훨씬 편하다. 일어날 일이 일어났을 뿐이다. 그가 그렇게 되도록 방치해놓았기 때문에.

"잭은 정신이 어디 딴 데 가 있는 것 같군." 클라크가 말하고 있었다. 동료들이 자기 쪽으로 주의를 돌렸다는 사실을 깨닫고 잭은 놀라 흠칫했다. 행동으로든 말로든 당장 반응해야 한다.

"설마." 이렇게 대꾸하는 데도 엄청난 노력이 필요했다. 심해에서 억지로 솟아오르는 기분이다. "얘기를 계속하라고. 듣고 있으니까."

"맙소사. 무슨 로봇이라도 된 것 같은 말투로군." 노팅이 말했다. "자네, 집에 가서 한숨 자는 편이 낫지 않겠어?"

루 노팅의 아내인 필리스가 거실로 들어오더니 말했다. "잭, 지금 같은 상태라면 당신은 절대로 화성에는 못 가." 그녀는 하이파이 전축의 음량을 올렸다. 비브라폰과 더블베이스를 구사한 프로그레시브 재즈곡이었다. 아니, 전자악기를 쓴 것인지도 모르겠다. 쾌활한 성격의 금발 여성인 필리스는 잭 곁에 앉아 그를 찬찬히 훑어보았다. "잭, 혹시 뭐 기분 나쁜 일이라도 있어? 그렇게 울적한 표정을 한 건 처음 봐."

"저 친구는 원래부터 가끔 저래." 루 노팅이 말했다. "직장에서 함께 일하고 있을 때, 특히 토요일 밤에는 곧잘 저런 상태가 되곤 했어. 뚱하게 입을 다물어버리고, 골똘히 생각에 잠기는 거지. 지금 무슨 생각을 하고 있어, 잭?"

묘한 질문이다. 생각 따위는 하고 있지 않은데. 이토록 마음이 텅 비어 있지 않은가. 성냥갑은 여전히 잭의 오감을 가득 채우고 있었다. 그럼에도 불구하고 자신이 무슨 생각을 그리 골똘히 하고 있는지 대답할 필요가 있었다. 모두 그의 대답을 기대하고 있기 때문이다. 그래서 그는 억지로 화제를 하나 만들어냈다.

"공기 생각을 하고 있었어. 화성의 공기 말이야. 내가 거기 적응하려면 얼마나 걸릴 것 같아? 사람에 따라서 개인차가 있다는 얘기를 듣긴 했지만." 하품을 하려고 했지만 들이마신 공기가 가슴에 걸려 막혀버렸다. 공기가 폐와 기도로 퍼져나가는 것이 느껴진다. 잭은 반쯤 열린 입을 힘들게 닫았다. "아무래도 집에 가는 편이 낫겠군. 가서 자야겠어." 혼신의 힘을 쥐어짜서 가까스로 자리에서 일어났다.

"9시밖에 안 되었는데?" 프레드 클라크가 큰 소리로 말했다.

밖으로 나와서 아파트로 돌아가기 위해 오클랜드의 차갑고 어두운 길을 따라 걷기 시작하자 다시 멀쩡해졌다. 루 노팅의 집에서 경험한 문제의 정체가 도대체 무엇이었는지 도리어 궁금해질 지경이었다. 공기가 탁했거나 환기장치가 고장 난 탓이 있는지도 모르겠다.

그러나 여전히 어딘가 이상했다.

화성이라. 잭은 지구에서의 모든 관계를 끊었다. 우선 직장부터 그만뒀고, 몰고 다니던 플리머스도 팔았고, 건물주에게도 해약 통고를 했다. 입주하는 데 1년이나 걸렸던 아파트를 포기했던 것이다. 아파트 건물은 서해안의 비영리 주택조합의 소유였고, 입주 가구가 몇천 호에 달하는 거대한 건물이었다. 지하상가에는 슈퍼마켓, 세탁소, 탁아소, 진료소에 이르기까지 없는 것이 없었고, 주민들만을 전담하는 정신과 의사까지 있었다. 꼭대기층에는 주민들이 선택한 클래식 음악을 방송하는 FM 라디오 방송국이 자리잡고 있었으며, 건물 중앙부로 가면 극장과 공회당도 있었다. 유행의 첨단을 달리는 최신형 거대 조합주택이었지만— 잭은 느닷없이 이 모든 것들을 포기해버렸다. 건물 안에 있는 서점의 계산대 앞에서 줄을 서서 기다리던 중에 갑자기 그런 충동을 느낀 탓이다.

해약 통고를 하고 나서 지하상가를 정처 없이 돌아다니던 중에 압정으로 이런저런 벽보를 붙여놓은 게시판이 눈에 들어왔다. 그는 무심코 멈춰 서서 게시물들을 읽었다. 아이들이 건물 뒤쪽에 있는 놀이터로 가려고 후다닥 잭의 곁을 달려갔다. 큼지막한 인쇄 게시물이 그의 주의를 끌었다.

새로운 식민 행성에 진출하는 조합 주택 운동에 협력합시다.
화성의 광물 매장 지역에서 개발에 착수한 대기업 및 대형 노조의

요구에 부응, 새크라멘토의 주택조합 이사회에서 이민 희망자를 계속 모집 중입니다. 지금 당장 계약하십시오!

여느 조합 주택의 모집광고와 다를 바가 없었지만, 왠지 솔깃했다. 젊은 사람들이 많이 응모할 것이다. 나 또한 지구에는 아무 미련도 없지 않은가? 방금 주택조합의 아파트를 포기하고 왔지만, 여전히 조합의 일원이라는 점에는 변함이 없었다. 배당된 주식도 가지고 있고, 조합원 번호도 있으니 응모 자격은 충분했다.

계약서에 서명을 하고, 신체검사를 받고, 예방주사를 맞은 시점부터 전후관계가 모호해지기 시작했다. 기억에 의하면 잭은 화성에 가려는 결심을 먼저 했고, 그다음에야 비로소 직장에 사표를 내고 아파트를 포기할 생각을 했다. 그쪽이 더 합리적으로 느껴졌기 때문에 친구들에게도 그렇게 설명했다. 그러나 그 기억은 사실과 달랐다. 사실이란 무엇인가? 거의 두 달 가까이 그는 혼란스럽고 절망한 상태로 방황했다. 유일하게 확실했던 것은 그가 11월 14일에 2백 명의 동료 조합원들과 함께 화성으로 떠날 예정이라는 점과 그 뒤로는 모든 것이 완전히 바뀔 것이라는 생각이었다. 그러면 이 미망迷妄도 사라지고, 과거에 그랬던 것처럼 세상사를 명확하게 바라볼 수 있을 것이다. 이미 잘 알고 있는 일이었다. 과거에는 사물의 질서를 시간과 공간 속에서 확고하게 느낄 수 있었다. 그러나 현재는 어떤 불가해한 이유에 의해 시간과 공간 양쪽이 변화를 겪었고, 그 결과 그는 위치 감각을 상실했다.

잭의 인생에는 별다른 목적이 없었다. 과거 14개월 동안 그는 단 하나의 목적을 위해 살아왔다. 거대한 신축 조합 주택 건물에서 아파트를 하나 확보한다는 목적을 위해서 말이다. 그러나 그 목적을 달성한 뒤에는 아무것도 남지 않았다. 미래는 존재하기를 멈췄다. 그는 FM 방송국에 신청한 바흐 모음곡에 귀를 기울였다. 지하상가의 슈퍼마켓에서 식료품을 사고 서점에 가서 책을 뒤적였다……. 하지만 무엇을 위해? 그는 자문했다. 나는 도대체 누구일까? 직장에서 그의 업무 실적은 점점 하향세를 그리고 있었다. 이것이 최초의 징후였고, 어떤 의미에서는 이것이 가장 불길했다. 잭이 처음으로 두려움을 느낀 것은 바로 이때부터였다.

그 일은 결코 완전히 설명할 수 없는 기괴한 사건과 함께 시작되었다. 사건의 일부가 순수한 환각이라는 점은 명백했다. 그러나 정확히 어느 부분이 환각이었을까? 악몽을 연상케 하는 경험이었다. 압도적인 공포에 휩쓸려 무조건 도망치고 싶다는 욕구를 느낀 순간도 있었다.

잭은 샌프란시스코 남쪽의 레드우드 시에 자리잡은 전자제품 회사에서 근무하고 있었다. 성냥 머리 크기밖에는 안 되는 액체헬륨 배터리를 조립하는 라인에서 품질관리 기계를 조작하고, 그 허용 오차가 기준에서 벗어나지 않도록 감시하는 일이었다. 어느 날 그는 느닷없이 인사부장실로 불려갔다. 무슨 용건인지 도무지 감이 안 잡힌 탓에 엘리베이터에 올라탔을 때는 상당히 신경이 곤두서 있었다. 나중에 다시 떠올린 바에 의하면, 이상할 정도로 불안해하고 있었던 것 같다.

"들어오게나, 볼렌." 잿빛 머리카락이 곱슬곱슬한—아마 장식용 가발을 쓰고 있는지도 모르겠다—풍채 좋은 사내가 사무실에서 그를 맞이했다. "얼마 걸리지 않을 걸세." 인사부장은 날카로운 눈으로 잭을 훑어보았다. "볼렌, 왜 자네는 급료 지불 수표를 현금화하지 않나?"

침묵이 흘렀다.

"정말입니까?"

잭은 말했다. 심장이 세차게 뛰며 온몸이 떨리기 시작했다. 불안하고 피곤한 기분이 몰려왔다. 현금으로 바꿨다고 생각했는데. 그는 뇌까렸다.

"양복 한 벌쯤은 새로 사 입을 수 있을 텐데." 인사부장이 말했다. "머리도 좀 깎는 편이 낫겠군. 물론 그건 자네 마음이지만."

잭은 당혹해하며 자기 머리를 어루만졌다. 머리를 깎아야겠다고? 지난주에 깎지 않았나? 아니, 그보다는 전일지도 모르겠다. "지적해주셔서 감사합니다." 그는 고개를 끄덕이며 말했다. "알겠습니다. 방금 제안하신 대로 하죠."

그러자 환각이—정말로 환각이었다면 말이지만—출현했다. 인사부장이 다른 모습으로 보였던 것이다. 그는 죽어 있었다.

피부를 통해 골격이 보였다. 뼈들은 가느다란 동선銅線으로 이어져 있었다. 말라비틀어진 내장은 인공 신장이나 심장, 폐 따위로 대체되어 있었다. 모든 것이 플라스틱과 스테인리스 강으로 만들어져 있었고, 서로 연계해서 매끄럽게 움직이고 있었지만 진짜 생명이라고 할 만한 것은 완전히 결여되어 있었다. 사내의 목소리는 테이프에 녹음된 소리였고, 앰프와 스피커 시스템을 통해서 들려왔다.

과거의 어떤 시점에서 이 사내는 실제로 존재하고 살아 있었을지도 모르지만, 그런 상태는 이미 끝났고, 아무도 모르는 새에 다른 것으로 교체되었던 것이다. 교체작업은 한 장기臟器씩 차례로 조금씩 진행되었다. 오로지 다른 사람들, 이를테면 잭을 속이기 위해서 말이다. 지금 사무실에 있는 인간은 잭 혼자였다. 인사부장 따위는 존재하지 않는다. 그에게 말을 거는 인간은 없었고, 잭이 하는 말을 들어주는 인간도 없었다. 잭이 지금 서 있는 곳은 생명이 전혀 존재하지 않는 기계장치의 방이었다.

어떻게 해야 할지 알 수 없었다. 그는 인간을 닮은 눈앞의 물체를 너무 뚫어지게 바라보지 않으려고 노력했다. 침착하고 자연스러운 어조로 자기 업무에 관해 논하고, 사적인 문제까지 논해보려고 노력했다. 눈앞의 물체는 그의 속을 떠보고 있다. 무엇인가를 알아내고 싶어 하는 것이다. 물론 잭은 최대한 말을 아꼈다. 그러면서 방바닥의 융단을 줄곧 내려다보고 있었지만, 눈에 들어오는 것은 기계의 파이프와 밸브와 기타 부품들이 움직이는 광경뿐이었다. 안 보려고 해도 보였다.

당장이라도 도망치고 싶은 마음뿐이었다. 잭은 땀을 흘리기 시작했다. 땀이 비 오듯 쏟아지며 몸이 후들후들 떨렸다. 심장 소리가 점점 더 커졌다.

"볼렌." 물체가 말했다. "자네 어디 아픈가?"

"예. 제 부서로 돌아가도 되겠습니까?"

그는 몸을 돌려 문으로 가려고 했다.

"잠깐 기다려."

물체가 등 뒤에서 말했다.

잭이 패닉에 사로잡힌 것은 바로 이때였다. 그는 후다닥 달려가서 문을 열고 복도로 뛰쳐나갔다.

한 시간쯤 뒤에 퍼뜩 정신을 차리고 보니 벌링게임의 낯선 거리를 정처 없이 돌아다니고 있었다. 그때까지 무슨 일을 하고 있었는지, 또 어떻게 이곳에 왔는지 전혀 기억에 없었다. 다리가 욱신거렸다. 몇 마일이나 되는 거리를 쉴 새 없이 걸어왔던 것임이 틀림없다.

머릿속은 전보다는 뚜렷했다. 나는 정신분열증이야. 그는 뇌까렸다. 확실해. 분열증 증세가 어떤 것인지는 누구나 알고 있다. 망상적 색채를 띤 긴장성 흥분. 정신병리학 담당자들에게 귀가 아프도록 들었고, 요즘은 초등학생들조차도 그에 관한 교육을 받는다. 난 그런 환자 중 하나가 됐어. 인사부장이 떠보려고 한 것은 바로 이것이었군.

난 의사의 도움을 받아야 해.

잭이 '성난 잡역부'의 동력팩을 꺼내서 바닥에 내려놓자 '학교'의 주 회로가 말했다. "무척 솜씨가 좋으시군요."

잭은 중년 여자의 모습을 한 것을 흘끗 올려다보고는 생각했다. 왜 이 장소에만 오면 신경이 곤두서는지 알 것 같아. 10여 년 전의 그 정신병 발작 때문이었어. **혹시 그때 나는 미래를 들여다본 것일까?** 당시만 해도 이런 종류의 학교는 존재하지 않았다. 설령 존재했다고 해도, 본 적도 들은 적도 없었다.

"감사합니다."

코로나 사의 인사부장실에서 발작을 일으킨 이래 잭을 줄곧 괴롭혀왔던 것은, 만약 그 경험이 환상이 아니었다면, 하는 의구심이었다. 예의 인사부장이 실제로 그가 보았던 것처럼 인공적인 기계장치였다면? 이런 티칭머신들처럼 말이다.

그것이 사실이라면 그는 **정신병이 아니었다는 얘기가 된다.**

사실 수없이 그런 생각을 했다. 정신이상이 아니라 표피를 벗겨낸 절대적 현실을 한순간이나마 환시幻視한 것이 아니었을까 하는 생각을 말이다. 그러나 이것은 너무나도 압도적이고, 너무나도 극단적인 아이디어였기 때문에 평소의 사고방식으로는 도저히 받아들일 수가 없었다. 게다가 그런 생각은 정신적인 동요를 불러일으켰다.

밖으로 드러난 '성난 잡역부'의 배선을 긴 손가락으로 능숙하게 헤치다가 마침내 찾고 있던 것을 발견했다. 끊어진 도선導線이다. "어디가 고장 났는지 알아냈습니다." 잭은 '학교'의 주회로에게 말했다. 구식 인쇄회로가 아니어서 천만다행이다. 인쇄회로였다면 기판 전체를 교환해야 하므로 수리가 불가능했을 것이다.

"교사의 설계에는," 주 회로가 입을 열었다. "수리를 필요로 하는 문제가 발생하지 않도록 많은 노력이 들어간 것으로 알고 있습니다. 지금까지는 운이 좋았습니다. 수업이 오랫동안 중단된 적은 한 번도 없으니까요. 하지만 예방적 정비는 가능한 해 두는 편이 낫다는 얘기를 들은 적이 있습니다. 그런 고로, 아직 고장 징후가 없는 교사 한 명을 검사해주시면 좋겠습니다. '학교'의 모든 기능 중에서도 필수 불가결한 역할을 수행하는 교사입니다." 잭이 납땜총의 긴 주둥이 끝을 여러 겹의 배선 속으로 밀어넣으려고 악전고투하는 동안 주 회로는 예의 바르게 입을 다물고 있었다. "'상냥한 아저씨'를 봐주시면 좋겠네요."

"'상냥한 아저씨'라." 잭은 신랄하게 표정으로 생각했다. 그럼 근처에 '친절한 아줌마' 따위가 있을지도 모르겠군. 어린애들 상대로 달디단 허풍을 주입하고 있는 '친절한 아줌마'의 모습을 떠올리니 구역질이 치밀어올랐다.

"혹시 그 교사에 관해서도 잘 알고 계신지요?"

주 회로가 물었다.

모른다. 데이비드도 언급한 적이 없었다.

복도를 더 들어간 곳에서 휘트록과 인생에 관해 토론하는 아이들의 목소리가 들려왔다. 바닥에 누운 자세로 납땜총 끄트머리를 들어올려 '성난 잡역부'의 몸 안에 집어넣고 있었을 때의 일이었다.

"그래." 휘트록은 결코 성을 내는 법이 없는 상냥하기 짝이 없는 목소리로 대답했다. "그 라쿤'은 정말로 멋진 친구였어. 지미라는 이름을 가진 라쿤은 말이야. 나도 여러 번 본 적이 있는데, 상당히 몸집이 크고 힘이 장사일 뿐만 아니라 민첩하기까지 한 기다란 앞다리를 가지고 있단다."

"저도 라쿤을 본 적이 있어요." 어린애 하나가 흥분한 어조로 말했다. "휘트록 선생님, 저도 한 번 봤어요. 이만큼 가까운 곳에서요!"

화성에서 라쿤을 봤다고?

휘트록은 껄껄 웃었다. "아냐 돈. 라쿤은 아니었을 거야. 이곳 화성에 라쿤은 살지 않거든. 그 멋진 친구들을 보려면 인류의 고향인 지구까지 여행을 가야 해. 하지만 얘들아, 내가 말하고 싶었던 얘기는 바로 이거란다. 지미가 먹이를 살금살금 물가로 가져가서 씻는 습성을 갖고 있다는 건 알지? 그 먹이가 설탕 덩어리라서 물에 다 녹아버린 탓에 결국 아무것도 먹지 못했다는 얘기도 기억하고? 그런데 얘들아, 지미는 바로 이곳에서도—"

"수리가 끝났습니다." 잭은 납땜총을 빼며 말했다. "등판을 닫는 걸 도와주시겠습니까?"

주 회로가 말했다. "급한 일이 있으신가 보군요?"

"저기서 떠들고 있는 작자가 마음에 안 들어서요." 잭은 말했다. 듣기만 해도 긴장이 되고 불안해지기 때문에 제대로 일을 할 수가 없었다.

문이 스르르 닫히며 복도와 그들 사이를 차단했다. 휘트록의

---

* racoon. 미국 너구리.

목소리가 사라졌다. "이러면 됐습니까?" 주 회로가 물었다.

"고맙습니다." 잭은 이렇게 말했지만 여전히 손이 떨리고 있었다. 주 회로는 그 사실을 알아차렸고, 잭도 상대방이 자신을 꼼꼼히 훑어보고 있다는 사실을 알아차렸다. 지금은 무슨 생각을 하고 있는 걸까.

'상냥한 아저씨'의 방은 벽난로, 소파, 커피테이블, 커튼이 걸린 전망창, 흔들의자 따위가 놓인 거실 일각을 본따 만든 것이었다. '상냥한 아저씨'는 무릎 위에 신문을 펼치고 흔들의자에 앉아 있었다. 소파에는 몇몇 아이들이 앉아서 티칭머신의 훈계에 열심히 귀를 기울이고 있었다. 잭과 주 회로가 방에 들어가도 눈치를 못 챌 정도로 열심이었다. 주 회로는 아이들을 밖으로 내보낸 다음 자기도 방에서 나가려고 했다.

"뭘 해야 할지 모르겠군요."

잭이 말했다.

"전체 사이클을 한 바퀴 돌려보십시오. 사이클의 일부를 계속 반복하거나 한군데에만 고정되는 경향이 있어 보여서요. 어느 쪽이든 간에 그 일을 하는 데 걸리는 시간이 너무 깁니다. 정상이라면 약 3시간 만에 한 사이클이 끝나야 합니다."

주 회로는 자동으로 열린 문을 통해서 밖으로 나갔다. 이제 '상냥한 아저씨'의 방에 있는 사람은 잭 혼자였다. 그는 그 사실이 탐탁지 않았다.

"여어, '상냥한 아저씨'." 잭은 맥빠진 목소리로 이렇게 말한

다음, 수리도구상자를 내려놓고 티칭머신의 등판을 떼어내기 시작했다. '상냥한 아저씨'는 따스한 목소리로 말했다. "자네 이름은 뭔가, 젊은이?"

"내 이름은 잭 볼렌이야." 잭은 떼어낸 등판을 옆에 내려놓으며 대꾸했다. "그리고 나도 너와 똑같은 상냥한 아저씨야, '상냥한 아저씨'. 아들놈이 벌써 열 살이지. 그러니까 '상냥한 아저씨', 나를 젊은이라고 부르지는 마. 알겠어?" 그는 또 몸을 떨면서 식은땀을 흘리고 있었다.

"아아아." '상냥한 아저씨'가 말했다. "그런 거였군!"

"그렇긴 뭐가 그래?" 잭은 자신이 거의 고함을 지르다시피 하고 있다는 사실을 퍼뜩 깨달았다. "이봐. 그 빌어먹을 사이클이나 빨리 되풀이해주지 않겠어? 꼭 그래야 직성이 풀린다면 날 어린애 취급해도 상관없어." 난 빨리 일을 끝내고 여기서 나가기만 하면 돼. 그는 되뇌었다. 골치 아픈 일은 가급적 피하기로 하자. 가슴속에서 복잡한 감정이 부풀어오른다. 3시간을 기다려야 하다니! 잭은 낙담했다.

'상냥한 아저씨'가 말했다. "불쌍한 재키. 무슨 일인지는 모르겠지만 오늘은 정말 마음이 무거운 것 같군. 내 말이 맞지?"

"오늘뿐만이 아냐. 매일 그래."

잭은 작업등을 켜고 티칭머신의 내부를 비췄다. 기계장치는 일단은 정해진 사이클에 따라 정상적으로 움직이고 있는 것처럼 보였다.

"그럼 내가 도와줄 수 있을지도 모르겠군." '상냥한 아저씨'

가 말했다. "더 나이를 먹고 경험이 풍부한 사람에게 고민을 털어놓으면, 자네가 느끼는 부담이 그만큼 줄어들 수도 있으니까 말이야."

"알았어." 잭은 바닥에 웅크리고 앉았다. "하라는 대로 할게. 어차피 여기서 3시간은 죽치고 있어야 할 판이니. 아예 처음부터 얘기할까? 내가 지구의 코로나 사에서 일하다가 발작을 일으킨 얘기부터?"

"어디든 자네가 얘기하고 싶은 곳부터 하게."

'상냥한 아저씨'는 온화한 어조로 말했다.

"정신분열증이 뭔지는 알아, '상냥한 아저씨'?"

"상당한 지식을 갖고 있다고 생각하네, 재키."

"좋아. 분열증이란 모든 병 중에서도 가장 불가해한 병이라고 할 수 있어. 여섯 명에 한 명은 이 병에 걸리지. 이건 엄청나게 높은 비율이야."

"물론 그렇겠지."

"실은 예전에 나는," 잭은 상대방의 몸 내부의 기계장치가 움직이는 것을 보며 말했다. "상황성 다형도착多形倒錯 단순 분열증이라는 것에 걸린 적이 있어. 솔직히 말해서 정말 괴로운 경험이었지."

"당연히 그랬겠지."

"지금은 네가 무엇을 위해 존재하는지 알아." 잭은 말했다. "네 목적이 뭔지 안다는 뜻이야, '상냥한 아저씨'. 우린 고향에서 몇천만 마일이나 떨어진 화성까지 와서 살고 있어. 먼 지구에 자리잡은 문명과의 끈은 언제 끊겨도 이상하지 않을 정도로 약해. 여기에는 그런 가능성을 두려워하는 사람들이 무척 많지. 매년 조금씩 더 약해져가고 있거든. 그래서 여기서 태어난 아이들에게 안정된 환경을 제공할 목적으로 '공립학교'가 설립된 거야. 지구를 닮은 환경을 말이야. 이를테면 이 벽난로를 봐. 화성에 벽난로 같은 건 없어. 모두 난방용으로 작은 원자로를 쓰니까. 저기 저 유리를 잔뜩 끼운 창문 말인데— 모래폭풍을 맞으면 단번에 뿌옇게 될걸. 사실 이 방에는 우리가 사는 화성에 기인한 물건이 단 하나도 없어. '상냥한 아저씨', 블리크맨이 뭔지 알아?"

"잘 모르겠어, 재키. 블리크맨이 뭐지?"

"화성의 선주先住 종족 중 하나야. 네가 지금 화성에 있다는 건 알지?"

'상냥한 아저씨'는 고개를 끄덕였다.

"정신분열증은," 잭은 말했다. "인류 문명이 지금까지 직면한 가장 큰 난제 중 하나야. 솔직히 말해서 내가 화성에 이민을 온 것도 스물두 살 때 코로나 사에서 근무하던 중에 경험했던 분열증 증세 때문이었어. 맛이 가고 있었던 거지. 그래서 복잡한 도시 환경에서 더 단순하고 원시적인, 행동의 자유가 있는 미개척지로 이주할 필요가 있었던 거야. 나는 지구의 삶이 주는 압력을 더 이상 견딜 수가 없었어. 이민을 가든지 아니면 미쳐버리든지 둘 중 하나였지. 내가 살던 조합 주택 말인데, 위로도 아래로도 마천루처럼 끊임없이 이어지고, 전용 슈퍼마켓이 필요할 정도로 엄청난 수의 사람들이 사는 장소를 상상할 수 있어? 난 서점에서 줄을 서면서 내 차례가 오기를 기다리던 중에 발광했어, '상냥한 아저씨'. 서점에 있던 모든 사람들, 슈퍼마켓에 있던 모든 사람들이 나와 같은 건물 안에 살고 있었지. 건물 자체가 하나의 독립된 사회였어. 요즘 세워지는 건물에 비하면 작은 거라고 하지만 말이야. 너라면 그럴 경우 어떻게 하겠어?"

"맙소사."

'상냥한 아저씨'는 고개를 절레절레 저었다.

"내 생각은 이래." 잭은 말했다. "이 '공립학교'하고 너희들 같은 티칭머신들은 다음 세대의 정신분열증 환자들을 키우고 있는 거야. 나처럼 이 새로운 행성의 환경에 잘 적응하고 있는 사람들의 자손들을 정신분열증으로 만들고 있다는 뜻이지. 너희들은 실제로 존재하지도 않는 환경을 기대하도록 가르침으로써 아이들의 정신을 분열시킬 거야. 그런 환경은 이제는 지구에서조차도 사라져버렸어. 진정한 지능이란 반드시 실제적인 지능이어야 한다는 얘기가 맞는지 휘트록 선생한테 물어봐. 지능이란 적응을 위한 수단이어야 하므로, 반드시 실제적이어야 한다고 말하는 걸 들은 적이 있어. 안 그래, '상냥한 아저씨'?"

"맞아, 재키. 그래야 하지."

"그러니까 지금 가르치는 것이 아니라 이런 내용을 가르쳐야 한다는 거야. 우리가 어떻게 해서—"

"맞아, 재키." '상냥한 아저씨'가 잭의 말을 가로막았다. "그래야 하지." 그가 이렇게 말한 순간, 잭이 밀어넣은 작업등의 밝은 불빛 아래에서 돌던 톱니의 이가 옆으로 미끄러졌다. 그러자 같은 사이클이 반복되었다.

"톱니가 걸렸어, '상냥한 아저씨'." 잭이 말했다. "톱니 하나가 닳아 있었군."

"맞아, 재키. 그래야 하지."

"네 말이 맞아." 잭은 말했다. "실제적이어야 해. 모든 것은 언젠가는 닳기 마련이지. 영원한 것 따위는 존재하지 않아. 변화야말로 유일하게 일정불변한 거야. 안 그래, '상냥한 아저씨'?"

"맞아, 재키. 그래야 하지."

잭은 티칭머신의 동력을 끊고 마모된 톱니를 제거하기 위해 주축主軸을 분해하기 시작했다.

"어딘지 알아내셨군요."

반시간 뒤에 옷깃으로 얼굴을 훔치며 방에서 나온 잭에게 주 회로가 말했다.

"예." 그는 녹초가 되어 있었다. 손목시계를 보니 아직 4시밖에 되지 않았다. 아직 한 시간 이상 더 근무해야 한다.

주 회로는 주기장까지 그를 배웅했다. "저희의 수리 요청에 신속하게 응해주셔서 감사합니다. 미스터 이에게도 전화를 걸어서 고맙다고 말씀드리겠습니다."

잭은 고개를 끄덕이고 헬리콥터에 올라탔다. 작별인사를 할 기력조차도 남아 있지 않았다. 잠시 후 그는 상공으로 날아올랐다. UN이 운영하는 오리알 모양의 '공립학교' 건물이 빠르게 작아졌다. 그를 답답하게 만들었던 존재가 사라지자 다시 제대로 숨을 쉴 수가 있었다.

잭은 무전기 스위치를 켜고 말했다. "미스터 이, 잭입니다. 학교 일은 끝났습니다. 다음은 어딥니까?"

조금 뒤에 미스터 이의 사무적인 목소리가 응답했다. "잭, 루이스 타운의 어니 코트 씨에게서 연락을 받았네. 아주 중요한 암호식 녹음기를 수리해달라는 요청이야. 다른 기사들은 아직 일이 끝나지 않았기 때문에 자네를 보내기로 했네."

06

어니 코트는 화성에 단 한 대밖에 없는 하프시코드의 소유자
였다. 그러나 음조가 맞지 않는데다가 그것을 조율해줄 사람이
아무도 없다는 것이 문제였다. 아무리 머리를 싸매고 궁리해
봐도 화성에 하프시코드 조율사가 있을 리가 없었다.

그래서 그는 하인으로 길들인 블리크맨에게 한 달째 조율 교
육을 시키고 있었다. 블리크맨은 음악에 무척 민감했고, 블리크
맨 본인도 어니가 원하는 것이 무엇인지를 이해하는 듯했기 때
문이다. 어니는 헬리오가발루스라는 이름의 이 원주민 하인에
게 건반악기 조율에 관한 설명서를 블리크맨의 언어로 번역한
것을 건네며 공부하라고 명했다. 내심 당장이라도 성과가 나올
것을 기대하고 있었다. 그러나 그때까지 하프시코드는 글자 그
대로 연주가 불가능한 악기에 불과하다.

앤을 만나고 루이스 타운으로 돌아온 어니는 침울한 표정을 하고 있었다. 암거래상 노버트 슈타이너의 예기치 않은 죽음은 엄청난 타격이었다. 그의 죽음으로 인해 생겨난 구멍을 메우려면 전례가 없을 정도로 극단적인 대책을 강구해야 할지도 모른다. 시곗바늘은 이미 오후 3시를 가리키고 있었다. 뉴 이스라엘까지 가서 도대체 나는 무엇을 얻었나? 나쁜 소식을 하나 들었을 뿐이다. 앤은 평소와 마찬가지로 그 어떤 설득에도 응하지 않았다. 앞으로도 여전히 풋내나는 사회운동과 대의를 위해 매진할 것이 뻔하다. 화성 전체의 조롱거리가 되더라도 전혀 개의치 않을 여자다.

"어이, 헬리오가발루스." 어니는 분통을 터뜨렸다. "그 빌어먹을 악기를 빨리 조율하지 못하면 넌 루이스 타운 밖으로 쫓겨날 거라는 사실을 명심해. 그렇다면 사막에 있는 네 동족들과 함께 풍뎅이나 잡초 뿌리로 연명하는 생활로 돌아가야 할걸."

하프시코드 옆의 방바닥에 앉아 있던 블리크맨은 몸을 움찔했다. 어니 코트를 흘끗 올려다보더니, 이내 눈을 내리깔고 다시 설명서를 읽기 시작했다.

"도대체 여기선 뭐 하나 제대로 고칠 줄 아는 놈이 없으니."

어니는 불평했다.

화성은 일종의 험프티 덤프티* 같은 거야. 원초原初의 상태는 완벽 그 자체였지만, 인간들 자신도 그들의 소유물도 전락轉落

---

* 영국의 전승동요 〈마더구스〉에 등장하는 땅딸막한 달걀 인간. 벽 위에서 떨어져 산산조각난다.

을 거듭하다가 결국은 녹슬고 쓸모없는 쓰레기가 되고 만 거지. 이따금 거대한 고물 하치장에 살고 있는 듯한 기분이 드는 것도 그 때문이야. 그러자 사막에서 조우했던 이 컴퍼니의 수리 헬리콥터와 그것을 조종하던 작자의 얼굴이 머리에 떠올랐다. 잘난 체하는 자영업자 놈들. 어니는 뇌까렸다. 좀 손을 봐줄 필요가 있기는 하지만, 놈들이 스스로의 가치를 잘 알고 있는 것 또한 사실이다. 자기들은 화성의 경제에 필수 불가결한 인재라고 숫제 얼굴에 써놓고 다니는 꼴이다. 우리는 그 누구에게도 머리를 숙이지 않는다, 이렇게 말하고 싶은 거겠지. 어니는 조합 회관에 있는 아파트와는 별도로 루이스 타운에 소유하고 있는 저택의 넓은 거실 여기저기를 돌아다녔다. 호주머니에 손을 넣고 오만상을 찌푸린 채로.

생각해보라고. 그 자식은 겁도 없이 나한테 말대답을 했어. 그 오만방자한 태도로 미루어보건대, 정말로 자기 능력에 자신이 있는가 보군. 그러자 이런 생각이 떠올랐다. 그런 녀석한테는 한번 본때를 보여줘야 해. 나한테 그런 식으로 반항한 놈을 그냥 놔둘 수는 없는 일이지.

그러나 이 컴퍼니의 거만한 수리 기사에 관한 두 가지의 상반된 생각 중 전자 쪽으로 점점 무게중심이 옮겨가기 시작했다. 어니는 현실적인 사내였고, 어떤 일이든 문제가 있는 것보다는 원활하게 돌아가는 편이 낫다는 사실을 잘 알고 있었기 때문이다. 사회적 규약 따위는 그것에 비하면 부차적인 문제에 불과했다. 우린 중세사회에서 살아가고 있는 게 아냐. 정말로

144

유능한 작자라면 나한테 얼마든지 말대답을 해도 좋아. 난 결과만을 보니까 말이야.

그런 쪽으로 결심이 서자, 어니는 번치우드 파크에 위치한 이 컴퍼니에 전화를 걸었다. 곧 미스터 이 본인이 전화를 받았다.

"여어." 어니는 말했다. "실은 내 암호식 녹음기가 고장이 났는데, 당신 부하들이 이걸 고칠 수 있다면 장기계약을 맺을 용의가 있어. 무슨 뜻인지 알지?"

미스터 이가 어니의 말을 이해했다는 점에는 의심의 여지가 없었다. 단박에 모든 것을 파악한 듯했다. "가장 유능한 기사를 보내겠습니다. 앞으로도 24시간 내내 완벽한 서비스를 제공해 드릴 것을 보장합니다."

"이쪽에서 기사를 지정하고 싶은데."

어니는 사막에서 만난 수리 기사의 인상착의를 설명했다.

"검은 머리카락을 가진 젊고 호리호리한 사내." 미스터 이는 어니가 한 설명을 되풀이했다. "안경을 꼈고 신경질적인 느낌이라. 잭 볼렌 얘기로군요. 우리 회사에서 가장 유능한 기사입니다."

"사실을 말하자면," 어니는 운을 뗐다. "그 볼렌이라는 친구는 도저히 용납하기 힘든 건방진 태도로 말대답을 해서 나를 화나게 했어. 하지만 나중에 곰곰이 생각해보니 그 친구 말에도 일리가 있더라고. 직접 만나서도 그렇게 얘기할 작정이야." 이렇게 말하기는 했지만, 어니는 잭 볼렌과 자신이 무엇 때문에 말다툼을 했는지 기억이 나지 않았다. "생각이 제대로 박힌 친구인 것 같아. 그럼 오늘 보내줄 수 있을까?"

그러자마자 미스터 이는 5시까지 보내겠다고 철석같이 약속했다.

"편의를 봐줘서 고마워." 어니는 말했다. "어니 코트는 원한을 품거나 하지는 않았다고 꼭 전해줘. 물론 그때는 좀 당황했지만, 이미 끝난 일이야. 그러니까 볼렌 그 친구한테는─" 그는 잠시 생각했다. "내 일을 걱정할 필요는 전혀 없다고 해줘." 그는 전화를 끊고 음울한 성취감을 느끼며 등받이에 등을 기댔다.

그런고로, 오늘도 완전히 헛물을 켜지는 않았다. 게다가 앤을 만나러 뉴 이스라엘에 갔다가 흥미로운 정보도 하나 얻어 오지 않았는가. F.D.R. 산맥에 관한 소문을 앤에게 언급하자, 역시나 지구발 내부 정보를 알고 있다는 대답이 돌아왔다. 보나마나 입에서 입으로 전해진 뜬소문이겠지만……. 그래도 일말의 진실은 포함되어 있었다. 지구의 UN 본부는 주기적으로 추진하는 예의 대형사업 하나를 실현시키려는 참이었다. 2주 안에 F.D.R. 산맥으로 강림해서 주변 일대가 누구에게도 속하지 않는 공유지임을 선언할 작정이란다. 물론 공유지가 맞긴 하다.

하지만 왜 UN은 아무 쓸모도 없는 광대한 토지를 손에 넣으려고 하는 것일까? 앤의 얘기가 알쏭달쏭해지는 것은 여기서부터였다. 제네바 쪽에서 도는 소문에 의하면, UN은 화성 이민을 장려하기 위해 에덴동산을 방불케 하는 거대한 초국가적 낙원을 건설할 예정이라고 했다. 그러나 UN의 엔지니어들이 화성의 만성적인 에너지 부족 문제를 일거에 해결할 수 있는 엄청난 공사를 벌일 것이라고 주장하는 사람들도 있었다. 유례가 없을 정도로 규모가 크고 강력한 수소원자력 발전소를 세움으로써 화성의 수로 시스템을 소생시키려고 한다는 것이다. 적절한 에너지원이 갖춰지면 공짜 토지와 저중력低重力, 그리고 낮은 세금이라는 이점을 제대로 활용할 수 있다. 화성에도 마침내 중공업을 도입할 수 있는 것이다. UN은 F.D.R. 산맥에 군사기지를 건설함으로써 비슷한 계획을 가진 미국과 소련을 견제할 작정이라는 소문도 있었다.

어느 얘기가 진실이든 간에 F.D.R. 산맥 일대의 토지 일부가 곧 엄청난 가치를 갖게 되리라는 사실은 달라지지 않는다. 현재 그 지역은 부동산 시장에 모두 매물로 나와 있다. 토지의 넓이는 반 에이커에서 10만 에이커까지 다양했지만, 이것들 모두가 말도 안 되게 싸다는 공통점을 가지고 있었다. 그러나 투기꾼들이 이 소문을 듣는다면 사태는 일변할 것이 뻔하고…… 실제로 눈치 빠른 치들은 이미 행동을 개시하고 있었다. 화성의 토지를 사려면 본인이 현지로 직접 와야 하고, 지구에서 서류 등록만으로 끝낼 수는 없다. 법에 그렇게 정해져 있기 때문이다. 따라서 앤이 들은 소문이 사실이라면, 투기꾼들이 지구에서 몰려오는 것은 시간문제라는 얘기가 된다. 화성에 식민지가 세워졌던 첫해처럼 투기 천국이 도래하는 것이다.

어니는 조율이 안 된 하프시코드 앞에 앉았다. 스카를라티*의

---

* Giuseppe Domenico Scarlatti(1685~1757). 이탈리아 작곡가.

건반 소나타 모음집 악보를 펼치고 좋아하는 곡을 쿵쾅거리며 치기 시작했다. 양손 교차 연주를 포함한 웅장하고 율동적이고 활력에 찬 곡이었다. 벌써 몇 달째 이 곡만 연습 중이었다. 어니는 음정이 거의 안 맞는다는 사실에도 개의치 않고 신나게 건반을 두들겨댔다. 조율 설명서를 읽고 있던 헬리오가발루스는 다른 곳으로 갔다. 이런 소음은 그의 고막에 고통을 주기 때문이다.

"난 이 곡의 LP판을 갖고 있어." 어니는 연주를 계속하며 말했다. "엄청나게 오래된 희귀판이라서 틀어볼 엄두도 못 내지만 말이야."

"LP판이 뭡니까?" 헬리오가발루스가 물었다.

"설명해줘도 어차피 넌 모를 거야. 글렌 굴드가 연주한, 40년이나 된 거지. 어머니한테서 물려받은 가보야. 이런 양손 교차 소나타 연주에는 정말 일가견이 있는 사내였지." 어니는 건반에서 손을 뗐다. 자신의 연주가 한심해졌기 때문이다. 설령 이 하프시코드가 지구에서 갓 수입했을 때처럼 완벽한 상태라고 해도 난 절대로 좋은 연주자는 못 되겠지.

벤치에 걸터앉은 채로 F.D.R. 산맥의 땅으로 일확천금을 할 수 있는 가능성을 또다시 반추해보았다. 조합의 기금을 쓰면 언제든 살 수 있다. 하지만 어디를 사야 할까? 워낙 광대한 지역이라서 모두 살 수는 없는 노릇이다.

그쪽에 빠삭한 작자가 누구더라? 그는 자문했다. 죽은 슈타이너라면 알고 있었을지도 모르겠다. 밀수 본거지가 그 근처라고 들은 적이 있기 때문이다. 광산 시굴을 하는 작자들도 빈번히 그 지역을 왕래한다. 블리크맨들도 살고 있었다.

"헬리오, 너 F.D.R. 산맥이라고 알아?"

"예, 압니다." 블리크맨은 대답했다. "저는 그곳이 싫습니다. 차갑고 공허하고 생명이 전혀 없는 곳이라서."

"거기에 블리크맨들이 신탁神託을 내려받는 바위가 있다는 게 사실이야? 미래를 알고 싶으면 다들 거기로 간다고 하던데?"

"예, 미스터. 미개한 블리크맨들이 가는 바위가 있습니다. 하지만 그건 미신에 불과합니다. '더러운 혹'이라고 불리는 곳입니다."

"넌 그걸 안 믿는다는 얘기로군."

"예, 안 믿습니다."

"어디 있는지는 알고?"

"예, 압니다."

"나 대신 그 빌어먹을 '더러운 혹'으로 가서 신탁을 받아 온다면 1달러를 주겠어."

"감사하지만 그럴 수는 없습니다."

"왜 안 된다는 거지, 헬리오?"

"그런 엉터리 같은 미신에 관여한다면, 제 무지함을 만천하에 알리는 꼴이 되기 때문입니다."

"염병할." 어니는 혀를 찼다. "그냥 게임이라고 생각하고 가면 되잖아. 농담이라고 생각하고 대신 가주면 안 돼?"

블리크맨은 잠자코 있었지만, 가무잡잡한 얼굴은 분노로 딱딱하게 굳어 있었다. 그는 설명서를 계속 읽는 시늉을 했다.

"너희들이 전통 종교를 버린 건 어리석은 짓이었어." 어니는 말했다. "너희들이 얼마나 약한지를 보여주는 거나 마찬가지였으니까 말이야. 나라면 절대로 안 그랬을걸. 그 '더러운 혹'이 어디 있는지 가르쳐주면 내가 직접 가서 물어보겠어. 미래를 미리 아는 게 가능하다는 게 너희들 종교의 가르침이잖아. 그것의 어디가 그렇게 엉터리라는 거지? 지구에는 초감각을 가진 인간들이 있고, 그중 일부는 예지능력, 그러니까 미래를 읽는 능력을 갖고 있어. 물론 그런 작자들은 다른 정신병자들하고 함께 병원에 가둬두지만 말이야. 예지능력은 정신분열증의 한 증세로 간주되거든. 너 정신분열증이 뭔지는 알아?"

"예, 압니다." 헬리오가발루스는 말했다. "정신분열증이란 인간 마음속에 있는 야만인입니다."

"그래. 원시적인 사고방식으로의 퇴화라고도 하지. 하지만 미래를 예지할 수 있다면 그런들 뭐 대수야? 지구의 정신병자 수용시설에 있는 예지능력자들만 해도 몇백 명은 족히 될 텐데—" 그러자 번개처럼 떠오르는 생각이 하나 있었다. 화성에도 한두 명은 있을지도 모른다. B-G 캠프에 말이다.

그렇다면 '더러운 혹' 따위는 엿이나 먹으라고 해라. B-G 캠프가 폐쇄되기 전에 한 번 들러서 적당한 예지능력자를 찾아보기로 하자. 루이스 타운으로 데려와서 고용하면 그만이다.

어니는 전화로 조합 사무장인 에드워드 L. 고긴스를 불러냈다. "에디, 조합 진료소의 정신과 의사들한테 가서 예지능력을 가진 정신병자란 어떤 건지 좀 알아봐. 그 녀석들이 어떤 증세를 보이는지, 혹시 B-G 캠프에서 그런 녀석을 스카웃해 올 수 없는지 물어보라고."

"오케이, 어니. 갔다 오겠습니다."

"화성 최고의 정신과 의사는 누구지, 에디?"

"글쎄요. 그건 좀 알아봐야 할 것 같습니다. 운수업자 연맹 거류지에 밀튼 글러브라는 정신과 의사가 있는데 평판이 좋은 걸로 알고 있습니다. 처남이 거기 연맹원인데, 작년에 글러브와 상담하고 나서 결과가 괜찮았다는 얘기를 들었습니다. 대리인 역할도 곧잘 수행한다고 합니다."

"그럼 그 글러브라는 작자는 B-G에 관해 잘 알고 있겠군."

"물론입니다, 어니. 정신과 의사들은 모두 일주일에 한 번씩 거기로 가서 교대로 근무합니다. 유대인들은 보수를 두둑하게 주는 편이라서. 알다시피 지구의 이스라엘에서 송금받은 현금을 잔뜩 보유하고 있으니까요."

"흠, 그럼 그 글러브라는 작자하고 연락을 취해서 최대한 빨리 예지능력을 가진 분열증 환자를 찾아달라고 부탁해. 필요하다고 판단된다면 우리 조합에서 고용해도 돼. 그치들 대다수는 워낙 쪼들리는 탓에 안정된 직장을 얻고 싶어서 안달하는 법이니까 말이야. 무슨 말인지 알지, 에디?"

"알겠습니다, 어니."

사무장은 전화를 끊었다.

"헬리오, 넌 정신분석을 받아본 적이 있어?" 어니는 쾌활한

151

어조로 물었다. 한시름 놓은 기분이다.

"없습니다. 정신분석이라는 것은 허황되고 우매한 학문에 불과합니다."

"그건 또 왜?"

"병자의 상태가 어떤 것인지를 결코 묻지 않기 때문입니다. 가장 중요한 내용이 빠져 있습니다."

"뭔 소린지 모르겠군."

"생명의 목적이 무엇인지는 알려져 있지 않기 때문에 생물은 무작정 살아가는 수밖에 없습니다. 그런데도 분열증 환자들이 옳지 않다고 누가 장담할 수 있겠습니까? 용감하지 않으면 택할 수 없는 길입니다. 그들은 직접 보고 만질 수 있는 실제적인 것들에 등을 돌리고, 대신 내면에서 의미를 찾으려고 합니다. 바닥이 없는 칠흑의 밤이 지배하는 나락에서 말입니다. 그들이 나중에 거기서 돌아오지 않는다고 누가 장담할 수 있습니까? 만약에 돌아온다면, 진정한 의미를 보고 온 그들은 어떤 존재가 될까요? 그래서 저는 그들을 존경합니다."

"염병할." 어니는 비웃었다. "별 병신 같은 개똥철학도 다 있군. 화성에서 인류 문명이 사라지기라도 한다면 넌 10초도 되기 전에 네 야만인 동료들한테 돌아가서 우상숭배 따위를 하자고 난리를 칠 놈이야. 왜 우리를 닮고 싶어 한다는 인상을 주려는 거지? 거기 앉아서 그런 설명서를 읽고 있는 이유가 뭐야?"

헬리오가발루스는 대꾸했다. "인류 문명은 결코 화성을 떠나지 않을 겁니다. 그래서 저는 이 책을 읽고 있습니다."

"그럼 빨리 읽고 이 빌어먹을 하프시코드를 조율하는 법을 터득하는 편이 나을 거야. 안 그러면 인류 문명이 화성에 머물든 말든 간에 넌 사막으로 쫓겨날 테니까 말이야."

"예, 미스터."

블리크맨 하인은 대꾸했다.

조합원 카드를 박탈당하고 합법적으로 일을 할 수 없게 된 이래, 오토 지트의 인생은 난관의 연속이었다. 카드만 있었으면 지금쯤 일류 수리 기사로 일하고 있었을 것이다. 예전에 카드를 갖고 있었다는 사실은 누구에게도 비밀이었다. 고용주인 노버트 슈타이너조차도 그 사실을 모른다. 정확한 이유는 본인도 몰랐지만, 그냥 적성검사에서 떨어진 사람으로 알려지는 쪽이 마음이 편했다. 아마 스스로를 인생의 낙오자로 간주하는 편이 쉽기 때문인지도 모르겠다. 어차피 여기서 수리 기사로 취직하는 것은 불가능에 가까웠고……. 가까스로 취직했다가 쫓겨난 입장에서는—

자업자득이었다. 3년 전에는 어엿한 조합의 일원이었다. 이른바 정회원 자격까지 갖추고 있었다. 미래도 밝아 보였다. 그는 젊었고, 여자친구도 있었고, 자가용 헬리콥터까지 갖고 있었다. 물론 헬리콥터는 임차한 것이었고, 여자친구는 다른 남자에게 양다리를 걸치고 있었다는 사실을 나중에 알기는 했지만, 그의 앞길을 막는 것은 아무것도 없었다. 오토 자신의 어리석음을 제외하면 말이다.

오토는 기본법에 해당하는 조합의 규칙을 어겼던 것이다. 그가 보기에는 실로 어리석은 규칙이긴 했지만……. 지구 외 수리공조합 화성 지부의 높으신 분께서 원수 갚는 것이 내게 있으니 내가 갚으리라고 말씀하셨던 고로, 빠져나올 방도는 없었다.* 아아, 얼마나 그 작자들을 증오했는지. 오토의 그런 증오야말로 그의 인생을 왜곡한 주범이었다. 오토도 그 사실을 알고 있었지만— 결국 아무런 조치도 취하지 않았다. 왜곡하려면 왜곡하라는 심정이었기 때문이다. 그자들을, 어디에든 존재하는 거대한 독점 기구를, 계속 증오하고 싶었다.

조합은 그가 공짜 수리를 해줬다는 사실을 적발했다. 여기서 가장 분통이 터지는 일은 전혀 공짜가 아니었다는 점이었다. 당장 효험이 있는 것은 아니더라도 이익을 기대하고 있었기 때문이다. 오토는 단지 고객들에 대한 새로운 청구 방법을 고안한 것에 불과했지만, 어떤 의미에서는 그리 새로운 방법도 아니었다. 실제로 그가 추진했던 것은 세상에서 가장 오래된 수단인 물물교환이었기 때문이다. 그러나 이 경우는 조합의 몫을 따로 나눌 방법이 없다는 것이 문제였다. 오토는 도회지에서 멀리 떨어진 곳에 홀로 사는 유부녀들 상대로 거래를 했다. 주중에는 줄곧 도시에 머물고 주말에만 집에 돌아오는 남편을 가진, 매우 고독한 여자들이었다. 호리호리한 체격에 검고 긴 머리를 올백 스타일로 뒤로 넘긴 미남자인 오토는(적어도 본인은

---

* 원수 갚는 것이 내게 있으니 내가 갚으리라고 주께서 말씀하시니라. 신약 로마서 12장 19절.

그렇게 생각하고 있었다) 그런 여자들과 매우 친밀한 관계를 맺었다. 그러던 중 남편 하나가 그 사실을 깨닫고 분노했다. 그러나 그는 오토를 총으로 쏘아 죽이는 대신 조합 노무관리과에 출두했고, 정식으로 그를 제소했다. 공정요금을 받지 않고 수리를 해줬다는 명목으로.

공정요금이 아니었던 것만은 확실했다. 오토도 그 사실을 굳이 부정하지는 않았다.

그런 연유로 오토는 노버트 슈타이너 밑에서 일하게 되었다. 실질적으로 F.D.R. 산맥의 황량한 땅에 거주하며 몇 주 동안이나 사회로부터 격리된 채로 살아가야 했던 것이다. 고독감은 날이 갈수록 심해졌고, 삶 자체가 점점 비참해졌다. 애당초 오토가 곤경에 빠진 것도 친밀한 인간관계를 맺고 싶다는 욕구 탓이었지만, 자기 신세를 생각하면 한심하기 그지없었다. 창고 안에 앉아서 다음 로켓이 도착하기를 기다리며 오토는 자신의 인생을 반추했다. 블리크맨조차도 모든 사람들로부터 격리당해야 하는 이런 생활을 감수하려고 하지는 않을 것이다. 내가 시작한 암거래가 성공했더라면 얼마나 좋았을까! 오토도 노버트 슈타이너와 마찬가지로 매일 화성 전 지역을 돌아다니며 가가호호 물건을 팔고 다녔던 것이다. 그가 선택한 밀수품들이 거물들의 흥미를 끌 정도로 인기가 좋았다는 것이 그의 잘못이었을까? 그의 예측은 적중했고, 장사도 잘되었지만, 결국 그 탓에 실패했다.

오토는 거대 노조를 증오하는 것만큼이나 대형 밀수조직을 증오했다. 거대하다는 사실 자체를 증오한다고나 할까. 미국적인 자유기업 체제를 무너뜨린 것은 바로 그런 조직이다. 중소기업이 모두 사라진 것도 그 탓이다. 돌이켜 생각해보면 오토야말로 태양계 최후의 순수 소기업주였는지도 모르겠다. 그의 진짜 죄목은 바로 이것이었다. 미국적 생활방식에 관해 단지 탁상공론을 늘어놓는 대신에 그것을 정말로 실천했다는 죄.

"뒈져버려."

오토는 상자 위에 앉아 있었다. 주위에는 나무상자와 종이상자, 포장된 꾸러미, 개조 중인 몇 대분의 로켓 부품들이 널려 있었다. 창고의 창문 밖에는……. 고요하고 황량한 바위산들이 끝없이 펼쳐져 있을 뿐이다. 식물이라고는 말라죽어가는 관목 몇 그루가 전부였다.

그런데 노버트 슈타이너는 지금 어디 있을까? 보나마나 어딘가의 술집이나 레스토랑, 혹은 어떤 유부녀의 밝게 치장된 거실에 죽치고 앉아서 번지르르한 선전문구를 늘어놓으며 훈제연어 통조림 따위를 내밀고 있을 게 뻔하다. 그리고 그 대가로—

"모두 뒈져버려." 오토는 중얼거리며 일어서서 좁은 창고 안을 왔다갔다하기 시작했다. "그런 게 가지고 싶으면 얼마든지 가지라고 해. 육시랄 놈들."

그 이스라엘 여자들……. 슈타이너가 간 곳은 바로 거기다. 키부츠에는 젊은 여자들이 우글거린다. 정열적인 검은 눈, 관능적인 입술, 큰 가슴을 가진 육감적인 여자들이 갈색으로 그을린 맨살을 드러낸 채로 밭일을 하는 곳. 몸에 착 붙는 반바지와 면셔츠 차림에 브래지어를 하지 않은 크고 탱탱한 가슴— 땀에 젖은 천이 들러붙은 탓에 젖꼭지까지 그대로 보이는.

그래서 슈타이너는 나를 데려가고 싶어 하지 않는 거야. 오토는 생각했다.

이곳 F.D.R. 산맥에서 마주치는 여자는 검고 땅딸막하고 말라비틀어진 블리크맨 여자밖에는 없다. 오토가 보기에는 인간이라고 할 수도 없는 존재였다. 블리크맨이 호모 사피엔스와 같은 조상을 가지고 있다든지, 지구와 화성은 백만 년 전에 태양계의 한 종족에 의해 식민화되었다는 인류학자들의 주장을 오토는 믿지 않았다. 그 두꺼비 같은 놈들도 인간이라고? 그런 것들하고 잔다고? 하느님 맙소사, 그러느니 차라리 내 물건을 잘라버리는 편이 낫다.

그러자 블리크맨의 작은 무리가 눈에 들어왔다. 북쪽 산의 울퉁불퉁한 바위 사면을 맨발로 조심스럽게 내려오고 있었다. 여기로 오고 있군, 하고 오토는 판단했다. 평소 그러듯이.

오토는 창고의 문을 열고 그들이 내려올 때까지 기다렸다. 검둥이 사내가 네 명. 그중 둘은 늙은이다. 늙은 여자가 하나에 비쩍 마른 아이들 몇 명. 다들 활이나 돌판, 파카알 껍질을 들고 있다.

그들은 멈춰 서더니 말없이 오토를 바라보았다. 이윽고 한 사내가 말했다. "비는 나에게서 소중한 그대 위로 내린다."

"이하 동문이야." 오토는 창고 벽에 몸을 기대고 말했다. 절망이 무겁게 마음을 짓눌렀다. "뭘 줘?"

블리크맨은 작은 종잇조각을 오토에게 건넸다. 잘 보니 바다 거북 수프 통조림 라벨이었다. 블리크맨은 수프를 먹은 다음 이런 경우를 대비해서 라벨을 지니고 있었던 것이다. 뭐라고 부르는 음식인지 모르기 때문이다.

"오케이. 몇 개 필요해?" 오토는 손가락을 하나씩 펼쳐 보였다. 다섯 개를 펼치자 그들은 고개를 끄덕였다. 다섯 깡통이 필요하다는 뜻이다. "뭘 갖고 왔어?" 오토는 꼼짝도 않고 힐문했다.

젊은 블리크맨 여자가 앞으로 걸어 나오더니 오토의 머리를 아까까지 꽉 채우고 있던 자신의 신체 부분을 가리켰다.

"빌어먹을." 오토는 절망에 찬 어조로 말했다. "아냐, 됐어. 가봐. 이젠 필요 없어. 이젠 됐다고." 그는 그들에게 등을 돌리고 창고 안으로 들어가서 창고 벽이 울릴 정도로 세게 문을 닫았다. 머리를 쥐어싸고 포장용 상자 위에 털썩 앉는다. "미칠 것 같아." 그는 중얼거렸다. 턱이 굳고 혀가 부푼 탓에 제대로 말이 나오지도 않았다. 가슴이 욱신거린다. 놀랍게도 울음이 터져나왔다. 하느님. 두려움이 몰려왔다. 난 정말로 미쳐가고 있어. 무너져가고 있어. 왜? 눈물이 뺨을 적셨다. 이렇게 소리내어 우는 것은 몇십 년 만에 처음이었다. 도대체 이건 뭐지? 아무리 생각해도 이유를 모르겠다. 호읍號泣하는 것은 그의 몸일 뿐이고, 그는 옆에서 그것을 방관하고 있는 듯한 느낌이었다.

그러나 운 덕택에 조금 마음이 편해졌다. 손수건을 꺼내 눈가와 얼굴을 닦다가 손이 마치 갈퀴처럼 경직되어 있고, 손가락만 꿈틀거리는 것을 깨닫고 욕설을 내뱉었다.

블리크맨들은 가지 않고 창밖에 서 있었다. 아마 그가 우는 것을 목격한 것인지도 모르겠지만 확실치 않았다. 그들의 무표정한 얼굴에는 아무 감정도 드러나 있지 않았다. 하지만 아무래도 오토의 행동을 목격했고, 당사자만큼이나 당혹해하고 있는지도 모르겠다. 너희들도 영문을 모르겠지. 나도 마찬가지야.

블리크맨들은 머리를 맞대고 의논하기 시작했다. 이윽고 그중 하나가 떨어져 나와서 창고로 다가왔다. 문을 두들기는 소리가 들렸다. 그쪽으로 가서 문을 열자 그곳에 서 있던 젊은 블리크맨이 뭔가를 내밀었다.

"그럼 이것을."

젊은 블리크맨이 말했다.

오토는 그것을 건네받았지만 아무리 봐도 무엇인지 알 수 없었다. 유리와 금속으로 만들어져 있었고 눈금이 달려 있었다. 그제야 그것이 측량도구라는 사실을 깨달았다. 측면에 'UN 비품'이라는 각인이 찍혀 있다.

"이런 건 필요 없어." 그는 그것을 만지작거리며 짜증스러운 어조로 내뱉었다. 어딘가에서 훔친 물건이 틀림없다. 그가 측량도구를 다시 내밀자, 청년은 무표정하게 그것을 받아 들고 동료들에게 돌아갔다. 오토는 문을 닫았다.

블리크맨들은 이번에는 정말로 떠나갔다. 오토는 창문을 통해 산 중턱을 천천히 올라가는 그들의 모습을 바라보았다. 멍청한 도둑놈들. 그건 그렇고, UN의 측량팀이 F.D.R. 산맥에서 도대체 무슨 일을 하고 있었던 것일까?

기분전환을 하려고 여기저기를 뒤지다가 훈제 개구리다리 통조림을 하나 찾아냈다. 통조림을 딴 다음 그는 뚱한 표정으로 묵묵히 먹기 시작했다. 진미珍味를 음미할 기분은 도저히 아니었지만 하나도 남기지 않고 기계적으로 먹어치웠다.

잭 볼렌은 마이크를 향해 말했다. "미스터 이, 이번만은 좀 봐주십쇼. 오늘 만나서 다툰 상대를 어떻게 아무렇지도 않은 얼굴로 만나란 말입니까." 피로가 무겁게 그를 짓눌렀다. 어니 코트와 난생처음 마주치자마자 일단 조롱부터 하고 본 나도 나지만, 하필이면 오늘 이 컴퍼니를 골라 수리를 맡길 생각을 한 어니 코트도 한심하기는 매한가지다. 따지고 보면 당연한 귀결이라고 할 수 있었다. 왜냐하면 잭의 인생은 언제나 이 모양이었기 때문이다. 인생이라는 강대하고 무자비한 힘을 상대로 고작 어린애처럼 장난을 치는 것이 전부다.

"코트 씨도 자네를 사막에서 만났다는 얘길 하더군." 미스터 이가 말했다. "실은 바로 그 일 때문에 우리한테 수리를 맡길 생각을 했다는 얘기였어."

"설마요."

잭은 아연실색했다.

"잭, 뭣 때문에 그랬는지는 모르겠지만 본인이 괜찮다니 걱정할 필요는 없네. 루이스 타운으로 직행하라고. 5시 넘어서도 일하게 된다면 야근 수당을 5할 더 내지. 어니 코트는 알다시피 통 큰 인물일세. 워낙 중요한 녹음기라서 잘 고쳐주면 자네한 테도 크게 한턱 내겠다는군."

"알겠습니다."

잭은 말했다. 지금 와서 이런저런 억측을 해봤자 아무 소용도 없다. 어니 코트가 무슨 꿍꿍이속으로 그러는지 도무지 모르겠 지만 말이다.

얼마 되지 않아 잭의 헬리콥터는 루이스 타운의 수자원노동 조합 본부 건물의 옥상에 착륙했다. 말단직원인 듯한 사내가 어 슬렁거리며 다가와서 수상하다는 눈초리로 잭을 쳐다보았다.

"이 컴퍼니의 수리 기사입니다." 잭은 말했다. "어니 코트의 호출을 받고 왔습니다만."

"좋아, 친구." 사내는 이렇게 대꾸하고 엘리베이터로 그를 안 내했다.

어니는 호화로운 가구로 장식된 지구풍의 거실에 있었다. 거 구의 대머리 사내다. 그는 전화 통화를 하는 중이었고, 잭이 나 타나자 책상을 향해 고개를 까닥해 보였다. 책상 위에는 휴대 용 암호식 구술녹음기가 놓여 있었다. 잭은 그쪽으로 걸어가서 녹음기 뚜껑을 열고 스위치를 켜보았다. 그러는 동안에도 어니 는 계속 전화 통화를 하고 있었다.

"물론 그게 다루기 힘든 재능이라는 건 알아. 따지고 보면 지 금까지 그걸 제대로 이용한 작자가 없다는 것도 충분히 이해할 수 있는 일이고. 하지만 나더러 어떻게 하라는 거지? 포기하고 그런 건 애당초 없었다는 식으로 행동하란 말이야? 멍청한 작자들이 5만 년 동안이나 그걸 심각하게 받아들이지 않았다는 이유 하나만으로? 난 꼭 해봐야겠어." 긴 침묵이 흘렀다. "알았네, 의사 선생. 고마워." 어니는 이렇게 말하고 전화를 끊더니 잭에게 말했다. "B-G 캠프에 가본 적이 있나?"

"없습니다." 잭은 녹음기를 빠르게 분해하며 대꾸했다.

어니가 어슬렁어슬렁 다가와서 곁에 섰다. 잭은 수리를 하는 중에도 어니의 날카로운 시선을 느꼈다. 그 탓에 신경이 곤두섰지만 무시하고 계속 일하는 수밖에 없었다. 아까 만난 주 회로를 조금 닮았군. 그러자 평소 자주 그러듯이 또 발작이 일어나는 것이 아닌가 하는 불안이 엄습했다. 물론 발작을 일으킨 것은 오래전의 일이었지만, 지금처럼 엎드리면 코 닿을 곳에서 권력자의 응시를 받고 있자니 코로나 사의 인사부장과 면담했을 때의 경험을 떠올리지 않을 수가 없었다.

"방금 내가 통화한 상대는 글러브일세." 어니 코트가 말했다. "정신과 의사인데, 이름을 들어본 적 있나?"

"없습니다."

"자넨 매일 뭘 하면서 사나? 기계 등짝에 머리를 처박는 게 취미인가?"

잭은 고개를 들고 상대방의 눈을 똑바로 바라보았다. "아내와 자식이 있습니다. 그게 내 인생입니다. 지금 하는 일은 가족을 먹여살리는 일입니다." 침착한 어조였다. 어니는 이 말에 딱히 화를 낸 것 같지 않았다. 오히려 미소를 짓고 있다.

"뭘 좀 마시겠나?"

"있으면 커피가 좋겠군요."

"진짜 지구산 커피가 있어. 블랙으로?"

"블랙이 좋습니다."

"그래. 자넨 블랙을 좋아할 것처럼 보여. 그 녹음기 말인데, 지금 여기서 고칠 수 있나? 아니면 일단 자네 회사로 가지고 가야 할 것 같아?"

"여기서 고칠 수 있습니다."

어니는 활짝 웃었다. "그거 잘됐군! 그게 없으면 영 불편해서."

"주신다는 커피는 어디 있습니까?"

어니는 순순히 몸을 돌리고 옆방으로 갔다. 잠시 덜그럭거리는가 싶더니 곧 커피가 들어 있는 도자기 머그잔을 들고 와서 잭 곁의 책상 위에 놓았다. "볼렌, 미리 말해두겠는데 곧 누가 여기로 올 거야. 젊은 여자인데, 혹시 자네 일에 방해가 되지는 않겠지?"

잭은 상대방을 흘끗 올려다보았다. 비꼬는 줄 알았지만 아니었다. 잭과 반쯤 분해된 녹음기를 번갈아 쳐다보는 것을 보니 수리가 얼마나 진척되었는지 정말로 마음에 걸리는 모양이다. 정말로 이 녹음기가 없으면 안 되는가 보군. 마치 자기 몸의 일부라도 되는 것처럼 물건에 집착하고, 그 안위를 염려하다니 이상한 일이다. 어니 코트쯤 되면 고장 난 녹음기 따위는 그냥 버리고 새로운 것을 쉽게 살 수 있을 텐데 말이다.

노크 소리가 들리자 어니는 서둘러 문을 열었다. "어, 잘 왔

163

어. 들어오라고. 내 고물딱지를 수리하는 중이야."

여자 목소리가 말했다. "고쳐봐야 고물딱지 아닐까."

어니는 어색하게 웃었다. "어이, 이 친구는 새로 들어온 수리 기사야. 잭 볼렌이라고 해. 볼렌, 여기 이 여자는 도린 앤더튼이 야. 우리 조합의 회계 담당자이지."

"안녕하십니까."

잭은 이렇게 말하고 손을 멈추지 않은 채, 여자를 흘끗 곁눈 질했다. 붉은 머리에 새하얀 피부, 커다랗고 아름다운 눈을 가 진 여자다. 여기선 모든 사람이 어니 코트에게 고용되는 모양 이군. 내심 입맛이 썼다. 정말이지 우린 멋진 세계에 살고 있어. 정말이지 멋진 조합이로군, 어니.

"바쁜가 보네요?"

여자가 말했다.

"응, 그래. 지금은 수리하느라고 정신이 없어. 외부업체에서 파견 나온 기사는 역시 달라도 뭔가 다른 것 같군. 조합에서 고 용한 녀석들은 이 친구에 비하면 무능한 밥벌레나 마찬가지야. 그 녀석들은 이제 신물이 나. 볼렌, 이 친구는 정말 솜씨가 좋 군. 녹음기도 거의 다 고친 것 같아. 안 그런가, 잭?"

"예." 잭은 말했다.

여자가 말했다. "나하고 별로 얘기하고 싶은 기분이 아닌가 요, 잭?"

잭은 일하던 손을 멈추고 그녀에게 주의를 돌렸다. 여자를 똑 바로 쳐다보았다. 차분하고 지적인 얼굴. 살짝 조롱하는 듯한 표정이 묘하게 매력적이면서도 신경에 거슬린다. "처음 뵙겠습니다." 잭은 말했다.

"옥상에 헬리콥터가 착륙해 있는 걸 봤어요." 여자가 말했다.

"그냥 일하게 내버려둬." 어니는 뚱한 어조로 말했다. "코트를 이리 줘." 어니는 여자 뒤에 서서 그녀가 코트를 벗는 것을 도와주었다. 여자는 지구에서 수입한 것이 명백한, 바꿔 말해서 터무니없이 비쌌을 것이 뻔한 검은 울 정장을 차려입고 있었다. 보나마나 저걸 사느라고 조합의 양로연금 기금이 많이 줄었겠군.

여자를 보고 있자니 옛말이 틀린 것이 없다는 생각이 들었다. 보기 좋은 눈동자, 머리카락, 피부 따위는 예쁜 여자를 만들지만, 진정으로 뛰어난 코는 미인을 만든다는 격언은 진실이다. 여자는 바로 그런 코를 가지고 있었다. 높고, 직선적이고, 인상적인 코는 이목구비 전체를 규정하고 있는 것이나 마찬가지였다. 바꿔 말해서, 지중해 연안의 여자들은 아일랜드나 잉글랜드 여자들보다 더 쉽게 미인의 표준에 접근할 수 있는 것인지도 모르겠다. 지중해 연안, 이를테면 스페인, 이스라엘, 터키, 이탈리아에 사는 사람들의 코는 골상학적으로 매우 중요한 위치를 점하고 있기 때문이다. 잭의 아내 실비아는 아일랜드인 특유의 끝이 살짝 들린 귀여운 코를 가지고 있었다. 어떤 기준으로 보아도 충분히 예쁜 여자이기는 하지만, 이런 미인과는 비교가 안 된다.

나이는 30대 초반쯤 되어 보였지만, 타고난 생기발랄함 덕택에 나이와는 상관없는 매력이 있다. 이런 식의 환한 피부색은 성숙하기 직전의 여고생들에게서나 볼 수 있는 것이다. 나무랄 데 없는 반백의 머리와 크고 사랑스러운 눈을 가진 50대의 여성에서도 딱 한 번 본 적이 있다. 이 여자는 20년 뒤에도 여전히 매력을 잃지 않을 것이다. 아마 지금까지도 줄곧 이런 식이지 않았을까. 지금과 다른 모습을 상상하기 어려울 정도였다. 이런 여자에게 돈을 투자한 어니는 위탁받은 기금을 제대로 쓴 것인지도 모르겠다. 이런 종류의 미모는 쉽게 닳지 않기 때문이다. 성숙한 느낌이 깃든 얼굴이다. 여자에게서는 보기 드문 특징이라고나 할까.

어니가 말했다. "나가서 한잔하려고 하는데, 수리가 곧 끝난다면 자네도—"

"끝났습니다."

잭은 끊어진 벨트를 찾아내서 도구상자에서 꺼낸 새것과 이미 교환해놓은 상태였다.

"잘했어." 어니는 어린애처럼 활짝 웃었다. "그럼 가자고." 그는 여자를 돌아보았다. "유명한 정신과 의사인 밀튼 글러브하고 만날 거야. 아마 당신도 이름은 들어보았겠지. 한잔하기로 약속했어. 방금 막 통화를 했는데, 말하는 게 아주 일류 티가 나더군." 어니는 잭의 어깨를 탁 쳤다. "옥상에 헬리콥터를 착륙시켰을 때는 설마 태양계에서 제일 유명한 정신과 의사하고 한잔하게 될 거라고는 상상도 못했지?"

따라가야 하는 걸까. 굳이 그러지 않을 이유도 없다. "그러죠,

166

어니."

"글러브는 나를 위해서 정신분열증 환자를 하나 찾아줄 거야. 내 일에 필요하거든." 어니는 엄청나게 웃기는 농담을 했다는 듯이 눈을 반짝이며 큰 소리로 웃었다.

"그렇습니까?" 잭은 말했다. "저도 분열증입니다만."

어니의 얼굴에서 웃음기가 사라졌다. "그게 정말인가. 겉으로는 전혀 모르겠는데. 그러니까, 멀쩡해 보인다는 뜻이야."

분해된 녹음기를 다시 조립하면서 잭은 말했다. "이젠 괜찮습니다. 완쾌됐으니까요."

도린이 말했다. "정신분열증은 절대로 완쾌되는 법이 없어요." 무감동한 목소리였다. 그녀는 단지 사실을 말하고 있는 것에 불과했다.

"가능합니다. 제가 걸린 상황성 분열증 같은 경우는."

어니는 강한 흥미를 느낀 표정으로 잭을 훑어보았다. 조금 못미더운 기색이다. "날 놀리려는 거로군. 혹시 비위를 맞춰서 내게 잘 보이려고 그러는 거 아냐?"

잭은 얼굴이 붉어지는 것을 느끼며 어깨를 으쓱해 보였다. 다시 하던 일에 모든 주의를 집중한다.

"화내지 말게." 어니가 말했다. "정말로 분열증이었나 보군? 그렇다면 질문을 하나 하고 싶어, 잭. 자네 혹시 미래를 읽는 능력을 조금이라도 가지고 있나?"

한참 뒤에 잭은 대답했다. "없습니다."

"정말로?"

여전히 믿지 못하겠다는 투였다.

"정말입니다."

이제는 한잔하자는 어니의 권유를 일언지하에 거절하지 않은 것이 크게 후회됐다. 집요한 질문공세 탓에 벌거숭이가 된 느낌이다. 어니는 너무 가까이까지 접근해서 그의 공간을 잠식해 들어오고 있었다― 이제는 숨쉬기조차 힘들다. 잭은 간격을 벌리기 위해 책상 반대편으로 돌아갔다.

"왜 그래?"

어니는 날카로운 어조로 물었다.

"아무것도 아닙니다." 잭은 어니나 여자에게 눈길을 주지 않고 하던 일을 계속했다. 두 사람 모두 그를 빤히 쳐다보고 있다. 손이 떨린다.

이윽고 어니가 말했다. "잭, 내가 어떻게 이런 자리에까지 오르게 되었는지 얘기해줄까? 어떤 재능 덕택이었어. 사람을 보는 재능이지. 난 다른 사람의 마음속을 들여다보고 실제로 어떤 사람인지를 알 수 있어. 겉으로 말하거나 하는 일에는 결코 현혹되지 않지. 그리고 난 방금 자네가 한 말을 믿지 않아. 미래를 예지하는 능력이 없다는 자네 얘기는 사실이 아냐. 안 그래? 아, 굳이 대답할 필요는 없네." 어니는 여자를 돌아보며 말했다. "자, 한잔하러 가자고." 그는 잭에게 따라오라는 시늉을 했다.

잭은 수리 도구를 내려두고 마지못해 그들 뒤를 따라갔다.

07

어니 코트를 만나서 한잔하기 위해 루이스 타운으로 날아가면서 밀튼 글러브 박사는 이게 꿈인지 생시인지 자문했다. 인생의 전기가 이런 식으로 느닷없이 찾아오다니, 아무래도 믿기지가 않는군.

어니가 무엇을 원하는지는 확실하지 않았다. 그쪽에서 전화를 걸어왔다는 사실 자체가 너무나도 의외였던데다가 말하는 속도가 너무나도 빠른 탓에 무슨 얘기를 하는지 도무지 종잡을 수가 없었기 때문이다. 단지 상대방이 정신병 증세의 초超심리학적 측면에 관심을 가지고 있다는 사실만은 이해했다. 흐음, 그런 화제에 관해서라면 실질적으로 기존의 모든 정보를 전수해줄 수 있다. 그러나 글러브 박사는 어니의 물음에는 뭔가 더 깊은 의미가 숨어 있다는 느낌을 받았다.

일반적으로 말해서, 정신분열증에 관심을 가진다는 사실 자체가 당사자의 내면에 비슷한 갈등이 있다는 사실의 반영일 수도 있다. 은밀하게 진행 중인 정신분열병의 첫 번째 징후는 다른 사람 앞에서 제대로 음식을 먹지 못하는 현상이다. 어니는 글러브와 당장 만나고 싶다고 했지만, 그가 지정한 장소는 자택이나 글러브 박사의 진료실이 아니라 루이스 타운의 유명한 요리점 윌로우즈였다. 혹시 반동형성*의 필연적 결과일까? 다른 사람들과 교류해야 하는 상황, 특히 영양 섭취와 관련된 상황을 피할 수 없을 경우 찾아오는 불가해한 긴장감을 해소하기 위한 제스처인지도 모른다. 퇴행적인 행동을 취함으로써 점점 사라져가고 있는 정상성을 되찾으려고 시도하는 것이다.

헬리콥터를 조종하면서 글러브 박사는 이런 상념에 잠겼지만, 점점 시간이 흐르자 결국은 자기 자신의 문제를 반추하기 시작했다.

어니 코트. 몇백만 불에 달하는 조합 기금을 쥐락펴락하는 인물. 지구에서는 무명이지만, 식민 행성인 화성에서는 널리 알려진 거물이다. 실질적으로 봉건시대의 영주나 다름없는 존재다. 그런 어니 코트가 나를 고용한다면 잔뜩 쌓인 빚을 깨끗이 갚을 수 있다. 연리가 무려 20퍼센트에 달하고, 줄어들거나 사라질 기색을 전혀 보이지 않고 고스란히 남아 있는 마이너스 통장의 빚을 청산할 수 있는 것이다. 그렇게 된다면 우리 부부는

---

* 反動形成. 사회적으로 바람직하지 않은 욕구를 억제하기 위해 무의식적으로 반대 방향의 행동을 취하는 행위.

빚에 쫓기는 이런 생활과 결별하고 새롭게 다시 시작할 수 있다. 수입에 상응하는 생활을 하는 것이다……. 대폭 늘어난 수입을 바탕으로 말이다.

게다가 어니는 스웨덴이나 덴마크 같은 북구 출신인 듯하기 때문에 글러브는 환자를 만나기 전에 염색약으로 피부빛을 바꿀 필요도 없었다. 게다가 어니는 격식을 차리지 않는 것으로 유명했다. 서로 밀튼와 어니라고 부르게 되겠군. 글러브 박사는 씨익 웃었다.

처음 회견에서는 무조건 어니의 아이디어를 지지해야 한다. 환자의 비위를 맞춰주고, 상대방의 열의에 찬물을 끼얹는 언사는 절대 금지라는 뜻이다. 설령 문제의 아이디어가 말도 안 되는 것이라고 해도 말이다. 어니 같은 거물한테 무안을 주다니 당치도 않다! 그런 바보짓을 하면 안 된다.

무슨 뜻인지 알겠습니까, 어니. 글러브 박사는 루이스 타운으로 시시각각 접근하는 헬리콥터 안에서 연습 삼아 말해보았다. 맞다. 이렇게 하는 것이 현명한 길이다.

지금까지 각양각색의 인간관계를 다뤄오면서 극단적인 대인기피 증세가 있는 분열증 환자들의 공적인 대변자 노릇까지 해온 글러브 박사에게 이 정도는 누워서 떡 먹기였다. 게다가 어니의 내부에서 진행 중인 분열증이 중증으로 변화하는 경우에는─ 어니는 살아남기 위해서라도 글러브 박사에게 매달릴 가능성이 있었다.

그렇다마다. 글러브 박사는 이렇게 뇌까리며 헬리콥터의 속도를 최대로 올렸다.

월로우즈 레스토랑은 차갑고 푸른 물이 담긴 해자垓字로 둘러싸여 있었다. 여기저기 배치된 분수가 공중에 물을 뿌리고, 하늘을 향해 우뚝 솟은 보라색과 황갈색, 그리고 적갈색 부겐빌리아 나무들이 단층 유리건물을 둥그렇게 에워싸고 있다. 글러브 박사는 주기장駐機場에서 검은 단철제 층계를 따라 내려오다가 자신이 만날 사람들이 건물 안에 있는 것을 보았다. 어니 코트는 놀랄 만큼 매력적인 빨강머리 미인과 수리공 작업복과 캔버스 셔츠를 입은 별다른 특징이 없는 사내와 함께 앉아 있었다.

진정한 무계급 사회를 실천하고 있구먼. 글러브 박사는 생각했다.

해자 위를 가로지르는 무지개 비슷한 구름다리를 넘었다. 현관문이 스르르 열렸다. 글러브 박사는 라운지로 들어가서 바를 지나쳤고, 잠깐 멈춰 서서 재즈 악단의 명상적인 연주를 감상한 다음 어니에게 인사했다. "안녕하십니까, 어니!"

"여어." 어니는 자리에서 일어나 동행을 소개했다. "도린, 이분은 글러브 박사야. 밀튼, 도린 앤더튼일세. 여기 이 친구는 수리 기사인 잭 볼렌이고. 정말 대단한 친구지. 잭, 현존하는 최고의 정신과 의사인 밀튼 글러브를 소개하겠네."

모두가 가볍게 고개를 숙이며 악수를 나눴다.

"과찬의 말씀입니다." 글러브 박사는 자리에 앉으며 중얼거렸다. "당대 최고의 정신과 의사는 여전히 스위스의 베르크홀츠라이입니다. 정신의학계를 이끌고 있는 실존주의파의 거두이지요." 글러브 박사는 어니의 말이 사실이 아니라는 것은 알고 있었지만 내심 크게 만족했고, 기쁨으로 얼굴이 붉게 상기하는 것을 느꼈다. "늦어서 죄송합니다. 뉴 이스라엘에 급히 들러야 했습니다. 보스, 그러니까 보슬리 투빔한테서 제 의학적 소견을 듣고 싶다는 급한 연락을 받아서요."

"보스, 그 친구도 참 대단한 인물이지." 어니는 순 지구산 시가인 옵티모 어드미럴에 불을 붙였다. "정말로 유능한 행정가야. 그건 그렇고, 자넬 부른 건 다름이 아니라…… 아, 일단 술을 주문하는 편이 낫겠군." 어니는 칵테일 담당 웨이트리스에게 손짓을 하며 묻는 듯한 표정으로 글러브를 보았다.

"있으면 스카치가 좋겠군요."

글러브가 말했다.

"커티샥이 있습니다, 손님."

웨이트리스가 말했다.

"아, 좋아. 얼음은 넣지 말아줘."

"오케이." 어니는 조급한 어조로 말했다. "자, 그럼 의사선생. 진짜배기 정신병 환자의 이름은 알아냈어?" 그는 떠보는 듯한 눈으로 글러브 박사를 보았다.

"어." 글러브 박사는 잠시 주저했지만, 이곳에 오기 전에 뉴 이스라엘에 잠깐 들렀던 일을 머리에 떠올리고 말했다. "만프레드 슈타이너."

"노버트 슈타이너하고 혹시 무슨 관계가 있나?"

"실은 그 아들입니다. B-G 캠프의 시설에 있죠. 이 정도는 얘기해도 환자의 비밀 유지 조항에는 위배되지 않겠군요. 만프레드는 선천적인 자폐증 환자입니다. 어머니는 모든 일을 원칙대로만 처리하려는 차갑고 분열증적인 성격을 갖고 있고, 아버지는—"

"아버지는 죽었어."

어니는 툭 내뱉었다.

"그렇죠. 정말 유감스러운 일입니다. 사람은 좋았는데 우울증이 워낙 심해서. 자살이었습니다. 울鬱 상태일 때의 전형적인 충동입니다. 이미 오래전에 그러지 않은 것이 이상할 정도였죠."

"아까 전화에서 분열증은 시간감각이 어긋나기 때문에 생기는 증세라고 했지."

"예. 내부적 시간감각의 교란에 의한 것이라는 학설입니다." 세 사람 모두 열심히 귀를 기울이는 것을 보고 글러브 박사는 열띤 어조로 말을 이었다. 이것은 그가 가장 좋아하는 화제였다. "아직 실험을 통해서 완전히 검증된 건 아니지만, 곧 해결될 겁니다." 그는 아무런 망설임도 부끄러움도 없이 베르크홀츠라이의 이론을 마치 자기 것인 양 피력했다.

어니는 큰 감명을 받은 기색이 역력했다. "아주 흥미롭군." 어니는 수리 기사인 잭 볼렌을 쳐다보았다. "그런 슬로모션 방을 실제로 만들 수 있나?"

"물론입니다."

잭은 중얼거렸다.

"센서들을 만드는 것도 가능합니다." 글러브 박사가 말했다. "환자를 방 밖으로 데리고 나가서 세계를 체험시키는 겁니다. 시각이나 청각으로—"

"역시 가능합니다."

볼렌이 말했다.

"그럼 이렇게 설명할 수도 있지 않을까?" 어니는 열띤 어조로 조급하게 말했다. "분열증 환자가 우리에 비해 그토록 빨리 느끼는 게 사실이라면, 우리들에게는 미래에 해당하는 상태를 실제로 경험하고 있다고 말이야. 예지능력은 그걸로 설명될 수 있지 않나?" 밝은 빛깔의 눈이 흥분한 듯이 번득였다.

글러브 박사는 동의한다는 듯이 어깨를 으쓱했다.

어니는 볼렌 쪽으로 몸을 돌리고 서둘러 말했다. "어이 잭, 해법을 찾았어! 빌어먹을, 난 정신과 의사가 됐어야 했어. 느리게 느끼도록 하라고? 천만에. 더 빨리 느끼게 해야 해. 그 녀석이 원한다면 빨리 살든 느리게 살든 내버려두라는 얘기야. 그 녀석의 예지능력만 좀 빌릴 수 있다면 아무래도 상관없어. 안 그래?"

글러브 박사가 말했다. "실은 걸림돌이 하나 있습니다. 자폐증 환자는 다른 사람과 의사소통을 하는 능력이 극단적으로 떨어집니다."

"그야 그렇겠지." 어니는 이렇게 말했지만, 풀이 죽은 기색은 전혀 없었다. "하지만 내가 아는 지식만 동원해도 해결법이 보이니 별문제가 되지 않아. 옛날에 칼 융이라는 유명한 사내가 정신분열증 환자의 언어를 해독했다는 얘기가 있지 않았어?"

"예." 글러브가 말했다. "몇십 년 전 융은 정신분열증 환자의 사적인 언어체계를 해독하는 데 성공했습니다. 하지만 만프레드 같은 아동 자폐증 환자의 경우는 언어 자체가 존재하지 않습니다. 적어도 소리 내어 말하는 구어口語는 없다고 봐도 됩니다. 완전히 사적인 사고思考가 존재할 가능성은 있지만…… 말은 존재하지 않습니다."

"이런 쌍." 어니는 내뱉었다.

도린은 나무라는 듯한 표정으로 그를 보았다.

"이건 중대한 문제라고." 어니는 도린을 향해 말했다. "우린 그런 불행한 녀석들, 자폐아들과 말을 나눠야 해. 알고 있는 걸 모두 우리한테 털어놓게 해야 한다는 뜻이야. 안 그런가, 글러브?"

"그렇습니다."

"그 녀석은 고아가 됐어." 어니는 말했다. "그 만프레드라는 아이 말이야."

"흐음, 어머니는 아직 생존해 있습니다만."

어니는 손을 마구 흔들면서 흥분한 어조로 말했다. "하지만 집에서 돌보려고 할 정도로 아들을 위하지는 않지. 그러는 대신 수용시설에 처박아놓았잖아. 염병할, 본인을 위해서라도 당장 거기서 빼내 오는 편이 낫겠군. 잭, 자네도 일을 시작해줘. 그 아이와 의사소통을 할 수 있는 기계를 만들어달라는 얘기야— 무슨 뜻인지 알지?"

잠시 후 잭이 대답했다. "무슨 말을 해야 할지 모르겠군요."
그러고는 짧게 웃었다.

"모르긴 왜 몰라. 빌어먹을, 자네 입장에서는 오히려 쉬울 거
아냐. 자네도 분열증이라며."

글러브 박사는 흥미를 느끼고 잭에게 말했다. "그게 정말인
가?" 술을 홀짝이고 있는 수리 기사가 팽팽하게 긴장하고 있다
는 사실은 이미 감지하고 있었다. 경직된 근육과, 분열증 환자
에게 많은 세장형細長型 체격에 이르러서는 말할 나위도 없다.
"회복이 무척 빨랐던 모양이군."

잭은 고개를 들고 의사의 시선을 정면으로 맞받아쳤다. "완
전히 나았습니다. 십 년도 더 지난 일입니다." 이렇게 말한 그
의 얼굴은 감정으로 일그러져 있었다.

분열증이 완전히 낫는 사람은 없어. 글러브 박사는 생각했다.
그러나 입 밖에 내서 말하지는 않았다. 그러는 대신 그는 이렇
게 말했다. "아마 어니 말이 맞을지도 모르겠군. 자네라면 자폐
증 환자에게 감정이입할 수 있을지도 모르니까 말이야. 우리가
직면한 근본적인 문제는 바로 그거야. 자폐아는 우리의 역할을
수행하거나 우리처럼 세계를 보지 못하고, 우리도 자폐아의 역
할을 수행하지는 못하니까 말이야. 심연이 우리 사이를 갈라놓
고 있다고나 할까."

"그 심연에 다리를 놓으라고, 잭!" 어니는 이렇게 외치며 잭의
등을 세게 두들겼다. "그게 자네 일이야. 자네를 고용하겠네."

글러브 박사의 가슴속에서 질투가 솟구쳤다. 동요를 감추기

위해 손에 쥔 술잔을 내려다보았다. 그러나 여자는 그것을 간파한 듯 그를 보며 살짝 웃었다. 그는 웃지 않았다.

잭은 반대편에 앉아 있는 글러브 박사를 바라보며 그가 그토록 두려워하던 현상이 서서히 시작되는 것을 느꼈다. 오래전에 코로나 사의 인사부장실에서 그를 엄습했던 지각知覺의 확산, 결코 사라지지 않고 언제나 가까운 곳에 잠복해 있다고 느낀 의식의 변화가.

그는 절대적 진실의 차원에서 정신과 의사의 모습을 보았다. 차가운 철선과 스위치로 이루어진 물체. 절대로 인간이 아니며, 피와 살을 가진 존재가 아니다. 바깥에 두른 살이 녹더니 투명해졌다. 잭은 투명해진 피부 너머로 기계장치를 보았다. 그러나 겉으로는 자신의 끔찍한 의식상태를 내색하지 않았다. 계속 술을 홀짝이며 대화에 귀를 기울이며, 이따금 고개를 끄덕이기조차 했다. 글러브 박사도, 어니도 전혀 눈치채지 못했다.

그러나 여자는 눈치챘다. 몸을 내밀더니 잭의 귀에 대고 나직하게 속삭였다. "몸 상태가 안 좋아요?"

잭은 고개를 끄덕였다. 예. 자기 자신의 입으로 이렇게 말하는 소리가 들렸다. 좀 안 좋습니다.

"그럼 잠깐 나갔다 와요." 여자가 속삭였다. "나도 더 이상 견디기 힘드네요." 그러고는 큰 소리로 어니에게 말했다. "잭하고 잠깐 나갔다 올게. 자, 가요." 그녀는 잭의 팔을 가볍게 두드리고 일어섰다. 여자의 유연하고 강인한 손가락이 닿는 것을 느끼며 잭도 자리에서 일어났다.

어니가 말했다. "너무 오래 나가 있지는 말아." 그러고는 다시 글러브 박사와 열심히 얘기를 나누기 시작했다.

"고맙습니다."

잭은 탁자들 사이의 통로를 나아가며 말했다.

도린이 말했다. "어니가 당신을 고용하겠다고 했을 때, 의사 선생이 질투 때문에 어쩔 줄 몰라 하는 거 봤어요?"

"아뇨. 글러브가 그랬단 말입니까?" 그러나 놀라지는 않았다. "가끔 이럴 때가 있습니다." 잭은 변명하듯이 말했다. "눈이 좀 이상해진 것 같습니다. 갑자기 난시가 오는 건지도 모르겠군요. 긴장 탓입니다."

여자가 말했다. "바에 가서 앉아 있을래요? 아니면 밖에 나갈까요?"

"밖이 좋겠군요."

이윽고 두 사람은 물 위에 걸린 무지개다리 위에 섰다. 수면 아래에서는 물고기들이 미끄러지듯이 돌아다니고 있었다. 뿌연 인광을 발하는, 진짜 같은 물고기였지만, 이곳 화성에서는 상상을 초월할 정도로 희귀한 존재다. 이 세계에서는 기적이나 다름없는 존재였다. 잭과 여자는 물고기를 내려다보며 같은 느낌을 받았다. 두 사람 모두 입 밖에 내어 말하지는 않았지만, 상대방이 같은 생각을 했다는 사실을 알고 있었다.

"밖에 나오니 상쾌하군요."

잠시 후 도린이 말했다.

"예."

잭은 도저히 대화를 나누고 싶은 기분이 아니었다.

"살다 보면 누구든 분열증과 관계를 맺는 걸 피할 수 없어요……. 본인이 걸리지 않는다고 해도. 내 경우는 지구에 있는 동생이 환자였죠."

"저는 괜찮아질 겁니다." 잭은 말했다. "이제 다 나았습니다."

"하지만 그건 사실이 아니잖아요."

도린이 말했다.

"예." 그는 시인했다. "하지만 내가 뭘 어쩔 수 있단 말입니까? 아까 당신 입으로 그러지 않았습니까. 한번 분열증이면 영원히 분열증이라고." 그는 입을 다물었고, 미끄러지듯이 물속을 가르는 희끄무레한 물고기에 정신을 집중했다.

"어니는 당신을 높이 평가하고 있어요. 자기 재능은 사람을 보는 눈이라는 말, 그건 사실이에요. 글러브가 어니 밑에서 일하고 싶은 마음에 필사적으로 자기 선전을 하는 거 벌써 다 눈치채고 있어요. 아무래도 정신과의는 옛날만큼 돈을 벌지 못하는 것 같군요. 워낙 수가 많아져서 그러나. 이 거류지에만 해도 이미 스무 명이나 있지만, 정말로 벌이가 좋은 사람은 아무도 없다네요. 당신의 그— 병력은 화성으로 이민 신청을 할 때 무슨 문제가 되지 않았나요?"

"그 얘기는 하고 싶지 않습니다. 이제 그만."

"좀 걸어요."

여자는 말했다.

그들은 거리를 산책했다. 길가의 가게들은 대부분 문을 닫은 상태였다.

"아까 테이블에 앉아 있었을 때 글러브 박사를 쳐다보던데, 그때 뭘 봤던 거죠?"

"아무것도 안 봤습니다."

"그 얘기도 별로 하고 싶지 않은 모양이군요."

"그렇습니다."

"나한테 그 얘길 하면 사태가 더 악화될 것 같아서?"

"사태가 아니라 나 자신이."

"사태일지도 몰라요." 도린은 말했다. "당신이 보는 환영이 아무리 일그러지고 혼란스럽다고 해도, 거기엔 뭔가 의미가 있을지도 몰라요. 확실히는 모르겠지만. 예전엔 나도 동생인 클레이가 보고 들은 게 뭔지를 이해하려고 머리를 쥐어짠 적이 있어요. 본인도 모르겠다고 하더군요. 하지만 동생의 세계가 다른 가족들이 느끼는 세계와는 전혀 다르다는 걸 알았어요. 결국은 자살하고 말았지만. 슈타이너처럼."

도린은 가판대 앞에 잠시 멈춰 서서 신문 일면에 크게 나 있는 노버트 슈타이너의 기사를 훑어보았다. "실존주의 정신과의들 중에서는 환자가 자살하도록 그냥 내버려두라고 하는 사람들도 많아요. 도저히 견딜 수 없는 끔찍한 환영을 보는 일부 환자들에게는 그것이 유일한 탈출 방법이라고……."

잭은 아무 말도 하지 않았다.

"그렇게 끔찍해요?"

도린이 물었다.

"아닙니다. 단지— 혼란스러울 뿐입니다." 잭은 적당한 단어를 찾으려고 악전고투했다. "그런 환영에 익숙해지려고 노력해봤자 아무 의미도 없습니다. 일단 그걸 보기 시작하면 익숙한 방식으로 살아가는 것은 불가능해지니까요."

"그래도 곧잘 연기를 하지 않나요? 이미 익숙해졌다는 듯이? 배우처럼?" 잭이 대답하지 않자 도린은 말을 이었다. "방금 저기서도 그러고 있었잖아요."

"다른 사람들한테 알리고 싶지 않은 건 사실입니다." 그는 시인했다. "만약 배우처럼 연기를 할 수 있다면 무조건 그랬겠죠. 하지만 그럴 경우는 진짜로 분열하게 됩니다— 분열을 일부러 만들어내는 식으로 말입니다. 정신분열증이 마음의 분열이라는 생각은 잘못된 겁니다. 만약 내가 분열하지 않은 상태로 있으려고 마음먹는다면, 몸을 내밀고 글러브 박사에게 이렇게 털어놓았어야—" 그는 갑자기 입을 다물었다.

"얘기해줘요."

여자가 말했다.

"흐음." 그는 심호흡을 했다. "이렇게 털어놓았어야 합니다. 선생님, 나는 당신의 영원한 모습을 볼 수 있습니다. 당신은 죽어 있습니다. 이것이 그 소름끼치고 병적인 환영의 정체입니다. 나는 그걸 보고 싶지 않습니다. 보고 싶어 한 적도 없습니다."

여자는 그와 팔짱을 꼈다.

"아무한테도 얘기한 적이 없습니다." 잭은 말했다. "아내인 실비아에게도, 아들인 데이비드에게도 얘기하지 않았습니다. 실은 매일 아들을 관찰하고 있습니다. 이 병이 아들한테도 나타나지는 않는지 확인하려고요. 슈타이너 아들의 경우와 마찬가지로 유전되기 정말 쉬운 병이라서요. 글러브 박사한테 얘기를 듣기 전에는 슈타이너의 아들이 B-G 캠프에 있는지도 몰랐습니다. 10년 넘게 이웃으로 살아온 사이인데도 말입니다. 슈타이너는 단 한 번도 그런 얘기를 한 적이 없습니다."

"슬슬 윌로우즈로 돌아가서 저녁을 먹어야 하는데, 그러고 싶어요? 난 그러는 편이 낫다고 생각해요. 꼭 어니 밑으로 들어가서 일할 필요가 없다는 건 알죠? 원한다면 미스터 이의 회사에 계속 있을 수도 있어요. 당신 헬리콥터 멋있어요. 어니가 당신을 쓰고 싶어 한다고 해서 원래 하던 일을 포기할 필요는 없어요. 서로 안 맞을 수도 있겠고."

잭은 어깨를 으쓱해 보였다. "자폐아하고 우리 세계 사이의 의사소통을 가능하게 해줄 연결고리를 만든다는 건 매우 대담하고 흥미로운 발상이라고 생각합니다. 어니의 말에는 일리가 있습니다. 나는 매개자가 되어줄 수 있고— 나름대로 쓸모 있는 일을 할 수 있을지도 모릅니다."

어니가 슈타이너의 아들을 각성시키려는 이유는 별로 중요하지 않다는 사실을 잭은 깨달았다. 순전히 이기적인 동기에서, 현금 따위의 확실한 이득을 얻을 작정으로 그러는 것인지도 모르겠다. 그런 것은 내가 알 바가 아니다.

실제로는 어느 쪽이든 상관없다. 미스터 이는 수자원노동조합에 나를 빌려줄 수 있다. 내 급료는 미스터 이한테서 나오고, 미스터 이는 어니에게서 돈을 받는 식으로. 그런 식으로 원만하게 해결되면 모두들 만족하지 않겠는가. 고장 난 냉장고나 녹음기 따위를 수리하는 것보다는 어린아이의 고장 난 마음을 수리하는 쪽이 훨씬 낫다. 만약 그 아이가 내가 경험한 것과 유사한 환영에 시달리고 있다면…….

글러브 박사가 마치 자기 것인 양 늘어놓았던 시간 이론에 관해서는 이미 알고 있었다. 《사이언티픽 아메리칸》지에서 읽은 적이 있다. 입수 가능한 정신분열증 관련 문헌은 당연히 모두 읽었다. 그 이론을 제창한 사람이 스위스인 정신의학자이지 글러브 박사가 아니라는 사실도 알고 있었다. 정말 괴상한 이론이다. 그러나 묘한 진실미가 깃들어 있다는 점도 부정할 수는 없었다.

"윌로우즈로 돌아갑시다."

잭은 말했다. 배가 고팠다. 최고급 음식이 기다리고 있으리라는 점에는 의심의 여지가 없었다.

"잭 볼렌, 당신은 용기 있는 사람이군요."

"왜 그런 말을?"

"당신을 괴롭힌 장소로, 당신이 영원한 모습이라고 부르는 끔찍한 환영을 보도록 한 사람들에게 돌아가려고 하잖아요. 나라면 진즉에 도망쳤을 거예요."

"뻔히 알면서 안 그럴 수도 없지 않습니까. 당신을 도망치게 하려는 것이 바로 그 환영의 목적입니다. 대인관계를 단절시키고 고립시키려는 겁니다. 그게 성공한다면 인간으로서의 당신 인생은 끝납니다. 정신분열증이란 용어는 진단이 아닌 예후라는 주장은 바로 그런 맥락에서 나온 것입니다— 당신의 현재 상태를 알려주는 게 아니라 나중에 어떻게 될지를 예측한 것에 불과하다는 뜻이죠." 그리고 나는 절대로 그렇게 되지 않을 거야, 하고 잭은 다짐했다. 만프레드 슈타이너처럼 벙어리처럼 침묵한 채로 시설에서 살지는 않을 거야. 내 일도, 아내도, 자식도, 친구들도 포기할 생각은 추호도 없어. 그는 자기와 팔짱을 낀 여자를 흘끗 보았다. 그래. 바람피울 기회도 포기하지 않아. 그럴 기회가 실제로 생긴다면 말이지만.

계속 노력할 거야.

걷던 중에 호주머니에 손을 찔러 넣자 뭔가 작고 차갑고 딱딱한 것이 손끝에 닿았다. 놀라서 꺼내 보니 나무뿌리를 닮은 작고 쭈글쭈글한 물체였다.

"그건 도대체 뭐죠?"

도린이 물었다.

오늘 아침 사막에서 만난 블리크맨이 준 물의 정령이다. 까맣게 잊고 있었다.

"행운을 불러온다는 부적입니다."

잭은 대답했다.

여자는 부르르 몸을 떨며 말했다. "소름끼치게 생겼어요."

"예. 그래도 같은 편입니다. 나 같은 분열증 환자에게는 의미가 있죠. 타인의 무의식적인 적의를 민감하게 느끼니까요."

185

"알아요. 텔레파시적 능력 얘기군요. 동생인 클레이도 그게 점점 악화되어서—" 그녀는 그를 흘끗 보았다. "편집증에 빠지더군요."

"그건 분열증 증세 중에서도 최악에 해당하는 겁니다. 주위 사람들의 마음속에 억압된 채로 묻혀 있는 사디즘과 공격 성향을 줄곧 느끼고 있어야 하니까요. 설령 상대가 생판 모르는 사람일 경우에도 마찬가지입니다. 정말 그것만은 없었으면 좋겠다고 생각할 때가 많았습니다. 레스토랑 같은 곳에서조차도 느낄 때가 있으니—" 그는 글러브 박사를 머리에 떠올렸다. "버스에서도 극장에서도. 군중이 있는 곳이라면 어디든 다르지 않습니다."

"어니가 슈타이너의 아들한테서 뭘 알아내고 싶어 하는지 감이 와요?"

"흐음, 예지능력이 어쩌고 하는 그 이론을 감안하면—"

"하지만 왜 어니는 미래를 알고 싶어 하는 걸까요? 당신도 모르죠? 애당초 그쪽에는 관심이 없는 것 같고."

사실이다. 그는 단순한 호기심조차도 느끼지 않았다.

"당신은 만족하고 있군요." 그녀는 책을 찬찬히 훑어보며 느린 어조로 말했다. "중요한 기계를 설치하는 식의 순전히 기술적인 작업을 하는 것만으로도 충분하다는 듯이. 그건 좋지 않아요, 잭 볼렌. 전혀 좋은 징후가 아네요."

"아." 그는 고개를 끄덕였다. "순수하게 기술적인 관계에 만족한다는 건, 매우 분열증적인 징후라고 볼 수도 있는 일이니……."

"어니에게 물어볼 건가요?"

잭은 거북함을 느꼈다. "그건 어니의 일이지 내 일이 아닙니다. 흥미롭기도 하고 또 미스터 이에 비하면 어니 쪽이 훨씬 낫기는 하지만. 단지— 남의 일을 꼬치꼬치 캐내는 건 취미가 아닐 뿐입니다. 원래부터 타고난 성격이죠."

"당신은 두려워하고 있는 거예요. 하지만 이해가 안 되는군요— 당신은 용기를 갖고 있지만, 어떤 깊은 부분에서 뭔가를 엄청나게 두려워하고 있어요."

"그럴지도 모릅니다."

슬픈 기분이다.

두 사람은 어깨를 맞대고 윌로우즈를 향해 걸어갔다.

그날 밤, 도린 앤더튼을 포함한 일행 모두가 집에 돌아간 뒤에 어니는 홀로 거실에 앉아 깊은 만족감을 곱씹었다. 오늘은 정말 일진이 좋았다.

유능한 기사를 스카웃한 덕에 소중한 녹음기를 고쳤고, 자폐아의 예지능력을 끌어내줄 거창한 전자장치를 만들 예정도 잡혔다.

정신과 의사를 구슬려서 필요로 하는 정보를 공짜로 얻었고, 이용가치가 없어진 그 의사를 어영부영 쫓아낼 수 있었다.

그러니 안심해도 된다. 이제는 단 두 문제만 남아 있을 뿐이다. 하프시코드는 여전히 조율되지 않았고— 그밖에 또 뭐가 있더라? 생각이 안 난다. 그는 TV세트 앞에 앉아서 화성의

U.S.A. 식민지인 '아름다운 아메리카'에서 보내오는 권투 중계를 시청하며 기억을 더듬었다.

그러자 생각이 났다. 맞다. 노버트 슈타이너의 죽음이다. 그 탓에 더 이상 맛있는 고급식품을 손에 넣을 수 없게 되었다.

"뭔가 방법을 강구해야겠군." 어니는 큰 소리로 말했다. TV를 끈 다음 녹음기를 꺼냈다. 그 앞에 앉아서 마이크에 대고 메시지를 녹음했다. 상대는 스코트 템플이었다. 서로 협력해서 수없이 많은 중요 거래를 성사시킨 사이다. 템플은 에드 로킹엄의 사촌이었고, 상당한 수완가이기도 했다. UN과 특약을 맺고 화성으로 들어오는 의약품 대부분을 다루게 되면서 템플의 회사는 최고의 독점업체로 성장했다.

녹음기의 원통이 기운차게 돌아가기 시작했다.

"스코트! 요즘 경기가 어때? 혹시 노버트 슈타이너 얘긴 들었어? 불쌍하게 됐지. 그러니까, 자살한 거 말이야. 예의 머릿속 문제 때문이었던 것 같아. 보통 사람답게." 어니는 한참 동안 껄껄 웃었다. "하여튼 간에 그 탓에 작은 문제가 하나 생겼어. 조달 문제. 무슨 뜻인지 알겠지? 그러니까 자네한테 연락을 한 건데, 그 문제에 관해서 머리를 맞대고 좀 의논을 해야겠어. 무슨 얘긴지 알지? 내일이나 모레쯤 여기서 만나서 자세한 얘길 하자고. 슈타이너가 쓰던 설비는 잊는 게 좋을 것 같아. 모두 포기하고 처음부터 깨끗한 상태에서 시작하자고. 인가에서 멀리 떨어진 곳에 우리들 자신의 조그만 공항을 만들고, 자동조종식 로켓이든 뭐든 필요한 걸 갖추는 거야. 그리고 훈제굴 따위를 계속 수입하는 거지." 그는 정지 버튼을 누르고 뭔가 더 할 말이 있는지 생각해보았다. 없다. 없다. 할 말은 다 했다. 그와 스코트 템플 같은 사내 사이에서는 굳이 길게 얘기를 늘어놓을 필요가 없었다. 어차피 은밀한 거래에는 도가 튼 사이가 아닌가. "좋아, 스코트. 그럼 나중에 보자고."

녹음이 끝난 릴테이프를 꺼낸 뒤에야 제대로 암호화가 되어 있는지 확인해보는 편이 낫겠다는 생각이 떠올랐다. 만에 하나 암호화가 안 되었다면 큰일이 아닌가!

그러나 암호에는 문제가 없었다. 게다가 기계는 사람 목소리를 마치 고양이 싸움을 연상케 하는 현대 전자음악풍의 소리로 바꿔놓았다. 어니는 이 기능을 가장 좋아했다. 녹음기에서 휙휙, 그릉그릉, 삑삑, 훗훗, 왱왱 하는 소리가 흘러나오자 어니는 눈물을 흘리며 폭소했다. 급기야는 발작적으로 터져나오는 웃음을 멈추기 위해 욕실로 가서 찬물로 세수를 해야 했을 정도였다.

다시 녹음기 앞으로 돌아온 그는 릴테이프를 넣은 상자에 신중하게 제목을 써넣었다.

바람의 정령의 노래, 칼 윌리엄 디터센드에 의한 칸타타

칼 윌리엄 디터센드는 현재 지구의 지식층 사이에서 가장 인기가 있는 작곡가였지만, 어니는 이 사내의 이른바 전자음악을 혐오했다. 어니 자신은 순수주의의 신봉자였고, 그의 음악적 기호는 브람스에서 단호하게 멈춰 있었다. 어니는 우스워서 견딜 수가 없었다. 고급식품 밀수를 시작하자는 메시지를 불어넣은 테이프에 디터셴드에 의한 칸타타라는 제목을 붙이다니. 그는 부하 조합원에게 전화를 걸어 화성의 영국 식민지인 노바 브리타니카로 테이프를 배달하라고 지시했다.

이것으로 겨우 오늘 일과가 끝났다. 8시 반이었다. 어니는 다시 TV 앞으로 돌아가서 남은 경기를 마저 보았다. 또다시 옵티포 엑스트라 마일드 어드미럴에 불을 붙이고 소파에 등을 기댔고, 방귀를 한 번 뀌고는 긴장을 풀었다.

매일매일이 이런 식이라면 좋겠군. 이렇게 영원히 살아가도 좋아. 오늘 같은 날은 수명이 늘면 늘었지 결코 줄어들지는 않는다. 마치 다시 40대가 된 듯한 기분이었다.

이 몸이 직접 물건을 사러 암시장에 가다니 말이 돼? 산딸기 젤리라든지, 소금에 절인 뱀장어나 훈제연어 통조림 따위를 사러 말이야. 그러나 이런 것들은 중요했다. 특히 어니 입장에서는 절실했다. 그 누구도 내가 이런 작은 즐거움을 맛보는 것을 막을 수는 없어. 그는 씁쓸한 표정으로 생각했다. 만약 슈타이너 그 녀석이 내게 타격을 줄 목적으로 자살한 거라면—

"일어서." 그는 TV 화면에서 줄창 얻어터지고 있는 흑인 청년을 향해 내뱉었다. "정신 차리고, 일어서서 싸우라고!"

마치 그 소리를 듣기라도 한 것처럼 흑인 권투선수는 벌떡 일어났다. 어니는 깊고 강렬한 기쁨을 느끼며 킬킬거렸다.

주말에 번치우드 파크에서 야근을 할 때면 언제나 머무는 작은 호텔의 창가에서, 잭은 담배를 피우며 깊은 생각에 잠겨 있었다.

마침내 올 것이 왔다. 10여 년 동안이나 두려워하고 있던 것이. 이제는 싫어도 직시하는 수밖에 없다. 더 이상 괴로움에 찬 예감이 아닌, 현실 그 자체가 되어버렸기 때문이다. 하느님. 그는 비참한 기분으로 생각했다. 한번 분열증이면 영원히 분열증이라는 말은 결국 옳았다. '학교' 방문이 재발의 계기를 마련했고, 윌로우즈라는 레스토랑으로 가자 발작이 엄습했다. 마치 지구에서 레드우드 시의 코로나 사에서 일하던 20대 시절로 되돌아간 듯한 생생하고 격렬한 발작이었다.

노버트 슈타이너의 죽음도 일조했다. 죽음은 모든 사람을 동요하게 만들고, 평소에는 안 하던 일을 하게 만든다. 사람의 행위와 감정을 마치 수면 위로 파문이 퍼져나가듯이 밖으로 밖으로 파급시키며, 더 많은 사람들과 사물에 영향을 끼치는 것이다.

실비아에게 전화를 하는 게 좋겠군. 슈타이너 부인과 그 아이들 상대로 별일 없이 잘 지내고 있는지 물어봐야겠어.

그러나 그는 망설였다. 어차피 내가 전화를 건다고 해서 무슨 도움을 줄 수 있는 건 아니잖아. 난 언제든 미스터 이의 부름에 응할 수 있도록 시내에서 24시간 대기하고 있어야 해. 게다가 이제는 루이스 타운에 있는 어니 코트의 부름에도 응할 필요가 있었다.

그러나 그에 걸맞은 보상은 있었다. 섬세하고, 깊고, 미묘하고, 지극히 큰 활력을 내포한 보상이. 그의 지갑 안에는 도린 앤 더튼의 주소와 전화번호가 들어 있다.

오늘밤 전화를 걸어볼까? 상상해보라. 마음을 터놓고 자유롭게 얘기를 나눌 수 있는 사람—그것도 여자—이 있다면 어떤 느낌일까. 그가 놓인 상황을 이해해주고, 정말로 그의 얘기를 듣고 싶어 하지만 결코 두려워하지는 않는 상대가.

큰 도움이 될 것이다.

아내는 절대로 분열증 얘기를 할 수 있는 상대가 아니었다. 과거에 몇 번 얘기를 나눠보기는 했지만, 그때마다 공포로 얼어붙는 것이 고작이었다. 여느 사람들처럼 실비아는 분열증이 자신의 삶 속으로 들어오는 것을 죽도록 무서워했다. 그녀 자신은 약물이라는 마법의 부적으로 자기 몸을 지키고 있었……. 마치 페노바르비탈이 인류가 알고 있는 가장 보편적이고 불길한 정신적 과정인 분열증까지 막아준다는 듯이. 잭도 마찬가지다. 그가 지난 10년 동안 얼마나 많은 알약을 삼켰는지는 오직 신만이 알고 있다. 그것만으로도 아마 집에서 이 호텔까지 오는 길을 두 번 포장하고도 남을 것이다.

잠시 생각해보다가 결국 전화 연락은 안 하는 편이 낫다는 결론을 내렸다. 병세가 특별히 더 악화되었을 때의 대비 수단으로 남겨두는 편이 낫다. 지금은 상당히 차분해지지 않았는가. 도린을 찾을 시간은 앞으로도 얼마든지 있다. 그녀가 필요해질 때도 있을 것이다.

물론 최대한 신중하게 처신할 필요가 있었다. 도린이 어니의 정부임이 명백했기 때문이다. 그러나 그녀는 자기가 무슨 일을 하고 있는지 잘 아는 듯했고, 어니에 관해서도 잘 알고 있었다. 전화번호와 주소를 줬을 때는 당연히 어니의 존재를 고려했을 것이다. 사실 자리에서 일어나 레스토랑을 떠났을 때도 마찬가지였다.

난 도린을 믿어. 이것은 분열증 경향이 있는 사람에게는 특히 무시 못할 일이다.

잭은 그런 생각을 하며 담배를 비벼 껐고, 잠옷을 입고 잘 준비를 했다.

이불을 덮으려고 한 순간 방 안의 전화가 울렸다. 수리 요청이다. 그는 반사적으로 벌떡 일어나 수화기로 손을 뻗쳤다.

그러나 수리 요청은 아니었다. 나직한 여자 목소리가 귓가에서 울려 퍼졌다. "잭?"

"예."

"도린이에요. 그냥― 괜찮은가 해서."

"괜찮습니다."

그는 침대 가장자리에 앉았다.

"오늘 밤 오지 않을래요? 우리 집으로?"

그는 망설였다. "으음."

"레코드를 들으면서 얘기를 나누자고요. 어니가 수집한 희귀하고 오래된 스테레오 LP판들을 빌려 왔는데……. 어떤 것들은 잡음이 심하지만 아주 멋진 것들도 있어요. 상당한 수집가예요,

어니는. 화성 최대의 바흐 컬렉션을 가지고 있고, 하프시코드도 있죠."

그래서 어니의 거실에 그런 물건이 있었던 것이다.

"그래도 괜찮겠습니까?"

"괜찮아요. 어니 걱정은 안 해도 돼요. 독점욕은 별로 없는 사람이니까. 무슨 뜻인지 알죠?"

"알겠습니다. 지금 가죠."

이렇게 말하고 나서야 그럴 수 없다는 사실을 깨달았다. 수리 요청이 들어올 때를 대비해 호텔방에서 대기하고 있어야 한다. 호텔방으로 걸려온 전화를 그녀 집의 전화로 연결해준다면 또 모르지만.

"문제없어요." 사정을 설명하자 그녀는 말했다. "어니한테 전화해둘게요."

그는 아연실색한 표정으로 말했다. "하지만—"

"잭, 달리 방법이 있다고 생각한다면 그건 당신 머리가 이상한 거예요. 어니는 이 거류지에서 일어나는 일이라면 빠짐없이 알고 있어요. 그러니까 그냥 나한테 맡겨요. 지금 당장 전화를 걸겠어요. 그리고 당신은 빨리 여기로 와요. 만약 우리 집으로 오는 도중에 수리 요청이 들어온다면 내가 대신 받아 적어놓을 게요. 하지만 그럴 것 같지는 않군요. 어니는 당신이 다른 사람의 토스터 따위를 수리하러 다니는 걸 원하지 않아요. 자기 일, 슈타이너의 아들과 의사소통을 할 수 있는 기계를 만드는 일에만 전념하기를 바라죠."

"오케이. 지금 가겠습니다. 그럼 이만."

그는 전화를 끊었다.

10분 후 그는 반짝반짝 빛나는 이 컴퍼니의 수리 헬리콥터를 몰고 화성의 밤하늘을 가로지르고 있었다. 루이스 타운으로, 어니 코트의 여자가 사는 곳을 향해.

08

데이비드 볼렌은 할아버지인 레오가 돈이 많고, 그 돈을 쓰는 데도 주저하지 않는다는 사실을 알고 있었다. 이를테면 처음 화성에 도착했을 때, 조끼에 금제 커프스 단추까지 딸린 정장을 빼입은 이 노인—승객들이 내려오는 경사로에서 소년이 찾던 것은 바로 이런 모습이었다—은 마중 나온 가족들과 함께 공항 터미널에서 나오기도 전에 꽃 판매대에 들렀고, 파랗고 커다란 지구산 꽃을 한 다발 사서 며느리인 실비아에게 선물했다. 손자인 데이비드에게도 뭔가 사주려고 했지만 공항에서는 장난감을 팔지 않았다. 그래서 그는 손자를 위해 2파운드 상자에 든 사탕을 샀다.

레오는 끈으로 묶은 하얀 종이상자를 옆구리에 끼고 있었다. 다른 짐들과는 달리 로켓 우주선의 승무원들에게 건네지 않고 직접 들고 온 것이었다. 터미널 건물에서 빠져나와 잭의 헬리콥터에 올라탄 다음 레오는 상자를 열었다. 상자 안에는 유대빵과 피클, 그리고 플라스틱 포장지에 싼 얇게 저민 콘드비프가 잔뜩 들어 있었다. 콘드비프만 해도 3파운드는 족히 되어 보였다.

"세상에!" 잭은 환성을 올렸다. "뉴욕에서 여기까지 직접 가지고 오신 겁니까. 그건 이런 식민 행성에서는 아예 손에 넣을 수가 없는 음식이에요."

"나도 알고 있었어, 잭." 레오는 말했다. "어디서 사면 되는지 유대인 친구가 가르쳐줬지. 내가 워낙 좋아하니까 너도 좋아할 거라고 생각했어. 우린 입맛이 거의 똑같으니까 말이야." 레오는 모두가 기뻐한다는 사실이 흡족한지 껄껄 웃었다. "집에 가서 샌드위치를 만들어주마. 도착하자마자."

헬리콥터는 공항 터미널 상공으로 이륙한 다음 어둑어둑한 사막 위를 가로지르기 시작했다.

"최근 날씨는 어땠지?" 레오가 물었다.

"모래폭풍이 불 때가 많았습니다." 잭은 대답했다. "일주일쯤 전에는 집이 거의 묻히다시피 했죠. 기계를 빌려서 모래를 퍼내야 했을 정도였어요."

"힘들었겠군. 일전에 편지에 썼던 그 시멘트벽을 세우는 편이 낫지 않겠니."

"여기서 그런 공사를 하려면 엄청난 비용이 든답니다." 실비아가 말했다. "지구와는 사정이 달라요."

"그건 나도 알아." 레오는 대답했다. "하지만 자기 재산은 지켜야지 — 집값도 상당하고, 수로가 가까운 탓에 대지(垈地) 가격도 높다고 하지 않았느냐. 그걸 잊으면 안 돼."

"어떻게 잊을 수 있겠어요?" 실비아가 말했다. "수로가 없으면 우린 죽음인데."

"운하는 예전에 비해 더 넓어졌니?" 레오가 물었다.

"예전과 마찬가집니다." 잭이 말했다.

데이비드가 끼어들었다. "준설하는 걸 옆에서 모조리 구경했어요, 할아버지. UN에서 나온 아저씨들이 커다란 기계로 운하 바닥의 모래를 빨아들였는데, 그 뒤로는 물이 훨씬 더 깨끗해져서 아빠도 여과기를 끌 수 있었어요. 덕택에 급수선이 와서 우리 집 쪽 수문을 열면 물이 콸콸 쏟아져요. 아빠는 남는 물을 써도 된다고 했기 때문에 저도 옥수수하고 호박하고 당근을 새로 심었어요. 사탕무는 다 먹혀버렸지만. 어젯밤 옥수수를 추수했어요. 작은 동물들이 밭으로 들어올 수 없도록 울타리를 세웠는데 — 그거 이름이 뭐였어, 아빠?"

"모래쥐들이 설쳐서요." 잭은 말했다. "데이비드의 채소밭에 작물이 열리면 꼭 그놈들이 나타난답니다. 이만한 놈들이." 잭은 양손을 펼쳐 보였다. "위험하지는 않습니다. 자기 체중의 10배나 되는 작물을 10분 안에 먹어치운다는 점을 제외하면 말입니다. 화성 생활을 오래 한 주민들한테 경고는 받았지만, 시도를 안 할 수도 없는 노릇이라서."

"자기 먹을 걸 자기가 기른다는 건 좋은 일이야." 레오가 말

198

했다. "그래 데이비드, 채소밭 얘긴 편지에서도 했었지. 내일 구경시켜주렴. 오늘밤은 피곤해서 좀 쉬어야겠지만. 긴 여행을 했으니 무리도 아니군. 아무리 신형 우주선이라고는 해도 말이야. 그걸 뭐라고 부르더라? 빛만큼 빠르다고 선전하지만 물론 그 정도로 빠른 건 아니고, 이착륙에 시간을 많이 잡아먹는데다가 진동도 심하더군. 옆자리에 앉아 있던 여자는 우주선이 타버리는 게 아닌가 하고 완전히 공포에 질려 있었어. 에어컨디셔너가 있어도 실내가 점점 뜨거워지는 걸 느낄 수 있을 정도였으니. 왜 그런 상태로 그냥 놓아두는지 이해가 안 되더군. 하여튼 요금이 너무 비싸. 하지만 예전 우주선들에 비하면 장족의 발전을 이뤘다고 할 수 있겠지. 10여 년 전에 네가 이민 왔을 때 탔던 배를 생각해보라고. 두 달이나 걸렸잖아!"

"아버지, 산소마스크는 가지고 오셨겠죠. 우리 집에 있는 것들은 너무 낡아서 믿을 수가 없어요."

"물론이지. 거기 갈색 여행가방에 들어 있어. 내 걱정은 안 해도 된다. 이곳 공기는 아무 문제도 없어. 심장약도 예전 것보다 훨씬 더 잘 듣는 걸 먹고 있고. 지구에서는 모든 게 그런 식으로 발전하고 있지. 물론 인구 과잉이기는 하지만. 앞으로도 더 많은 사람들이 여기로 이민을 올 거다― 장담해도 좋아. 지구의 스모그는 너무 지독해서 넌 거의 숨도 못 쉴 거야."

데이비드가 끼어들었다. "할아버지, 옆집에 사는 슈타이너 아저씨가 자살을 했어요. 그래서 비정상아 캠프에 있던 아들이 집으로 돌아왔어요. 아빠는 개하고 대화를 나눌 수 있는 기계를 만들고 있어요."

"그래?" 레오는 상냥하게 말하며 손자를 향해 활짝 웃어 보였다. "그거 참 흥미롭구나, 데이비드. 그 아이는 몇 살이지?"

"열 살이요. 만프레드는 우리한테는 아직 말을 전혀 못하지만, 아빠가 그 기계를 만들어주면 가능해질 거예요. 근데 아빠가 지금 누굴 위해 일하는지 아세요? 코트 씨라고, 수자원노동조합하고 그쪽 거류지를 관리하는 제일 높은 사람이래요. 중요 인물이죠."

"나도 그 친구 얘길 들은 것 같아." 레오는 이렇게 말하고 잭에게 윙크를 해 보였다. 데이비드도 그것을 보았다.

잭은 아버지에게 말했다. "그런데 아버지, 여전히 F.D.R. 산맥의 땅을 사실 작정입니까?"

"오, 물론이지. 처음부터 본심이었어. 너희들을 보고 싶어서 이렇게 멀리까지 온 건 사실이지만, 일과 전혀 관련이 없었다면 이렇게 시간을 내지는 못했을 거야."

"단념하셨기를 바랐는데."

"걱정 말거라, 잭. 내 일까지 네가 고민할 필요는 없어. 몇십 년이나 부동산 투자를 해온 나를 믿어보라고. 그래서 말인데, 헬리콥터 편으로 그 산맥까지 데려다줄 수는 있겠지? 직접 가볼 생각이야. 지도도 잔뜩 준비해놨지만, 우선 두 눈으로 똑똑히 보고 싶거든."

"가서 보시면 실망하실 거예요." 실비아가 말했다. "얼마나 황량한데요. 물도 없고, 살아 있는 것도 거의 없어요."

"지금은 그런 걱정은 하지 말자꾸나." 레오는 데이비드를 보며 슬며시 웃었고, 팔꿈치로 손자의 옆구리를 쿡쿡 찔렀다. "이렇게 곧고 건강하게 자란 아이를 공기까지 오염된 지구가 아닌 곳에서 보니까 기분이 좋군."

"화성에도 결점이 있어요." 실비아가 말했다. "한동안 더러운 물밖에 없거나 아예 물이 없이 살아보면 느끼게 된답니다."

"나도 안다." 레오 할아버지는 진지한 표정으로 말했다. "이런 곳에서 살다니 정말 대단하다고 할 수밖에 없구나. 하지만 건강하게 살 수 있다는 것도 잊으면 안 돼."

발치 아래에서 번치우드 파크의 등불이 반짝였다. 잭은 헬리콥터의 기수를 집이 있는 북쪽으로 돌렸다.

이 컴퍼니의 헬리콥터를 조종하면서 잭은 아버지를 흘끗 보고는 내심 감탄했다. 내일모레면 여든인데도 기력이 쇠하기는커녕 정정하고 활력에 차 있을 뿐만 아니라, 여전히 현역으로 일하면서 투기의 즐거움을 만끽하고 있었다.

그러나 내색을 하지 않아도 오랜 우주여행으로 생각보다 지쳐 있다는 점은 명백했다. 하여튼 이제 집에 다 왔다. 자이로컴퍼스의 좌표는 7.08054였다. 몇 분이면 도착한다.

옥상에 착륙한 다음 아래로 내려간 레오는 즉시 약속을 실천했다. 주방으로 가서 즐거운 표정을 하곤 유대 빵으로 코셔* 콘

---

* kosher. 유대 율법에 맞춘 음식물.

드비프 샌드위치를 만들기 시작했던 것이다. 곧 모두가 거실 소파에 모여 앉아 그것을 먹었다. 다들 편하고 느긋한 표정이었다.

"우리가 이런 종류의 음식에 얼마나 굶주리고 있었는지 모르실 거예요." 한참 후 실비아가 말했다. "이런 건 암시장에서도—" 그녀는 잭을 흘끗 보았다.

"이따금 암시장에서 통조림 같은 걸 팔곤 해요." 잭은 말했다. "최근엔 점점 손에 넣기 힘들어지고 있지만 말입니다. 우리는 안 사먹습니다. 무슨 도덕적인 이유가 있어서 그런 건 아니고, 너무 비싸서요."

그들은 잠시 레오의 우주여행과 지구의 현황에 관해 얘기를 나눴다. 10시 반이 되자 데이비드는 자라는 명령을 듣고 침대로 갔고, 11시가 되자 실비아도 자야겠다며 침실로 갔다. 레오와 잭은 여전히 거실에 남아 있었다.

레오가 말했다. "밖에 나가서 데이비드의 채소밭을 좀 구경할까? 혹시 대형 회중전등을 갖고 있니?"

잭은 비상용 랜턴을 꺼내 들고 집 밖의 차가운 밤공기 속으로 아버지를 안내했다.

옥수수밭 가장자리에서 멈춰선 레오가 낮은 목소리로 말했다. "실비아하고는 요즘 잘돼가?"

"물론입니다."

잭은 느닷없는 질문에 조금 당황하며 대답했다.

"너희들 사이가 조금 식은 것 같아서 말이야. 그러다가 정말로 소원해지기라도 한다면 그런 비극이 없을 거다. 실비아는 백만 명에 하나 있을까 말까 한 멋진 여자지 않니."

"저도 압니다."

잭은 거북한 어조로 말했다.

"젊었을 무렵 아직 지구에 있었을 때 네가 좀 놀았다는 건 안다. 하지만 지금은 어엿한 가장으로서 뿌리를 내렸다는 걸 잊으면 안 돼."

"당연하지 않습니까, 아버지. 괜한 염려세요."

"생기가 없어 보여." 레오는 말했다. "혹시 예전 병이 도진 게 아니라면 좋겠구나. 그러니까ㅡ"

"굳이 설명 안 하셔도 돼요."

그러나 레오는 개의치 않고 하려던 말을 계속했다.

"내가 어렸을 무렵에는 지금 존재하는 정신병 따위는 없었어. 그래서 정신병은 시대의 산물일지도 모른다는 생각이 들어. 너무 많은 사람이, 너무 좁은 곳에서 득시글거리고 있는 탓일까. 네가 처음 증세를 보였을 때가 기억나는군. 그보다 훨씬 전에도, 한 열일곱 살쯤 되었을 때부터 넌 다른 사람들에게 차갑게 대하고, 아예 흥미가 없는 것처럼 행동하곤 했어. 언제나 침울한 표정이었지. 그런데 지금 바로 그렇게 보여."

잭은 아버지를 쏘아보았다. 가족의 방문이 난감한 것은 바로 이럴 때다. 모르는 것이 없는데다가 현명한 어른이라는 옛 역할을 다시 한 번 수행하고 싶다는 유혹에 결코 저항하지 못한다. 레오에게 잭은 아내와 자식이 있는 어른이 아니라 그저 아들에 지나지 않는 것이다.

"아버지, 여기서 사는 인간은 소수에 불과해요. 화성은 아직 인구가 희박한 식민 행성이니까요. 따라서 여기 사람들이 덜 사교적인 것도 당연합니다. 방금 말하셨듯이 사람들이 득시글거리는 지구와는 달리 다들 내향적이 될 수밖에 없었겠죠."

레오는 고개를 끄덕였다. "흐음. 하지만 그럴 경우 다른 인간들을 만나면 더 반가워야 하지 않겠니."

"아버지 얘길 하시는 거라면, 저는 무척 기쁩니다만."

"거야 그렇겠지. 나도 잘 안다. 아마 내가 너무 피곤한 탓인지도 모르겠군. 하지만 넌 말수가 줄어든 것 같아. 뭔가 다른 것에 정신이 팔려 있어."

"지금 하고 있는 일 때문입니다. 그 만프레드라는 자폐아에 관한 일이죠. 최근엔 언제나 그 생각만 하고 있습니다."

그러나 아버지는 옛날과 마찬가지로 부모의 본능으로 아들이 늘어놓는 핑계의 이면을 쉽사리 간파했다.

"어이, 잭. 네가 이런저런 생각을 하고 있다는 건 알겠다만, 나는 네가 어떻게 일하는지 잘 알고 있어. 넌 손으로 하는 일을 선호하지. 그렇지만, 지금 내가 하려는 얘기는 네 마음에 관한 것이라는 점을 명심하렴. 바로 너 자신이 내향적으로 변했다는 뜻이야. 화성에서도 정신요법은 받을 수 있겠지? 그런 게 없다고는 하지 말아라. 다 아니까."

"없다고 말할 생각은 없습니다. 하지만 그건 아버지가 왈가왈부할 일은 아니라고 말씀드리고 싶군요."

잭 곁의 어둠 속에 있던 아버지는 움츠러들고, 굳어 있는 것처럼 보였다. "알았다, 잭." 그는 중얼거렸다. "쓸데없는 얘길 해서 미안하구나."

어색한 침묵이 흘렀다.

"빌어먹을." 잭이 말했다. "저도 싸우기 싫습니다, 아버지. 집으로 들어가서 술이든 뭐든 한잔한 다음에 일단 잠부터 잡시다. 실비아가 객실에 푹신한 침대를 마련해뒀습니다. 편하게 쉬실 수 있을 겁니다."

"실비아는 참 세심하고 좋은 며느리야." 레오는 아들에 대한 희미한 비난이 담긴 어조로 말했다. 이윽고 그의 목소리가 부드러워졌다. "잭, 난 언제나 네 걱정을 하고 있단다. 나는 나이가 많은 탓에 이…… 정신병에 관해서는 잘 이해하지 못하는지도 모르겠구나. 요즘은 누구나 다 걸릴 정도로 흔해졌지. 예전의 독감이나 소아마비처럼 말이야. 내가 어렸을 적에는 거의 모든 아이들이 홍역에 걸리던 것이나 마찬가지일지도 모르겠군. TV에서 봤는데, 지금은 셋 중 하나는 이 분열 운운하는 병에 걸린다고 하더구나. 잭, 살면서 즐거운 일은 얼마든지 있는데, 왜 분열증에 걸린 사람들은 인생에 등을 돌리는 건지 이해가 안 돼. 개척할 행성 하나가 통째 주어졌는데도 말이야. 개척 얘기가 나왔으니 말인데, 내일은 함께 F.D.R. 산맥으로 가서 안내를 좀 해주렴. 등기 절차까지 완벽하게 조사해놓았으니 이제 땅만 사면 돼. 그리고 잭, 너도 같이 사야 해. 알겠니? 돈은 내가 빌려주마." 레오는 기대에 찬 표정으로 씩 웃었다. 스테인리스

강 의치가 번득였다.

"별로 내키지 않는군요." 잭은 말했다. "그래도 고맙습니다."

"내가 괜찮은 필지를 골라주마."

레오가 제안했다.

"됐습니다. 정말 내키지가 않습니다."

"넌 지금 하는 일이 재미있니, 잭? 말 못하는 어린아이한테 기계를 써서 말을 거는 일이? 훌륭한 일 같구나. 나도 자랑스럽다. 데이비드는 아주 좋은 아이고. 아빠를 정말 존경하고 있어."

"저도 압니다."

"데이비드는 분열 어쩌고 하는 병의 징후를 보인 적은 없지?"

"없습니다."

"누구를 닮아서 너 같은 아이가 나왔는지 잘 모르겠어. 나를 닮지 않은 건 확실해— 나는 사람을 좋아하니까."

"저도 좋아합니다." 잭은 아버지가 도린에 관해 알면 어떻게 행동할지 궁금했다. 아마 레오는 비탄에 잠길 것이다. 먼 옛날인 1924년에 태어나서 엄격한 가정교육을 받고 자란 구세대이기 때문이다. 당시 지구는 지금과는 전혀 다른 세계였다. 그러나 화성이라는 새로운 세계에 대한 아버지의 적응 속도는 경이로울 정도였다. 제1차 세계대전 직후의 베이비붐 시대에 태어나, 지금은 이렇게 화성의 사막 가장자리에 서 있다……. 그러나 아버지는 여전히 도린의 존재를 이해하지는 못할 것이다. 그 어떤 대가를 치르더라도 도린과 모종의 친밀한 관계를 유지하는 일이 잭에게는 얼마나 중요한 문제인지를 말이다. 아니,

엄밀하게 말해서 대부분의 경우라고 해야 하는 편이 옳을지도 모르겠다.

"여자 이름이 뭐니?" 레오가 말했다.

"뭐, 뭐라고요?" 잭은 놀라 말을 더듬었다.

"내게도 약간의 텔레파시 능력이 있어." 레오는 덤덤한 목소리로 말했다. "그렇지?"

잠시 후 잭은 말했다. "그런 것 같군요."

"실비아는 아느냐?"

"모릅니다."

"네가 내 눈을 똑바로 쳐다보지 못했을 때부터 짐작했다."

"말도 안 되는 소리 하지 마십쇼." 잭은 격한 어조로 대꾸했다.

"그 여자도 너처럼 기혼자냐? 너처럼 아이도 있는 여자를 사귀고 있는 거야?"

잭은 최대한 침착한 목소리로 대꾸했다. "왜 그놈의 텔레파시 능력을 써서 알아보지 않는 겁니까?"

"난 단지 실비아가 상처 입는 걸 보고 싶지 않을 뿐이다."

"그런 일은 일어나지 않을 겁니다."

"어떻게 이런 일이. 그 먼 길을 와서 이런 꼴을 당하다니. 나는―" 레오는 한숨을 쉬었다. "하여튼 내 일부터 처리해야겠지. 내일은 일찍 일어나서 산맥으로 가자꾸나."

"너무 엄격한 잣대를 들이대지는 마세요, 아버지."

"알았다. 그래, 지금은 옛날과는 다르겠지. 그런 식으로 바람을 피우면 혹시 정상적인 생활을 유지하는 데 도움이 된다고 생각하는 거야? 그럴지도 모르겠군. 제정신을 유지하기 위한 방법이 되어줄지도 몰라. 물론 네가 제정신이 아니라는 뜻은 아니지만—"

"단지 세상사에 물들었을 뿐입니다." 잭은 쓰디쓴 어조로 내뱉었다. 하느님 맙소사. 아버지한테까지 이런 얘기를 들어야 하다니. 견디기 힘들다. 이렇게 비참할 데가.

"결국은 괜찮아지리라는 걸 알아. 지금도 악전고투하고 있는 게 눈에 보이는구나. 단순한 외도가 아니라는 건 네 목소리만 들어도 알겠다— 고민이 있는 거로군. 예전부터 너를 괴롭혀오던 고민이지만, 나이를 먹으면 기력이 쇠하면서 그걸 억누르는 게 더 힘들어지는 거야— 그렇지? 그래, 알 것 같다. 이 행성은 고독한 장소로구나. 이민 온 사람들이 당장이라도 돌아버리지 않는 게 이상할 정도야. 그러니 어떤 종류의 애정이든 소중하게 여기는 심리도 충분히 이해할 수 있다. 너한테는 나처럼 몰두할 수 있는 일이 필요해. 내 경우는 땅 투기이지만, 넌 그 불쌍한 벙어리 소년을 위한 기계를 만들면서 나 같은 보람을 느낄지도 모르겠군. 한번 만나고 싶구나."

"만날 겁니다. 아마 내일쯤."

그들은 잠시 그렇게 서 있다가 집으로 되돌아갔다. "실비아는 여전히 마약에 취해 사느냐?" 레오가 물었다.

"마약이라니요!" 잭은 웃었다. "페노바르비탈입니다. 예, 그걸 먹고 있습니다."

"정말 착한 아이인데. 그렇게 신경질적으로 마음고생을 하는 걸 보니 가슴이 아프구나. 게다가 옆집의 과부까지 돌봐주고 있다며." 거실로 간 레오는 책의 안락의자에 깊숙이 앉아 다리를 꼬며 한숨을 내쉬었다. 편하게 앉아 얘기를 계속할 작정인 것이다……. 이런저런 일에 관해 할 말이 잔뜩 남아 있다는 사실은 명백했고, 본인도 그럴 결심으로 있었다.

침대에서 실비아는 거의 숙면을 취하고 있었다. 그녀의 오감은 평소에 그러듯이 잠자리에 들기 전에 삼킨 페노바르비탈 100밀리그램 정제에 취한 상태였다. 뜰 쪽에서 남편과 시아버지가 웅얼거리는 소리를 어렴풋하게 들은 듯했다. 그러다가 갑자기 그들의 목소리가 높아졌다. 실비아가 놀라 벌떡 일어났을 정도였다.

말싸움이라도 벌이고 있는 걸까? 맙소사. 부디 그런 일이 아니기를. 아버님의 방문이 우리 생활을 어지럽히지 않았으면 좋겠다. 그러나 그들의 목소리는 다시 나직해졌고, 그녀도 다시 편히 누워 잠을 청할 수 있었다.

아버님은 좋은 사람이야. 그녀는 생각했다. 책을 무척 닮았어. 책보다는 보수적이지만.

최근 어니 코트를 위해 일하기 시작한 이래 남편은 변했다. 그가 맡은 괴상한 일을 감안하면 그리 놀랄 일도 아니었다. 벙어리에다가 자폐아인 슈타이너의 아들은 그녀를 당혹스럽게 만들었다. 처음 왔을 때부터 마음에 들지 않았다. 그런 것이 없어도 내 인생은 이미 충분히 복잡해. 소년은 끊임없이 자기 집을 들락거렸다. 언제나 발끝으로 깡총거리며 뛰어다니면서 마치 존재하지 않는 물체를 보고, 사람의 귀에 들리지 않는 소리를 듣는 것처럼 여기저기를 홀끔거렸다. 시간을 되돌려서 노버트 슈타이너를 되살릴 수만 있다면! 만약에…….

약에 취한 그녀의 뇌리에 작고 무기력한 그 사내가 아침에 장사를 하러 집을 나서는 광경이 흘끗 떠올랐다. 세일즈맨답게 요구르트와 당밀 따위의 상품이 든 무거운 여행가방을 든 채로.

그는 아직도 어딘가에서 살아 있는 것일까? 혹시 만프레드는 그를 만났는지도 모른다. 일그러진 시간 속에 살고 있다고 잭도 말하지 않았는가. 소년과 의사소통을 하는 데 성공해 그 아버지의 처량한 유령이 되살아나기라도 한다면 다들 기절초풍하겠지……. 그러나 소년이 과거가 아닌 미래를 본다는 가설은 옳은 듯했다. 따라서 그들은 원하는 것을 손에 넣을 것이다. 하지만 잭, 당신은 왜? 당신은 왜 그런 일을 도우려는 거야? 그 병든 아이에게 친밀감을 느끼는 거야? 그거야? 아아…… 그녀의 사념은 어둠 속에 잠겼다.

그러고 나서는? 예전처럼 나를 사랑해줄 거야?

병든 사람과 건강한 사람 사이에 친밀감 따위는 존재하지 않아. 당신은 변했고, 그것 때문에 부담스러워하고 있어. 아버님도 그걸 알고, 나도 알아. 당신은? 그게 마음에 걸려?

실비아는 잠들었다.

높은 하늘에서 육식조肉食鳥들이 선회하고 있다. 창문이 있는 건물 밑동에 그들의 배설물이 잔뜩 쌓여 있다. 몇 덩어리를 집어올려 보았다. 밀가루 반죽처럼 일그러지고 부풀어올랐다. 그 안에 살아 있는 생물들이 들어 있다는 사실을 그는 알고 있었다. 그것들을 가지고 조심스럽게 건물의 텅 빈 복도 안으로 들어갔다. 덩어리 하나가 쪼개지며 머리카락을 엮어 만든 듯한 표면이 둘로 갈라진다. 이제는 너무 커져서 손에 들고 있을 수가 없다. 그러자 벽 속에 있는 그것이 보였다. 작은 칸막이 안에서 옆으로 누워 있다. 갈라진 틈이 워낙 넓어서 그 안에 있는 생물이 보인다.

거비쉬! 뼈처럼 하얗고 미끌미끌한 주름으로 이루어진 구더기 한 마리가 똬리를 틀고 있다. 그것은 인간의 몸 안에서 구더기처럼 서식하는 거비쉬 벌레다. 높은 하늘에서 선회하는 새들이 이것을 찾아내서 먹어주면 좋을 텐데. 층계를 뛰어내리자 발이 푹푹 빠졌다. 제대로 된 판자가 없다. 체처럼 잘게 구멍 뚫린 판자 아래로 흙이 보였다. 검고 차가운 공동空洞에는 거비쉬 때문에 완전히 썩어서 축축한 가루가 된 목재의 잔해가 가득차 있었다.

위로 뻗쳐진 팔들이 상공에서 선회 중인 새들을 향해 그를 내던졌다. 그는 부유浮遊하면서 추락했다. 새들이 그의 머리를 뜯어 삼켰다. 그러자 그는 바다 위에 걸린 다리 위에 서 있었다. 상어 몇 마리가 칼날처럼 날카로운 등지느러미를 보이며 해면을 가른다. 바다에 드리운 낚싯줄로 한 마리를 잡았다. 상어는 그를 잡아 삼키려는 듯이 아가리를 벌리고 스르르 올라왔다. 그는 뒤로 물러났지만 푹 꺼진 다리에 빠졌다. 물이 배까지 차올랐다.

거비쉬가 비처럼 쏟아진다. 이제는 어디를 둘러봐도 거비쉬 투성이다. 그를 좋아하지 않는 무리가 다리 끄트머리에 나타나서 상어 이빨을 이어 만든 고리를 들어 보였다. 그는 황제였다. 그들은 그 고리를 왕관처럼 그의 머리에 씌웠다. 그가 고맙다는 말을 하려고 하자, 그들은 머리에서 목으로 고리를 끌어내리더니 그의 목을 조르기 시작했다. 고리에 매듭을 짓자 날카로운 상어 이빨이 그의 목을 잘랐다. 또다시 그는 어둡고 축축한 지하의 공동 안에서 썩은 나뭇가루에 둘러싸인 채로 앉아있었다. 사방에서 몰려온 조수潮水가 철썩이는 소리가 들린다. 이곳은 거비쉬가 지배하는 세계였고, 그는 목소리를 낼 수 없었다. 상어 이빨이 목소리를 찢어발긴 탓이다.

나는 만프레드야. 그는 말했다.

"말해두겠는데," 어니 코트는 널찍한 침대 위에서 곁에 누워 있는 여자에게 말했다. "일단 그 녀석하고 접촉하는 데 성공하면 당신도 정말로 좋아할 거야. 그러면 우린 정말로 유리한 입장에 서게 되니까 말이야. 미래가 우리 손에 들어오는 거야. 그리고 모든 일은 미래에 일어나는 거 아니었어?"

도린은 알아들을 수 없는 말을 웅얼거리며 몸을 뒤척였다.

"아직 자지 마." 어니는 몸을 수그리고 새 담배에 불을 붙이며 말했다. "그런데 오늘 무슨 일이 일어났는지 알아? 지구에서 거물 투기꾼이 도착했다는군. 조합원 하나를 시켜서 우주선

터미널을 감시하라고 했는데, 거기서 목격됐어. 물론 그 투기꾼은 가명을 써서 입국했지만 말이야. 운송회사 쪽에 확인했는데, 어느새 우리 조합원을 따돌리고 모습을 감춰버렸어. 내가 투기꾼들이 나타날 거라고 예언했던 거 기억나? 하여튼 간에 그 슈타이너의 아들 녀석한테서 비밀을 캐내면 본때를 보여줄 거야. 무슨 말인지 알지?" 어니는 잠들어버린 여자의 몸을 흔들었다. "냉큼 일어나지 않으면 침대 밖으로 밀어내겠어. 걸어서 아파트로 돌아가라고."

도린은 신음하며 몸을 뒤집더니, 일어나 앉았다. 주 침실의 어스름한 조명 아래에서 도린의 몸은 희끄무레하고 거의 투명하게 보였다. 눈을 가린 머리카락을 추스르며 하품을 한다. 네글리제의 한쪽 어깨끈이 팔 아래로 미끄러지며 높고 탄력 있는 왼쪽 젖가슴과 그 한복판에 보석처럼 자리잡은 젖꼭지가 드러났다. 어니는 음미하듯이 그 광경을 바라보았다.

정말이지 괜찮은 여자를 손에 넣었어. 어니는 생각했다. 정말 횡재한 거나 마찬가지. 잭 볼렌 녀석이 일을 내팽개치고 떠나버리지 않도록 붙잡아두는 일도 훌륭히 수행했고. 그놈의 파과형破瓜形 분열증에 걸린 녀석들은 워낙 변덕스럽고 무책임해서 이쪽이 원하는 대로 일하게 하는 건 거의 불가능에 가깝지. 녀석은 백치 천재나 마찬가지라서, 수리 실력 하나는 천하일품이지만 이쪽에서 살살 달래면서 보조를 맞춰줘야 해. 그런 녀석한테는 힘으로 누르는 건 아무 소용이 없어. 내 스타일도 아니고. 어니는 도린의 몸에서 시트를 벗겨냈다. 흰 허벅지가 휜하게 드러나자 씨익 웃었고, 도린이 네글리제 자락을 무릎까지 끌어내리는 것을 보고 또 씨익 웃었다.

"뭐가 그렇게 피곤하다는 거야? 누워서 아무 일도 안 했잖아? 안 그래? 누워 있는 게 힘들기라도 한 거야?"

도린은 눈을 흘겼다. "이젠 싫어."

"아니 뭐? 지금 나하고 농담하자는 거야? 방금 시작했을 뿐이잖아. 빨리 그 잠옷이나 벗으라고." 어니는 잠옷자락을 쥐고 다시 위로 걷어올렸다. 한쪽 팔로 그녀의 몸을 일으킨 다음 네글리제 전체를 단박에 머리 위로 벗겨냈고, 침대 옆 의자 위에 던져놓았다.

"당신이 상관 안 한다면 난 이제 잘래." 도린은 눈을 감으며 말했다.

"내가 상관할 리가 없잖아? 잔다고 어디 가는 것도 아니고. 깨어 있든 자고 있든— 이 푸짐한 몸은 여기 남아 있어. 이렇게."

"아야." 그녀가 항의했다.

"미안." 어니는 그녀의 입에 키스했다. "아프게 할 생각은 없었어."

여자의 머리에서 힘이 빠졌다. 정말로 잠을 잘 생각인 듯했다. 어니는 모욕당한 기분이었다. 하지만…… 빌어먹을. 어차피 이 여자는 별로 하는 일도 없지 않은가.

"끝나면 잠옷을 다시 입혀줘."

도린이 졸린 목소리로 웅얼거렸다.

"알았어. 아직 안 끝났어." 앞으로 한 시간 이상 남았지. 어니

214

는 뇌까렸다. 두 시간도 충분히 가능해. 잘 생각해보니 이런 방식도 나쁘지만은 않군. 잠든 여자는 지껄이지 않으니까 말이야. 그 와중에 여자들이 지껄이면 언제나 흥이 깨진다. 게다가 신음을 들을 필요도 없었다. 어니는 여자의 신음소리에 질색하는 성격이었다.

잭 볼렌이 진행 중인 프로젝트가 결실을 맺는 걸 빨리 보고 싶어 죽겠군. 마냥 기다리는 게 쉽지 않아. 일단 의사소통만 가능해지면 실로 멋진 소식을 듣게 될 거라는 확신이 있어. 지금 슈타이너 아들 녀석의 마음은 꽉 닫혀 있지만, 그 안에는 보물들이 꽉 차 있을 게 틀림없어. 마치 동화 속 나라처럼 아름답고, 순수하며, 순진무구한.

도린이 잠결에 신음했다.

09

레오 볼렌의 손바닥에 잭은 커다란 초록색 씨앗을 올려놓았다. 레오는 그것을 훑어보고는 잭에게 돌려주었다.

"뭐가 보입니까?" 잭이 물었다.

"씨앗을 봤어."

"뭔가 일어난 것처럼 보입니까?"

레오는 곰곰이 생각했지만, 딱히 무슨 일이 일어난 것 같지는 않았기 때문에 결국 "아니"라고 대답했다.

영사기 옆에 앉아 있던 잭이 말했다. "그럼 이걸 보세요." 그는 방 안의 조명 스위치를 내렸다. 영사기가 윙윙거리며 돌기 시작하자 스크린에 어떤 이미지가 떠올랐다. 흙에 묻힌 씨앗이었다. 레오가 보는 사이에 씨앗이 갈라졌다. 두 개의 촉수 같은 싹이 나타났다. 하나는 위를 향해 자랐고, 다른 하나는 가느다란 모근毛根으로 갈라지면서 아래쪽을 더듬기 시작했다. 그동안에 씨앗은 흙 속에서 회전하고 있었다. 위를 향해 움직이는 촉수에서 거대한 돌기들이 솟아나는 것을 보고 레오는 놀란 듯이 숨을 들이켰다.

"저게 뭐냐, 잭. 화성의 씨앗인가 보구나. 세상에, 저 자라는 속도 좀 봐라. 미친 듯이 자라고 있어."

"그냥 보통 리마콩입니다. 방금 보여드린 것과 똑같은 겁니다. 이 필름은 고속 촬영한 겁니다. 닷새를 몇십 초로 압축한 거죠. 그러면 저렇게 씨앗에서 싹이 틀 때의 움직임을 자세히 관찰할 수 있습니다. 발아 과정은 너무나도 느리게 이루어지기 때문에 우리 눈에는 아무런 움직임도 보이지 않는 게 보통입니다."

"그렇구나, 잭. 정말 대단해. 그렇다면 그 아이의 시간이 흐르는 속도도 이 씨앗 같다는 얘기로구나. 우리 눈에는 보통 속도로 움직이는 것들도, 그 아이 입장에서는 엄청난 속도로 획획 지나가기 때문에 실질적으로는 아무것도 못 본다, 이건가. 반대로 이 씨앗처럼 느리게 움직이는 것은 볼 수 있겠지. 뜰로 나가 앉아 있으면 식물이 무럭무럭 자라는 광경이 보이겠군. 필시 그 아이의 닷새는 우리에게는 10분 정도로밖에는 느껴지지 않을 거야."

"이론상으로는 그렇습니다." 잭은 대꾸했고, 이 방의 작동 원리를 레오에게 설명했다. 그러나 모르는 전문용어가 너무 많아서 장황한 설명이 계속될수록 레오는 조바심을 내기 시작했다. 벌써 오전 11시가 다 되었는데도 잭은 F.D.R. 산맥으로 아버지를 데려가려는 기색이 전혀 보이지 않는다. 자기 일에만 완전히 몰입해 있었다.

"매우 흥미롭군." 레오는 중얼거렸다.

"매초 15인치의 속도로 테이프에 녹음한 것을 매초 3.75인치의 속도로 재생해서 만프레드에게 들려주는 겁니다. 이를테면 '나무'라는 단어를 들려주고, 그와 동시에 나무 사진과 그 밑에 나무라는 글자를 쓴 것을 15분에서 20분 동안 연속해서 보여줍니다. 만프레드가 말하는 목소리는 초당 3.75인치로 녹음하고, 우리가 들을 때는 초당 15인치로 재생합니다."

"잭, 이제 슬슬 출발하는 편이 낫지 않겠니?"

"세상에. 이게 제가 하는 일이라는 걸 알고 있잖습니까." 잭은 화난 듯한 몸짓을 했다. "그 애를 만나보고 싶어 하시는 줄 알았는데— 곧 여기 올 겁니다. 그 애 어머니가 여기로 보냈—"

레오는 잭의 말을 가로막았다. "어이 아들, 난 그 땅을 보려고 몇천만 마일이나 되는 거리를 가로질러 왔어. 도대체 거기 데려다줄 생각이 있기는 한 거냐?"

"만프레드가 도착할 때까지만 기다려주세요. 함께 갈 겁니다."

"알았다."

레오는 말했다. 가급적 마찰은 피하고 싶었다. 견딜 수 있을 때까지는 최대한 타협할 생각이었다.

"세상에. 태어나서 처음으로 다른 행성의 흙을 밟았는데, 아직 대운하 수로를 구경 안 하셨군요." 잭은 오른쪽을 가리켰다. "아직 한 번도 안 보셨죠? 존재한다는 것이 알려진 이래,

지구에서는 몇 세기 동안이나 논쟁의 대상이 되어왔던 화성의 대운하가 엎어지면 코 닿는 곳에 있는데도!"

레오는 내심 초조해하며 어쩔 수 없이 고개를 끄덕였다. "그럼 구경하자꾸나." 그는 잭을 따라 작업실에서 음울하고 불그스름한 햇살이 내리쬐는 밖으로 나갔다. "춥군." 레오는 공기 냄새를 킁킁 맡아보며 말했다. "하지만 걷는 건 쉽구나. 어젯밤에는 체중이 50이나 60파운드로 줄어든 것 같은 느낌을 받았어. 화성이 지구보다 훨씬 작으니까 그런 거지? 공기가 너무 희박하다는 것만 제외하면 심장병이 있는 사람들에게는 좋겠군. 어젯밤 자기 전에 좀 답답했던 건 콘드비프 탓이라고 생각했는데—"

"아버지." 아들이 말했다. "그냥 아무 말 하지 마시고 둘러보시죠."

레오는 주위를 둘러보았다. 멀리 평탄한 사막과 낮고 황량한 산맥이 보인다. 우중충한 갈색 물이 흐르는 깊은 수로 옆에는 초록색 이끼 같은 식물이 자라 있었다. 잭의 집, 그리고 옆에 있는 슈타이너 가족의 집을 제외하면 이것이 전부였다. 채소밭도 있지만 그것은 이미 어제 보았다.

"어떻습니까?" 잭이 물었다.

레오는 순순히 말했다. "아주 인상적이야, 잭. 괜찮은 곳이라는 생각이 드는구나. 조촐하지만 현대적인 집도 갖고 있고. 초목을 조금 더 심고 가꾸면 완벽해질 거야."

잭은 뒤틀린 미소를 지으며 말했다. "화성의 대지 위에 서서 저런 광경을 바라본다는 건 인류의 오랜 꿈이었습니다."

"나도 안다. 너와 실비아가 여기서 이룩한 일이 정말로 자랑스러워." 레오는 엄숙한 표정으로 고개를 끄덕였다. "자, 이제 슬슬 출발하지 않으련? 옆집으로 가서 그 아이를 데려오든지, 데이비드더러 데려오라고 하면 어떨까? 아, 안 보이는 걸 보니 벌써 데리러 갔는지도 모르겠구나."

"지금은 학교에 가 있습니다. 주무시고 계실 때 헬리콥터가 마중 나왔습니다."

"그럼 내가 직접 가서 만프레드인가 뭔가 하는 아이를 데려올까? 네가 괜찮다면 말이야."

"그러시죠. 저도 함께 가겠습니다."

그들은 좁은 수로 옆을 지나 고사리를 닮은 식물이 드문드문 자란 모래땅을 가로질러 옆집에 도착했다. 집 안에서 계집아이들의 목소리가 들려왔다. 레오는 주저 없이 포치 층계를 올라가서 초인종을 울렸다.

문이 열리고 몸집이 큰 금발 여자가 나왔다. 고뇌로 가득 찬, 피곤한 눈을 하고 있었다. "안녕하십니까." 레오는 말했다. "저는 잭 볼렌의 아비 되는 사람입니다. 이 집 안주인이신 것 같군요. 실은 댁의 아드님을 데리고 소풍을 가려고 왔습니다. 물론 안전하게 데리고 돌아오겠습니다."

금발 여자는 포치로 올라온 잭에게 시선을 돌렸다. 아무 말도 하지 않고 몸을 돌리더니 집 안으로 되돌아갔다. 다시 돌아왔을 때는 어린 소년을 대동하고 있었다. 그럼 이 녀석이 분열증

220

에 걸린 아이로군, 하고 레오는 생각했다. 잘생긴 소년이다. 미리 얘기를 듣지 않았더라면 전혀 눈치채지 못했을 것이다.

"우린 소풍을 갈 거야, 만프레드." 레오는 소년에게 말했다. "언제, 가고 싶지?" 그러자 잭이 이 소년의 시간감각에 관해 했던 얘기가 떠올랐다. 그는 방금 한 말을 한 단어씩 아주 느리게 발음했다.

소년은 느닷없이 레오 곁을 빠져나가 층계를 뛰어 내려갔다. 운하 쪽으로 달려가더니 눈 깜짝할 새에 볼렌 가족의 집 뒤켠으로 사라졌다.

"슈타이너 부인." 잭이 말했다. "제 아버지십니다."

건장한 금발 여자는 멍한 표정으로 손을 내밀었다. 넋이 나간 것 같군. 레오는 이렇게 생각했지만 그녀와 악수를 나눴다. "만나뵈어서 반갑습니다." 정중한 어조였다. "바깥양반 일은 뭐라고 위로의 말씀을 드려야 할지 모르겠습니다. 아무 경고도 없이 갑자기 그런 일을 당하셨으니 얼마나 놀라셨겠습니까. 저도 지구의 디트로이트에 살던 친한 친구 하나가 갑자기 그렇게 되어서 놀란 적이 있습니다. 작별인사를 하고 자기 가게에서 나가더니 그걸로 다시는 돌아오지 못할 사람이 되었죠."

슈타이너 부인이 말했다. "처음 뵙겠습니다, 볼렌 씨."

"만프레드를 데리고 나갔다 오겠습니다." 잭이 말했다. "늦은 오후면 돌아올 겁니다."

집으로 돌아가는 레오와 잭의 뒷모습을 여자는 포치에 서서 계속 바라보고 있었다.

"본인도 좀 괴짜로군."

레오는 중얼거렸다. 잭은 아무 말도 하지 않았다.

만프레드는 데이비드의 수경식 밭에서 조금 떨어진 곳에 홀로 서 있었다. 세 사람은 곧 이 컴퍼니의 헬리콥터를 타고 이륙했고, 사막 상공을 가로질러 북쪽 산맥을 향해 가기 시작했다. 레오는 지구에서 가져온 커다란 지도를 펼치고 그 위에 표시를 하기 시작했다.

"여기서는 무슨 얘기를 해도 상관없겠군." 레오는 턱으로 소년을 가리켜 보이며 말했다. "어차피 우리가 하는 말을一" 그는 말꼬리를 흐렸다. "무슨 말인지 알지?"

"이 아이가 우리가 하는 말을 알아듣는다면, 그건一"

잭은 메마른 어조로 대꾸했다.

"알았어. 알았다니까." 레오는 말했다. "그냥 확실하게 해두고 싶었을 뿐이야." 그는 신중을 기해 UN의 건축 예정지에 해당하는 장소에는 아무 표시도 하지 않았다. 그러나 헬리콥터의 침로는 계기반에 있는 자이로컴퍼스를 보며 계속 기입했다. "무슨 소문 들은 거 있니, 잭? UN이 F.D.R. 산맥에 관심을 보이고 있다는 얘기 같은 거?"

"공원이나 발전소일 거라고 하더군요."

"정확히 뭔지 알고 싶어?"

"물론입니다."

레오는 윗옷 안주머니에서 봉투를 하나 끄집어냈고, 봉투에서 사진을 꺼내 잭에게 건넸다.

"이걸 보니 뭐가 떠오르지 않느냐?"

잭은 사진을 흘끗 보았다. 길고 가느다란 건물이 찍혀 있었다. 그는 한참 동안 사진을 응시했다.

레오가 말했다. "UN은 이런 건물을 지을 예정이야. 다중주택을. 이런 건물의 단지가 몇 마일이나 계속되는 거지. 쇼핑센터를 위시해서 슈퍼마켓, 철물점, 드러그스토어, 세탁소, 아이스크림 가게 등 없는 게 없는 복합 건물이지. 종속 기계장치를 써서 공사를 한다는구나. 자기가 알아서 판단하고 움직일 수 있는 자동건설 기계들 말이다."

이윽고 잭은 말했다. "이건 옛날 제가 분열증 발작을 일으켰을 당시에 살고 있던 조합 주택처럼 보입니다만."

"바로 그거야. 주택조합은 이번에는 UN과 제휴를 맺었어. 알다시피 옛날 F.D.R. 산맥은 비옥하고 물이 풍부한 곳이었어. UN의 수력발전 전문가들은 산맥 아래의 지하수면에서 엄청난 양의 물을 끌어올릴 수 있을 거라고 했어. 그곳의 지하수면은 화성의 어떤 곳보다도 지표에 가까운 곳에 있다는군. 대운하가 만들어졌을 당시 바로 거기서 물을 끌어다 썼을 거라는 것이 전문가들의 의견이야."

"주택조합이 이곳 화성으로 온다는 겁니까." 잭은 묘한 목소리로 말했다.

"현대적이고 멋진 건물들을 짓겠지. 실로 야심찬 계획이야. UN은 조합원들을 무료로 화성까지 실어다줄 예정이야. 새로운 주거 유닛의 현관 앞까지 말이다. 구입 가격도 쌀 거고. 광대한 토지가 개발되겠지. 내가 듣기로는 공사 기간은 10년에서 15년이 될 거라고 하더군."

잭은 말이 없었다.

"대량 이민이지. 토지 매입은 그걸 확정하기 위한 거고."

"그렇겠군요."

"예산도 엄청 들어가. 주택조합에서 나오는 돈만 해도 1조 달러에 육박해. 현금이야 얼마든지 있으니. 지구에서 가장 부유한 조직 중 하나가 아닐까— 보험회사나 대형 금융그룹보다 더 자산이 더 많지. 주택조합의 자금력을 감안하면 이번 건설 프로젝트가 실패할 확률은 전무해." 그러고는 이렇게 덧붙였다. "UN은 이번 일을 성사시키려고 6년 동안이나 그치들과 협상을 벌였다더군."

이윽고 잭이 말했다. "화성에 엄청난 변화의 바람이 몰아닥치겠군요. F.D.R. 산악지대가 다시 비옥해진다는 것 하나만으로도 정말 대단한 겁니다."

"게다가 인구도 비약적으로 늘어날 거야." 레오가 지적했다.

"정말이지 믿기 힘든 일입니다."

"그렇겠지. 하지만 절대 확실한 정보야. 몇 주 뒤에는 일반에게도 알려질 거다. 난 한 달 전에 알았어. 그때부터 안면이 있는 투자자들과 접촉해서 투자금을 끌어모았지……. 잭, 나는 그들을 대표해서 여기 왔단다. 혼자서는 도저히 그런 큰돈을 조달할 수는 없는 일이니."

"그렇다면 UN이 실제로 토지 매입에 나서기 전에 미리 선수를 친다는 얘기군요. 헐값에 사들여서 나중에 비싸게 되파는 식으로."

"뭉텅이로 사들인 다음에는 세밀하게 분배할 거야. 가로 100피트, 세로 80피트쯤 되는 작은 구획으로 나눠서, 몇천 명에 달하는 관계자들에게 토지 소유권을 양도하는 거지. 투자 그룹에 속한 사람들의 아내, 사촌, 고용인, 친구들에게 말이야."

"아버지의 투자 그룹에 속한 사람들에게 말입니까."

"맞아. 바로 그거야." 레오는 기쁜 표정을 지었다. "내 투자 그룹이지."

잠시 후 잭은 쉰 목소리로 말했다. "그런데도 어딘가 잘못됐다는 느낌을 전혀 안 받으시는 겁니까?"

"뭐가 잘못됐다는 거지? 무슨 얘긴지 영문을 모르겠구나, 잭."

"하느님 맙소사. 누가 봐도 명명백백하지 않습니까."

"난 잘 모르겠어. 설명해주렴."

"아버지는 지구의 전 주민을 상대로 사기를 치는 거나 마찬가지입니다— 프로젝트 기금은 결국 그들이 내는 세금에서 나오는 거 아닙니까. 아버지는 크게 한탕 하려고 프로젝트의 전체 비용을 끌어올리고 있는 겁니다."

"하지만 잭, 부동산 투자란 바로 그런 것이 아니냐." 레오는 곤혹스러운 표정으로 말했다. "그럼 지금까지 뭐라고 생각했던 거지? 부동산 투자는 몇십 세기 전부터 존재해오던 관행이야. 아무도 원하지 않는 땅을 싸게 사서 언젠가는 그것이 어떤 이유로든 훨씬 비싸질 것을 기대하는 거지. 투자를 촉발하는 건 내부 정보이고. 실상을 따지자면 그게 전부라고 할 수 있어. 이번 소식을 들으면 전 세계의 땅투기꾼들이 몰려들어 땅을 사려고 하겠지. 사실 지금 이 순간에도 그러고 있을 거야. 난 그치들보다 불과 며칠을 앞선 것에 불과해. 땅을 사려면 화성에 직접 와서 사야 한다는 법령이 있지만, 그치들은 신호가 떨어지자마자 짐을 싸서 여기까지 올 준비가 되어 있지 않았어. 막차를 놓친 거지. 해가 지기 전에 나는 내가 살 땅의 공탁금을 치를 거니까." 레오는 전방을 가리켰다. "저쪽이야. 지도는 여러 종류를 챙겨 왔으니 목적지를 찾는 건 어렵지 않을 거다. 헨리 윌리스라는 거대한 협곡 지대에 위치해 있다는군. 법률에 의거해서 나는 내가 살 땅에 실제로 발을 디디고, 눈에 잘 띄는 곳에 권리자의 이름을 명기한 영구적인 표지標識를 세워놓아야 해. 그것도 다 준비해 왔어. 내 이름이 쓰인 규정대로의 강철 말뚝이야. 헨리 윌리스에 착륙하면 말뚝 박는 걸 도와주면 좋겠구나. 형식상의 절차에 불과하니까 몇 분이면 끝날 거다." 레오는 아들을 향해 미소 지었다.

아버지를 바라보며 잭은 생각했다. 미쳤어. 그러나 레오는 침착한 미소를 지으며 그를 보고 있었고, 잭은 자기 아버지가 미치지 않았다는 사실을 알고 있었다. 아버지 말이 옳다. 땅 투기꾼이라면 누구나 그럴 것이다. 그것이 그들의 행동양식이기 때문이다. 아버지가 말했듯이 UN과 주택조합이 협동한 매머드급 프로젝트는 곧 시작될 것이다. 아버지처럼 노련하고 경험이 풍부한 비즈니스맨의 말이 틀렸을 리가 없다. 레오 볼렌과 그의 동료들은 단순한 소문만으로 움직이는 사람들이 아니었다. 그들은 최고의 연줄을 이용해서 주택조합 쪽이나 UN, 혹은 그 양쪽에서 새어나온 정보를 포착했다. 그리고 아버지는 그것을 이용하기 위해 가능한 모든 수단을 동원할 참이었다.

"화성의 발전이라는 측면에서 그건— 정말로 엄청난 뉴스이군요." 그러나 아직도 믿기가 힘들었다.

"너무 늦은 감조차 있어." 레오는 말했다. "처음부터 그런 식으로 개발을 추진했어야 했어. 하지만 UN은 개인 자본이 들어오기를 기다리고 있었어. 다른 누군가가 대신해주기를 기대했던 거지."

"화성에 사는 모든 사람들의 생활을 완전히 바꿔놓을 겁니다." 그와 동시에 권력의 균형을 바꾸고, 완전히 새로운 지배층을 만들어낼 것이다. 어니 코트나 보슬리 투빔으로 대표되는 조합 거류지나 국가 거류지는 주택조합이 UN과 협력해서 화성으로 들어온 뒤에는 잔챙이로 전락할 것이 뻔하다.

불쌍한 어니. 그는 살아남지 못할 것이다. 시간도, 진보도, 문명도 모두 그를 그냥 지나칠 것이다. 어니도, 그의 허영을 나타내는 작은 상징인 물을 낭비하는 그의 증기 욕실도 곧 의미를 잃게 된다.

"내 말을 귀담아들어라, 잭." 아버지가 말했다. "이 정보를 퍼뜨리지는 말아줘. 비밀이니까. 우리가 조심해야 하는 건 공증 사무소에서 일어날지도 모르는 부정행위야— 토지 등기를 하려면 일단 거기서 기록 증명을 받아야 하니까 말이다. 우리가 공탁금을 치른 뒤에 다른 업자들, 특히 현지의 투기꾼들이 냄새를 맡으면 골치 아프거든. 특히 공증 사무소에 끈이 닿아 있는 경우에는—"

"그렇군요." 그럴 경우 공증 사무소는 공탁금 지불 날짜를 위조함으로써 레오가 아닌 현지 업자에게 선취권을 넘길 가능성이 있다. 이런 종류의 게임에는 온갖 권모술수가 펼쳐질 게 뻔하다. 아버지가 신중하게 행동하는 것도 당연하다.

"이곳의 공증 사무소를 조사해봤는데 믿을 만한 곳 같아 보이더구나. 하지만 지금처럼 막대한 이권이 걸린 경우에는 무슨 일이든 일어날 수 있어."

느닷없이 만프레드 슈타이너가 커다란 신음을 내뱉었다.

잭과 레오는 깜짝 놀라서 고개를 들었다. 소년의 일은 까맣게 잊고 있었다. 만프레드는 헬리콥터의 뒷좌석에서 창문 유리에 얼굴을 갖다 대고 아래를 내려다보고 있었다. 흥분한 듯이 무엇인가를 가리키고 있다.

아래쪽 산길을 블리크맨 무리가 천천히 지나가고 있었다. "그래. 맞아." 잭은 소년에게 말했다. "저 사람들은 사냥을 하고 있는 것 같군." 만프레드는 지금까지 블리크맨을 아예 본 적이 없을지도 모른다는 생각이 잭의 뇌리를 스쳤다. 만약 그들과 갑자기 얼굴을 마주친다면 어떤 반응을 보일까. 그럴 기회를 마련하는 것은 지극히 쉽다. 지금 당장 헬리콥터를 저 블리크맨들 앞에 착륙시키면 그만이니까.

"저게 뭐냐?" 레오가 아래를 내려다보며 물었다. "화성인인가?"

"화성인이 맞습니다." 잭은 대답했다.

"세상에." 레오는 웃음을 터뜨렸다. "진짜 화성인들이란 말이군⋯⋯. 토착 흑인들처럼 보이는데. 아프리카의 부시맨 같은."

"유전적으로 아주 가깝다고 하더군요."

만프레드는 극도로 흥분한 상태였다. 눈을 반짝이며 창문에서 창문으로 돌아다니고, 아래를 내려다보며 알 수 없는 말을 중얼거린다.

만프레드가 한동안 블리크맨 가족과 함께 산다면 무슨 일이 일어날까? 잭은 생각했다. 블리크맨은 우리보다 더 느리게 움직인다. 그들의 삶은 우리보다 덜 복잡하고, 덜 시끄럽다. 사실 그들의 시간감각은 만프레드 쪽에 더 가까울지도 모른다⋯⋯. 블리크맨의 눈에 우리 지구인들이 엄청난 기세로 움직이고, 아무것도 아닌 일에 방대한 에너지를 허비하고 있는 경조증輕躁症 환자처럼 비쳐도 하등 이상할 것이 없다.

그러나 블리크맨들 사이에 밀어넣는다고 해서 만프레드를 그 자신의 사회로 복귀시킬 수 있는 것은 아니다. 오히려 우리들로부터 더 멀어지게 만들어서 의사소통을 할 기회 자체가 아예 사라져버릴 가능성이 더 크다.

그래서 결국 헬리콥터는 착륙시키지 않기로 했다.

"저 화성인 친구들은 뭔가 하는 일이 있어?" 레오가 물었다.

"소수는 인간 사회에 적응해서 삽니다. 옛 표현을 쓰자면 길들여졌다고나 할까요. 하지만 대다수는 옛날 그대로의 수렵 채집 생활을 영위하고 있습니다. 아직 농경 단계에는 도달하지 못했습니다."

헨리 윌리스 산에 도달하자 잭은 헬리콥터를 착륙시켰고, 레오와 만프레드와 함께 바싹 마른 바위투성이의 지면으로 내려갔다. 만프레드에게 놀이감으로 도화지와 크레용을 주고, 그와 레오는 말뚝을 박을 적당한 장소를 찾아 나섰다.

편평한 땅이 있었기 때문에 그곳에 말뚝을 박았다. 실제 작업은 대부분 잭이 했다. 레오는 현장 부근을 돌아다니며 바위나 식물 따위를 훑어보았지만 조급하고 짜증스러운 표정을 감추려고 하지도 않았다. 아무래도 이런 황량한 무인 지대는 취미가 아닌 듯했다. 그러나 레오는 별다른 말은 하지 않았고, 잭이 화석층이 있다고 지적했을 때는 순순히 그가 가리킨 곳을 훑어보았다.

땅에 박은 말뚝들과 그 주위 사진을 찍음으로써 볼일을 모두 마친 그들은 헬리콥터 쪽으로 돌아갔다. 만프레드는 땅에 앉아서 크레용으로 열심히 그림을 그리고 있었다. 주위 풍경이 황량해도 아랑곳하지 않는군. 잭은 생각했다. 소년은 자신의 내면에 틀어박힌 채 두 사람을 무시하고 그림 그리기에만 열중하고 있었다. 이따금 고개를 들고 올려다보기는 하지만, 두 사내를 보는 것은 아니었다. 소년의 두 눈은 공허했다.

무엇을 그리고 있는 것일까? 잭은 궁금증을 느끼고 소년 뒤로 가서 들여다보았다.

이따금 고개를 들어 초점이 맞지 않는 눈으로 주위의 풍경을 둘러보던 만프레드가 그린 그림은 거대하고 납작한 아파트 단지였다.

"아버지, 이걸 좀 보십쇼." 잭은 가까스로 침착한 목소리를 낼 수 있었다.

두 사내는 소년 뒤에서 그가 그리는 그림을 들여다보았고, 도화지 위에 그려진 건물들이 점점 더 뚜렷한 형태를 갖추기 시작하는 것을 목격했다.

흐음, 의심의 여지가 없어 보이는군. 잭은 생각했다. 소년은 앞으로 이곳에 존재할 건물들을 그리고 있었다. 현재 그들의 눈에 비치는 풍경이 아니라 미래의 풍경을 그리고 있는 것이다.

"아까 내가 너한테 보여준 사진을 본 것 아닐까." 레오가 말했다. "모델하우스 말이야."

"그럴 수도 있겠군요." 잭은 말했다. 물론 그런 식의 설명도 가능하다. 소년은 어른들의 대화를 이해했고, 사진을 보고 거기서 영감을 얻었을 수도 있다. 그러나 모델하우스 사진은 위에서 조감하는 각도에서 찍은 것이었지만, 만프레드의 그림은 시점이 달랐다. 소년이 그린 것은 지상에 있는 관찰자의 눈에 비친 건물이었다. 바로 지금 그들이 서 있는 장소에서 앉아서 보면 이렇게 보일지도 모른다.

"예의 시간 이론에도 어느 정도는 일리가 있을지도 모르겠군." 레오는 이렇게 말하며 손목시계를 흘끗 보았다. "시간 얘기가 나왔으니까 말인데, 이제 슬슬―"

"예." 잭은 곰곰이 생각하는 표정으로 말했다. "이제 돌아가기로 하죠."

231

소년이 묘사한 것은 단지 건물만이 아니었다. 아버지도 그 사실을 깨달았을까. 지금 소년이 그리고 있는 조합 주택의 거대한 아파트 건물들은 그들이 바라보는 동안에도 점점 불길한 느낌을 더해가고 있었다. 만프레드가 마지막 세부를 그려 넣기 시작하자 레오의 눈초리가 날카로워졌다. 놀란 듯이 콧방귀를 뀌며 아들을 흘끗 본다.

낡은 건물들. 오래되어서 다 무너져가는 느낌이다. 토대에는 위를 향해 방사상放射狀으로 뻗어나가는 거대한 균열들이 보였다. 창문은 모조리 깨졌고, 주위의 땅에는 높고 딱딱한 잡초 같아 보이는 것들이 잔뜩 자라 있었다. 황폐하고 절망적인 풍경이었다. 생기와 활력이 결여된, 시간을 초월한 둔중함의 표상과도 같은 광경.

"잭, 이건 슬럼 아니냐!" 레오가 외쳤다.

그렇다. 쇠락해가는 슬럼의 정경이다. 세워진 지 몇 년, 아니 몇십 년이 지난. 이미 전성기를 지나 황혼의 노년기로 들어섰고, 조락과 체념의 길을 밟기 시작한 건물들.

만프레드는 방금 자신이 그린, 거대한 아가리를 닮은 균열을 가리키며 말했다. "거비쉬." 손으로 그림 속의 잡초와 깨진 창문을 훑었다. 그러고는 또다시 말했다. "거비쉬." 그것들을 흘끗 보면서 소름끼치는 미소를 떠올린다.

"그게 무슨 뜻이야, 만프레드?" 잭이 물었다.

그러나 대답은 없었다. 소년은 계속 그림을 그렸다. 그러자 그들의 눈앞에서 건물들이 점점 더 노후화되기 시작했다. 시시각각 폐허로 변해간다.

"가자, 잭." 레오가 쉰 목소리로 말했다.

잭은 도화지와 크레용을 집어 들고 소년을 일으켰다. 세 사람은 헬리콥터에 탔다.

"이걸 봐라, 잭." 소년의 그림을 뚫어지게 바라보던 레오가 말했다. "건물 현관 위에 글자가 쓰여 있어."

일그러지고 흔들리는 글자로 이렇게 쓰여 있었다.

AM-WEB

"건물 이름인 것 같은데." 레오가 말했다.

"맞습니다." 잭은 이 단어의 의미를 알고 있었다. 주택조합의 구호인 'Alle Menschen werden Brüder,' 즉 '모든 인간은 한 형제가 된다'*라는 뜻의 독일어 문장을 줄인 것이다. "주택조합의 공식 편지지에도 찍혀 있죠." 뚜렷하게 기억하고 있다.

만프레드는 크레용을 집어 들더니 다시 그림을 그리기 시작했다. 두 어른이 바라보고 있자 소년은 그림 꼭대기에 뭔가를 그리기 시작했다. 검은 새들이었다. 거대하고, 거무스름하며, 콘도르를 닮았다.

건물의 깨진 창문 안에 만프레드는 둥그런 얼굴을 그렸다. 눈, 코, 그리고 절망으로 일그러진 입을 가진 얼굴이다. 건물 안

---

* 베토벤 교향곡 9번 4악장, 〈환희의 송가〉의 한 구절.

에 사로잡혀 자포자기한 상태로 말없이 밖을 바라보고 있는 누군가를 그린 듯했다.

"흐음. 재미있군." 레오가 말했다. 분노에 가까운 음울한 표정이었다. "그런데 도대체 왜 이런 그림을 그린 걸까? 아무리 봐도 긍정적인 태도라고는 할 수 없군. 먼지 하나 없이 깨끗한 신축 건물 앞에서 노는 아이들이나 애완동물, 행복한 어른들, 이런 걸 그릴 수도 있잖아?"

"아마 눈에 보이는 그대로를 그린 건지도 모릅니다."

"흠, 정말로 그런 것들이 보였다면 이 녀석은 병든 거야. 이런 것들 대신 밝고 멋진 광경을 얼마든지 볼 수 있는데, 왜 굳이 이것에 집착하는 걸까?"

"안 보려고 해도 보이는 것이 아닐까요." 잭은 말했다. 거비쉬라. 그게 뭘까. 혹시 거비쉬란 시간을 의미하는 것일까? 이 아이에게는 부패, 퇴보, 파괴, 그리고 그 끝에 오는 죽음을 의미하는? 만물에 보편적으로 작용하는 힘으로서의 시간?

그런 것밖에는 안 보인단 말인가?

그것이 사실이라면 이 아이가 자폐증인 것도 하등 이상할 것이 없다. 우리와 접촉하지 못하는 것도 당연하다. 그토록 일방적인 우주관에, 도저히 완전한 시간관時間觀이라고 할 수도 없는 것에 노출되어 있다면 말이다. 시간은 새로운 것들을 만들어내는 힘이기도 하기 때문이다. 성숙과 성장의 과정도 시간에 입각해 있다. 만프레드가 시간의 그런 국면을 지각하지 못한다는 점은 명백했다.

이런 것들을 보는 만프레드는 역시 병자인 것일까? 아니면 병자이기 때문에 이런 것들을 보는 것일까? 무의미한 질문, 또는 해답이 불가능한 질문일지도 모른다. 이것은 만프레드가 보는 현실이지만, 우리 입장에서 볼 때 그는 불치의 병에 걸려 있는 것이나 마찬가지다. 우리가 감지하는 현실의 나머지 부분을 감지하지 못하기 때문이다. 그가 보는 것은 오로지 끔찍한 부분, 가장 혐오스러운 국면의 현실뿐이다.

그런데도 사람들은 마음의 병을 도피의 일종이라고 주장한다! 잭은 부르르 몸을 떨었다. 정신병은 도피가 아니다. 생명을 제한하고, 수축시켜서 급기야는 축축하게 썩어 들어가는 무덤 속으로, 아무도 오거나 가지 않는 장소로 집어넣는 현상이다. 완전한 죽음의 세계 속으로.

불쌍한 녀석. 잭은 생각했다. 그런 현실과 직면하면서 어떻게 하루하루를 살아갈 수 있단 말인가.

잭은 암담한 기분을 느끼며 헬리콥터의 조종간으로 주의를 돌렸다. 레오는 창문을 통해 눈 밑에 펼쳐진 사막을 응시하고 있었다. 만프레드는 긴장하고 두려움 가득한 듯한 표정으로 계속 그림을 그렸다.

그들은 거블하고 거블했다. 양손으로 귀를 막았지만 거블한 것이 콧구멍 안으로 기어 들어왔다. 그러자 그 장소가 보였다. 그가 닳아 없어진 곳이다. 그들은 그곳에 그를 내팽개쳤다. 거비쉬가 허리까지 차올랐다. 공기도 거비쉬 투성이었다.

"이름은?"

"슈타이너, 만프레드."

"나이는?"

"여든셋."

"천연두 접종은 받았나?"

"예."

"성병 유무는?"

"흐음, 곤지름에 살짝 걸렸을 뿐입니다."

"이 환자를 성병 클리닉으로 데려가."

"선생님, 제 이는 눈과 함께 부대 속에 들어 있습니다만."

"아, 눈이라. 성병 클리닉에 데려가기 전에 이 친구에게 이와 눈을 돌려줘. 귀는 어때, 슈타이너?"

"제대로 달려 있습니다. 고맙습니다, 선생님."

그들은 거즈를 써서 그의 손을 침대 좌우에 묶었다. 그가 자꾸 카테터[導尿管]를 뜯어내려고 했기 때문이다. 그는 창문 쪽으로 고개를 돌리고 금이 가고 먼지로 뒤덮인 유리창 너머를 응시했다.

밖에서는 다리가 긴 벌레들이 거비쉬 더미를 지나가고 있었다. 벌레는 먹었다. 그러자 무엇인가가 그것을 짜부라뜨리고 지나갔다. 뒤에는 먹고 싶어 하던 것에 이빨을 박은 채로 짜부라진 벌레가 남았다. 이윽고 죽은 벌레의 이빨이 모두 일어서더니 아가리에서 슬금슬금 빠져나와 사방으로 흩어졌다.

그는 그곳에서 123년 동안 누워 있다가 인공간이 멈춘 탓에 실신했고, 죽었다. 그 무렵에는 양팔과 양다리가 모두 제거된 상태였다. 완전히 썩었기 때문이다.

어차피 쓸 일도 없으니 상관없었다. 게다가 팔이 없어서 카테터를 뜯어내려고 하지 않았기 때문에 그들도 만족했다.

나는 AM-WEB에서 정말 오랫동안 살아왔어. 그는 말했다. 친한 친구 프레드의 아침식사 클럽을 듣게 트랜지스터 라디오를 주지 않을래. 난 그 프로그램에서 틀어주는 음악이 좋아. 흘러간 인기곡을 많이 틀어주거든.

밖에 자라 있는 것들 때문에 나는 건초열에 걸렸다. 그 노란 꽃을 피우는 잡초가 틀림없다. 왜 그렇게 높이 자라도록 놓아두는 걸까?

야구경기를 구경한 적이 한 번 있다.

이틀 동안 그는 방바닥의 커다란 물웅덩이 위에 누워 있었다. 집주인 여자가 그를 발견하고 트럭을 불러 이곳으로 그를 데려왔다. 그러는 동안 그는 줄곧 코를 골았고, 그 탓에 깼다. 그들이 그레이프프루트 주스를 먹이려고 하자 팔이 하나밖에 움직이지 않았다. 다른 팔은 두 번 다시 움직이지 않았다. 예전처럼 가죽벨트를 만들고 싶었다. 만드는 재미가 있고 시간도 많이 걸리기 때문이다. 주말에 들르는 사람들에게 이따금 팔기도 했다.

"내가 누군지 알아, 만프레드?"

"몰라."

"난 어니 코트야. 왜 가끔이라도 웃거나 미소짓지 않는 거야,

만프레드? 뛰어놀고 싶지 않아?"

미스터 코트는 이렇게 말하면서 양눈에서 거블했다.

"그러고 싶어 하지 않는 건 명백합니다, 어니. 하지만 지금은 그런 일에 연연할 때가 아닙니다."

"뭐가 보여, 만프레드? 뭐가 보이는지 얘기해줘. 이 작자들 모두가 여기 살게 되는 거야? 그런 뜻이야, 만프레드? 많은 사람들이 여기 사는 게 보여?"

그는 양손으로 얼굴을 가렸다. 그러자 거블이 멈췄다.

"왜 이 녀석은 절대로 웃지 않는지 모르겠어."

거블, 거블.

10

미스터 코트의 피부 아래에는 미끈미끈하고 축축한 뼈무더기. 미스터 코트는 검게 그을렸지만 젖고 미끈거리는 뼈들이 든 자루. 미스터 코트의 머리는 초록색 것들을 씹어 먹는 해골. 그 안에 있는 초록색 것들은 뭔가에 잡아먹혔고, 썩어버렸다.

미스터 코트의 내부가, 그 안에서 우글거리며 살고 있는 거비쉬들이 보인다. 한편 바깥쪽이 말했다. "난 모차르트를 좋아해. 어디 테이프를 틀어볼까." 케이스에는 '교향곡 40번 사단조, K. 550'이라고 쓰여 있다. 미스터 코트가 앰프의 노브를 돌린다. "브루노 월터가 지휘한 거야." 미스터 코트가 손님들에게 말한다. "레코드 녹음 황금기의 대단한 희귀품이지."

소름끼치는 첫소리와 절규가 스피커에서 흘러나왔다. 시체가 경련하는 것처럼. 미스터 코트는 릴테이프를 멈춘다.

"미안해." 그는 중얼거렸다. 오래된 암호 테이프였다. 로킹엄이나 스코트 템플이나 앤, 혹은 다른 누군가가 그에게 보낸 것이다. 미스터 코트는 안다. 암호 테이프 하나가 우연히 음악 테이프들과 뒤섞였다는 사실을.

도린은 술을 홀짝이며 말했다. "깜짝 놀랐잖아. 제발 좀 살려줘. 당신의 그 유머감각에는 도저히—"

"일부러 그런 게 아냐." 어니는 화난 목소리로 말했다. 뒤적이며 다른 테이프를 찾는다. 쉽게 찾을 수가 없다. 염병할. 됐어. "어이, 잭." 뒤를 돌아보며 말했다. "자네 아버지가 화성까지 왔는데도 이렇게 급하게 오라고 해서 미안해. 하지만 시간이 없어서 말이야. 슈타이너 아들 일이 얼마나 진척되었는지 얘기해줄 수 있지?" 희망과 우려 탓에 자꾸 말을 더듬는다. 어니는 기대하는 듯한 얼굴로 잭을 쳐다보았다.

그러나 잭은 듣고 있지 않았다. 소파에 도린과 나란히 앉아서 그녀에게 뭐라고 말하는 참이었다.

"술이 떨어졌군." 잭은 빈 술잔을 내려놓으며 말했다.

"어이, 잭." 어니가 말했다. "얼마나 진척되었는지 얘기해달라니까. 설마 아무 진전도 없다고 하는 건 아니겠지? 둘이서만 그렇게 노닥거리려고 온 게 아니잖아? 근데 속이 왜 이리 안 좋지." 어니는 비틀거리며 주방으로 갔다. 헬리오가발루스가 높은 스툴에 앉아서 멍한 표정으로 잡지를 뒤적이고 있었다. "따뜻한 물에 베이킹 소다를 타서 줘." 어니는 명령했다.

"예, 미스터." 헬리오가발루스는 잡지를 내려놓고 스툴에서 내려왔다. "말씀하시는 걸 들었습니다. 그냥 밖으로 내보내는 게 어떻습니까? 저 사람들은 당신에게 좋지 않습니다. 전혀 좋지 않습니다." 그는 싱크대 위의 찬장에서 중탄산소다가 든 상자를 꺼냈고, 한 스푼을 떴다.

"누가 네 의견을 물어봤어?" 어니가 말했다.

도린이 주방으로 들어왔다. 피곤하고 초췌한 얼굴이었다. "어니, 나 집에 갈래. 더 이상 만프레드하고는 못 있겠어. 한시도 가만히 앉아 있지 않고 계속 움직이는 통에 미쳐버리겠어." 그녀는 어니에게 다가가 그의 귀에 입을 맞췄다. "잘 있어, 달링."

"어디선가 읽었는데, 자기가 기계라고 믿어버린 아이가 있다는군." 어니가 말했다. "그래서 움직이려면 플러그를 꽂아야 한다고 고집을 부렸다나. 머리가 돌았다고 포기해버리면 안 돼. 가지 마. 나를 봐서라도 있어줘. 만프레드는 여자가 함께 있으면 훨씬 침착한 것 같더라고. 이유는 모르겠지만 말이야. 잭 볼렌, 저 녀석은 아무 성과도 올리지 못한 게 아닌가 하는 생각이 들어. 지금 나가서 얼굴을 맞대고 얘기해야겠군." 길들여진 블리크맨 하인이 베이킹 소다를 탄 따뜻한 물을 어니의 오른손에 쥐여주었다. "고마워." 어니는 안도한 표정으로 그것을 들이켰다.

"잭 볼렌은," 도린이 말했다. "힘든 상황에서도 훌륭하게 자기 일을 하고 있어. 그러니까 그이에 관해서 안 좋은 얘기는 하지 말아줘." 그녀는 조금 휘청거리며 미소를 떠올렸다. "나 좀 취했나 봐."

"안 그런 사람이 어딨어?" 어니는 여자의 허리를 끌어당기고 껴안았다. "너무 마셔서 토할 것 같아. 당신 말이 맞아. 만프레드 저 녀석을 보면 나도 괴로워. 그런데 아까 내가 음악 테이프 대신에 옛날 암호 테이프를 끼웠던 거 알아? 아무래도 나도 좀 맛이 간 것 같아." 그는 물잔을 내려놓고 도린의 블라우스 윗 단추들을 끄르기 시작했다. "넌 딴 데를 보고 있어, 헬리오. 읽던 거나 마저 읽으라고." 블리크맨은 고개를 돌렸다. 어니는 도린과 몸을 밀착한 채로 블라우스의 단추를 모두 끄르고 치마를 벗기는 일에 착수했다. "놈들이 선수를 쳤다는 건 나도 알아. 지구에서 떼거지로 몰려온 그 자식들 말이야. 공항 터미널을 감시하고 있는 내 부하도 머릿수 세는 걸 포기했을 정도야. 하루 종일 꾸역꾸역 도착하는 판이니. 침대로 가자고." 쇄골에 입을 맞추고, 코를 문질러대며 머리를 계속 아래로 내렸다. 도린이 그의 머리통을 억지로 끌어올릴 때까지.

거실에서는 미스터 이의 회사에서 스카웃해 온 유능한 수리 기사가 서투른 동작으로 새로운 릴테이프를 끼우고 있었다. 그러다가 빈 술잔을 쓰러뜨렸다.

놈들이 정말로 선수를 치면 어떻게 해야 하지? 어니는 도린을 꼭 껴안은 채로 주방 안에서 천천히 몸을 돌렸다. 헬리오가 발루스는 여전히 잡지를 읽고 있었다. 땅을 아예 못 산다면 어떻게 해야 하나? 그런다면 차라리 죽어버리는 편이 낫다. 그는 도린의 몸을 젖혔지만 속으로는 딴생각을 하고 있었다. 틀림없이 내가 끼어들 틈이 있을 거야. 난 이 행성이 좋아.

느닷없이 음악이 울려 퍼졌다. 잭 볼렌이 테이프를 튼 것이다.

도린이 아플 정도로 세게 팔을 꼬집었다. 어니는 그녀를 놓아주고 주방에서 나와서 거실로 갔다. 전축 볼륨을 줄인 다음 말했다. "잭, 이제 일 얘기를 하자고."

"알았습니다." 잭 볼렌은 동의했다.

블라우스 단추를 끼우며 그의 뒤를 따라 주방에서 나온 도린은 무릎을 꿇은 자세로 엎드려 있는 만프레드를 피하기 위해 빙 돌아서 왔다. 소년은 방바닥에 커다란 도화지를 깔고 잘게 오려낸 잡지 페이지 조각들을 풀로 붙이고 있었다. 융단 위에 그가 흘린 하얀 풀이 점점이 떨어져 있다.

어니는 소년 옆으로 가서 허리를 숙이고 말했다. "내가 누군지 알아, 만프레드?"

대답은 없었다. 소년은 그의 말을 들은 기색조차 보이지 않았다.

"난 어니 코트야. 왜 가끔이라도 웃거나 미소 짓지 않는 거야, 만프레드? 뛰어놀고 싶지 않아?" 어니는 소년에게 동정심을 느꼈다. 애처로울 지경이다.

잭 볼렌이 알아듣기 힘든 취한 목소리로 말했다. "그러고 싶지 않아 한다는 건 명백합니다, 어니. 하지만 지금은 그런 일에 연연할 때가 아닙니다." 흐리멍덩한 눈이었다. 술잔을 쥔 손이 떨린다.

어니는 개의치 않고 말을 계속했다. "뭐가 보여, 만프레드? 뭐가 보이는지 얘기해줘." 그러고는 기다렸지만, 침묵이 흘렀을 뿐이었다. 소년은 도화지에 종잇조각을 붙이는 일에 열중하고 있었다. 도화지 위에서 콜라주가 형태를 갖춰갔다. 삐뚤빼뚤한 초록색 선 위에, 수직으로 솟은 잿빛의 불길한 기둥.

"이건 뭐지?" 어니가 말했다.

"어떤 장소입니다." 잭이 대꾸했다. "건물이죠. 저도 하나 가지고 왔습니다." 그는 소파에서 일어나 마닐라 봉투를 들고 돌아왔다. 봉투 안에서 구깃구깃한 그림을 하나 꺼냈다. 만프레드가 크레용으로 그린 것이다. 그는 어니를 향해 그것을 들어 보였다. "자, 보십쇼. 바로 이겁니다. 만프레드와 의사소통을 시도해보라고 했죠. 흠, 보시다시피 성공했습니다." 혀가 꼬인 탓인지 발음이 불분명했다.

어니는 상대방이 얼마나 취했든 개의치 않았다. 그의 집에 오는 손님들이 곤드레만드레로 취하는 일에는 익숙했다. 화성에서는 센 술을 손에 넣기가 쉽지 않기 때문이다. 그래서 어니의 집으로 놀러온 손님들 대부분은 잭처럼 폭음하는 경우가 많았다. 그러나 그런 것은 중요하지 않았다. 중요한 것은 잭에게 시킨 일이 성공했는지의 여부다. 어니는 그림을 받아 들고 찬찬히 훑어보았다.

"이게 다야?" 그는 잭에게 물었다. "다른 건 없어?"

"없습니다."

"시간의 흐름을 느리게 보여주는 방은 어떻게 됐어?"

"아직 아무 진전도 없습니다."

"이 아이는 미래를 예지할 수 있어?"

"그 점에는 의심의 여지가 없습니다. 이 그림이 확실한 증거입니다. 물론 이 아이가 우리가 하는 말을 알아듣지 못한다는 걸 전제로 하고 있습니다만." 잭은 도린을 돌아보며 느리고 불분명한 목소리로 말했다. "만프레드가 우리가 한 말을 알아들었다고 생각해? 아, 당신은 거기 없었지. 거기 있었던 건 우리 아버지였어. 하여튼 알아들은 것 같지는 않아. 어니, 실은 이걸 보여줄 생각은 없었습니다. 이젠 뭐 상관없는 것 같지만. 이미 엎질러진 물이니. 나는 이 그림을 누구에게도 보여줄 생각이 없었습니다. 이건 1세기 뒤 화성의 모습입니다. 폐허가 된."

"도대체 이게 뭐야?" 어니는 말했다. "이런 괴상망측한 그림을 보여줘도 난 이해 못해. 설명해보라고."

"이건 AM-WEB입니다." 잭은 말했다. "거대한, 엄청나게 큰 주택 단지죠. 몇천 명이나 되는 사람이 삽니다. 화성에서 가장 큰 단지입니다. 이 그림을 보면 무너져서 폐허가 될 운명이지만."

침묵이 흘렀다. 어니는 당혹한 표정이었다.

"흥미가 없는 것 같군요." 잭이 말했다.

"물론 있어." 어니는 화난 어조로 내뱉었고, 생각에 잠긴 얼굴을 하고 옆에 서 있는 도린에게 매달리듯이 말했다. "이게 무슨 뜻인지 알겠어?"

"모르겠어, 달링."

"잭." 어니는 말했다. "자네를 여기 부른 건 보고를 듣고 싶어서야. 그런데 이런 멍청한 그림이나 달랑 한 장 보여주다니? 도대체 이 거대 주택 단지라는 건 어디 있나?"

"F.D.R. 산맥에 있습니다." 잭이 대답했다.

어니는 가슴이 철렁하는 것을 느꼈고, 가까스로 말을 이었다.
"아, 맞아. 그런 거로군. 무슨 뜻인지 알겠어."

잭은 히죽 웃으며 말했다. "그럴 거라고 생각했습니다. 거기
관심이 있었던 거로군요. 어니, 당신이 나를 분열증 환자로 간
주한다는 건 압니다. 도린도 그렇게 생각하고, 아버지도 그렇게
생각하지만……. 당신이 이런 일을 하는 동기가 무엇인지 알고
싶습니다. F.D.R. 산맥에서 진행 중인 UN의 프로젝트에 관해
알고 싶다면 충분한 정보를 제공할 수 있습니다. 또 알고 싶은
게 뭡니까? 그건 발전소도 아니고, 공원도 아닙니다. 주택조합
하고 연계한 프로젝트였습니다. 수천 세대가 거주할, 슈퍼마켓
에서 빵집까지 없는 게 없는 초대형 건물을 헨리 월리스 산 한
복판에 세울 예정이라는군요."

"모두 이 아이한테서 들은 얘기야?"

"아닙니다. 아버지한테서 들었습니다."

두 사람은 오랫동안 서로를 응시했다.

"자네 아버지가 투기업자였어?"

"예."

"며칠 전에 지구에서 도착했다는?"

"예."

"하느님 맙소사." 어니는 도린에게 말했다. "세상에, 이 친구
아버지였다니. 게다가 이미 땅을 샀다고?"

"샀습니다." 잭이 말했다.

"아직 살 땅이 남아 있나?"

잭은 고개를 가로저었다.

"이런 염병할 데가. 내가 고용한 사내의 아버지였다니. 이렇게 황당한 꼴은 처음 당하는군."

잭은 말했다. "난 조금 전에야 당신이 뭘 알고 싶어 하는지를 깨달았습니다, 어니."

"그거야 그렇겠지." 어니는 이렇게 말하고 도린을 돌아보았다. "이 친구한테는 아무 얘기도 안 했으니까 이 친구 잘못이 아냐." 그는 멍한 표정으로 소년의 그림을 집어 들었다. "그리고 나중에는 이렇게 될 거라 이거지."

"결국은 그렇게 되겠지만, 처음부터 그런 상태라는 건 아닙니다." 잭은 말했다.

어니는 만프레드를 돌아보며 말했다. "너는 필요한 정보를 갖고 있었군. 우린 그걸 너무 늦게 얻었지만 말이야."

"너무 늦게 얻었죠." 잭은 어니의 말을 되풀이했다. 이제야 실감이 되는지 망연자실한 표정이었다. "미안합니다, 어니. 정말로 미안합니다. 미리 나한테 얘기를 해줬으면 좋았을 텐데."

"자네를 비난할 생각은 없어." 어니는 말했다. "우린 아직도 친구야, 잭 볼렌. 단지 운이 나빴을 뿐이야. 자넨 나한테 아무것도 숨기지 않았어. 알고 있다고. 빌어먹을. 정말이지 이렇게 황당할 수가. 자네 아버지는 이미 토지 등기를 마친 거지? 당연히 그랬겠지만."

"투자자 그룹을 대표해서 땅을 산 겁니다." 잭은 목쉰 소리로 말했다.

"당연히 그랬겠지. 막대한 자본을 동원해서 말이야. 내가 무슨 일을 할 수 있었겠어? 애당초 경쟁이 안 되는데. 난 일개 조합장에 불과해." 어니는 다시 만프레드를 보았다. "이 작자들 모두가—" 그는 그림을 가리켰다. "여기 살게 되는 거야? 그런 뜻이야, 만프레드? 많은 사람들이 여기 사는 게 보여?" 어니의 목소리가 높아지며 쇳소리에 가까워졌다.

"침착해, 어니." 도린이 말했다. "마음을 가라앉혀. 얼마나 큰 충격을 받았는지는 나도 알지만, 이럴 것까지는 없잖아."

어니는 고개를 들고 낮은 목소리로 대꾸했다. "왜 이 녀석은 절대로 웃지 않는지 모르겠어."

소년이 느닷없이 말했다. "거블, 거블."

"그래." 어니는 쓰디쓴 어조로 말했다. "바로 그거야. 정말로 훌륭한 말씀이시군. 거블, 거블이라." 그러고는 잭에게 말했다. "의사소통에 성공했다는 건 알겠어."

잭은 아무 말도 하지 않았다. 음울하고 불안한 표정이었다.

"이 녀석과 말을 나누는 것이 가능해지려면 아직도 한참을 더 기다려야 한다는 것도 알겠어. 그렇지? 더 이상 계속하지 못하는 것이 유감이군. 난 더 이상 이 프로젝트를 계속할 생각이 없으니까."

"그럴 이유가 전혀 없겠죠." 잭이 무거운 목소리로 말했다.

"그래. 이제 자네 일은 끝났어."

도린이 말했다. "하지만 잭에겐 아직도—"

"아, 물론 그렇지." 어니가 말했다. "녹음기 따위를 고쳐줄 유능한 수리 기사는 여전히 필요하니까. 빌어먹을 기계들은 고장이 아닌 적이 없어. 내가 끝났다고 한 건 이번 일을 두고 말한 거야. 이 녀석을 B-G로 돌려보내. AM-WEB이라. 원래 조합 주택들에는 그런 괴상한 이름이 붙기 마련이지. 주택조합 녀석들이 화성으로 오다니! 워낙 거대한 조합이니까 땅값도 두둑이 치를 거야. 현금은 얼마든지 있을 테니. 자네 아버지는 정말이지 빈틈없는 비즈니스맨이야. 내가 그렇게 말했다고 전해줘."

"악수해도 되겠습니까, 어니?" 잭이 물었다.

"물론이네, 잭." 어니는 손을 내밀었고, 두 사람은 상대방의 눈을 바라보며 오랫동안 손을 꽉 쥐고 있었다. "앞으로도 자주 보게 될 걸세. 자네와 나 사이가 끝난 건 아니니까 말이야. 사실 이제 시작된 것에 불과해." 어니는 잭의 손을 놓고 주방 안으로 들어갔다. 그러고는 그곳에 선 채 깊은 생각에 잠겼다.

잠시 후 도린이 들어왔다. "끔찍한 소식이라서 충격이 컸지?" 그녀는 어니를 얼싸안으며 말했다.

"아주 끔찍했지. 이런 꼴을 당한 건 정말 오랜만이야. 하지만 난 괜찮아. 주택조합 녀석들 따위는 두렵지 않아. 화성에 제일 먼저 온 건 루이스 타운하고 수자원조합이고, 앞으로도 줄곧 이 자리에 있을 거야. 슈타이너의 아들을 쓴 프로젝트를 조금 더 빨리 시작만 했더라면 얘기는 달라졌겠지만, 그건 잭 잘못이 아냐." 그러나 마음속 깊은 곳에서는 이런 생각을 하고 있었다. 넌 나를 배신했어, 잭. 줄곧. 네 아버지와 작당해서 내 뒤통수를 쳤지. 처음부터 그럴 작정으로 있었던 거야. 내가 너를 고용한 날부터.

어니는 거실로 돌아갔다. 잭은 음침한 표정으로 테이프 플레이어의 노브를 만지작거리며 앉아 있었다.

"너무 고민하지는 말게."

어니가 말했다.

"고맙습니다, 어니." 이렇게 말했지만, 잭의 눈은 쾽했다. "당신을 실망시켰다는 생각이 듭니다."

"그건 사실이 아냐." 어니는 안심하라는 듯이 말했다. "자넨 나를 실망시키지 않았어, 잭. 그 누구도 나를 실망시키지는 못해."

방바닥에서는 만프레드가 어른들에게는 눈길도 주지 않은 채 종이를 찢어 붙이는 일에 몰두하고 있었다.

아버지를 헬리콥터에 태우고 F.D.R. 산맥을 떠나 집으로 돌아가면서 잭은 생각했다. 만프레드가 그린 그림을 어니에게 보여줘야 할까? 루이스 타운으로 가서 직접 건네야 할까? 그러기에는 너무 별게 아닌 것처럼 보인다⋯⋯. 지금쯤 응당 내놨어야 할 성과치고는 너무나도 볼품이 없지 않은가.

오늘밤에는 어차피 어니를 만나야 하지만.

"정말로 황량하군." 아버지는 발아래의 사막을 턱으로 가리켜 보이며 말했다. "너희들이 이런 곳을 그 정도까지 개척했다는 건 정말 대단해. 자랑할 만한 가치가 있어." 그러나 실제로는 지도를 보는 데 정신이 팔려 있었다. 말투도 건성이었다. 의

례적인 칭찬에 불과했다.

잭은 무전기 스위치를 넣고 루이스 타운에 있는 어니를 호출했다. "잠깐 제 보스하고 얘기를 해야 합니다."

무전기에서 잡음이 들리자 만프레드는 한순간 흥미를 느낀 듯했다. 그림을 그리던 손을 멈추고 고개를 들었던 것이다.

"너도 데려가줄게." 잭은 소년에게 말했다.

이윽고 어니가 호출에 응했다. "여어, 잭." 커다란 목소리가 웅웅거렸다. "그렇지 않아도 연락을 하려고 했는데. 혹시—"

"저녁에 들르겠습니다."

"그 전엔 안 돼? 오후에 오면 안 될까?"

"아무리 빨리 가더라도 저녁일 겁니다. 실은—" 그는 잠시 주저했다. "밤이 되어야 뭔가를 보여드릴 수 있어서요." 지금 그를 만난다면, 보나마나 UN의 조합 주택 건설 계획에 관해 실토할 게 뻔하고, 그럼 그는 내게서 모든 정보를 쥐어짜려고 할 것이다. 일단 아버지의 등기 절차가 끝날 때까지 기다리기로 하자. 그 뒤에는 무슨 얘기를 해도 상관없다.

"그럼 저녁에 보자고." 어니는 동의했다. "무슨 얘기를 들을지 기대가 커, 잭. 정말로 기대하고 있겠어. 자네가 뭔가 중요한 정보를 갖고 오리라는 걸 난 알아. 자네만 믿고 있겠네."

잭은 고맙다는 인사를 건넨 후 무전기를 껐다.

"상당히 신사적인데. 네 상사라는 사람은 괜찮은 친구인 것 같구나." 교신이 끊기자 아버지가 말했다. "너한테 크게 의존하고 있다는 느낌도 오고. 너처럼 유능하면, 그 친구 입장에서는

251

큰 가치가 있겠지."

잭은 아무 말도 하지 않았다. 벌써부터 죄책감을 느끼고 있었다.

"그림을 그려줘." 잭은 만프레드에게 말했다. "오늘밤 나하고 미스터 코트 사이에서 일어날 일에 관한 그림을." 그는 소년이 그리고 있던 그림을 빼앗고 새 도화지를 건넸다. "그려주겠니, 만프레드? 오늘밤 일어날 일을 미리 알려달라는 뜻이야. 너하고 나, 미스터 코트 세 사람이 미스터 코트 집에서 뭘 하게 될지 거기 그려봐."

소년은 파란 크레용을 집어 들곤 그림을 그리기 시작했다. 잭은 헬리콥터를 조종하며 그 광경을 곁눈질했다.

만프레드는 굉장히 공들여 그리기 시작했다. 처음에는 무슨 그림인지 알 수 없었다. 그러나 곧 그것이 어떤 장면을 묘사한 것인지 깨달았다. 두 사내. 한 사내가 다른 사내의 눈가를 때리고 있다.

만프레드는 웃었다. 길고 새된, 불안한 듯한 웃음소리. 그러더니 갑자기 도화지를 움켜쥐고 가슴에 껴안았다.

가슴이 섬뜩해지는 느낌을 받으며 잭은 눈앞의 조종간으로 주의를 돌렸다. 불안 때문에 식은땀이 솟구쳤다. 정말로 그렇게 되는 것일까? 그는 말없이, 마음속 깊은 곳에서 자문했다. 나와 어니는 싸우게 되는 것일까? 그리고 너는 그것을 옆에서 보고 있을 거고……. 아니면 적어도 어느 날에는 그런 광경을 목격한다는 뜻일까.

"잭." 레오가 말하고 있었다. "공중 사무소에 데려다주지 않겠니? 거기서 내리고 싶은데. 서류를 제출해야 하거든. 집으로 돌아가지 말고 직접 거기로 데려다줄 수는 없을까? 아무래도 좀 불안해서 말이야. 현지의 투기꾼들이 지금 우리를 감시하고 있을 게 뻔하니까, 신중하게 행동할 필요가 있어."

"다시 말하는데, 아버지가 하시는 일은 윤리에 반합니다."

"그냥 보고만 있어. 이게 내가 비즈니스를 하는 방식이야. 앞으로도 그걸 바꿀 생각은 없고."

"부당이득 행위입니다."

"너하고 논쟁을 벌일 생각은 없어. 네가 관여할 일도 아니고. 몇천만 마일이나 되는 거리를 날아온 아비를 돕고 싶지 않다면, 공공 교통수단을 이용하는 수도 있어." 온화한 어조였지만 얼굴은 붉게 물들어 있었다.

"가겠습니다."

"윤리가 어쩌고 하는 얘기를 듣는 건 질색이야."

잭은 대답하지 않고 헬리콥터의 기수를 남쪽으로 돌려 팩스 글로브에 있는 UN 건물로 향했다.

만프레드는 파란색 크레용으로 열심히 그림을 그린다. 만프레드는 그림에 있는 두 명의 사내 중 하나, 눈을 얻어맞은 사내가 쓰러져서 죽게 만들었다. 잭은 보았다. 사내가 쓰러지더니 꼼짝도 안 하는 광경을. 저건 나일까, 아니면 어니일까?

언젠가는—조금 있으면—알게 될 일이다.

미스터 코트의 피부 아래에는 미끈미끈하고 축축한 뼈무더기. 미스터 코트는 검게 그을렸지만 젖고 미끈거리는 뼈들이 든 자루. 미스터 코트의 머리는 초록색 것들을 씹어 먹는 해골. 그 안에 있는 초록색 것들은 뭔가에 잡아먹혔고, 썩어버렸다.

잭 볼렌도 거비쉬가 우글거리는 죽은 자루다. 거의 모든 사람이 속아 넘어가는, 예쁜 색깔로 칠해지고 좋은 냄새를 풍기는 바깥쪽이 미스 앤더튼 위를 구부정하게 덮고 있다. 그는 보았다. 그것이 끔찍한 방식으로 미스 앤더튼을 원하고 있는 광경을. 축축하고 끈끈한 몸을 그녀 가까이로 흘려보내자 죽은 벌레말들이 입에서 쏟아져나왔다.

"난 모차르트를 좋아해." 미스터 코트가 말하고 있다. "어디 테이프를 틀어볼까." 그는 앰프의 노브를 돌린다. "브루노 월터가 지휘한 거야. 레코드 녹음 황금기의 대단한 희귀품이지."

소름끼치는 첫소리와 절규가 스피커에서 흘러나왔다. 시체가 경련하는 것처럼. 그는 릴테이프를 멈춘다.

"미안해." 어니 코트가 중얼거렸다.

잭은 굉음에 놀라 움찔하며 곁에 있는 여자의 몸 냄새를 쿵쿵 맡았고, 땀으로 번들거리는 윗입술을 보았다. 립스틱이 희미하게 번진 탓에 입술이 조금 찢어진 것처럼 보인다. 그녀의 입술을 깨물고, 거기서 피가 나오는 것을 보고 싶었다. 겨드랑이에 손을 박고 젖가슴을 주무르고 싶었다. 그런다면 그것이 자기 것이라고 느끼고, 하고 싶은 일을 할 수 있을 것이다. 이미 마음대로 움직인 적이 있지 않는가. 재미가 있었다.

"깜짝 놀랐잖아." 그녀는 말했다. "제발 좀 살려줘, 어니. 당신의 그 유머감각에는 도저히―"

"일부러 그런 게 아냐." 어니가 말했다. 뒤적이며 다른 테이프를 찾는다.

잭은 손을 뻗어 여자의 무릎을 만졌다. 치마 아래에는 아무것도 입지 않았다. 그가 여자의 다리를 어루만지자 그녀는 다리를 구부리며 그를 마주보았다. 여자의 두 무릎이 그의 몸을 파고든다. 뭔가를 기대하는 기색으로 짐승처럼 웅크리고 앉는다. 당장 여기서 나가서 둘이서만 있을 수 있는 곳으로 가고 싶어 미치겠어. 잭은 생각했다. 염병할. 당신을 만지고 싶어. 옷에 방해받지 않고. 여자의 발목을 움켜잡자 그녀는 고통스러운 비명을 지르며 미소를 지었다.

"어이, 잭." 어니가 그를 돌아보며 말했다. "미안―" 그의 말이 끊겼다. 그 뒤에 뭐라고 했는지 잭은 듣지 못했다. 곁에 있는 여자가 뭐라고 말을 걸어온다. 빨리. 그녀가 말한다. 더 이상 못 참겠어. 여자 입에서 짧고 격한 숨이 쉭쉭 새어나온다. 뚫어지게 그를 바라보고 있다. 얼굴을 잭의 얼굴에 바싹 갖다대고, 화경 같은 눈으로 그를 바라보며. 마치 말뚝에 꿰뚫린 것처럼. 두 사람 모두 어니의 말을 듣지 못했다. 거실에는 정적이 흘렀다.

방금 어니가 뭐라고 했더라? 잭은 손을 뻗어 술잔을 잡았지만 텅 비어 있었다. "술이 떨어졌군." 술잔을 커피 테이블 위에 올려놓으며 말했다.

"어이, 잭." 어니가 말했다. "일이 얼마나 진척되었는지 얘기해달라니까. 설마 아무 진전도 없다고 하는 건 아니겠지?" 이렇게 말하며 거실에서 나가 주방으로 갔다. 목소리가 작아졌다. 잭 곁에 있는 여자는 여전히 그를 올려다보고 있었다. 입술이 떨리고 있다. 마치 그가 너무 세게 껴안은 탓에 제대로 숨을 쉬지 못하는 것처럼. 당장 여기서 나가서 두 사람만 있을 수 있는 곳으로 가야 해. 잭은 깨달았다. 그러고는 주위를 둘러보곤 두 사람밖에 없다는 사실을 깨달았다. 어니는 거실에서 나갔기 때문에 더 이상 그들을 볼 수 없다. 주방에서 블리크맨 하인과 얘기하고 있는 중이었다. 이곳에는 잭과 그녀 두 사람밖에는 없다.

"여기선 싫어." 도린이 말했다. 그러나 그녀의 몸은 떨렸고, 그가 허리를 꽉 껴안아도 저항하지 않았다. 짓눌려도 개의치 않는 듯했다. 본인도 그러기를 원하기 때문이다. 그녀도 참지 못했다. "좋아." 여자가 말했다. "하지만 서둘러." 여자의 손톱이 그의 어깨를 파고들었다. 질끈 눈을 감으며 신음하고, 전율한다. "옆쪽 단추." 여자가 말한다. "치마."

여자 위로 몸을 수그리자 그녀의 나른하고 난숙爛熟하기까지 한 아름다움이 떨어져나가는 것이 보였다. 치아에 노란 균열이 생겨나더니 갈라진 이들은 잇몸 속으로 가라앉았고, 잇몸은 곧 가죽처럼 말라붙어 초록색으로 변했고, 여자는 기침을 하며 그의 얼굴에 다량의 먼지를 뱉었다. 거블러가 그보다 먼저 그녀를 손에 넣었다는 사실을 깨달았다. 그래서 그녀를 놓았다. 여자는 뒤로 쓰러졌다. 뼈들이 날카롭게 깨드득 하는 소리를 내며 부러졌다.

그녀의 두 눈은 녹아서 불투명해지고, 한쪽 속눈썹이 털로 뒤덮인 송충이의 수없이 많은 다리처럼 변했다. 핀대가리처럼 조그맣고 빨간 눈이 시력을 잃은 눈의 헐거워진 눈가를 밀고 나와서 밖을 훔쳐보더니 다시 들어갔다. 벌레는 곧 꿈틀거리며 여자의 죽은 눈을 부풀어오르게 만들었고, 한순간 안구를 뚫고 나와 여기저기를 둘러보다가 그를 보았다. 하지만 그가 누구인지 혹은 무엇인지 알아차리지 못했다. 지금까지 살던 눈 뒤쪽의 부패한 메커니즘을 제대로 활용하지 못했기 때문이다.

여자의 유방은 너무 익어버린 말불버섯처럼 씨근씨근 공기가 빠져나가면서 납작해졌고, 말라붙은 내부에서 표면에 생긴 그물 같은 균열을 통해 포자胞子가 뭉개뭉개 솟구치며 그의 얼굴을 향해 피어올랐다. 거블러 특유의 곰팡이와 노쇠의 냄새. 그것은 오래전에 와서 내부에 자리잡았고, 이제 밖으로 나오려 하고 있다.

죽은 입술이 일그러지며 목구멍을 이루는 기관氣管 깊숙한 곳에서 중얼거리는 소리가 들려왔다. "너무 늦었어." 그러자 머리가 완전히 떨어져나오며 흰 막대기처럼 뾰족하게 튀어나온 목뼈 끄트머리만이 남았다.

잭이 손을 놓자 바싹 마른 여자의 몸은 힘없이 접혔고, 마치 뱀이 벗어놓은 허물처럼 투명하고 거의 무게가 없는 빈 껍질로 변했다. 그는 한 손으로 이것을 털어냈다. 그러자마자 놀랍게도

257

주방 쪽에서 여자 목소리가 들려왔다.

"어니, 나 집에 갈래. 더 이상 만프레드하고는 못 있겠어. 한 시도 가만히 앉아 있지 않고 계속 움직이는 통에 미쳐버리겠어." 고개를 돌리자 어니와 몸을 바싹 붙이고 서 있는 그녀의 모습이 눈에 들어왔다. 그녀는 어니의 귀에 입을 맞췄다. "잘 있어." 그녀가 말했다.

"어디선가 읽었는데, 자기가 기계라고 믿어버린 아이가 있다는군." 어니가 말했다. 주방 문이 닫혔다. 잭은 더 이상 두 사람의 목소리를 듣거나 그 모습을 볼 수 없었다.

이마를 문지르며 잭은 생각했다. 정말로 취한 것 같군. **어디가 이상해진 걸까?** 마음이 분열하면서……. 그는 눈을 깜박이며 사고력을 되찾으려고 노력했다. 소파에서 그리 떨어지지 않은 융단 위에서 만프레드 슈타이너는 씨익 웃으며 무딘 가위로 잡지의 사진을 잘라내고 있었다. 가위가 버스럭거리며 종이를 자르는 소리가 신경을 긁는 통에 잭은 자꾸 산만해지려고 하는 주의를 집중하는 데 더 애를 먹었다.

주방 문 너머에서 격한 숨소리와 길고 힘겨운 신음소리가 잇달아 새어나왔다. 뭘 하고 있는 걸까? 그는 자문했다. 도린과 어니와 블리크맨 하인 세 사람이서……. 신음소리가 잦아들더니 멎었다. 더 이상 아무 소리도 들리지 않는다.

집에 가고 싶어. 잭은 절망과 혼란에 시달리며 생각했다. 여기서 빠져나가야 해. 하지만 어떻게? 몸의 힘이 빠지고 당장이라도 토할 것 같은 기분이다. 그는 소파 위에 그대로 축 늘어진

채로 있었다. 도망치기는커녕 움직이거나 생각하는 것조차 불
가능했다.

머릿속에서 목소리가 말했다. 거블 거블 거블, 나는 거블 거
블 거블 거블.

멈춰. 그것을 향해 말했다.

거블, 거블, 거블, 거블. 그것은 대답했다.

벽에서 먼지가 떨어진다. 세월과 먼지로 가득 찬 방이 삐걱이
며 그의 주위에서 썩어 들어간다. 거블, 거블, 거블, 하고 방이
말했다. 거블러가 너를 거블 거블하고 너를 거비쉬로 만들려고
왔다.

비틀거리며 일어나서 어니의 앰프와 테이프 플레이어가 있
는 곳으로 한 걸음씩 힘겹게 다가갔다. 릴테이프가 든 케이스
를 하나 집어 들고 뚜껑을 열었다. 힘이 없는 탓에 몇 번 실패
한 뒤에 겨우 구동축에 릴을 끼우는 데 성공했다.

주방 문이 조금 열리더니 그 사이로 눈이 나타났다. 누구의
눈인지는 알 수 없었다.

여기서 나가야 해. 잭은 되뇌었다. 아니면 싸워서 이것을 쫓아
내든가. 박살내서 내팽개치지 않으면 잡아먹히는 수밖에 없어.

지금 나를 잡아먹고 있다.

경련하듯이 음량 조절 노브를 비틀었다. 엄청나게 시끄러운
음악이 터져나오며 귀를 멍멍하게 만들었고, 방 안에 울려 퍼
졌고, 벽과 가구 위로 흘러내렸고, 조금 열린 주방 문을 엄습해
서 눈에 보이는 모든 사람과 물체를 공격했다.

경첩이 부러지며 주방 문이 앞으로 쓰러졌다. 쾅 소리가 나면서, 포효하는 음악에 쫓겨 뒤늦게 행동에 나선 무엇인가가 비스듬한 자세로 황급히 거실로 들어왔다. 그것은 휘적거리며 그의 곁을 지나쳤고, 플레이어를 더듬으며 음량 노브를 찾았다. 음악소리가 낮아졌다.

그러나 기분이 더 나아졌다. 천만다행히도 다시 제정신으로 돌아온 것을 자각했다.

잭은 아버지를 공중 사무소에 내려놓고 만프레드와 함께 헬리콥터로 루이스 타운에 있는 도린의 아파트로 향했다.

현관문을 열고 그를 본 그녀가 말했다. "뭐야, 잭?" 그러면서 문을 활짝 열어 잭과 만프레드를 안으로 들였다.

"정말 안 좋은 밤이 될 거야."

"정말?" 그녀는 잭과 마주보고 앉았다. "꼭 가야 해? 아마 가야겠지. 하지만 당신 생각이 틀렸을 수도 있잖아."

"만프레드가 이미 얘기해줬어. 이미 그걸 봤어."

"두려워하지 마."

도린은 나직하게 말했다.

"하지만 두려운걸."

"왜 안 좋다는 거야?"

"몰라. 만프레드는 그것까지는 몰랐어."

"하지만—" 도린은 소년을 가리켰다. "일단 접촉하는 데는 성공했잖아. 정말 대단한 일이야. 어니가 원하는 것도 그거고."

"당신도 와줬으면 좋겠어."

"그래. 물론 갈 거야. 하지만─ 내가 도울 수 있는 일은 별로 없어. 내 의견이 쓸모가 있을 거라고 생각해? 어니가 기뻐하면 기뻐했지 문제가 생길 리 없잖아. 쓸데없는 불안이라고 생각해."

"오늘밤 나하고 어니 사이의 관계는 끝장이 날 거야. 난 그걸 알아. 왜 아는지는 모르겠지만." 속이 울렁거린다. 당장이라도 토할 것 같다. "만프레드는 단지 미래를 예지하는 것 이상의 능력을 가진 것이 아닌가 하는 생각조차 들어. 어떤 의미에서는 미래를 제어하는 능력을 갖고 있다고나 할까. 여러 가능성 중에서 최악의 결과를 불러오는 재능이 있는 것 같아. 만프레드에게는 그게 가장 자연스러운 일이고, 현실이니까. 마치 곁에 있는 것만으로도 저 아이의 현실 속으로 빨려 들어가는 듯한 느낌이라고나 할까. 만프레드의 현실이 우리를 침식하고, 우리의 인식을 대체해버리는 거야. 그 결과 우리가 일상적으로 보고 익숙해진 사건들은 더 이상 일어나지 않아. 내가 이런 느낌을 받는다는 것 자체가 부자연스러워. 미래에 관해 이런 느낌을 가져본 적은 단 한 번도 없었거든."

잭은 침묵했다.

"저 아이 곁에 너무 오래 있었던 거야." 도린이 말했다. "당신에게도 그런─" 그녀는 잠시 주저하다가 말을 이었다. "그런 불안정한 경향이 있잖아, 잭. 만프레드하고 같은 종류의. 당신은 저 아이를 우리 세계로, 우리가 사는 사회가 공유하는 현실

속으로 끌어들이려고 했지만……. 실제로는 만프레드 쪽이 자기 현실 속으로 당신을 끌어들인 거 아냐? 나는 예지능력 같은 건 믿지 않아. 애당초 그걸 이용해보려고 한 것이 잘못이었어. 그러니까 이번 일에서 손을 털고, 저 아이에게서 떨어져 나오면―"그녀는 창가에 서서 아래쪽 거리를 내려다보고 있는 만프레드 쪽을 흘끗 보았다. "저 아이와 인연을 완전히 끊으면 훨씬 좋아질 거야."

"그러기에는 때가 늦었어." 잭은 말했다.

"당신은 심리요법사도, 의사도 아냐." 도린은 말했다. "밀튼 글러브 박사는 매일매일 자폐증이나 분열증에 걸린 사람들 곁에 있는 것이 일이지만, 당신은― 당신은 어니가 충동적으로 말도 안 되는 생각을 한 탓에 얼떨결에 이 일에 관여하게 된 수리공이잖아. 단지 어니가 그 생각을 했을 때 우연히도 같은 방에서 녹음기를 고치고 있었다는 이유 하나만으로. 그런 식으로 수동적이 될 필요는 없어, 잭. 당신은 자기 인생을 우연에 맡기고 있어. 도대체 그런 수동성이 어디 기인하는 건지 정말로 모르겠다는 거야?"

잠시 후 그는 말했다. "알 것 같아."

"말해봐."

"분열증 환자는 수동적이 되는 경향이 있어. 그건 나도 알아."

"마음을 정해. 더 이상 이 일에 관여하지 마. 어니한테 전화를 걸어서 더 이상 만프레드를 다룰 수 없다고 말해. B-G 캠프로 돌려보내서 밀튼 글러브 박사의 치료를 받게 해야 한다고 말이야. 그 슬로모션 방은 거기서도 만들 수 있잖아. 그쪽에서도 이미 착수한 거 아니었어?"

"결코 완성시키지 못할 거야. 필요한 장비를 지구에서 수입할 거라고 하잖아. 그게 무슨 뜻인지 당신도 잘 알면서."

"당신도 결코 완성하지 못해. 왜냐하면 완성하기도 전에 일찌감치 미쳐버릴 테니까. 나도 미래를 예지할 수 있어. 뭐가 보이는지 알아? 당신이 지난번보다 훨씬 더 심각한 발작을 일으키는 게 보여. 당신이 — 심리적으로 완전히 무너지는 게 보인다고. 잭, 더 이상 이 일을 계속하다가는 반드시 그렇게 될 거야. 지금도 이미 분열증적인 불안에, 공포에 갈가리 찢기고 있잖아 — 안 그래? 내 말이 맞지?"

그는 고개를 끄덕였다.

"내 동생이 바로 그랬어." 도린은 말했다. "분열증적 공포 발작을 일으켰지. 다시는 잊을 수 없는 끔찍한 발작이었어. 주위의 현실이 붕괴하고……. 시간과 공간의 감각, 인과관계가 붕괴하기 시작하면……. 지금 당신에게 일어나고 있는 일이 바로 그거 아냐? 당신이 무슨 일을 하든 간에 오늘밤 어니와 만나는 것은 결코 피할 수 없다고 확신하는 것 같은데 — 그건 퇴행이고, 책임감을 가진 성숙한 성인의 자세가 아냐. 전혀 당신답지 않아." 도린은 깊은 한숨을 내쉬었다. 괴로운 듯이 가슴이 위아래로 움직인다. "어니한테 전화를 걸어서 당신이 이 일에서 손을 뗐고, 만프레드 일을 마무리짓고 싶으면 누군가 다른 사람을 찾아내야 할 거라고 얘기할게. 당신은 여전히 아무런 성과도 내지 못했기 때문에 그의 입장에서도 당신의 입장에서도 더 이상 계속하는 건 무의미하다고 말이야. 예전에도 어니가 이런 식으로 실패한 것을 본 적이 있어. 며칠, 혹은 몇 주 동안은 부글부글 끓고 있지만, 어느새 잊어버리곤 했지. 이번에도 그렇게 될 거야."

잭은 말했다. "이번 일은 잊지 않을 거야."

"시도는 해봐야 해."

"아냐. 오늘밤에 어니한테 가서 경과 보고를 해야 해. 그러겠다고 약속했어. 어니를 봐서라도 약속은 지켜야 해."

"당신은 구제불능의 멍청이야."

"알아. 하지만 당신이 생각하는 이유 때문은 아냐. 내가 멍청한 건 어떤 결과가 나올지 생각해보지도 않고 덥석 일 제안을 받아들였기 때문이야. 난—"그는 말꼬리를 흐렸다. "아마 당신 말이 옳은지도 모르겠군. 난 만프레드를 제대로 다룰 수 없어. 맞아. 바로 그거야."

"그래도 계속할 생각이면서. 오늘밤 어니한테 뭘 보여줄 거지? 지금 보여줘. 당장."

잭은 서류 봉투를 꺼냈고 안에서 만프레드가 그린 건물들 그림을 끄집어냈다. 도린은 오랫동안 그것을 훑어보다가 다시 그에게 건넸다.

"사악하고 병적인 그림이야." 그녀는 거의 들리지 않을 정도로 작은 목소리로 말했다. "뭔지 알 것 같아. '무덤 세계'의 그림 아냐? 저 아이가 그린 건 그거야. 사후의 풍경. 저 아이가 보는 건 그거고, 저 아이를 통해서 당신도 같은 걸 보기 시작했어. 그걸 어니한테 가지고 가겠다고? 현실 파악하는 능력이 떨어졌 군. 어니가 그런 소름끼치는 물건을 보고 싶어 할 것 같아? 당 장 태워버려."

"그렇게 소름끼치는 건 아니잖아."

잭은 도린이 보인 반응에 크게 동요했다.

"소름이 끼쳐. 당신이 그렇게 느끼지 않는다는 사실 자체가 극히 위험한 징후야. 처음에는 안 그랬지?"

수긍하는 수밖에 없었다.

"그렇다면 내 말이 맞는다는 것도 알 거 아냐?"

"그래도 가야 해. 오늘밤 어니 집에서 보자고." 그는 창가로 가서 만프레드의 어깨를 툭 쳤다. "자, 가자. 오늘밤 저 아줌마 를 다시 만날 거야. 미스터 코트도."

"잘 가, 잭." 도린은 현관까지 그를 배웅하며 말했다. 그녀의 검고 커다란 눈에는 절망의 빛이 서려 있었다. "무슨 말을 해도 당신을 막을 수 없다는 걸 알아. 당신은 변했어. 어제나 그저께 만 하더라도 지금보다는 더…… 생기가 있었는데. 당신도 그걸 알아?"

"아니. 몰랐어." 하지만 그런 소리를 들어도 놀라지는 않았 다. 그 자신도 팔다리를 무겁게 짓누르고, 가슴을 조여오는 압 박을 느끼고 있었던 것이다. 몸을 숙여 그녀의 풍만하고 달콤 한 입술에 입을 맞췄다. "이따 보자고."

그녀는 현관에 서서 그와 소년의 뒷모습을 말없이 바라보고 있었다.

저녁까지는 아직 시간이 있었기 때문에 잭 볼렌은 '학교'에 들러서 아들인 데이비드를 데리고 오기로 했다. 그가 그 어떤 것보다 더 두려워하고 있는 그곳으로 가면 도린의 말이 맞는지 틀린지 알 수 있을 것이다. 자기 자신의 무의식이 투영한 환영과 현실을 식별할 기력과 능력이 손상되었는지 아닌지를 확인하고 싶었다. 잭에게 '학교'는 지극히 중요한 장소였다. 그곳을 향해 이 컴퍼니 헬리콥터의 침로를 돌리자, 두 번째 방문도 잘 극복할 수 있을 것이라는 확신이 들었다.

그리고 만프레드가 그 장소에, 그곳의 시뮬라크르인 티칭머신들에게 어떤 반응을 보일지도 지독하게 궁금했다. 일단 '학교'의 교사들과 대면하면 만프레드가 지극히 의미심장한 반응을 보일 것이라는 예감을 줄곧 느끼고 있었다. 그 반응이 잭과 동일할지도 모르고, 정반대일지도 모르지만 말이다. 어떤 식으로든 반응은 할 것이라는 확신이 있었다.

그러나 곧 체념에 가까운 생각이 떠올랐다. 너무 늦은 게 아닐까? 이미 그의 일은 끝나지 않았는가. 어니는 일 자체가 무의미해졌기 때문에 포기하겠다고 말하지 않았나?

혹시 오늘밤 나는 이미 이곳에 왔다 간 것일까? 지금 몇 시지? 그는 소스라치게 놀랐다. 시간감각이 사라져버렸어.

"지금 우린 '학교'로 가고 있어." 그는 만프레드에게 속삭였다. "너도 좋지? 데이비드가 다니는 학교를 볼 수 있잖아."

소년의 눈이 기대로 번득였다. 응. 그는 이렇게 말하는 듯했다. 정말로 좋아. 당장 가.

"오케이." 잭은 이렇게 말했지만, 실제로는 남은 기력을 쥐어 짜서 가까스로 헬리콥터를 조종하고 있었다. 마치 정체된 거대 한 바다의 밑바닥에서 제대로 움직이지도 못하고 그저 숨을 쉬 기 위해 몸부림치고 있는 듯한 기분이었다. 하지만 왜?

모르겠다. 그는 필사적으로 조종을 계속했다.

11

미스터 코트의 피부 아래에는 미끈미끈하고 축축한 뼈무더기. 미스터 코트는 검게 그을렸지만 젖고 미끈거리는 뼈들이 든 자루. 미스터 코트의 머리는 초록색 것들을 씹어 먹는 해골. 그 안에 있는 초록색 것들은 뭔가에 잡아먹혔고, 썩어버렸다.

잭 볼렌도 거비쉬가 우글거리는 죽은 자루다. 거의 모든 사람이 속아 넘어가는, 예쁜 색깔로 칠해지고 좋은 냄새를 풍기는 바깥쪽이 미스 앤더튼 위를 구부정하게 덮고 있다. 그는 보았다. 그것이 추잡한 방식으로 미스 앤더튼을 원하고 있는 광경을. 축축하고 끈끈한 몸을 그녀 가까이로, 가까이로 흘려보내자 죽은 벌레말들이 입에서 쏟아져나오며 그녀 위로 떨어졌다. 죽은 벌레말들은 그녀가 입은 옷의 주름 사이로 후다닥 숨어들어갔고, 일부는 그녀의 살갗을 비집고 몸속으로 들어갔다.

"난 모차르트를 좋아해." 미스터 코트가 말했다. "어디 테이프를 틀어볼까."

옷이 따끔거린다. 머리카락과 먼지와 벌레말들의 배설물이 잔뜩 들어 있다. 그녀가 옷을 긁자 천은 갈기갈기 찢어졌다. 찢어진 천을 이로 물어 뜯어냈다.

미스터 코트가 앰프의 노브를 돌리며 말한다. "브루노 월터가 지휘한 거야. 레코드 녹음 황금기의 대단한 희귀품이지."

소름끼치는 쳇소리와 절규가 방 어딘가에서 흘러나왔고, 잠시 후 그녀는 그것이 자기 입에서 나오는 소리임을 깨달았다. 몸 안에서 경련이 일어났다. 그녀 안에서 우글거리는 시체 같은 것들이 마구 몸부림치며 밝은 방 안으로 기어나오려고 한다. 맙소사, 이런 것들을 어떻게 막으란 말인가. 그것들은 그녀의 모공에서 빠져나와 끈적거리는 실을 끌며 바닥에 떨어졌고, 판자 틈새로 후다닥 숨어들어갔다.

"미안해." 어니 코트가 중얼거렸다.

"깜짝 놀랐잖아." 그녀가 말했다. "제발 좀 살려줘, 어니." 그녀는 소파에서 일어나며 자기 몸에 매달린 검고 악취가 나는 물체를 밀어냈다. "당신의 그 유머감각에는 도저히―"

그쪽을 돌아보자 그녀는 몸에 걸친 마지막 옷을 벗어던진 참이었다. 어니는 릴테이프를 내려놓고 팔을 뻗으며 그녀에게 다가갔다.

"지금 해." 그녀는 말했다. 두 사람은 함께 바닥으로 쓰러졌다. 그는 자기 발로 입고 있는 옷을 벗기 시작했다. 발끝을 옷에 찔러넣고 갈가리 찢어발긴다. 그들은 서로를 꽉 포옹한 채 난로 아래의 어둠 속으로 굴러 들어가서 먼지와 열과 땀으로 뒤범벅이 되어 격렬하게 헐떡이고, 부딪쳤다. "더 해." 그녀는 양쪽 무릎으로 그의 옆구리를 쿡쿡 찌르며 말했다.

"일부러 그런 게 아냐." 그는 그녀를 바닥에 짓뭉개면서 말했다. 그녀의 얼굴에 더운 숨을 뿜는다.

난로 가장자리 너머에서 두 눈이 이쪽을 엿보고 있다. 어둠 속에 함께 누워 있는 두 사람을 바라본다— 감시하고 있다. 그것은 풀과 가위와 잡지를, 들고 있던 것을 모두 내팽개치고, 흡족한 눈으로 두 사람이 부딪치는 광경을 구경하고 음미하고 있다.

"저리 가." 그녀는 헐떡이며 말했다. 그러나 그것은 가려고 하지 않았다. "더." 그녀가 이렇게 말하자, 그것은 그녀를 보며 웃었다. 그녀와 그녀를 짓뭉개고 있는 것이 계속 부딪치는 동안에도 웃고, 또 웃었다. 그래도 그들은 멈출 수가 없었다.

더 거블 해줘. 그녀가 말한다. 거블 거블 거블 해줘. 네 거비쉬를 내 안에 넣고, 내 거비쉬 안에 넣어줘, 너 거블러. 거블 거블. 난 거블이 좋아! 멈추지 마. 거블, 거블 거블 거블 거블, **거블!**

잭 볼렌은 이 컴퍼니의 헬리콥터를 바로 밑에 있는 '학교'의 이착륙장으로 하강시키면서 만프레드를 흘끗 보았다. 무슨 생각을 하고 있는 것일까. 만프레드 슈타이너는 자신만의 생각 속에 파묻혀서 공허한 눈으로 밖을 응시하고 있었다. 섬뜩하게 일그러진 소년의 얼굴을 본 잭은 견디지 못하고 눈을 홱 돌렸다.

나는 왜 이 아이 일에 관여하는 것일까. 잭은 고민했다. 도린 말이 옳았다. 이것은 그의 능력을 넘어선 일이다. 게다가 잭 자신의 불안정하고 분열증적인 성향은 곁에 이 소년이 있는 것만으로도 요동치고 있었다. 그러나 어떻게 하면 이런 상황에서 빠져나올 수 있는지 감이 잡히지 않았다. 어차피 너무 늦었는지도 모른다. 시간은 붕괴했고, 나는 이 세계로 추방되었다. 자기만의 세계에 침잠해서 끊임없이 돌아다니는 삶밖에는 모르는 이 불행한 벙어리 생물과 함께 영원히 살아가야 하는 것이다.

그는 어느 정도 만프레드의 세계관을 흡수한 상태였고, 이것이 자신의 은밀한 해체를 촉진하고 있다는 사실은 명백했다.

오늘밤까지야. 잭은 생각했다. 오늘밤까지만 견뎌보기로 하자. 어떤 이유에서든 어니를 만날 때까지는 견뎌야 해. 그런 다음에는 이 모든 것을 팽개치고 나 자신의 공간으로, 나 자신의 세계로 돌아갈 수 있어. 그러면 두 번 다시 만프레드를 보지 않아도 돼.

어니, 제발 나를 도와줘.

"도착했어." 잭은 헬리콥터가 옥상의 발착장에 쿵 내려앉자 말했다. 시동을 껐다.

그 즉시 만프레드는 문으로 갔다. 빨리 나가고 싶은 눈치였다.

그럼 넌 이 장소를 구경하고 싶은 거로군. 잭은 생각했다. 왜일까. 일어서서 헬리콥터 문을 열어주었다. 그러자마자 만프레드는 옥상으로 뛰어내렸고, 아래층으로 이어지는 경사로를 후다닥 뛰어 내려갔다. 마치 어디로 가면 되는지 아는 것처럼.

잭이 헬리콥터에서 내렸을 때는 이미 소년의 모습은 보이지 않았다. 잭도 서둘러 경사로를 지나 학교 안으로 들어갔다.

도린 앤더튼과 어니 코트. 잭은 뇌까렸다. 내게 가장 중요한 두 사람. 바깥세상과의 접촉, 삶과의 유대를 가장 강하게 느끼게 해주는 두 사람. 그런데도 그 소년은 바로 그 부분을 침식해 들어왔고, 내게 주어진 가장 끈끈한 인간관계로부터 나를 격리시키려고 한다.

그 뒤에는 뭐가 남을까? 그는 자문했다. 일단 격리되면, 나머지 관계―내 아들, 내 아내, 내 아버지, 미스터 이―들은 거의 자동적으로 그 뒤를 따를 것이다. 아무런 저항도 하지 않고.

완전히 미친 이 소년에게 내가 한 걸음씩 착실하게 다가간다면, 무엇이 기다리고 있는지 알 것 같다. 정신병이 무엇인지 이제는 알 것 같다. 그것은 외부 세계의 사물을 지각하지 못하는 상태이며, 특히 따뜻한 가슴을 가진 사람들이 있는 세계로부터 완전히 격리되는 것을 의미한다. 그 뒤에 오는 것은 무엇일까? 끊임없이 몰려왔다가 후퇴하는 자기自己 속으로의 소름끼치는 몰입이다. 내부에 기인한 변화는 오로지 내부 세계에만 영향을 끼칠 뿐이다. 세계는 안과 밖으로 분열되고, 쌍방이 서로를 지각하는 일은 결코 없다. 양쪽 모두 계속 존재하기는 하지만, 이들의 길이 교차하는 일은 없다.

그것은 시간의 정지를 의미한다. 경험의, 새로운 것의 종말이다. 일단 정신병에 걸린 인간에게는 더 이상 어떤 일도 일어나지 않는다.

그리고 나는 그 가장자리에 서 있다. 아마 지금까지도 줄곧 그런 상태였는지도 모르겠다. 그런 성향은 처음부터 잠재되어 있었다. 그러나 이 소년은 나를 훨씬 먼 곳까지 데리고 왔다. 아니, 이 소년 덕에 먼 길을 왔다고 하는 편이 옳은지도 모르겠다.

고정되고 거대한, 응고한 자아가 모든 것을 소거하고, 모든 공간을 점유한다. 그런 다음에는 극도로 세밀한 변화조차도 최대한 주의 깊은 관찰의 대상이 된다. 이것이 만프레드의 현재 상태다. 처음부터 이랬다. 정신분열증의 최종 국면이다.

"만프레드, 기다려."

잭은 소년의 뒤를 따라 천천히 경사로를 내려갔고, '학교' 건물 내부로 들어갔다.

실비아 볼렌은 준 헤네시 집의 주방에 앉아 커피를 홀짝이며 최근의 고민거리에 관해 잡담을 하고 있었다.

"내가 그치들을 싫어하는 이유는," 그녀는 말했다. 슈타이너 가족 얘기였다. "솔직히 말해서 상스럽기 때문이야. 그런 노골적인 표현을 쓰면 안 된다는 건 알지만, 하루 종일 얼굴을 맞대고 있다 보면 도저히 무시할 수가 없어. 싫어도 그쪽에서 들이대는 걸 어떻게 해."

흰 반바지에 꽉 죄는 홀터 차림의 준은 맨발로 집 안을 돌아다니며 실내에 있는 화분들 위에 유리 피처에 담긴 물을 붓고 있었다. "그 사내아이는 정말 이상해. 걔가 제일 끔찍하지 않아?"

실비아는 몸을 부르르 떨며 대꾸했다. "게다가 매일 봐야 해.

잭이 그 아이와 관련된 일을 하고 있다는 얘기는 했었잖아. 그 아이를 인류의 일원으로 받아들이기 위한 일이라나. 하지만 난 기형이나 돌연변이 따위는 그냥 말살해버려야 한다고 생각해. 장기적인 관점에서 보면 그런 것들을 살려둔다는 것 자체가 백해무익이잖아. 당사자들에게도, 우리들에게도 하등 도움이 안 되는 잘못된 자비심에서 비롯된 거야. 그 아이는 죽을 때까지 누군가의 도움을 받으면서 살아가야 해. 시설에서 한 발자국도 못 나오는 거야."

준은 빈 피처를 들고 주방으로 돌아와서 말했다. "저번에 토니가 뭘 했는지 얘기해줄까." 토니는 준의 애인이었다. 준은 토니와 여섯 달 전부터 관계를 가져왔고, 그에 관련된 내용을 다른 여자들—특히 실비아—에게 꼬치꼬치 보고하는 버릇이 있었다. "제네바 II에 갔을 때 함께 점심을 먹었어. 프랑스 요리점이었는데, 토니가 잘 안다고 해서. 에스카르고를 먹었지— 달팽이 요리 말이야. 껍질째로 나오는데, 길이가 1피트는 되어 보이는 끔찍하게 생긴 포크로 안을 파먹었어. 물론 암시장에서 나온 거야. 알아? 암시장에서 나온 고급식품만 전문적으로 요리해서 파는 레스토랑이 있다는 걸? 토니가 거기로 데려가기 전까지는 나도 몰랐어. 물론 어느 레스토랑인지 이름을 얘기해줄 수는 없지만 말이야."

"달팽이라." 실비아는 혐오스럽다는 듯이 말했다. 속으로는 자신에게 그런 곳으로 데려가줄 애인이 있다면 어떤 멋진 요리들을 주문했을까 하는 생각을 하고 있었지만 말이다.

바람을 피운다는 것은 어떤 느낌일까? 쉽지는 않겠지만, 남편에게 그 사실을 숨길 수만 있다면 그럴 가치가 있는 일인지도 모른다. 문제는 물론 데이비드였다. 요즘에는 잭도 집에서 일을 하는 시간이 길어졌고, 시아버지도 방문 중이다. 게다가 옆집에 슈타이너 부인이 있으니 애인을 집에 들이는 것은 논외였다. 단박에 그 뚱뚱하고 볼품없는 하우스프라우*의 눈에 띌 것이 뻔하고, 단박에 눈치를 채고 예의 프로이센적인 의무감을 발휘해서 잭에게 고자질할 것이 뻔하다. 하지만 위험 또한 외도의 매력 중 하나가 아니던가? 그런 스릴은 일종의 양념이 되어주지는 않을까?

"네 남편이 알아차리면 어떻게 될 것 같아?" 실비아는 준에게 물었다. "갈기갈기 찢어버리려고 할까? 잭이라면 그러고도 남을 거야."

"마이크도 나하고 결혼한 뒤에 여러 번 바람을 피웠어. 화를 내면서 아마 나를 쥐어박거나 하겠지. 그런 다음엔 여자친구하고 일주일쯤 여행을 갈지도 모르겠군. 물론 애들은 나한테 떠맡기고 말이야. 하지만 곧 잊어버릴 거야."

잭은 바람을 피운 적이 있을까. 실비아는 생각했다. 그럴 것 같지는 않았다. 만에 하나 잭이 바람을 피우고, 내가 그 사실을 알아냈을 경우 나는 어떻게 행동할까? 결혼생활을 끝내려고 할까? 그렇겠지. 당장 변호사를 고용할 것이다. 아니, 정말로 그럴

---

* Hausfrau. 독일어로 가정주부를 의미한다.

까? 그때가 되어보지 않으면 모를 것이다…….

"시아버지하고는 잘 지내?" 준이 물었다.

"아, 나쁘지 않아. 오늘은 잭하고 슈타이너의 아들하고 세 명이서 어딘가로 일하러 간다고 했어. 사실 아버님과는 그리 얼굴을 맞댈 기회가 없어. 애당초 화성에 온 것도 일 때문이거든— 그런데 준, 너 몇 번이나 바람을 피웠어?"

"여섯 번."

"세상에. 난 한 번도 못 해봤는데."

"생리적으로 안 맞는 여자도 있어."

이 말은 실비아의 귀에는 상당히 개인적인 모욕으로 들렸다. 대놓고 해부학적인 욕을 한 것이 아니라면 말이다. "그게 무슨 뜻이야?"

"성격적으로 일을 못 저지른다는 뜻이야." 준은 의뭉스럽게 대꾸했다. "매일같이 복잡한 허구를 지어내고 그걸 유지하는 건 아무나 할 수 있는 일이 아니거든. 이를테면 나는 마이크에게 이런저런 거짓말로 변명하는 걸 즐겨. 하지만 넌 달라. 넌 단순하고 직정적인 성격이고, 거짓말 같은 건 애당초 취미가 아니잖아. 어차피 좋은 남편을 뒀으면서 왜 그래." 그녀는 자기 판단의 적절함을 강조하려는 듯이 눈썹을 치켜 올렸다.

"잭은 일주일 내내 집에 안 돌아온 적도 많았으니까 그땐 나도 한 번쯤은 바람을 피울 수도 있었을 거야. 하지만 지금은 힘들어졌지." 실비아는 길고 따분한 오후 시간을 채워줄 수 있는 것을 갈망했다. 뭔가 창조적이거나, 쓸모가 있거나, 재미있는 일을 말이다. 남의 집 부엌에서 몇 시간 동안 커피를 마시며 소일하는 일은 이제 신물이 난다. 그토록 많은 여자들이 바람을 피우는 것도 전혀 이상한 일이 아니다. 그러든지, 미치든지 둘 중 하나이기 때문이다.

"정서생활이 남편과의 교류만으로 한정되어 있다면," 준 혜네시가 말했다. "판단 기준 자체가 아예 없는 거나 마찬가지야. 싫든 좋든 남편이 주는 것에만 만족하는 수밖에 없지. 하지만 다른 남자들하고 자면 남편의 결점이 뭔지 보여. 훨씬 더 객관적으로 남편을 바라볼 수 있게 되는 거지. 어디를 개선하면 되는지 알면 남편에게 확실하게 요구할 수도 있어. 너도 너의 모자라는 점이 무엇인지를 알 수 있고. 다른 남자들을 통해서 자기를 연마하는 거지. 그러면 남편도 더 만족하게 되고 말이야. 누구도 손해 보는 장사가 아니잖아."

이런 애기를 들으니 외도는 누구에게나 유익하고 좋은 일인 것처럼 느껴졌다. 남편조차도 득을 보는 것이다.

커피를 마시며 이런 생각을 하다가 문득 창밖을 보자, 놀랍게도 헬리콥터가 한 대 착륙하는 중이었다. "저건 누구?" 실비아가 물었다.

"글쎄. 영문을 모르겠네." 준은 창밖을 바라보며 말했다.

헬리콥터는 집 근처까지 굴러와서 멈췄다. 문이 열리더니 검은 머리를 한 잘생긴 사내가 내려왔다. 선명한 나일론 셔츠에 넥타이를 매고, 긴 바지를 입고 있었다. 발에는 고급스러운 유럽산 로퍼를 신고 있었다. 두 개의 육중한 여행가방을 든 블리크맨이 그 뒤를 따라왔다.

실비아는 검은 머리의 사내가 가방을 든 블리크맨을 대동하고 집으로 성큼성큼 다가오는 광경을 보고 가슴이 떨리는 것을 느꼈다. 그녀가 상상하던 준의 애인 토니는 바로 저런 사내였다.

"어머." 준이 말했다. "저게 누굴까. 세일즈맨인가?" 노크 소르가 들리자 준은 현관문 쪽으로 갔다. 실비아도 커피잔을 내려놓고 그 뒤를 따랐다. 문 앞에서 준이 멈춰 섰다. "어쩜 옷이 좀." 그녀는 신경질적으로 반바지에 손을 갖다 댔다. "침실로 가서 옷을 갈아입고 올 테니까 여기서 얘기하고 있어. 오늘 모르는 사람이 집에 올 거라고는 생각하지 않았거든. 이런 외딴 집에서 남편도 없이 있을 때는 조심해야 해." 그녀는 머리카락을 휘날리며 침실로 후다닥 뛰어 들어갔다.

실비아는 현관문을 열었다.

"안녕하십니까." 잘생긴 사내는 지중해 연안이 고향인 사람 특유의 새하얀 이를 드러내며 씩 웃었다. 희미하게 그쪽 억양이 남아 있다. "안주인 되십니까?"

"그렇다고도 할 수 있겠죠."

실비아는 이렇게 대답했지만, 수줍고 어색한 느낌을 금할 수가 없었다. 자기 몸을 흘끗 내려다보며, 이렇게 현관에 서서 외간남자와 얘기를 나눠도 문제가 없는 얌전한 복장을 하고 있는지 확인했다.

"이미 잘 아실 수도 있겠지만, 뛰어난 효능을 가진 것으로 유명한 건강식품들을 소개해드리려고 왔습니다." 사내가 말했다.

그녀의 얼굴을 바라보고 있었지만, 실비아는 그가 다른 부분들까지 세세하게 관찰하고 있다는 느낌을 받았다. 그 탓에 한층 더 신경이 쓰였지만 나쁜 기분은 아니었다. 사내의 태도에는 묘하게 매력적인 데가 있었다. 조금 수줍어하면서도 거리낌 없는 느낌이랄까.

"건강식품이라." 그녀는 중얼거렸다. "어떤 것들이—"

사내가 고개를 까닥하자 블리크맨 일꾼이 앞으로 걸어나와 가방 하나를 내려놓고 열어 보였다. 바구니, 병, 종이상자가 가득 차 있었다……. 실비아는 흥미를 느꼈다.

"고압 균질 처리를 거치지 않은 피넛 버터." 사내는 말했다. "고객님의 날씬한 몸을 유지하기 위한 다이어트용 무열량 과자도 있습니다. 맥아. 이스트. 비타민 E. 이건 몸에 활력을 주는 비타민인데…… 물론 고객님처럼 젊으신 여성분은 아직 필요 없습니다만." 사내는 잇달아 상품을 꺼내 들며 매끄러운 목소리로 설명을 계속했다. 실비아는 몸을 수그리고 구경을 하던 중에 서로 어깨가 닿을 정도로 접근해 있다는 사실을 퍼뜩 깨닫고 놀란 기색으로 재빨리 뒤로 물러났다.

치마를 입고 털실로 짠 스웨터를 입은 준이 침실 문으로 잠깐 몸을 드러냈다. 잠시 이쪽을 보고 있다가 다시 안으로 들어가며 문을 닫았다. 사내는 그 사실을 알아차리지도 못했다.

"그리고 젊은 여성분들은 이런 진미 쪽을 더 마음에 들어하실 것 같군요— 이런 것 말입니다." 사내는 유리병을 들어 보였다. 실비아는 놀라 숨을 들이켰다. 캐비어였다.

"세상에." 그녀는 매료된 표정으로 말했다. "도대체 어디서 그런 걸 손에 넣었죠?"

"비싸게 먹혔지만 그럴 가치는 있습니다." 사내의 검은 눈이 그녀의 눈을 뚫어지게 바라보았다. "그렇게 생각하시지 않습니까? 고향인 지구를 다시 생각나게 하는 음식입니다. 부드러운 촛불 아래에서 오케스트라의 음악에 맞춰 춤을 추는 듯한⋯⋯ 귀와 눈을 즐겁게 해주는 다채로운 장소들에서의 로맨스." 그는 그녀를 향해 활짝 웃어 보였다.

밀수품. 그녀는 깨달았다.

심장이 방망이질하며 목까지 올라오는 것 같았다. "실은 여긴 우리 집이 아네요. 난 저 운하를 따라서 1마일쯤 떨어진 곳에 살아요." 그녀는 그쪽을 가리켰다. "이것들이 ― 상당히 마음에 드네요."

사내의 미소는 실비아의 가슴을 타오르게 만들었다.

"여기 한 번도 온 적이 없죠. 그렇죠?" 그녀는 동요한 나머지 더듬거리며 말했다. "한 번도 본 적이 없는 얼굴인데. 이름이? 퍼스트 네임이 뭐예요?"

"오토 지트라고 합니다." 이러면서 명함을 건넸지만 실비아는 제대로 보려고 하지도 않았다. 사내의 얼굴에서 도저히 눈을 떼기가 힘들었기 때문이다. "오랫동안 이 일을 해왔습니다만, 극히 최근에 예기치 않은 사태가 일어나서 완전히 새로 시작했습니다. 그래서 이제는 제가 이렇게 직접 고객님들을 뵙고 다니게 됐습니다. 지금처럼 말입니다."

"또 오실 건가요?"

"예. 늦은 오후가 되겠지만…… 저희 회사에서 독점 판매하고 있는 고급스러운 수입 식품들을 차분하게 구경하실 수 있도록 하겠습니다. 그럼 이만." 그는 고양이처럼 기민한 동작으로 일어섰다.

준이 다시 나타났다. "안녕하세요." 그녀는 낮고 신중하지만 호기심 어린 목소리로 말했다.

"제 명함입니다." 오토는 돋을새김이 된 흰 명함을 내밀었다. 두 여자는 각자 명함을 들고 뚫어지게 보았다.

오토는 눈치 빠르고 붙임성이 있는 미소를 지어 보이면서 블리크맨 하인에게 다른 가방을 열어 보이라는 신호를 보냈다.

B-G 캠프의 사무실 안에 앉아 있던 밀튼 글러브 박사는 복도에서 여자가 말하는 소리를 들었다. 허스키하고 위압적인 목소리였지만, 여자 목소리라는 데는 의심의 여지가 없었다. 정중한 어조로 대답하는 간호사의 목소리를 듣고 그는 문제의 여자가 아들인 샘을 만나러 온 앤 에스터헤이지라는 사실을 알아차렸다.

파일함의 E항목을 열고 에스터헤이지, 새뮤얼이라고 쓰인 폴더를 찾아내서 책상 위에 놓고 펼쳤다.

흥미로운 케이스다. 이 소년은 앤 에스터헤이지가 어니 코트와 이혼하고 나서 1년 뒤에 낳은 사생아였다. 그래서 B-G 캠프에 들어왔을 때도 어머니의 성을 쓰고 있었다. 그러나 소년이 어니의 아들이라는 점은 명백했다. 폴더에는 어니에 관한 상세한 정보가 잔뜩 들어 있었다. 담당 의사들이 두 사람의 혈연관계를 당연한 것으로 받아들였기 때문인 듯했다.

어니와 앤이 이혼한 것은 오래전의 일이지만, 두 사람은 여전히 만나고 있으며, 아이까지 낳을 정도로 가깝게 지내고 있다는 점은 명백했다. 따라서 이 두 사람 사이의 유대는 단순한 사업상의 관계만은 아니라는 얘기가 된다.

글러브 박사는 잠시 이 정보를 어떤 식으로 이용할 수 있을지 궁리하고 있었다. 어니에게는 적이 있을까? 그가 아는 한은 없었다. 누구나 어니를 좋아했다— 그러니까, 밀튼 글러브 박사를 제외하면 말이다. 어니에게 뒤통수를 맞은 사람은 화성에서는 글러브 박사가 유일하다는 점은 명백해 보였다. 이 사실을 깨달아도 기분은 전혀 좋아지지 않았지만 말이다.

그 사내는 잔인하고 거만하기 짝이 없는 방법으로 나를 괄시했어. 글러브 박사는 지금까지 수없이 되풀이해왔던 생각을 다시 곱씹었다. 하지만 이제 와서 어떻게 하란 말인가? 어니에게 청구서를 보낼 수는 있다……. 약소하게나마 자문료를 받는 것이다. 그러나 그 정도 가지고서는 아무 소용도 없다. 그는 더 큰 복수를 원했고, 또 그럴 만한 자격이 있었다. 글러브 박사는 또다시 폴더의 진료 기록을 찬찬히 읽었다. 묘한 표본이다. 이 새뮤얼 에스터헤이지라는 녀석은. 마치 고대에 존재했지만 결국 살아남지 못한 양서兩棲 원시 인류의 일종처럼 보인다. 그러자 몇몇 인류학자들이 주창한 학설이 생각났다. 인류가 해변이나 여울에 살던 수서 유인원으로부터 진화했다는 가설 말이다.

샘의 지능지수는 겨우 73에 불과했다. 안타깝군.

……이럴 경우, 샘이 비정상이라기보다는 오히려 정신지체아의 범주에 들어간다는 사실을 문득 깨달았다. B-G 캠프는 순수한 정신지체아들을 수용하기 위한 시설이 아니었고, 실제로 원장인 수전 헤인즈는 단순한 저능아로 판명된 몇몇 유사 자폐아들을 부모에게 되돌려보낸 적이 있다. 물론 이렇게 선별에 문제가 생기는 이유는 진단이 어렵기 때문이다. 게다가 새뮤얼의 경우는 육체적인 기형을 수반하고 있기 때문에…….

의심의 여지가 없군. 글러브 박사는 결론을 내렸다. 충분한 근거가 있으니까 앤의 아들을 집으로 돌려보낼 수 있어. '학교'도 교과 과정을 그 아이의 지능 수준에 맞추기만 한다면 아무 문제 없이 교육할 수 있다. 그 소년이 '비정상'인 것은 어디까지나 육체적인 부분에 한정되고, 육체적인 장애아를 돌보는 것은 우리 캠프의 목적이 아니다.

하지만 이런 결론을 내린 나의 동기는 무엇일까? 그는 자문했다.

아마 나를 잔인하게 대한 어니에게 복수를 하고 싶어서 그러는 것인지도 모르겠다.

아니, 그럴 리가 없어. 나는 복수를 추구하는 심리 유형이 아니잖아. 그런 행동은 항문 배설형이나 구순 공격형에 더 어울려. 그는 이미 오래전에 자기 자신을 성숙한 생식 행위를 추구하는 성기형으로 분류한 적이 있다.

그렇다고는 해도, 어니와의 다툼이 앤의 아들 폴더를 보게 만든 원인이라는 사실을 부정할 수는 없었다……. 따라서 다소의 인과관계는 존재한다는 얘기가 된다.

자료를 샅샅이 읽어보던 중 또다시 앤과 어니 사이의 기이한 관계에 놀라지 않을 수가 없었다. 결혼생활에 종지부를 찍고 몇 년이나 지난 뒤에도 성적인 관계를 가지다니. 그럴 것이라면 애당초 왜 이혼했을까? 아마 두 사람 사이에 권력에 관련된 심각한 알력이 있었는지도 모르겠다. 앤은 누가 보아도 고집이 센 여장부 타입이고, 융이 말하는 '아니무스 과잉'에 딱 들어맞는다. 그런 타입의 여성을 제어하려면 처음부터 뚜렷한 역할을 취해야 한다. 남성은 즉각적으로 권위적 지위를 확립하고 결코 그것을 포기해서는 안 된다는 뜻이다. 가부장제의 화신이 되지 않고서는 단박에 패배하는 것이 고작이다.

글러브 박사는 폴더를 내려놓고 어슬렁거리며 놀이방으로 갔다. 그는 곧 앤을 찾아냈다. 그녀는 자기 아들과 공기놀이를 하고 있었다. 그쪽으로 가서, 그녀 쪽에서 그가 왔다는 사실을 깨닫고 놀이를 멈출 때까지 구경하며 기다렸다.

"안녕하세요, 글러브 박사님." 그녀는 쾌활한 어조로 말했다.

"안녕하십니까, 에스터헤이지 씨. 으음, 나중에 가실 때 제 사무실에서 잠깐 뵐 수 있겠습니까?"

여자의 자신만만한 표정이 한순간 불안으로 어두워지는 것을 보고 그는 만족감을 맛보았다. "물론입니다, 글러브 박사님."

20분 뒤에 그는 책상을 사이에 두고 그녀를 마주보고 있었다.

"에스터헤이지 씨, 아드님이 처음으로 이 B-G 캠프에 왔을 때 장애의 정체에 관해서 상당한 의문이 제기됐습니다. 처음에는 정신장애의 영역에 속하는 것으로 간주되었죠. 아마 외상성 신경증이든가, 아니면—"

여자는 단호한 어조로 끼어들었다. "선생님, 샘은 학습능력에 결함이 있는 것을 제외하면 아무 문제도 없으니까 이곳에 머물 수가 없다, 이런 얘기를 하시려는 겁니까?"

"육체적인 결함도 있습니다."

"하지만 그건 선생님이 관여할 문제가 아니죠."

글러브는 마지못한 표정으로 고개를 끄덕였다.

"언제 집으로 데리고 가야 하나요?"

얼굴은 하얗게 핏기가 가셨고, 몸을 부들부들 떨고 있었다. 양손으로 핸드백을 꽉 움켜쥔다.

"아. 사흘이나 나흘, 아니면 적어도 일주일 이내에는 그래 주시면 좋겠습니다."

그녀는 손가락 밑동의 관절을 입에 대고 자근자근 씹으며 퀭한 눈으로 사무실 바닥에 깔린 융단을 내려다보았다. 시간이 흘렀다. 이윽고 그녀는 떨리는 목소리로 말했다. "선생님, 아마 알고 계시겠지만, 저는 이 B-G 캠프의 폐쇄를 목적으로 UN에 상정된 법안에 대한 반대운동에 적극적으로 관여해왔습니다." 그녀의 목소리에 다시 힘이 돌아왔다. "만약 제가 샘을 부득이 이곳에서 데리고 나가야 한다면, 그 일에서 완전히 손을 떼겠습니다. 그럴 경우 법안이 통과되리라는 점은 보장해도 좋습니다. 그리고 수전 헤인즈에게는 왜 제가 손을 떼는지 이유를 설명하겠습니다."

차가운 충격이 밀튼 글러브 박사의 마음을 천천히 지나갔다. 뭐라고 말해야 할지 알 수가 없었다.

"무슨 뜻인지 이해하셨나요, 선생님?"

그는 가까스로 고개를 끄덕였다.

앤은 의자에서 일어나며 말했다. "선생님, 저는 오랫동안 정치에 관여해왔습니다. 어니 코트는 제가 몽상적인 사회운동가이고 아마추어에 불과하다고 생각하지만, 그건 사실이 아닙니다. 경우에 따라서는 융통성 있게 정치적인 거래를 할 용의가 얼마든지 있으니까요."

"그렇군요." 글러브 박사는 말했다. "잘 알겠습니다." 그는 반사적으로 함께 일어나서 사무실 문까지 그녀를 배웅했다.

"샘 얘기는 두 번 다시 꺼내지 말아주세요." 여자는 문을 열며 말했다. "생각만 해도 너무 고통스러워서요. 제 입장에서는 단순한 비정상아로 보는 쪽이 훨씬 더 마음이 편합니다." 그녀는 그를 똑바로 마주보았다. "제 자식을 정신지체아라고 간주하는 것 자체가 불가능하니까요." 그녀는 몸을 돌리고 빠른 걸음으로 자리를 떠났다.

아무래도 일을 망쳐버린 것 같군. 글러브 박사는 떨리는 손으로 문을 닫으며 생각했다. 그 여자는 명백히 가학적加虐的 성향을 갖고 있어 — 가차 없는 공격성에 강력한 적대감이 결부되어 있는 형태로.

책상 앞에 앉아 담배에 불을 붙이고, 힘없이 연기를 뿜으며 어떻게든 냉정을 되찾아보려고 노력했다.

잭 볼렌은 '학교'로 내려가는 경사로 끝에 도달했지만 만프레드의 모습은 보이지 않았다. 총총걸음으로 지나가는 아이들 몇 명은 교사들에게 가는 것이리라. 잭은 소년이 어디로 갔을까 의아해하며 근처를 돌아다니기 시작했다. 왜 이렇게 빨리 사라진 것일까? 이상하다.

앞쪽에서 몇몇 아이들이 선생을 에워싸고 있었다. 키가 크고, 백발에 북슬북슬한 눈썹을 가진 신사였다. 잭은 그가 마크 트웨인임을 알아차렸다. 그러나 그곳에 만프레드는 없었다.

잭이 옆을 지나가려고 하자, 마크 트웨인은 아이들을 상대로 한 독백을 중단하고 시가를 몇 번 뻐끔거리더니 잭의 등에 대고 말했다. "거기 그 친구, 혹시 도움이 필요하나?"

잭은 멈춰 서서 말했다. "여기로 데려온 어린아이를 찾고 있어."

"어린 학생들은 모두 아는데." 마크 트웨인 티칭머신이 대답했다. "이름이 뭔가?"

"만프레드 슈타이너."

잭이 인상착의를 설명하자 티칭머신은 주의 깊게 귀를 기울였다.

"흐음." 잭의 얘기가 끝나자 잠시 시가를 피우다가 아래로 내렸다. "지금은 로마 황제인 티베리우스와 대화하고 있는 것 같군. 이 조직의 운영을 맡고 있는 책임자한테서 들은 얘기에 따르면 그래. 주 회로 얘기를 하고 있는 걸세."

티베리우스. 그런 인물까지 '학교'에 있는 줄은 몰랐다. 비열하고 정신이 이상한 역사상의 인물이 아니던가. 잭의 표정을 보고 마크 트웨인은 그가 무슨 생각을 하고 있는지 알아차린 듯했다.

"이 학교에는 학생들이 흉내내야 할 교사들뿐만 아니라, 최대한 조심해서 피해야 하는 행동이 무엇인지를 가르쳐주는 반면교사들이 있다네. 학교를 편답해보면 알겠지만, 온갖 악당, 해적, 건달들이 늘어서서 비통하고 구슬픈 어조로 자신의 교훈적인 이야기를 들려줌으로써 젊은이들에게 경고를 주는 광경을 목격하게 될 걸세." 마크 트웨인은 또다시 시가를 뻐끔거리며 윙크를 해보였다. 잭은 당혹스러워하며 그 자리를 떠났다.

임마누엘 칸트 앞에서 멈춰 서서 길을 물었다. 그를 에워싸고 있던 10대 학생 몇이 옆으로 비켜주었다.

"티베리우스는 저쪽으로 가면 있네." 칸트는 강한 악센트가 섞인 영어로 말하며 반론을 용납하지 않는 태도로 그쪽을 가리켰다. 전혀 의문의 여지가 없다는 투였다. 잭은 서둘러 그가 가리킨 복도로 나아갔다.

곧 몸집이 호리호리하고 섬약해 보이는 백발의 로마 황제가 보였다. 생각에 잠긴 듯한 표정을 짓고 있었지만, 잭이 다가가서 입을 열기도 전에 그를 향해 고개를 돌렸다.

"자네가 찾는 소년은 이미 지나갔네. 자네 것인가? 실로 매력적인 젊은이더군." 그러고는 다시 묵상에 빠진 것처럼 입을 다물었다. 실제로는 학교의 주 회로와 다시 접속하고 있다는 사실을 잭은 알고 있었다. 주 회로는 모든 티칭머신을 써서 만프레드를 찾고 있었다. "지금은 누구하고도 얘기하고 있지 않군." 잠시 후 티베리우스가 말했다.

잭은 계속 걸어갔다. 중년의 눈이 안 보이는 여자가 그의 배후를 향해 미소 지었다. 누구인지는 알 수 없었고, 함께 얘기를 나누는 아이들도 없었다. 그러나 그녀는 대뜸 입을 열고 말했다. "당신이 찾는 아이는 스페인의 펠리페 2세와 함께 있어요." 여자는 오른쪽 복도를 가리켰고, 묘한 어조로 말했다. "부탁이니 서둘러주세요. 최대한 빨리 학교에서 데리고 나가주시면 좋겠네요. 감사합니다." 그러더니 갑자기 침묵했다. 잭은 서둘러 여자가 가리킨 복도를 향해 갔다.

복도로 들어가자마자 수염을 기른 고행자처럼 생긴 펠리페 2세의 모습이 눈에 들어왔다. 만프레드는 없었지만, 잭은 눈에 보이지 않는 소년의 에센스 같은 것이 주위에 떠돌고 있는 느낌을 받았다.

"방금 여길 떠났네, 친구." 티칭머신이 말했다. 아까 만난 중년 여성의 입에서 나왔던 것처럼 묘하게 다급한 목소리였다. "부탁이니 빨리 찾아내서 데리고 나가주면 고맙겠네."

잭은 대뜸 복도를 달리기 시작했다. 차가운 공포가 그를 감작였다.

"……정말 고맙겠네." 흰 로브를 입고 의자에 앉아 있는 인물이 지나가는 그를 향해 말했다. 프록코트를 입은 잿빛 머리카락의 사내도 학교의 다급한 부탁을 되풀이했다. "……최대한 빨리."

복도 모퉁이를 돌자 만프레드가 있었다.

소년은 혼자서 바닥에 앉아 벽에 등을 기대고 고개를 떨구고 있었다. 깊은 생각에 잠긴 것처럼.

잭은 허리를 굽히고 말했다. "왜 도망쳤어?"

소년은 반응하지 않았다. 잭이 손을 대도 여전히 아무 반응도 없다.

"괜찮아?" 잭이 물었다.

그러자마자 소년은 몸을 뒤척였고, 일어서서 잭을 마주보았다.

"왜 그래?" 잭이 힐문했다.

대답은 없었지만, 소년의 어두운 얼굴에는 배출할 길이 없는 흐릿하고 왜곡된 감정이 깃들어 있었다. 시선은 그를 향하고 있었지만 공허했다. 완전히 자기 자신에만 몰입해서 바깥 세계로 빠져나오지 못한 상태.

"어떻게 된 거야?"

잭은 재차 물었지만, 결코 대답을 들을 수 없으리라는 사실을 알고 있었다. 눈앞의 이 생물이 자기 감정을 표현할 방법은 존재하지 않는다. 단지 침묵만이, 완전한 의사소통의 결여가, 결코 채워질 수 없는 공허함만이 존재했다.

소년은 고개를 돌렸고, 다시 바닥에 웅크리고 앉았다.

"여기서 기다려. 데이비드를 데려오라고 말해야겠어."

그가 피곤한 표정으로 복도에서 나가갔을 때도 만프레드는 미동도 하지 않았다. 티칭머신과 마주치자 잭은 말했다. "데이비드 볼렌의 아버지인데, 그 아이를 여기 데려다주십시오. 집으로 데려갈 겁니다."

토머스 에디슨 티칭머신이었다. 노인은 고개를 들며 깜짝 놀란 표정을 지었고, 귀에 손을 갖다 댔다. 잭은 같은 말을 되풀이했다.

그것은 고개를 끄덕이며 말했다. "거블 거블."

잭은 그것을 빤히 응시했다. 그러고는 고개를 돌려 만프레드 쪽을 보았다. 소년은 여전히 벽에 등을 기대고 축 늘어져 있었다.

토머스 에디슨 티칭머신은 또다시 입을 열고 잭에게 말했다. "거블 거블." 이것이 전부였다. 티칭머신은 침묵했다.

내가 이상해진 걸까. 잭은 자문했다. 드디어 완전히 발광해버린 걸까. 그게 아니면—

다른 가능성은 도저히 받아들이기 힘들었다. 그런 일이 가능할 리가 없다.

복도 안쪽에서 다른 티칭머신이 아이들에게 말을 하고 있었다. 멀리서 금속적인 목소리가 울렸다. 잭은 귀를 기울였다.

"거블 거블." 아이들에게 이렇게 말하고 있었다.

그는 눈을 감았다. 모든 것을 뚜렷하게 자각했다. 그 자신의 정신이, 그 자신의 오감이 전하는 것들은 틀리지 않았다. 그가 듣고 보는 일은 실제로 일어나고 있었다.

만프레드의 존재가 '학교'의 가장 깊은 곳까지 침입해서 그 구조를 침식하고 있었다.

12

밀튼 글러브 박사가 B-G 캠프의 사무실 책상 앞에 앉아서 앤 에스터헤이지의 태도에 관해 고민하고 있었을 때, 그는 긴급 연락을 받았다. UN '공립학교'의 주 회로였다.

"선생님." 억양이 없는 단조로운 목소리였다. "바쁘실 텐데 죄송하지만 도움이 필요합니다. 남성 시민 하나가 명백한 정신 착란 상태에서 저희 건물 안을 돌아다니고 있습니다. 직접 오셔서 데려가주셨으면 좋겠습니다."

"물론 그래야지." 글러브 박사는 나직하게 말했다. "당장 가겠네."

곧 그는 헬리콥터를 몰고 뉴 이스라엘에서 '학교'로 이어지는 사막 상공을 날고 있었다.

헬리콥터를 착륙시키자 중년 여자 모습을 한 주 회로가 기다리고 있었다. 그녀는 글러브 박사를 이끌고 빠른 걸음으로 건물 안으로 들어가서 폐쇄된 복도 앞으로 갔다. "아이들로부터 격리해놓는 편이 낫다고 생각했습니다." 그녀는 이렇게 설명하며 차단벽을 되말고 복도를 다시 출현시켰다.

망연자실한 표정을 한 낯익은 사내가 서 있었다. 그러자마자 글러브 박사는 본의 아니게 만족감을 맛보았다. 분열증이 드디어 잭 볼렌을 따라잡았군. 잭의 두 눈은 초점이 맞지 않았다. 긴장성 마비와 극도의 흥분 상태 사이를 오락가락하고 있는 것이 분명했다. 녹초가 된 표정이었다. 그리고 잭의 곁에는 글러브가 아는 사람이 하나 더 서 있었다. 만프레드 슈타이너. 상체를 수그린 자세로 복도에 웅크리고 앉아 있었다. 소년 역시 극도의 퇴행 징후를 보이고 있었다.

이런 두 사람이 함께 다녔으니 좋은 결과가 나올 리가 없지. 글러브 박사는 생각했다.

주 회로의 도움을 받아 잭과 만프레드 양쪽 모두를 헬리콥터에 태웠다. 곧 그들은 뉴 이스라엘의 B-G 캠프를 향해 날아가고 있었다.

등을 구부리고 양손을 꽉 쥔 잭이 입을 열었다. "무슨 일이 일어났는지 얘기하고 싶습니다."

"얘기해보게."

글러브 박사는 마침내 통제력을 되찾은 듯한 기분을 느끼며 말했다.

잭은 불안정한 목소리로 말했다. "아들을 데리고 오려고 학교로 갔습니다. 만프레드와 함께." 그는 몸을 비틀고 만프레드를 보았다. 소년은 여전히 강직증強直症에 빠져 있었다. 팔다리를 움츠린 자세로 조각상처럼 꼼짝도 않고 바닥에 쓰러져 있다. "만프레드는 제게서 도망쳤습니다. 그러자— 나와 학교 사이의 커뮤니케이션이 두절됐습니다. 제가 들은 거라고는—" 그는 입을 다물었다.

"휠리 아 두."* 글러브 박사는 중얼거렸다. 두 명의 광기.

잭이 말했다. "학교의 말이 아니라 만프레드의 말이었습니다. '교사'들의 입에서 그가 하는 말이 흘러나오는 것을 들었던 겁니다." 그는 또다시 침묵했다.

"만프레드는 강렬한 자아를 갖고 있거든." 글러브 박사는 말했다. "이 아이 곁에 너무 오래 있으면 기력이 소진될 정도로 말이야. 자네의 건강을 위해서라도 예의 프로젝트를 포기하는 편이 낫다고 생각하네. 위험이 너무 커."

"오늘밤 어니를 만나야 합니다."

잭은 거칠고 귀에 거슬리는 목소리로 속삭였다.

"자네는 어떻게 하고? 어떻게 돼도 상관없어?"

잭은 대답하지 않았다.

"지금 단계에서라면 아직도 치료가 가능해. 하지만 더 이상 악화된다면— 나도 자신이 없네."

"저기, 저 빌어먹을 학교에서, 나는 완전히 혼란에 빠졌습니

---

* Folie à deux. 불어로 '감응성 정신병'을 의미한다.

다. 무슨 일을 해야 할지 알 수 없었죠. 그래서 계속 돌아다니면서 말이 통하는 사람이 없는지 찾아보려고 했습니다. 저― 아이와는 다른."그는 손짓으로 소년을 가리키며 말했다.

"분열증 환자에게 학교와 관계를 맺는 것은 엄청난 난제라네. 이를테면 자네 같은 분열증 환자는 무의식을 통해 타인과 접하는 경우가 많지. 하지만 티칭머신은 잠재의식 따위는 갖고 있지 않고, 표면에 나타난 게 전부야. 분열증 환자는 언제나 표층을 무시하고 그 아래의 것을 들여다보는 버릇이 있기 때문에, 결국은 아무것도 못 보는 거야. 아예 이해 못하는 거지."

"그들이 뭐라고 하는지 아예 알아들을 수가 없었습니다. 만프레드가 언제나 쓰는 무의미한 언어였습니다. 저 아이만의 언어 말입니다."

"그래도 제정신으로 돌아왔으니 자넨 운이 좋았어."

"압니다."

"자, 이제는 어떻게 할 생각인가, 잭? 휴식을 취하며 회복할 생각인가? 아니면 이 불안정하기 그지없는 아이와 위험천만한 접촉을 계속하면서―"

"선택의 여지가 없습니다."

"맞아. 선택의 여지는 없어. 당장 중지해야 하네."

"하지만 알아낸 일이 하나 있습니다. 이번 일에 개인적으로 얼마나 많은 것이 걸려 있는지를 알게 된 겁니다. 이제는 전 세계로부터 완전히 단절되고 고립된다는 것이 어떤 기분인지를 알고 있습니다. 만프레드처럼 말입니다. 그걸 피할 수만 있다면 무슨 짓이라도 할 수 있습니다. 여기까지 와서 포기할 생각은 없습니다."

잭은 떨리는 손으로 호주머니에서 담배를 꺼내 불을 붙였다.

"예후는 그리 좋다고 할 수 없어." 글러브 박사가 말했다.

잭은 고개를 끄덕였다.

"자네의 증세는 학교라는 환경을 벗어난 덕택에 어느 정도 완화되었네. 솔직하게 말해도 될까? 자네가 앞으로 얼마나 오래 정상적으로 기능할 수 있는지는 알 수가 없어. 10분일 수도 있고, 한 시간일 수도 있지. 아마 오늘밤이 한계일지도 몰라. 그 뒤로 증세는 처음보다 더 악화될 걸세. 밤이면 더 괴롭지 않나?"

"예."

"자네를 위해 두 가지 일을 해줄 수 있네. 만프레드를 B-G 캠프로 데리고 돌아가는 일, 그리고 오늘밤 자네를 대신해서 어니를 만나는 일이야. 자네의 주치 정신과 의사 자격으로 말이야. 평소에 하는 일이라서 익숙하다네. 정식으로 내게 위임을 한다면 자네를 집까지 데려다주겠네."

"오늘은 안 됩니다. 나중에 제 상태가 더 악화된다면 부탁드릴지도 모르겠군요. 하지만 오늘 저녁에는 만프레드를 어니에게 데리고 가야 합니다."

글러브 박사는 어깨를 움츠렸다. 다른 사람의 충고를 아예 받아들이지 않는 것은 자폐증의 특징이다. 잭을 설득할 가능성은 없었다. 남의 말을 듣고 이해하기에는 이미 너무 고립된 상태였다. 그에게 언어는 공허한 의식이며, 무의미한 기호에 불과했다.

"제 아들 데이비드." 잭은 대뜸 말했다. "학교로 돌아가서 데리고 와야 합니다. 제 이 컴퍼니 헬리콥터도 거기 있습니다." 눈에 총기가 돌아왔다. 마치 회복한 것처럼.

"거기로 돌아가면 안 돼." 글러브 박사는 단호하게 말했다.

"데려가주십시오."

"정 가야겠다면 학교 안으로 들어가지는 말고 주기장에서 기다려야 해. 미리 연락해서 자네 아들을 올려보내라고 하겠네 — 아들이 올라올 때까지 헬리콥터 안에서 기다리라는 뜻이야. 그러는 편이 안전하겠지. 주 회로에 연락하겠네."

글러브 박사는 문득 이 사내에 대한 연민의 정이 솟구치는 것을 느꼈다. 모든 일을 자기 식으로 처리하려는 끈질긴 본능을 가진 이 사내에게.

"감사합니다. 정말로 고맙습니다."

그는 의사를 보며 씨익 웃었다. 글러브 박사도 웃음을 떠올렸다.

어니 코트는 푸념하듯이 말했다. "잭 볼렌은 도대체 어디 있는 거지?" 이미 저녁 6시였고, 어니는 거실에 앉아 헬리오가 발루스가 만든 약간 달착지근한 위스키 칵테일을 마시고 있었다.

지금 블리크맨은 주방에서 암시장에서 손에 넣은 재료만으로 저녁 준비를 하고 있었다. 어니가 이번에 입수한 식품에서 골라낸 것이다. 모두 도매가로 싸게 산 것을 생각하니 기분이 좋았다. 노버트 슈타이너만 이익을 독점하던 옛 시스템에 비하면 이쪽이 훨씬 낫다! 어니는 칵테일을 홀짝이며 손님들이 오기를 기다리고 있었다. 거실 모퉁이에 놓인 스피커들에서는 나직하지만 인상적인 음악이 흘러나오고 있었다. 음악은 거실을 가득 채우고 조합원 어니 코트의 곤두선 신경을 가라앉혀주었다.

거의 최면에 걸린 듯한 기분이 되었을 무렵 갑자기 전화벨이 시끄럽게 울리며 그를 깨웠다.

"어니, 스코트야."

"뭐야?" 어니는 뚱한 어조로 대꾸했다. 비즈니스라면 전화가 아니라 예의 교묘한 암호 녹음을 쓰는 편이 낫다. "오늘밤에는 중요한 일이 있어서 사람을 만나야 하는데, 별로 중요한 일이 아니라면—"

"중요한 일 맞아." 스코트가 말했다. "우리들 일에 고개를 들이민 작자가 있어."

어니는 어리둥절한 표정으로 말했다. "그게 무슨 소리야?" 이렇게 말하고 나서야 스코트가 무슨 얘기를 하고 있는지 깨달았다. "식료품 얘기야?"

"그래. 벌써 다 준비해놓았더라고. 발착장에, 로켓편에, 판로까지— 아무래도 그대로 물려받은 것 같아. 슈타이—"

"더 이상 말하지 마." 어니는 상대의 말을 가로막았다. "당장 여기로 오라고."

"그럴게."

딸깍 소리가 나며 전화가 끊겼다.

이건 또 뭐냐. 어니는 자문했다. 겨우 일이 순조롭게 풀리나

했더니 웬 개뼈다귀 같은 놈이 나타나서 초를 치는 꼴이다. 이 암거래에는 애당초 뛰어들고 싶어서 뛰어든 것이 아니었다—슈타이너의 뒤를 이어 식량 밀수를 하고 싶다고 왜 나한테 먼저 얘기하지 않은 것일까? 어차피 지금 그러기에는 이미 때가 늦었지만 말이다. 자신이 일단 손을 댄 일에 다른 작자가 끼어드는 것을 용인할 생각은 추호도 없었다.

반시간 후 스코트가 흥분한 표정으로 나타났다. 그는 어니의 거실 안을 왔다갔다하면서 오르되브르를 집어먹었고, 빠른 말투로 떠들었다. "그 자식은 진짜 프로야. 예전에도 그런 일을 한 게 틀림없어— 이미 화성 전체를 돌아다니면서 실질적으로 모든 고객을 만났더군. 사막 가장자리의 외딴 곳에 있는 집들까지 빠짐없이 방문했고. 기껏해야 병조림 한두 개를 사주는 주부들에게까지 손을 뻗쳤어. 저인망식이지. 그대로 놔두면 우리가 설 자리는 없어. 우린 이제 겨우 장사를 시작한 참이니까 말이야. 그쪽에서 선수를 쳐서 우린 완전히 병신이 된 꼴이야."

"그렇군."

어니는 머리가 벗어진 부분을 문지르며 말했다.

"뭔가 대책을 강구해야 해, 어니."

"그 녀석의 본거지가 어딘지 알아?"

"몰라. 하지만 F.D.R. 산맥 어딘가에 있지 않을까. 슈타이너의 로켓 발착장도 거기 있었어. 우선 거길 수색해봐야겠군."

스코트는 수첩을 꺼내 메모하기 시작했다.

"발착장을 찾아내면 알려줘." 어니는 말했다. "루이스 타운의 경찰 헬리콥터를 보내겠어."

"그럼 놈은 누구를 상대하고 있는지 알게 되겠군."

"바로 그거야. 흔해빠진 만만한 상대가 아니라 어니 코트와 맞서고 있다는 사실을 각인시켜야 해. 경찰 헬리콥터에 전술 원자탄이나 폭파용 무기 따위를 실어 보내서 발착장을 완전히 박살내야겠군. 우리가 놈의 뻔뻔스러운 장삿속에 얼마나 화를 내고 있는지를 제대로 보여주는 거야. 애당초 이따위 일에는 관여하고 싶지도 않았는데, 마치 기다렸다는 듯이 나타나서 내게 도전장을 내밀어? 그렇지 않아도 골치가 아픈 판에 그런 놈하고까지 놀아줄 틈은 없어."

스코트는 어니가 하는 말을 일일이 받아 적었다. **그렇지 않아도 골치가 아픈 판에,** 운운.

"일단 발착장 위치를 알아내. 그럼 이쪽에서 알아서 처리하겠어. 그 녀석을 경찰에 넘기고 싶지는 않아. 그냥 시설만 파괴하면 돼. UN과 문제를 일으키고 싶지는 않으니까 말이야. 이런 일은 금세 끝날 거야. 한 명밖에는 없다, 이거지? 지구에서 온 큰 조직은 아니고?"

"내가 들은 얘기에 의하면 한 명이 확실해."

"좋아." 어니는 스코트를 보냈다. 거실 문이 닫히자 다시 혼자가 되었다. 주방에서는 블리크맨 하인이 덜그럭거리며 일하고 있었다.

"부야베스는 잘돼가?" 어니는 큰 소리로 물었다.

"맛이 아주 좋습니다, 미스터." 헬리오가발루스가 말했다.

"오늘 저녁에 이걸 드시러 오는 손님이 누구신지 물어봐도 될까요?" 그는 레인지 앞에서 이런저런 생선에 향신료를 넣으며 바쁘게 일하고 있었다.

"잭 볼렌하고 도린 앤더튼이 와. 그리고 글러브 박사가 추천하고 지금 잭이 돌보고 있는 자폐아……. 노버트 슈타이너의 아들이 올 거야."

"저속한 사람들뿐이군요." 헬리오가발루스는 중얼거렸다.

흥, 너도 마찬가지잖아. 어니는 생각했다. "넌 요리나 제대로 하라고." 그는 짜증 섞인 어조로 내뱉고 주방 문을 닫은 다음 거실로 돌아왔다. 이 검둥이 자식. 내가 이런 일을 시작한 것도 따지고 보면 너 때문이야. 너하고 그 예언하는 돌멩이 말이야. 난 거기 모든 걸 쏟아 부은 거나 마찬가지니까, 일이 잘 풀리도록 기도하는 편이 너한테도 이로울 거야. 게다가—

스피커에서 들려오는 음악 위로 초인종 소리가 울려 퍼졌다.

문을 열자 도린이 서 있었다. 하이힐을 신고 모피 옷을 어깨에 걸친 그녀는 따스하게 웃으며 거실로 들어왔다. "잘 있었어. 뭔데 이렇게 냄새가 좋아?"

"괴상한 생선 요리야." 어니는 그녀의 코트를 벗겼다. 모피 아래로 희미한 주근깨가 있는 볕에 그을고 매끄러운 맨어깨가 드러났다. "오늘밤은 놀자고 부른 게 아냐." 그는 대뜸 말했다. "이건 비즈니스 모임이야. 들어가서 얌전한 블라우스로 갈아입고 오라고." 그는 침실로 그녀를 이끌었다. "이건 다음에."

침실 문간에 서서 옷을 갈아입는 여자를 바라보며 그는 생각했다. 정말이지 최고의 여자를 손에 넣었군. 저건 내가 준 거지. 끈이 없는 가운을 조심스레 침대 위에 내려놓는 광경을 보며 그는 생각했다. 백화점에서 같은 옷을 입은 모델을 보았지만, 도린 쪽이 훨씬 더 낫다. 불타는 듯한 빨강머리가 흰 목덜미에 불처럼 흘러내리는 저 모습을 보라.

"어니." 그녀는 블라우스의 단추를 채우며 그를 마주보았다. "오늘밤은 잭 볼렌을 너무 못살게 굴지 말아줬으면 좋겠어."

"이런 염병할." 그는 화난 듯이 말했다. "그게 무슨 뜻이지? 난 단지 잭이 어떤 실적을 올렸는지 알고 싶을 뿐이야. 일을 시작한 지 벌써 한참 됐잖아 — 이젠 시간이 없다고!"

도린은 같은 말을 되풀이했다. "못살게 굴면 안 돼, 아니. 그러지 않으면 다시는 당신을 안 볼지도 몰라."

어니는 투덜거리며 침실에서 나와 거실의 사이드보드 앞으로 갔다. "뭘 마실래? 10년 된 아이리시 위스키가 있어. 맛도 괜찮아."

"그럼 그걸 마실게."

도린이 침실에서 나오며 말했다. 소파에 앉아 다리를 꼬더니 치마로 무릎을 감췄다.

"뭘 입어도 맵시가 나는군."

"고마워요."

"어이, 당신하고 잭 사이의 일은 물론 내 허락을 받은 거지만, 그건 단지 겉치레의 관계에 불과해. 무슨 말인지 알지? 깊은 곳은 모두 내 거라는 걸 잊으면 안 돼."

도린은 영문을 모르겠다는 표정으로 말했다. "'깊은 곳'이라니, 그게 무슨 뜻이야?" 그러면서 빤히 쳐다보는 통에 어니는 참지 못하고 웃음을 터뜨렸다.

"조심해." 그녀는 말했다. "맞아. 물론 난 당신 거야, 어니. 루이스 타운에 있는 모든 것처럼. 벽돌 한 장, 지푸라기 하나까지 모두 당신 거야. 부엌 싱크대에서 물을 흘려보낼 때마다 당신 생각을 할 정도야."

"그건 왜?"

"당신은 수자원 낭비의 수호신이니까." 그녀는 씩 웃었다. "물론 농담이야. 당신의 그 증기 욕실에서 흘려보내는 물 생각을 한 거였어."

"그래. 한밤중에 당신하고 거기 갔을 때 생각이 나는군. 내 열쇠로 문을 따고, 몰래 장난치는 아이들처럼 숨어 들어갔지. 샤워대마다 뜨거운 물을 왕창 틀어서 온통 증기로 가득 찼고. 그러고는 둘 다 옷을 벗어던지고―그땐 정말 취해 있었던 것 같아―벌거숭이가 되어 증기 속에서 술래잡기를 했던 걸 기억해⋯⋯." 어니는 씩 웃었다. "그리고 안마 벤치 위에서 당신을 덮쳤지. 안마기가 당신 엉덩이를 마구 때려서 납작해질 정도로. 정말 재밌었어."

"원시인이 된 것 같았어." 도린은 당시 일을 떠올리며 말했다.

"다시 열아홉 살이 된 것 같더라니까." 어니는 말했다. "사실 나이에 비해서는 아주 젊어. 아직 정력이 남아돈다고나 할까." 그는 거실 안을 왔다갔다하기 시작했다. "잭 볼렌 그 녀석은 도

303

대체 언제 오는 거야?"

전화가 울렸다.

"미스터." 헬리오가발루스가 부엌에서 그를 불렀다. "지금은 나갈 수가 없습니다. 죄송하지만 직접 받아주시겠습니까?"

어니는 도린에게 말했다. "만약 잭 볼렌 그 녀석이 오늘은 못 오겠다 어쩌고 한다면―" 그는 음울한 표정으로 목을 자르는 시늉을 하고는 수화기를 집어 들었다.

"어니." 남자 목소리였다. "바쁘실 텐데 죄송합니다. 글러브 박사입니다."

어니는 안도하며 말했다. "여어, 글러브 박사." 그러고는 도린을 보며 "잭이 아냐"라고 말했다.

글러브 박사는 말했다. "어니, 오늘 잭 볼렌이 거기로 갈 예정이라는 걸 아는데― 아직 거기 안 갔죠. 안 그렇습니까?"

"안 왔는데."

글러브 박사는 주저하며 말했다. "어니, 실은 오늘 잭하고 잠시 만났는데―"

"뭐가 문제야. 혹시 분열증 발작이라도 일으킨 거야?" 어니는 직감했다. 의사가 전화를 걸어온 것도 그 때문이다. "그래. 그 친구가 스트레스를 많이 받았고, 시간에 쫓기고 있다는 걸 잘 알아. 하지만 그건 우리도 마찬가지야. 혹시 우리 애가 아프니 수업에서 빼달라는 식의 얘기를 하려고 전화를 건 거라면 잊어버려. 그럴 수는 없으니까. 잭 볼렌은 자기가 어떤 일에 관여하게 될지 잘 알고 있었어. 그 친구가 오늘밤 나한테 맨손으로 온다면 앞으로 화성에서는 토스터 하나도 수리 못하도록 할 거야."

글러브 박사는 침묵했다. 잠시 후 그는 말했다. "당신처럼 가혹한 요구를 하는 사람이 분열증 환자들을 만들어내는 겁니다."

"그래서 뭐? 내겐 자체적인 기준이라는 게 있어. 그 친구는 그걸 충족시켜야 해. 아주 높은 기준이라는 건 나도 잘 알지만 말이야."

"잭 볼렌의 기준도 높습니다."

"나만큼 높지는 않을걸. 흠, 그것 말고 또 할 말이 있나, 글러브 박사?"

"없습니다. 단지—" 글러브의 목소리가 떨렸다. "아닙니다. 시간을 내주셔서 감사합니다."

"연락해줘서 고마워." 어니는 전화를 끊었다. "줏대 없기는. 자기 의견조차도 제대로 말 못하는 겁쟁이 녀석이로군." 어니는 한심하다는 듯이 내뱉고는 전화기 앞을 떠났다. "자기 신념을 관철시킬 담력도 없는 그런 녀석한테는 경멸밖에는 느끼지 않아. 어차피 말도 못할 거면서 전화는 왜 걸어?"

도린이 말했다. "전화를 걸어온 것만도 대단해. 위험을 무릅쓰고 남의 일에 앞장선 거잖아? 잭에 관해서는 뭐래?" 걱정스러운 눈이었다. 그녀는 일어서서 어니에게 다가갔고, 침착하지 못하게 왔다갔다하는 그의 팔을 잡았다. "얘기해줘."

"헛. 오늘 잭 볼렌하고 잠시 만났다는 얘기밖에 안 했어. 아무래도 잭 볼렌이 발작을 일으킨 것 같아. 지병 때문에."

"그래서 온대?"

"맙소사. 그걸 내가 어떻게 알아? 오늘은 왜 이렇게 일이 꼬이는 거지? 의사가 전화를 걸지 않나, 당신은 야단맞은 강아지처럼 나를 붙잡고 애걸하지를 않나." 그는 분개한 표정으로 말하며 귀찮다는 듯이 그녀의 손가락을 자기 팔에서 떼어냈다. "그리고 주방에 있는 머리가 돈 검둥이 녀석. 도대체 뭘 하고 있는 거야? 무슨 요술사의 탕약이라도 달이고 있는 거야? 벌써 몇 시간째 저러고 있잖아!"

도린은 작지만 침착한 목소리로 말했다. "어니, 말해두겠는데, 잭을 너무 몰아세워서 다치게 한다면 당신하고 난 끝장이야. 맹세코."

"도대체 왜 다들 그 녀석을 감싸고도는 거야? 그러니 멀쩡할 리가 없지."

"좋은 사람이니까."

"내가 필요한 건 좋은 기술자야. 슈타이너 아들놈의 마음을 도로 지도처럼 펼쳐서 보여줄."

두 사람은 서로를 마주보았다.

도린은 고개를 설레설레 내두르며 몸을 돌렸고, 술잔을 집어 들고 어니 곁을 떠났다. "알았어. 당신한테 이래라 저래라 하지는 못하겠지. 나 말고도 어떤 여자든 마음 내키는 대로 골라서 침대로 끌어들일 수 있으니까 말이야. 그런 거물한테 내가 무슨 의미가 있겠어?" 암울하고 독을 품은 목소리였다.

어니는 어색한 태도로 그녀 뒤를 따라왔다. "염병할. 도린,

어딜 찾아봐도 당신만 한 여자는 없어. 당신은 정말 멋져. 어떤 여자가 당신의 매끄러운 살갗이나 옷맵시를 따라올 수 있겠어?" 그는 그녀의 목덜미를 애무했다. "지구의 기준으로 봐도 당신은 엄청난 미인이야."

초인종이 울렸다.

"왔군."

어니는 즉시 현관으로 갔다.

문을 열자 잭이 서 있었다. 피곤해 보였다. 함께 온 소년은 발꿈치를 들고 춤추듯이 잭 앞에서 쉴 새 없이 왔다갔다하고 있었다. 눈을 반짝이며 모든 것을 바라보는 듯하지만 어느 한 물체에 초점을 맞추거나 하지는 않았다. 소년은 갑자기 어니 곁을 빠져나가 거실로 뛰어들어가서 모습을 감췄다.

어니는 당혹한 기색을 보이며 잭에게 말했다. "들어와."

"고맙습니다, 어니."

잭이 안으로 들어오며 말했다. 어니는 현관문을 닫았다. 두 사내는 만프레드를 찾아 주위를 둘러보았다.

"주방으로 들어갔어." 도린이 말했다.

어니가 주방으로 통하는 문을 열자 소년은 정말로 그곳에 있었다. 우뚝 서서 헬리오가발루스를 열심히 쳐다보고 있다. "왜 그래?" 어니가 소년에게 말했다. "블리크맨을 본 적이 없어?"

소년은 아무 말도 하지 않았다.

"무슨 디저트를 만들고 있어, 헬리오?" 어니가 말했다.

"플랜입니다. 필리핀 음식이고, 캐러멜 소스를 쓴 커스터드

307

파이죠. 롬바우어 여사의 요리서에 나와 있었습니다."

"만프레드." 어니가 말했다. "이 친구는 헬리오가발루스야."

문간에 서서 도린과 잭도 이 광경을 바라보고 있었다. 소년이 블리크맨의 모습에 큰 영향을 받았다는 사실을 어니는 깨달았다. 마치 주문에 홀린 듯이 헬리오가발루스의 모든 움직임을 빠짐없이 관찰하고 있다. 헬리오가발루스는 플랜 반죽을 신중하기 짝이 없는 동작으로 틀에 부었고, 냉장고 안에 넣었다.

만프레드는 거의 수줍어하는 듯한 어조로 말했다. "안녕."

"어이." 어니가 말했다. "이 녀석 지금 말을 했어."

헬리오가발루스는 언짢은 목소리로 말했다. "모두 주방에서 나가주시면 고맙겠습니다. 그렇게 여기 와 계시면 신경이 쓰여서 일할 수가 없습니다." 그는 사람들이 하나씩 주방을 떠날 때까지 노려보고 있었다. 문이 안쪽에서 탁 닫히며 헬리오가발루스의 모습을 가렸다.

"좀 괴짜이긴 하지만, 요리 솜씨 하나는 일품이지."

어니가 미안한 듯이 말했다.

잭은 도린에게 말했다. "만프레드가 말을 하는 걸 처음 봤어." 크게 감명을 받은 기색이었다. 그러고는 다른 사람들을 무시하고 창가로 가서 섰다.

어니가 다가가서 말했다. "뭘 마시겠나?"

"물을 탄 버번."

"내가 타다 주지. 그런 간단한 걸로 헬리오를 귀찮게 할 수는 없지." 이러고는 웃었지만 잭은 웃지 않았다.

세 사람은 술잔을 들고 잠시 앉아 있었다. 만프레드는 융단 위에 엎드린 채로 오래된 잡지를 열심히 들여다보고 있다. 또다시 다른 사람들의 존재를 완전히 잊은 기색이었다.

"우선 밥을 먹자고." 어니가 말했다.

"냄새가 아주 좋아." 도린이 말했다.

"모두 비싼 밀수품이지." 어니가 대꾸했다.

소파에 나란히 앉아 있던 도린과 잭이 고개를 끄덕였다.

"드디어 기다리던 밤이 온 것 같군."

어니가 말하자 도린과 잭은 또다시 고개를 끄덕였다.

어니는 술잔을 들어 올리며 말했다. "의사소통을 위하여. 그게 불가능하다면 아무것도 이뤄내지 못할 거야."

잭은 음울한 표정으로 말했다. "나도 거기 건배하겠습니다, 어니." 그러나 이미 술잔은 비어 있었다. 그는 망연자실한 표정으로 빈 술잔을 응시했다.

"한 잔 더 가져다주지."

어니는 잭에게서 술잔을 받아들며 말했다.

사이드보드로 가서 잭에게 줄 술을 따르면서, 잡지에 싫증이 난 듯한 만프레드가 다시 일어서는 것을 보았다. 소년은 거실 안을 돌아다니기 시작했다. 혹시 잘라 붙이고 싶은 건지도 모르겠군. 어니는 이렇게 생각했고, 잭에게 술잔을 건넨 다음 주방으로 들어갔다.

"헬리오, 저 녀석한테 줄 풀하고 가위가 필요해. 그걸 붙일 종이도."

헬리오가발루스는 이미 플랜을 만들어놓고 일이 다 끝났다는 듯이 의자에 앉아 《라이프》지를 읽고 있었다. 그는 내키지 않는 듯이 일어나서 풀과 가위와 종이를 가지러 갔다.

"괴상한 녀석이지. 안 그래?" 블리크맨이 돌아오자 어니는 말했다. "네 생각은 어때? 나하고 같은 거야?"

"어린아이들은 다 마찬가집니다."

헬리오가발루스는 이렇게 대꾸하고 주방에 어니를 남겨두고 나갔다.

어니는 그 뒤를 따라가며 거실을 향해 말했다. "좀 있다가 저녁을 먹을 거야. 다들 덴마크산 블루치즈로 만든 오르되브르를 먹었어? 뭔가 더 필요한 사람은 없고?"

전화가 울렸다. 가장 가까운 곳에 있던 도린이 전화를 받더니 어니에게 수화기를 넘겼다. "당신을 바꿔달래. 남자야."

또 글러브 박사였다. "코트 씨." 글러브 박사는 가늘고 부자연스러운 목소리로 말했다. "환자를 보호하는 것은 의사로서의 제 의무입니다. 당신만 남에게 강요할 수 있는 건 아닙니다. 제가 일하는 B-G 캠프에 당신의 사생아인 샘 에스터헤이지가 있다는 걸 압니다."

어니는 불만스러운 소리를 냈다.

"잭 볼렌을 공평하게 대하지 않는다면," 글러브 박사는 말을 이었다. "비인도적이고, 잔인하고, 공격적이고, 위압적인 태도로 그를 대한다면, 나는 샘 에스터헤이지가 단지 정신지체라는 근거를 들어서 B-G 캠프에서 추방하겠습니다. 무슨 뜻인지 알겠습니까?"

"염병할, 네 맘대로 해." 어니는 신음하듯이 말했다. "내일 다시 연락하지. 그러니 지금은 잠이라도 자라고. 수면제라도 먹고. 지금은 방해하지 마." 그는 쾅 소리가 날 정도로 세게 수화기를 내려놓았다.

테이프 플레이어에 끼워진 테이프가 다 돌아갔다. 연주는 이미 끝난 상태였다. 어니는 테이프들을 꽂아놓은 선반으로 성큼성큼 걸어가서 아무 케이스나 집어 들었다. 그 의사 녀석은 손을 좀 봐줘야겠어. 그는 중얼거렸다. 하지만 지금은 아냐. 지금은 그럴 시간이 없어. 그 녀석도 어딘가 맛이 간 것 같군. 그럴 만한 일이라도 있었나.

케이스의 글자를 읽었다.

W. A. 모차르트. 교향곡 40번 사단조, K. 550.

"난 모차르트를 좋아해." 그는 도린과 잭, 그리고 슈타이너의 아들에게 말했다. "어디 테이프를 틀어볼까." 그는 케이스에서 릴테이프를 꺼내 플레이어에 끼웠다. 앰프의 노브를 돌리자 테이프가 헤드를 통과하며 쉭쉭거렸다. "브루노 월터가 지휘한 거야." 그는 손님들에게 말했다. "레코드 녹음 황금기의 대단한 희귀품이지."

소름끼치는 쳇소리와 절규가 스피커에서 흘러나왔다. 시체가 경련하는 것 같아. 어니는 전율했고, 테이프를 *끄기* 위해 황급히 달려갔다.

융단 위에 앉아서 가위로 오린 잡지 조각을 풀로 붙여 새로운 모양을 만들고 있던 만프레드 슈타이너는 소음을 듣고 고개를 들었다. 테이프를 끄기 위해 황급히 달려가는 미스터 코트의 모습이 보였다. 미스터 코트의 모습이 흐릿해진 것을 만프레드는 깨달았다. 저렇게 빨리 움직이면 보기가 힘들다. 마치 한순간 방에서 사라졌다가 다른 장소에 다시 나타나는 것 같다. 소년은 두려움을 느꼈다.

소음도 두려웠다. 혹시 미스터 볼렌도 두려워하는지 알고 싶어서 그가 앉아 있는 소파를 보았다. 그러나 미스터 볼렌은 여전히 도린 앤더튼과 함께 앉아 있었다. 여자와 연결되어 있는 끔찍한 모습을 보고 소년은 놀라 움찔했다. 저토록 가깝게 몸을 맞대고도 아무렇지도 않을 수 있는 것일까? 만프레드의 눈에는 두 사람의 개체성이 함께 흐르는 것처럼 비쳤다. 인간이 그런 식으로 뒤죽박죽이 될 수 있다는 생각에 그는 전율했다. 그래서 그들을 안 보는 시늉을 했다. 두 사람 너머에 있는, 다른 것과 섞이지 않은 안전한 벽을 응시했다.

미스터 코트의 목소리가 소년의 머리 위에서 느닷없이 울려 퍼졌다. 이해할 수 없는, 거칠고 들쭉날쭉한 목소리였다. 그러자 도린 앤더튼이 뭐라고 말했고, 뒤이어 잭 볼렌도 뭐라고 말했다. 뒤죽박죽이 된 그들의 목소리가 들려오자 소년은 두 손으로 귀를 막았다. 그러자 미스터 코트가 불시에 방을 가로지르더니 완전히 모습을 감췄다.

어디로 간 것일까? 어디를 둘러봐도 그의 모습은 보이지 않았다. 소년은 덜덜 떨기 시작했다. 어떤 일이 일어날지 알 수가 없다. 당혹스럽게도 미스터 코트는 음식이 있는 방 안에 나타났다. 그곳에 있는 검은 사람과 얘기를 나누고 있었다.

검은 사람은 유연하고 우아한 몸놀림으로 높은 스툴 위에서 내려왔고, 한 걸음씩 흐르는 듯이 방을 가로질러 캐비닛에서 유리잔을 꺼냈다. 검은 사람의 움직임에 외경심을 느낀 만프레드는 그를 똑바로 쳐다보았다. 바로 그 순간 검은 사람도 고개를 돌려 그의 눈을 똑바로 쳐다보았다.

"너는 죽어야 해." 검은 사람은 먼 곳에서 들려오는 듯한 목소리로 말했다. "그럼 다시 태어날 거야. 무슨 뜻인지 알겠느냐, 아이야? 지금 같은 상태로는 방법이 없어. 뭔가 잘못된 탓에 너는 보거나 듣거나 느낄 수 없게 되었기 때문이지. 그 누구도 너를 도울 수는 없어. 무슨 말인지 알겠느냐, 아이야?"

"예." 만프레드는 말했다.

검은 사람은 미끄러지듯이 싱크대로 가서 유리잔에 가루를 넣고 물을 부은 다음 미스터 코트에게 건넸고, 미스터 코트는 말을 멈추지 않고 그 내용물을 들이마셨다. 검은 사람은 정말로 아름답다. 왜 나는 저렇게 될 수 없을까? 만프레드는 생각했다. 저런 사람은 지금까지 본 적도 없다.

그림자 같은 그의 모습이 사라지며 접촉이 끊겼다. 도린 앤더튼이 두 사람 사이를 가로질러 주방으로 뛰어 들어가더니 새된 목소리로 말하기 시작했다. 만프레드는 다시 한 번 귀를 막았지만, 그 소음을 차단할 수는 없었다.

퇴로를 찾아 앞쪽을 보았다. 그는 소음과 거칠고 흐릿한 사람들의 왕래로부터 도망쳤다.

앞쪽으로는 산길이 뻗어 있었다. 머리 위의 하늘은 흐리고 불그레했다. 이윽고 점들이 보였다. 수백 개의 거대한 점들이 점점 커지면서 다가왔다. 점들로부터 무엇인가가 비처럼 쏟아졌다. 사악한 생각을 품은 사내들이다. 그들은 지면에 부딪치더니 원을 그리며 뛰어다녔다. 그들이 선을 그리자, 이번에는 아무 사념도 갖고 있지 않은 거대한 민달팽이 같은 것들이 잇달아 착륙하더니 땅을 파고 들어가기 시작했다.

전 세계만큼이나 큰 구멍이 보였다. 대지가 사라지면서 검고, 공허한 무無로 변했다……. 그 구멍으로 사내들은 한 명씩 뛰어들었다. 급기야는 아무도 없었다. 그는 홀로 침묵하는 세계-구멍 곁에 남겨졌다.

구멍 가장자리에서 아래를 내려다보았다. 무無의 바닥에서, 뒤틀린 몸을 가진 괴물이 마치 해방된 것처럼 풀려나왔다. 뱀처럼 꿈틀거리며 올라오더니 더 넓고 한정된 정사각형의 공간을 가득 채웠고, 색채를 만들어내기 시작했다.

난 네 안에 있어. 만프레드는 생각했다. 또다시.

어떤 목소리가 말했다. "이 친구는 AM-WEB에 그 누구보다도 더 오래 있었어. 우리 동료들이 왔을 때도 여기 있었지. 엄청나게 나이가 많아."

"여기를 좋아하는 거야?"

"그걸 누가 알겠어? 자기 힘으로는 걷지도, 먹지도 못하는데. 기록은 그 화재 때 소실됐어. 200살은 되었을지도 모르겠군. 사지는 절단되었고, 물론 장기도 대부분 제거되었어. 건초열에 관해 불평을 늘어놓는 것밖에는 하는 일이 없어."

안 돼. 만프레드는 생각했다. 견딜 수가 없어. 코가 불타오르는 것 같아. 숨을 쉴 수가 없어. 검은 그림자 사람이 약속한 새로운 삶이란 바로 이런 것일까? 내가 예전과는 다른 존재가 되고, 누군가가 나를 도와줄 수 있는?

제발 도와줘. 그는 말했다. 누구든지 좋으니 도와줘. 영원히 여기서 기다릴 수는 없어. 곧 도와주든지, 아니면 그러지 않든지 둘 중 하나야. 지금 도와주지 않으면 나는 자라서 세계-구멍이 되고, 그 구멍은 모든 걸 먹어치울 거야.

AM-WEB 밑의 구멍은 그 위를 걷거나 지금까지 걸은 모든 사람이 되려고 기다리고 있다. 모두가 되고, 모든 것이 되려고 기다리고 있다. 만프레드만이 그것을 막고 있었다.

빈 잔을 내려놓으며, 잭은 온몸이 산산조각이 나는 느낌을 받았다. "술이 떨어졌군." 가까스로 곁에 있는 여자에게 말했다.

도린이 빠른 어조로 속삭였다. "잭, 잊으면 안 돼. 당신에겐 친구들이 있다는 사실을. 난 당신 친구야. 글러브 박사가 전화를 했어― 그 사람도 당신 친구야." 그녀는 근심스러운 표정으로 그의 얼굴을 들여다보았다. "괜찮은 거지?"

"어이, 잭." 어니는 소리쳤다. "얼마나 진척되었는지 얘기해 달라니까. 설마 아무 진전도 없다고 하는 건 아니겠지?" 그는 질투 섞인 눈으로 두 사람을 마주보았다. 도린은 잭에게서 슬쩍 몸을 뗐다. "둘이서만 그렇게 노닥거리려고 온 게 아니잖아? 근데 속이 왜 이리 안 좋지." 어니는 두 사람을 내버려두고 주방으로 갔다.

도린이 잭과 입술이 맞닿을 정도로 몸을 숙이며 속삭였다. "사랑해."

잭은 미소를 지으려고 했지만 얼굴이 경직된 탓에 그럴 수가 없었다. "고마워." 그녀의 말이 그에게 얼마나 큰 도움이 되는지를 알릴 수 있다면 좋을 텐데. 잭은 도린의 입술에 입을 맞췄다. 사랑이 담긴 그녀의 입술은 따스했고, 부드러웠다. 그에게 줄 수 있는 모든 것을 아낌없이 주었다.

그녀의 눈에 눈물이 넘쳐났다. "당신이 점점 자기 내부로만 들어가는 게 느껴져."

"아냐. 난 괜찮아." 그러나 그것이 사실이 아니라는 것을 그도 알고 있었다.

"거블 거블." 여자가 말했다.

잭은 눈을 감았다. 도망칠 수가 없어. 나를 완전히 뒤덮었어.

눈을 뜨자 소파에서 일어난 도린이 주방으로 가는 광경이 눈에 들어왔다. 그녀와 어니의 목소리가 그가 앉아 있는 곳까지 흘러왔다.

"거블 거블 거블."

316

"거블."

잭은 융단에 앉아 잡지를 싹둑싹둑 잘라내고 있는 소년을 향해 몸을 돌리고 말했다. "내 목소리가 들려? 무슨 얘기를 하는지 알겠어?"

만프레드는 고개를 들어 그를 흘끗 보고는 미소 지었다.

"말해봐." 잭은 말했다. "날 도와줘."

반응은 없었다.

잭은 일어서서 테이프 플레이어 쪽으로 갔다. 거실에 등을 돌리고 그것을 살피기 시작했다. 글러브 박사 말을 들었다면 나는 지금 무사했을까? 그는 자문했다. 이곳으로 오지 않고, 그에게 대신 와달라고 했다면? 아마 아닐 것이다. 처음 발작과 마찬가지로 늦든 빠르든 일어났을 일이다. 어차피 통과해야 할 과정이었다. 피할 수 없는 결과를 향해 가도록 내버려둬야 한다.

퍼뜩 정신을 차리고 보니 검고 공허한 보도 위에 서 있었다. 거실도, 주위에 있던 사람도 사라져 있었다. 혼자였다.

보도 양쪽에는 직립한 건물들의 잿빛 벽이 있었다. 이곳은 AM-WEB일까? 황급히 주위를 둘러보았다. 여기저기 불빛이 보인다. 그는 시내에 와 있었다. 루이스 타운이다. 걷기 시작했다.

"기다려."

목소리, 여자 목소리가 그를 불렀다.

건물 현관에서 모피 코트를 입은 여자가 서둘러 나왔다. 하이힐 굽이 보도를 또각또각 밟는 소리가 울려 퍼진다. 잭은 멈춰섰다.

"그리 나쁘게 끝나지도 않았네." 여자는 그에게 다가와서 숨찬 듯이 헐떡였다. "끝나서 정말 다행이야. 당신은 정말 긴장하고 있었어 ― 나도 저녁 내내 그걸 느꼈어. 어니는 그 주택조합 뉴스를 듣고 지독하게 동요하고 있어. 어니조차 하찮게 보일 정도로 부유하고 강력한 조직이잖아."

두 사람은 정처 없이 걷기 시작했다. 여자가 그와 팔짱을 꼈다.

"게다가 어니는 당신을 수리 기사로 계속 데리고 있을 거라고 했어. 정말로 그럴 작정이라고 생각해. 하지만 엄청나게 속이 상한 것 같아, 잭. 정말 어떻게 할 수 없을 정도로. 나는 알아."

기억해보려고 했지만 생각이 나지 않았다.

"뭔가 좀 말해봐."

도린이 간원하듯이 말했다.

잠시 후 그는 말했다. "어니는 ― 다루기 힘든 적이 될 거야."

"유감이지만 나도 동감이야." 도린은 그의 얼굴을 흘끗 올려다보았다. "우리 집으로 갈래? 아니면 어딘가에 들러서 한잔 하고 싶어?"

"그냥 걷자."

"아직도 날 사랑해?"

"물론 사랑해."

"어니가 두려워? 당신에게 복수를 하려고 들지도 몰라. 당신 ― 아버지 일 때문에. 어떤 식으로든 당신이 아버지에게 ―"

그녀는 고개를 세차게 흔들었다. "잭, 어니는 당신에게 복수하려고 할 거야. 당신 탓이라고 생각하는 거 맞아. 정말로 야만적인 성격이라서."

"응."

"뭔가 더 말해봐. 마치 나무토막 같아. 전혀 생기가 없어. 그렇게 끔찍했어? 그렇게까지 끔찍하진 않았지? 그럭저럭 견디는 것처럼 보였어."

그는 가까스로 말했다. "난— 어니가 무슨 일을 하든 두렵지 않아."

"당신 아내하고 헤어져주겠어, 잭? 날 사랑한다고 했잖아. 함께 지구로 돌아가거나 할 수도 있어."

두 사람은 함께 길을 걸어갔다.

13

오토 지트의 인생은 다시 활짝 피었다. 슈타이너가 죽은 뒤로 그는 왕년에 그랬던 것처럼 화성 전 지역을 돌아다니며 물건을 배달 판매했고, 사람들과 직접 얼굴을 맞대고 수다를 떨었다.

특기할 만한 사실은 이미 몇몇 미인들과 마주쳤다는 점이었다. 오늘도 내일도 사막 한복판의 고립된 집을 홀로 지키며, 외로움을 달래줄 상대를 갈구하고 있는 유부녀들 말이다.

아직 실비아 볼렌의 집에 들르지는 못했다. 그러나 지도에 표시를 해놓았기 때문에 그녀의 집이 정확히 어디 있는지는 잘 알고 있었다.

오늘은 그곳에 갈 생각이었다.

그래서 오토는 가장 좋은 양복을 차려입었다. 영국제 샤크스

킨의 회색 싱글 정장으로, 최근 몇 년은 입은 적조차 없는 새옷이다. 구두와 셔츠는 유감스럽게도 화성제였지만 넥타이만은 자신 있었다. 방금 뉴욕에서 도착한 밝고 쾌활한 무늬의 최신 유행 제품으로, 끄트머리가 갈퀴처럼 둘로 갈라져 있는 것이 특징이다. 오토는 눈앞에 들어 올린 넥타이를 흡족한 표정으로 감상했다. 그런 다음 목에 매고 거울을 보며 또다시 감상했다.

검고 긴 머리카락이 반들거린다. 오토는 행복하고 자신감에 차 있었다. 오늘부터는 모든 걸 새롭게 시작하는 거야. 실비아 같은 여자와 함께. 오토는 모직 스프링코트를 걸치며 중얼거렸다. 여행가방을 집어 들고, 힘찬 발걸음으로 창고—지금은 실로 안락한 주거로 개조된—에서 나와 헬리콥터로 걸어간다.

긴 호弧를 그리며 하늘 높이 상승한 헬리콥터의 기수를 동쪽으로 돌렸다. 황량한 F.D.R. 산맥을 뒤로하고 사막을 가로지르자, 마침내 목표로 삼은 조지 워싱턴 운하가 눈에 들어왔다. 운하를 따라 잠시 날아가자 작은 지류가 나왔다. 잠시 뒤에는 윌리엄 버틀러 예이츠와 헤로도투스 운하의 교차점에 도달했다. 볼렌 가족의 집은 이 근처에 있다.

준 헤네시와 실비아 볼렌. 두 여자 모두 매력적이다. 하지만 내 취미에는 실비아 쪽이 더 맞는다. 정이 깊은 여자 특유의 나른하지만 관능적인 느낌. 거기 비하면 준이란 여자는 너무 발랄하고 가볍다고 할까. 그런 여자는 말이 많고 남자처럼 잘난 체하는 경우가 태반이다. 그냥 이쪽 얘기에 귀를 기울여주는 여자가 좋다.

예전에 휘말렸던 일을 머리에 떠올렸다. 실비아의 남편은 어떤 사내일까. 알아볼 필요가 있다. 이곳에 사는 사내들 대다수는 개척자로서의 삶을 진지하게 받아들이기 때문이다. 특히 도시에서 멀리 떨어진 곳에 사는 사내들은 집에 총을 두고 있는 경우가 많다.

그러나 이런 일에 위험은 따르기 마련이었다. 그럴 만한 가치가 있는 일이다.

만에 하나 문제가 생길 경우에 대비해서 오토는 조그만 22구경 권총을 여행가방 옆의 비밀 포켓에 숨기고 다니곤 했다. 지금도 전탄 장전된 상태로 그곳에 들어 있다.

누구도 나를 건드리지는 못해. 그는 되뇌었다. 그쪽에서 문제를 만들고 싶다면— 얼마든지 상대해주겠어.

이런 생각을 하니 마음이 가벼워졌다. 헬리콥터의 기수를 쑥 내리고 아래쪽을 훑어보았다. 볼렌 가족의 집에는 헬리콥터가 보이지 않는다. 그는 착륙 태세를 갖췄다.

헬리콥터를 볼렌 가족의 집에서 1마일쯤 떨어진 연락용 운하의 어귀에 착륙시킨 것은 본능적인 신중함 때문이었다. 그곳부터는 무거운 여행가방의 무게를 감수하고 도보로 이동했다. 달리 선택의 여지는 없었다. 볼렌 가족의 집으로 가는 길에는 다른 집들도 몇 채 있었지만, 멈춰 서서 현관문을 두드리거나 하지는 않고 운하를 따라 목적지로 직행했다.

그 집이 가까워지자 오토는 보조를 늦추고 호흡을 가다듬었다. 옆집들을 신중하게 훑어본다……. 오른쪽에 있는 집에서 어린아이들이 떠드는 소리가 들려온다. 사람이 있다. 그래서 오토는 반대편에서 볼렌 가족의 집으로 접근하기로 했다. 어린아이들 목소리가 들린 집에서는 사각에 해당하는 길을 골라 조용히 걸어갔다.

볼렌 가족의 집에 도착하자 오토는 포치로 올라가서 초인종을 눌렀다.

누군가가 거실 창문의 빨간 커튼 뒤에서 밖을 내다보는 기색이 있었다. 오토는 만일의 경우에 대비해서 어떤 경우든 써먹을 수 있는 정중하고 다소곳한 미소를 떠올렸다.

현관문이 열렸다. 머리를 깔끔하게 단장하고 립스틱을 바른 실비아가 문간에 서 있었다. 저지 스웨터에 분홍색의 꽉 맞는 카프리 팬츠를 입고 샌들을 신고 있었다. 새빨간 페디큐어를 한 발톱이 흘끗 보였다. 그가 올 것을 기대하고 치장한 게 분명했다. 물론 실비아는 아무렇지도 않은 듯 태연한 태도를 취하고 있었다. 그녀는 문손잡이를 잡은 채로 물끄러미 그를 쳐다보았다.

"볼렌 부인." 오토는 최대한 친숙한 어조로 말하며 고개를 숙였다. "넓고 황량한 사막을 넘고 넘어 여기까지 왔지만, 이렇게 다시 뵙게 되니 피로가 싹 가시는 느낌입니다. 혹시 폐사의 특선 상품인 캥거루 꼬리수프에는 관심이 없으신지요? 가히 천하진미라고 할 수 있는 것이고, 지금까지 화성에서는 아무리 거금을 쌓아도 결코 손에 넣을 수 없었던 물건입니다. 고객님이시라면 이런 최상의 음식을 음미하시고, 가격과는 무관한 차원에서 그 가치를 간파할 능력을 갖고 계시다는 것을 알기 때문에 입하 즉시 이곳으로 달려왔던 겁니다." 이런 상투적인 선전 문구를 주절주절 늘어놓으면서도 그는 가방을 든 채로 열린 현관문을 향해 슬금슬금 다가갔다.

실비아는 조금 경직된 태도로 주저하다가 결국 문을 활짝 열어주었다. "어, 들어오세요." 오토는 재빨리 집 안으로 들어가서 거실에 있는 낮은 탁자 옆에 여행가방들을 내려놓았다.

어린애 장난감인 듯한 활과, 화살통에 든 화살이 눈을 끌었다. "집에 지금 어린 아드님이 계십니까?" 오토는 물었다.

"아뇨." 팔짱을 끼고 거실 안을 불안한 듯이 돌아다니던 실비아가 대답했다. "오늘은 학교에 갔어요." 이렇게 말하며 억지 미소를 지어 보였다. "시아버님은 시내로 갔고요. 저녁 늦게나 돌아오실 거예요."

아, 그렇군. 오토는 생각했다.

"여기 좀 앉으시죠. 느긋하게 상품을 감상하시려면 아무래도 그쪽이 낫지 않겠습니까?" 이렇게 말하며 근처에 있던 의자를 재빨리 끌어당기자, 실비아는 입술을 굳게 다물고 여전히 팔짱을 낀 채로 의자 가장자리에 살짝 앉았다. 많이 긴장했군. 오토는 생각했다. 이것은 좋은 징후다. 지금 이곳에서 진행되는 일의 의미를 완전히 이해하고 있다는 뜻이 되기 때문이다. 아들이 집에 없고, 자기 손으로 주의 깊게 현관문을 닫았다는 사실을 포함해서 말이다. 거실의 커튼이 여전히 닫혀 있다는 사실을 그는 깨달았다.

실비아가 느닷없이 말했다. "커피 한잔 드릴까요?" 그러고는 의자에서 벌떡 일어나 부엌으로 달려갔다. 조금 뒤에 그녀는 커피포트, 설탕, 크림, 찻잔 두 개를 올려놓은 쟁반을 들고 돌아왔다.

"감사합니다." 오토는 속삭이듯이 말했다. 그녀가 없는 사이에 그녀의 의자 옆에 또 하나의 의자를 끌어다놓은 상태였다.

그들은 커피를 마셨다.

"이런 황량한 곳에서 홀로 오랜 시간을 보내시면 좀 무섭지 않습니까?" 오토는 물었다.

그녀는 그를 곁눈질했다. "글쎄요. 이젠 익숙해져버린 것 같아요."

"지구의 어느 지방에서 오셨나요?"

"세인트 루이스."

"여긴 그곳과는 전혀 다르지 않습니까. 새롭고 훨씬 더 자유로운 생활. 과거의 족쇄를 벗어 던지고 진짜 자기를 찾을 수 있는 곳이죠. 안 그렇습니까? 구세계의 낡은 도덕관과 관습은 먼지에 파묻힌 채로 잊혀졌습니다. 하지만 여기서는……." 오토는 흔해빠진 가구들이 늘어선 거실 안을 둘러보았다. 어느 집으로 가도 이런 의자, 융단, 기타 구닥다리 물건들을 볼 수 있다. "……경이로운 생기가, 맥박이 서로 부딪치는 걸 볼 수 있습니다. 용기 있는 사람들이 일생에 단 한 번 조우하는 종류의 기회라고나 할까요."

"캥거루 꼬리수프 말고 또 뭐가 있죠?"

"흐음." 오토는 내심 혀를 찼다. "메추리알이 있는데, 맛이 아주 괜찮습니다. 소에서 짠 우유로 만든 진짜 버터도 있죠. 사워크림에 훈제한 굴도 있습니다. 자, 집에 있는 소다 크래커*를 좀 가져오시면 거기 얹어 먹을 버터와 캐비어를 공짜로 제공하겠습니다." 이렇게 말하며 미소 짓자, 그녀도 그를 보며 활짝 웃어 보였다. 눈이 기대감으로 반짝이고 있다. 벌떡 일어나더니 마치 어린아이처럼 후다닥 부엌으로 달려간다.

잠시 후 그들은 나란히 앉아서 탁자 위로 몸을 수그리고 조그만 유리병 안에 들어 있는 검고 기름진 생선알을 떠내서 크래커에 바르는 일에 열중하고 있었다.

"세상에서 진짜 캐비어만큼 좋은 건 없는 것 같아요." 실비아는 한숨을 쉬며 말했다. "샌프란시스코에 있는 레스토랑에서 단 한 번 먹어본 적밖에는 없지만."

"이런 것도 있습니다." 오토는 여행가방에서 술병을 꺼냈다. "캘리포니아의 부에나 비스타 양조장에서 직수입한 그린 헝가리언입니다. 캘리포니아에서 가장 오래된 양조장이죠!"

그들은 굽이 긴 와인글라스로 와인을 홀짝였다(와인글라스도 그가 가져온 것이다). 실비아는 소파에 드러누워 반쯤 눈을 감고 속삭였다. "세상에. 마치 꿈을 꾸고 있는 것 같아. 현실에서 이런 일이 일어날 리가 없어."

"현실이 맞습니다."

---

* soda cracker. 살짝 구운 비스킷의 일종.

오토는 와인글라스를 내려놓고 실비아 위로 몸을 숙였다. 그녀는 마치 잠든 것처럼 느리고 규칙적으로 숨을 쉬고 있었지만, 두 눈만은 그를 뚫어지게 쳐다보고 있었다. 지금 어떤 일이 진행 중인지를 정확하게 알고 있는 것이다. 그가 점점 더 몸을 밀착시켜도 그녀는 꼼짝도 하지 않았고, 몸을 빼려는 기색도 보이지 않았다.

오토는 그녀를 안으면서 머릿속으로 계산을 해보았다. 방금 공짜로 제공한 캐비어와 와인은 소매가격으로 거의 100 UN달러에 육박한다. 그러나 그의 입장에서는 충분히 그럴 만한 가치가 있었다.

예전 했던 일의 재판이라고나 할까. 또 공정요금을 받지 않았다. 아니, 그 이상일지도 모르겠군. 잠시 후 그녀와 함께 거실에서 블라인드를 모두 내린 침실로 옮겨가며 오토는 생각했다. 아늑한 어둠 속에 잠긴 침실이 다소곳이 그들을 맞이했다. 바로 이런 일을 위해 준비된 방이다.

실비아가 중얼거렸다. "지금까지 살아오면서 이런 일이 일어난 건 처음이야." 암묵적인 동의와 만족감으로 가득한, 마치 먼 곳에서 들려오는 듯한 느낌의 목소리다. "나 취한 거야? 아아 하느님."

그러고는 한참 동안 침묵하고 있었다.

"난 미쳐버린 걸까?" 나중에 그녀는 속삭였다. "미친 게 틀림없어. 도저히 못 믿겠어. 이건 현실이 아냐. 어차피 꿈속에서 일어나는 일이니까, 뭘 해도 상관없잖아?"

그 뒤로는 아무 말도 하지 않았다.

그녀는 오토의 취향에 딱 맞았다. 말수가 적은 여자였다.

광기란 무엇일까? 잭은 생각했다. 그에게 광기란 어딘가에서 만프레드를 잃어버리고, 어떻게 언제 그랬는지를 기억 못하는 일이었다. 어젯밤 어니의 집에서 무슨 일이 일어났는지, 거의 아무것도 기억나지 않는다. 도린이 해준 얘기를 바탕으로 실제로 무슨 일이 일어났는지를 하나씩 짜 맞춰본 뒤에야 어렴풋하게나마 전체상을 짐작할 수 있었다. 광기란 자기 삶의 정경이 어땠는지 일일이 다른 사람에게 물어보면서 재구성해야 하는 상황을 일컫는다.

그러나 기억상실은 그보다 더 깊은 장애의 징후다. 정신 자체가 느닷없이 시간을 건너뛰었다는 애기가 되기 때문이다. 게다가 기억에서 사라진 바로 그 부분을 무의식 레벨에서 몇 번인가 거듭 경험한 뒤에 이런 일이 일어났다는 점이 문제였다.

실제로 어젯밤의 사건이 일어나기도 전에, 잭은 어니의 거실에 앉아서 몇 번이나 그 사건을 경험했다는 사실을 깨달았다. 그러나 현실에서 그 사건이 일어나자 그대로 건너뛰었다. 지금 그를 괴롭히고 있는 것은 글러브 박사가 정신분열증의 원인으로 주목한 시간감각의 근본적인 교란이었다.

어니의 집에서 보낸 그날 저녁은 실제로 존재한다. 잭의 입장에서도 존재하지만…… 연속적이지 않다는 점이 문제였다.

어쨌든 간에 그것을 되찾을 방법은 없다. 지금은 이미 과거가 되어버린 일이기 때문이다. 그리고 과거와 관련된 감각의 교란은 정신분열증이 아니라 강박신경증의 증세다. 분열증을 앓고 있는 잭의 문제는 전적으로 미래와 관련된 것이었다.

그리고 그의 미래는 대부분 어니와 그의 본능적인 복수 충동으로 이루어져 있다는 것이 보인다.

어니를 적으로 삼는다면 이길 가망이 있을까? 잭은 자문했다. 거의 없다.

도린의 거실 창문에서 몸을 돌려 천천히 침실로 돌아갔다. 커다란 더블베드의 구겨진 시트 위에서 아직도 자고 있는 그녀를 내려다보았다.

그러자 도린은 눈을 떴고, 그를 보고는 미소 지었다. "정말 괴상한 꿈을 꾸고 있었어. 바흐의 B단조 미사의 키리에를 지휘하고 있었어. 4분의 4박자로. 하지만 중간쯤 됐을 때 누군가가 와서 내 지휘봉을 빼앗으면서 4분의 4박자가 아니라는 거야." 그녀는 미간을 찌푸렸다. "하지만 4분의 4박자가 맞아. 그런데 왜 나는 그런 곡을 지휘하고 있었던 걸까? 바흐 B단조 미사는 좋아하지도 않는데. 어니가 테이프를 갖고 있는데, 곧잘 틀곤 했어. 밤늦게까지."

잭은 최근 자신이 꾼 꿈들을 떠올렸다. 어렴풋한 형태를 가진 것들이 모양을 바꾸다가 획획 사라져버리는 꿈. 수많은 방이 있는 고층건물이 있고, 매나 독수리 따위가 끊임없이 상공을 선회하는 정경. 그리고 찬장 안에 있던 끔찍한 물건……. 눈으로 보지는 못했고, 단지 그 존재를 느끼기만 했지만 말이다.

"꿈은 보통 미래와 관련된 거라고 하는데." 도린이 말했다. "당사자의 잠재성과 관련이 있다고 했어. 어니는 루이스 타운에서 교향악단을 설립하고 싶어 해. 뉴 이스라엘의 보슬리 투빔하고 그걸 의논하곤 했지. 내가 거기 지휘자가 된다, 그런 꿈인가." 그녀는 침대에서 내려와서 일어섰다. 실오라기 하나도 걸치지 않은 날씬하고 매끄러운 몸.

"도린." 잭은 침착한 어조로 말했다. "어젯밤 일이 생각나지 않아. 만프레드는 어떻게 됐어?"

"어니 집에 남았어. 이젠 B-G 캠프로 돌아가야 하는데, 어니가 자기가 데리고 가겠다고 했거든. 어니도 아들인 샘 에스터헤이지가 거기 있어서 곧잘 뉴 이스라엘에 들러. 오늘도 간다고 당신한테 직접 말했는데." 그녀는 잠시 침묵했다가 말했다. "잭…… 예전에도 기억상실을 겪었던 적이 있어?"

"없어."

"아마 어니와 다퉜던 것 때문에 충격을 받아서 그러는 걸 거야. 어니와 맞서는 건 정말 쉬운 일이 아니거든. 옆에서 봐서 알아."

"그럴지도 모르겠군."

"아침 먹을래?" 도린은 옷장 서랍에서 블라우스와 속옷을 꺼내며 말했다. "베이컨하고 달걀 요리를 해줄게― 맛있는 덴마크산 베이컨 통조림이 있어." 그녀는 잠시 주저하다가 말을 이었다. "역시 어니의 밀수 식품이지만 말이야. 하지만 정말 맛있어."

"난 뭐든 괜찮아."

"어젯밤 침대에 누운 뒤에도 어니가 무슨 짓을 할지 걱정이 되어서 몇 시간이나 잠을 못 이뤘어. 그러니까 우리한테 말이야. 아무래도 당신 직장을 가지고 장난을 칠 것 같아. 미스터 이 한테 압력을 걸어서 당신을 해고시킨다든지 하는 방법으로. 그걸 염두에 두고 있어야 해. 우리 두 사람 모두 마음의 준비가 필요해. 물론 어니는 나도 그냥 차버릴 거야. 그건 확실해. 하지만 난 괜찮아 — 당신이 있으니까."

"응, 그래. 당신에겐 내가 있어." 잭은 반사적으로 말했다.

"어니 코트의 복수라." 도린은 욕실에서 세수를 하며 말했다. "하지만 어니는 정말 인간적이야. 그러니까 그리 두렵지는 않다는 뜻이야. 만프레드보다는 훨씬 낫거든. 그 아이만은 도저히 견딜 수가 없어. 어젯밤은 악몽이나 마찬가지였어 — 차갑고 흐늘흐늘한 촉수들이 방 안에서, 내 마음속에서까지 꿈틀거리는 느낌이 사라지지 않더라고……. 더럽고 사악한 느낌이 내 안에 있는 것도 아니고, 그렇다고 밖에 있는 것도 아니고 — 단지 근처에 존재하는 듯한 감각이랄까. 그리고 난 그게 어디서 왔는지를 알아." 도린은 잠시 침묵하다가 말을 이었다. "그 아이였어. 그 아이의 사념이었던 거야."

잠시 후 그녀는 베이컨을 지지고 커피를 데웠다. 그는 식탁을 차렸고, 함께 앉아서 먹기 시작했다. 맛있는 냄새를 풍기는 음식을 눈으로 보고, 냄새를 맡고, 맛을 보자 잭의 기분도 한층 나아졌다. 화사한 리본으로 길고 치렁치렁한 붉은 머리를 묶고 식탁 반대편에 앉아 있는 여자의 존재도 큰 위안이 되어 주었다.

"당신 아들도 만프레드 같아?"

"설마. 전혀 달라."

"그럼 당신을 닮았어? 아니면—"

"실비아. 제 엄마를 닮았지."

"미인이지. 안 그래?"

"응. 그렇다고 생각해."

"있잖아, 잭. 어젯밤 침대에서 뜬눈으로 누워 있다가…… 이런 생각을 했어. 어니가 만프레드를 B-G 캠프로 보내지 않을지도 모른다는 생각을. 그런 아이를, 그런 괴상한 생물을 어니가 어떻게 할 것 같아? 어니는 상상력이 풍부해. 이젠 F.D.R. 산의 땅에 투자하려는 계획이 무산되어버렸으니까…… 완전히 새로운 방법으로 만프레드의 예지능력을 이용하려고 할지도 몰라. 문득 떠오른 건데, 당신은 웃을지도 모르지만, 혹시 헬리오가발루스를 통해서 만프레드와 접촉하려고 하지 않을까 하는 생각이 들어. 그 블리크맨 하인 말이야." 그녀는 곧 침묵했고, 접시를 내려다보며 묵묵히 음식을 먹었다.

"당신 말이 옳을지도 몰라." 잭은 말했다. 암울한 기분이었다. 방금 그녀가 한 얘기가 너무나도 그럴듯했기 때문이다. 충분히 개연성이 있는 얘기였다.

"헬리오하고는 한 번도 말을 나누지 않더군." 도린이 말했다. "그렇게 신랄하고 적대적인 사람은 정말이지 처음 보았어. 고용주인 어니까지 우롱할 정도이니 말 다했지. 모든 사람을 증오하고 있어. 정말로 마음이 꼬여 있다고나 할까."

"내가 만프레드를 캠프로 데려가라고 했어? 아니면 어니가 그걸 원했던 거야?"

"어니가 먼저 제안했어. 당신은 처음에는 반대했어. 하지만 당신은 곧― 기력을 잃고 의기소침한 상태가 되어버렸어. 늦은 시각인데다가 모두 취해 있었고…… 그건 기억해?"

잭은 고개를 끄덕였다.

"어니는 잭 다니엘스의 블랙 레이블을 내놓았어. 나 혼자서 5분은 1은 마신 것 같아." 그녀는 슬픈 듯이 고개를 절레절레 흔들었다. "화성에서 그런 술을 마실 수 있는 사람은 어니밖에는 없어. 앞으로는 못 마실 거라고 생각하니 좀 서운하네."

"그 부분은 나도 어쩔 도리가 없는데."

"알아. 괜찮아. 당신에게 그런 기대는 안 해. 사실 아무 기대도 하지 않는다고 해야겠지. 어젯밤에는 모든 일이 너무나도 눈 깜짝할 새에 일어났어. 당신, 나, 그리고 어니는 힘을 합쳐 일하던 사이였는데, 그렇게 느닷없이 편이 갈릴 거라고는 상상도 못했어. 다시는 예전의 관계를 회복할 수는 없을 거야. 적어도 친구로는. 그게 슬퍼." 도린은 손 언저리로 눈을 문질렀다. 눈물이 한 방울 뺨을 타고 흘러내렸다. "맙소사. 나 울고 있잖아." 그녀는 화난 듯이 말했다.

"다시 어젯밤으로 돌아가서 새로 시작할 수 있다면―"

"난 싫어." 도린은 말했다. "전혀 후회하고 있지 않아. 당신도

333

응당 그래야 하고."

"고마워." 잭은 그녀의 손을 잡았다. "당신을 실망시키지 않을게. 누가 말했듯이 나는 별 볼 일 없는 작자이지만, 최선을 다할 생각이야."

여자는 미소 지었고, 곧 음식을 다시 먹기 시작했다.

가게 계산대에서 앤 에스터헤이지는 소포를 포장하고 있었다. 주소를 써넣고 있었을 때 어떤 사내가 성큼성큼 가게 안으로 들어왔다. 흘끗 올려다보니 키가 크고 마른 몸집에, 너무 커 보이는 안경을 쓴 사내가 서 있었다. 글러브 박사라는 사실을 깨닫자 혐오감이 되살아났다.

"에스터헤이지 씨." 글러브 박사가 말했다. "괜찮으시다면 드리고 싶은 말씀이 있습니다만. 언쟁을 벌인 것을 후회하고 있습니다. 구순기 유아 같은 퇴행적인 태도였습니다. 사과드리고 싶습니다."

앤은 냉랭한 어조로 대꾸했다. "무슨 용건이시죠, 선생님? 지금은 바쁩니다만."

그러자 의사는 목소리를 낮추고 빠르고 단조로운 어조로 말했다. "앤 에스터헤이지 씨, 실은 어니 코트와 그의 프로젝트 얘기를 하러 왔습니다. 코트 씨는 캠프에서 데려온 비정상아를 써서 어떤 일을 획책하고 있습니다. 저는 당신의 코트 씨에 대한 영향력과 인도주의적인 열정에 관해 알고 있기 때문에, 아무 죄도 없는 내향성 분열증 환자가 그의 이익을 위해 잔인하기 짝이 없는 방법으로 이용당하는 일을 막을 수도 있겠다고 생각했습니다. 그 작자는—"

"잠깐." 앤은 의사의 말을 가로막았다. "도무지 무슨 얘긴지 모르겠군요." 그녀는 남이 엿들을 염려가 없는 가게 안쪽으로 가면서 따라오라고 손짓했다.

"잭 볼렌이라는 사내가 있는데," 글러브는 아까보다 한층 더 빠른 말투로 말했다. "코트 씨의 복수심 때문에 치료 불가능한 정신병자가 될지도 모릅니다. 부탁입니다, 에스터헤이지 씨—" 그는 장황한 간원을 늘어놓았다.

하느님 맙소사. 앤은 생각했다. 또 어떤 대의를 위해 내 도움이 필요하다는 작자가 나타났어. 지금 하는 일만으로도 벅찬데.

그러나 그녀는 귀를 기울였다. 선택의 여지가 없었다. 그런 성격이었기 때문이다.

글러브 박사는 주절주절 얘기를 이어갔고, 앤도 서서히 상황을 파악하기 시작했다. 이 사내가 어니에게 원한을 갖고 있다는 점은 명백하다. 그러나 글러브 박사의 동기는 그것만이 아닌 듯했다. 이상주의와 유치한 질투심을 뒤섞어놓은 듯한 괴상한 인물이다.

"그렇군요." 그녀는 도중에 맞장구쳤다. "어니라면 그러고도 남을 겁니다."

"경찰이나 UN 당국에 신고할까 하는 생각도 했습니다." 글러브 박사는 두서없이 말을 이어갔다. "하지만 당신 생각이 나서 여기 온 겁니다." 그는 진실함이 결여된, 그러나 단호한 어조로 말했다.

그날 아침 10시에 어니 코트는 번치우드 파크에 있는 이 컴퍼니 본사로 들어갔다. 30대 후반의 키가 크고 호리호리한 중국인이 나타나 용건을 물었다.

"제가 미스터 이입니다."

그들은 악수를 했다.

"자네한테서 빌린 볼렌이라는 사내 말인데."

"아, 예. 우수한 수리 기사라고 생각하시지 않습니까? 정말 유능한 친구죠."

미스터 이는 빈틈없고 신중한 눈초리로 그를 보며 말했다.

"아주 마음에 들더군. 그래서 그 친구 계약을 사고 싶어." 어니는 수표책을 꺼냈다. "액수를 말해보게나."

"아, 하지만 잭 볼렌은 안 됩니다." 미스터 이는 양손을 들어 보이며 항의했다. "단지 빌려드리는 것만 가능합니다. 퇴사시키는 건 저희 입장에서는 불가능합니다."

"액수를 말해봐."

비쩍 말라가지고, 이 교활한 녀석 같으니라고. 어니는 생각했다.

"그의 빈자리를 대신할 인재가 없습니다!"

어니는 기다렸다.

미스터 이는 곰곰이 생각하는 기색이었다. "일단 기록을 살펴봐야 합니다. 하지만 대략적인 가치를 산정하는 데만도 몇 시간은 걸릴 겁니다."

어니는 수표책을 손에 든 채로 기다렸다.

이 컴퍼니로부터 잭의 계약을 사들인 후 어니는 루이스 타운의 자택으로 돌아왔다. 헬리오가발루스가 만프레드와 함께 거실에 있었다. 헬리오는 소년에게 큰 소리로 책을 읽어주고 있었다. "도대체 그건 또 무슨 허튼 수작이지?" 어니는 힐문했다.

헬리오가발루스는 책을 무릎으로 내리며 말했다. "이 아이의 언어장애를 고쳐주고 있는 중입니다."

"헛. 그건 절대로 불가능해." 어니는 코트를 벗어 헬리오가발루스에게 내밀었다. 블리크맨 하인은 마지못한 기색으로 책을 내려놓은 다음 코트를 받아들었고, 복도의 붙박이장에 그것을 넣으러 갔다.

만프레드는 마치 어니를 곁눈질하는 것처럼 보였다.

"여어, 잘 있었어?" 어니는 친숙한 어조로 말하고 소년의 등을 툭 쳤다. "그놈의 B-G 캠프 말인데, 너 그런 정신병원 같은 곳으로 돌아가고 싶어? 아니면 계속 나하고 있고 싶어? 10분 줄 테니 마음을 정해."

네가 무슨 결정을 내리든 넌 나와 함께 있게 될 거야, 하고 어니는 생각했다. 이 완전히 돌아버린 저능아 자식. 발끝으로 춤을 추듯이 뛰어다닐 뿐이지 말을 하는 것도 아니고, 다른 사람의 존재를 깨달은 기색조차도 보이지 않는 황당한 녀석. 하지만 맛이 간 너의 뇌 밑바닥에는 미래를 읽는 재능이 숨겨져 있다는 걸 나는 알아. 어젯밤 일을 생각하면 의심의 여지가 없지.

헬리오가발루스가 돌아와서 말했다. "여기 있고 싶답니다."

"물론 그렇겠지." 어니는 흡족한 표정으로 말했다.

"이 아이의 사고思考는 제게 투명한 플라스틱처럼 뚜렷하게 보입니다." 헬리오가발루스가 말했다. "이 아이가 보는 제 사고 또한 마찬가지겠죠. 우리 두 사람 모두가 수인囚人입니다. 적지에 갇힌."

어니는 이 말을 듣고 오랫동안 껄껄 웃었다.

"진실은 언제나 무지한 자들을 즐겁게 하는 법입니다."

헬리오가발루스가 말했다.

"그래. 내가 무지하다고 쳐. 하지만 난 단지 네가 이 빙퉁그러진 녀석과 죽이 맞는 것처럼 보이는 게 너무 웃겨서 견딜 수 없었던 거야. 너를 모욕할 생각은 없었어. 그럼 너하고 이 녀석 사이에는 뭔가 공통점이 있다, 이건가? 놀랄 일은 아닐지도 모르겠군." 그는 헬리오가발루스가 읽고 있던 책을 집어 올렸다. "파스칼." 그는 소리내어 읽었다. "『시골 친구에게 보내는 편지』라고? 하느님 맙소사. 도대체 이런 책을 읽어준 이유가 뭐야? 아니, 이유가 있기는 해?"

"리듬 때문입니다." 헬리오가발루스는 참을성 있게 말했다. "위대한 산문의 운율은 소년의 방황하는 주의력을 매료시키고, 붙들어매는 효과가 있습니다."

"왜 방황하는데?"

"두려움 때문입니다."

---

* Provincial Letters. 원제는 『Lettres provinciales』(1656~1657). 파스칼이 익명 서간집의 형태를 빌려 가톨릭 신학과 도덕의 문제를 다룬 작품.

"뭐가 두려워?"

"죽음이."

어니의 표정이 진지해졌다. "아, 그랬군. 이 녀석의 죽음 얘기야? 아니면 일반적인 죽음이 두려운 건가?"

"이 아이는 자신의 노년을 경험하고 있습니다. 몇십 년이나 미래의 화성에 있는 양로원에서, 죽은 것이나 다름없는 상태로 누워 있는 자신을 말입니다. 그 양로원은 다 무너져가는 폐옥인데, 이 아이는 그 건물에 대해 형언하기 힘든 지독한 혐오감을 느끼고 있습니다. 미래의 건물에서 이 아이는 공허하고 지루한 세월을 보내게 됩니다. 인간이 아닌 물건 취급을 받으며 침대에 꽁꽁 묶여 있지만, 우매한 법률 때문에 죽지도 못하고 살아가야 합니다. 현실에 눈길을 주려고 하는 즉시 그런 상황에 빠진 자기 자신의 끔찍한 환영에 사로잡혀 옴짝달싹할 수 없게 되는 겁니다."

"그 양로원이라는 건 또 뭐야?"

"곧 세워질 건물이랍니다. 처음에는 그런 용도가 아니라 화성 이민자들을 위한 거대한 공동 주택이었다는군요."

"맞아." 무엇인지 짐작이 갔다. "F.D.R. 산맥에 있는 거로군."

"사람들이 와서 정착하고 살면서 야생 블리크맨들을 마지막 피난처에서 쫓아냅니다. 블리크맨은 쫓겨나면서 이미 불모의 땅이었던 그곳에 저주를 겁니다. 지구에서 온 이민자들은 실패합니다. 그들의 건물은 해가 지날수록 황폐해집니다. 결국 이민자들은 왔을 때보다 더 빠르게 지구로 도망칩니다. 마지막에 그 건물은 다른 용도로 쓰입니다. 노인과 빈민 그리고 치매환자들을 수용하는 시설이 되는 겁니다."

"이 녀석은 왜 말을 안 하는 거야? 설명해봐."

"그런 끔찍한 환영으로부터 도피하기 위해서 더 행복했던 나날로, 어머니의 몸 안에 있던 시절로 퇴행한 겁니다. 아무도 없고, 변화도, 시간도, 고통도 존재하지 않는 곳으로 말입니다. 자궁 속의 삶이죠. 자기가 아는 유일한 행복이 있는 그곳으로 자기를 보내고, 절대로 그곳에서 나오려고 하지를 않습니다."

"그랬었군."

어니는 이렇게 말했지만 반신반의하는 표정이었다.

"이 아이의 고통은 우리들의 고통, 다른 사람들의 고통과 마찬가지입니다. 하지만 이 아이의 경우는 우리에게는 없는 예지 능력을 가지고 있기 때문에 더 견디기 힘든 겁니다. 그것은 끔찍한 지식입니다. 그 내면이 ― 검게 변한 것도 무리가 아닙니다."

"맞아. 너만큼이나 검지. 밖이 아니라 네가 말하듯 내면이 말이야. 넌 그런 걸 어떻게 참아?"

"저는 뭐든지 참습니다."

"너 내가 무슨 생각하는지 알아?" 어니는 말했다. "난 이 녀석이 단지 미래를 보기만 하는 것이 아니라 시간을 제어한다고 생각해."

블리크맨의 눈에서 표정이 사라졌다. 그는 어깨를 으쓱했다.

"그렇지?" 어니는 끈질기게 물었다. "어이 헬리오가발루스, 이 검둥이 녀석. 여기 이 어린놈은 어젯밤 장난을 쳤어. 난 그걸 알아. 무슨 일이 일어날지 미리 보고, 그걸 건드리려고 했던 거야. 혹시 응당 일어날 일을 안 일어나게 하려고 그랬던 거 아 냐? 시간을 멈추는 식으로."

"그럴지도 모릅니다."

"사실이라면 엄청난 능력이야. 이 녀석이 평소 소원하던 대 로 과거로 되돌아갈 수 있다면, 결과적으로 현재까지 바꿀 수 있을지도 몰라. 그러니까 넌 계속 이 녀석과 함께 놀아주고, 주 의를 기울이라고. 그런데 오늘 아침 도린이 전화를 걸지 않았 어? 아니면 잠깐 들렀다거나? 할 얘기가 있는데."

"그런 일은 없었습니다."

"너 내가 돌았다고 생각해? 이 녀석에게 잠재된 능력에 관해 내가 하는 소리가 터무니없게 들려?"

"지금 당신을 움직이는 것은 분노입니다. 분노로 움직이는 사내는 그 열정 탓에 우연히 진실과 마주치곤 합니다."

"헛소리 작작해." 어니는 분개한 어조로 내뱉었다. "그냥 그 렇다, 아니다 하는 식으로 대답할 수는 없어? 왜 그렇게 쓸데없 는 궤변을 늘어놓는 거야?"

헬리오가발루스는 말했다. "미스터, 당신이 상처를 입힐 생 각인 잭 볼렌 씨에 관해서 한 가지 얘기할 것이 있습니다. 그는 매우 취역하고—"

"취약하고." 어니가 정정했다.

"감사합니다. 그는 매우 취약하고 쉽게 상처를 받는 사람입 니다. 당신이라면 쉽게 파멸시킬 수 있을 겁니다. 하지만 잭 볼

341

렌 씨는 그를 사랑하는 사람 내지는 사람들에게 받은 부적을 가지고 있습니다. 블리크맨이 만든 물의 정령의 부적입니다. 그게 그를 안전하게 지켜줄지도 모릅니다."

잠시 후 어니는 말했다. "두고 봐야겠지."

"그렇습니다." 헬리오가발루스는 지금까지 어니가 들어본 적이 없는 묘한 어조로 말했다. "그런 고색창연한 물건에 어떤 힘이 아직도 남아 있는지를 알려면 두고 보는 수밖에 없습니다."

"그런 게 쓰레기나 다름없다는 증거는 바로 너 자신이야. 내가 너를 구해내지 않았으면 너는 여전히 다 죽어가는 짐승처럼 사막을 방황하면서 물을 구걸하고 있었을걸. 그런 생활로 돌아갈 바에는 차라리 여기서 내 명령을 받으면서 살겠다고 한 건 바로 너야. 요리를 하고, 바닥을 쓸고, 내 옷을 옷장에 거는 게 훨씬 낫다고 했잖아."

"흐으음." 블리크맨은 중얼거렸다. "그럴지도 모르겠군요."

"그걸 언제나 명심해." 그러지 않는다면 넌 다시 파카알과 화살을 들고 사막을 돌아다녀야 하니까. 갈 곳도 없이, 정처 없이 말이야. 어니는 생각했다. 여기서 인간답게 살게 해준 내 은혜를 잊지 말라고.

그날 오후 이른 시각에 어니는 스코트 템플의 통신문을 받았다. 해독장치의 회전축에 테이프를 끼우자 곧 스코트의 목소리가 흘러나왔다.

"어니, 그 녀석의 기지를 찾아냈어. 아니나 다를까 F.D.R. 산맥에 숨겨져 있더군. 본인은 자리에 없었지만 조금 전에 자동식 로켓이 거기 착륙했어. 우리가 이렇게 빨리 찾아낸 것도 바로 그 로켓의 궤도를 추적했기 때문이야. 하여튼 기지에 있는 큰 창고에는 물건이 잔뜩 들어 있었어. 그것들은 모두 가지고 나와서 우리 창고에 보관해뒀어. 그런 다음에는 씨앗형 원폭을 하나 묻고 발착장하고 창고하고 주위의 장비들을 모조리 날려 보냈지."

잘했군. 어니는 생각했다.

"그리고 자네가 말한 것처럼 누구를 상대하고 있는지를 각인시키기 위해서 메시지를 하나 남겨두고 왔네. 발착장 유도탑의 잔해에 메모를 하나 붙여놓았어. 어니 코트는 네 소행이 마음에 안 들어, 이런 글을 말이야. 어때, 어니?"

"아주 좋아." 어니는 소리내어 말했지만, 속으로는 약간―이런 걸 뭐라고 하더라?―신파조가 아닌가 하는 생각을 하고 있었다.

메시지는 계속되었다. "그 녀석은 나중에 돌아와서 그걸 볼 거야. 그래서 말인데, 며칠 뒤에 함께 거기로 가서 혹시 그 녀석이 밀수 기지를 재건하고 있지는 않은지 확인하면 어떨까 하는 생각이 들어. 물론 자네가 찬성한다면 말이지만. 그런 개인업자들은 좀 머리가 돈 놈들이 많잖아. 작년에 자기들 맘대로 전화국을 차리려고 했던 놈들처럼 말이야. 하여튼 이번 일은 깨끗하게 처리됐어. 그런데 그 녀석 슈타이너의 옛 장비들을 쓰고 있더군. 슈타이너의 이름이 쓰인 장부 따위가 널려 있었어. 역시 자네 말대로 빨리 손을 쓰길 잘했어. 내버려뒀더라면 나중에 골칫거리가 됐을지도 몰라."

메시지가 끝났다. 어니는 릴테이프를 암호 녹음기에 끼우고 마이크 앞에 앉아 답장을 녹음하기 시작했다.

"잘했어, 스코트. 고마워. 이제 그 녀석 걱정은 안 해도 될 것 같군. 기지에 있던 물건들을 몰수한 것도 잘한 일이야. 우리가 요긴하게 쓸 수 있으니까 말이야. 언제든 저녁에 한 번 들러서 한 잔 하자고." 어니는 녹음기를 멈추고 테이프를 되돌렸다.

주방 쪽에서 헬리오가발루스가 만프레드에게 웅얼거리며 책을 읽어주는 소리가 끈질기게 들려왔다. 듣고 있자니 짜증이 몰려오며 블리크맨에 대한 분노가 고개를 들었다. 만프레드 그 녀석의 마음을 읽을 수 있으면서, 내가 복잡하게 잭 볼렌을 불러들이는 걸 왜 그냥 보고만 있었어? 그는 마음속으로 힐문했다. 왜 내게 미리 얘기를 안 해준 거지?

그러자 헬리오가발루스에 대해 뚜렷한 증오가 생겨났다. 너도 나를 배신했어. 다른 작자들, 앤이나 잭, 그리고 도린과 마찬가지로. 모두 똑같아.

주방 문으로 다가가서 소리쳤다. "도대체 진전이 있는 거야, 없는 거야?"

헬리오가발루스는 책을 내리고 말했다. "미스터, 이런 일에는 시간과 노력이 필요합니다."

"시간이라고! 빌어먹을, 문제는 바로 시간이야. 그 녀석을 과거로, 이를테면 2년 전으로 돌려보내서 헨리 월리스 산을 내 이름으로 사게 하라고— 그럴 수 있어?"

344

대답은 없었다. 너무나도 부조리한 요구이기 때문에 헬리오가발루스 입장에서는 일고의 가치도 없는 듯했다. 어니는 얼굴을 붉히며 문을 쾅 닫았고 성큼성큼 거실로 돌아갔다.

그럼 나를 과거로 보낸다면 어떨까. 어니는 생각했다. 녀석의 시간여행 능력은 틀림없이 무슨 쓸모가 있을 것이다. 나는 왜 내가 원하는 결과를 얻지 못하는 것일까? 도대체 모두 어떻게 된 거지?

내 신경을 건드리려고 일부러 저렇게 시간을 끄는 거겠지.

나도 더 이상은 기다릴 생각이 없어.

오후 1시가 되어도 여전히 이 컴퍼니에서 수리 호출은 오지 않았다. 도린의 아파트의 전화 옆에서 대기하고 있던 잭은 뭔가 잘못되었다는 사실을 깨달았다.

1시 반이 되자 미스터 이에게 전화를 걸었다.

"코트 씨한테 얘기를 들었을 거라고 생각했네만." 미스터 이는 특유의 무미건조한 어조로 말했다. "자넨 더 이상 우리 회사의 사원이 아니네, 잭. 코트 씨의 고용인이야. 지금까지 열심히 일해줘서 고마웠네."

잭은 의외의 뉴스에 낙담하며 말했다. "어니 코트가 제 계약을 샀단 말입니까?"

"그렇다네, 잭."

잭은 전화를 끊었다.

"뭐라고 한 거야?" 눈이 둥그레진 도린이 물었다.

"난 어니한테 팔렸어."

"무슨 속셈으로 그런 걸까?"

"나도 몰라. 아무래도 전화를 걸어서 직접 물어봐야 할 것 같군. 그쪽에서 먼저 전화를 걸어올 것 같지는 않으니." 나를 가지고 놀고 있는 거야. 그는 생각했다. 가학적인 게임을 하면서……. 즐기고 있는 것인지도 모르겠군.

"전화 걸어봤자 소용없어." 도린이 말했다. "전화로는 절대로 중요한 얘기를 안 해. 집으로 가서 물어봐야 해. 나도 가고 싶어. 가게 해줘."

"알았어." 잭은 코트를 꺼내려고 옷장으로 가며 말했다. "일단 가보자고."

14

오후 2시에 오토 지트는 볼렌 가족의 집 옆문으로 머리를 빼꼼 내밀고는 보는 사람이 아무도 없다는 것을 확인했다. 몰래 집에서 나갈 수 있을 것 같아. 그 광경을 바라보며 실비아는 생각했다.

난 무슨 짓을 저지른 걸까? 그녀는 침실 한복판에 서서 떨리는 손으로 블라우스 단추를 채우며 자문했다. 어떻게 이런 일을 비밀로 할 수 있지? 설령 슈타이너 부인이 그를 못 본다고 해도, 오토 자신이 준에게 털어놓을 것이 뻔하다. 그러면 준은 윌리엄 버틀러 예이츠 운하변에 사는 모든 사람에게 떠들고 다닐 것이다. 워낙 수다를 떨기 좋아하는 여자이기 때문이다. 결국 잭은 알아차릴 것이다. 게다가 레오가 일찍 돌아오기라도 했다면—

후회해도 늦었다. 이미 일어나버린 일이다. 오토는 가방을 집어 들고 떠날 채비를 하고 있었다.

차라리 죽어버렸으면. 그녀는 되뇌었다.

"잘 있어, 실비아." 오토는 서둘러 현관으로 가며 말했다. "또 연락할게."

그녀는 대답하지 않고 신발을 신는 일에 전념했다.

"작별인사도 안 할 거야?"

오토는 침실 문가에 멈춰 서서 말했다.

그런 그를 흘끗 보며 그녀는 말했다. "안 해. 당장 나가줘. 그리고 다시는 돌아오지 말아─ 난 당신이 싫어. 정말로."

오토는 어깨를 으쓱했다. "왜?"

"왜냐하면," 그녀는 지극히 당연하다는 어조로 말했다. "당신은 끔찍한 인간이기 때문이야. 난 당신 같은 사람과 관여한 적이 한 번도 없었어. 잠시 정신이 나갔던 것 같아. 너무 외로워서."

오토는 진심으로 마음을 상한 듯했다. 시뻘겋게 상기한 얼굴로 침실 문 앞에 서서 내뱉었다. "당신도 원해서 이렇게 된 거야." 그녀를 노려보며 중얼거렸다.

"가."

실비아는 그에게 등을 돌렸다.

마침내 현관문이 여닫히는 소리가 났다. 간 것이다.

다시는, 다시는 그러지 않을 거야. 실비아는 되뇌었다. 욕실의 약장 앞으로 가서 페노바르비탈이 든 약병을 꺼냈다. 황급히 물잔에 물을 받은 다음 150밀리그램을 꿀꺽 삼켰고, 숨을 헐떡였다.

 그렇게까지 심한 말을 할 필요는 없었어. 실비아는 한순간 죄책감을 느꼈다. 공정하지 못한 처사였다. 그의 잘못이 아니라 내 잘못이기 때문이다. 잘못을 저질러놓고서 왜 다른 사람을 비난한단 말인가? 그가 아니었다면, 늦든 빠르든 다른 남자와 그랬을 것이다.

 실비아는 생각에 잠겼다. 다시 돌아오려고 할까? 아니면 내가 한 말 때문에 영영 돌아오지 않는 걸까? 벌써 외로움을 느낀다. 또다시 예전의 불행하고 어찌할 바를 모르는 상태로 돌아온 듯했다. 마치 아무 희망도 없는 진공 속에서 영원히 표류해야 할 운명에 있는 것처럼.

 실은 아주 괜찮은 사내였어. 상냥하고, 사려 깊은. 훨씬 나쁜 남자를 만났을 수도 있었잖아.

 주방으로 가서 식탁 앞에 앉았고, 수화기를 들고 준의 전화번호를 돌렸다.

 이윽고 준의 목소리가 말했다. "여보세요?"

 실비아는 말했다. "내가 뭘 했는지 알아맞혀봐."

 "말해봐."

 "잠깐만. 담뱃불 좀 붙이고." 실비아는 담배에 불을 붙이고 재떨이를 가져왔다. 편하게 앉을 수 있도록 의자 위치를 바꾼 다음, 사건의 전말을 지극히 세세하게, 아슬아슬한 부분에서는 약간의 필수 불가결한 창작을 덧붙여가면서 늘어놓았다.

 놀랍게도 이렇게 얘기하는 일은 실제 경험만큼이나 즐거웠다.

아마 그 이상일지도 모르겠다.

오토는 사막 상공을 가로질러 F.D.R. 산맥에 있는 기지로 돌아가면서 실비아와의 정사를 뇌리에 떠올리고 자축했다. 기분이 좋았다. 떠나올 때 실비아가 그를 향해 내뱉은 후회와 비난의 말에도 크게 놀라지는 않았다.

그 정도는 각오해야 해. 그는 뇌까렸다.

예전에도 그런 적이 있었다. 물론 동요하기는 했지만 복잡 미묘한 여심을 상대하자면 흔히 겪을 수 있는 일이다. 어느 시점에서 현실을 회피하고, 사람이든 물건이든 눈앞에 있는 것을 향해 닥치는 대로 화풀이를 하며 책임을 전가하는 것이 여자의 본성이다.

별로 신경 쓰이지도 않는다. 그 무엇도 두 사람이 공유했던 즐거운 시간의 기억을 앗아갈 수는 없기 때문이다.

자, 이제 어떻게 한다? 로켓 발착장으로 돌아가서 점심을 먹고 좀 쉬다가, 수염을 깎고 샤워를 한 다음에 옷을 갈아입는 편이 낫겠다……. 그런 다음에는 진짜 세일즈에 나서기로 하자. 다른 데 한눈을 팔지 않고, 순수한 돈벌이에 매진하는 것이다.

전방에 이미 들쭉날쭉한 산봉우리들이 보이기 시작했다. 거의 다 왔다.

바로 앞쪽의 산에서 불길한 느낌을 주는 거무스름한 연기가 한 줄기 피어오르고 있었다.

놀라서 헬리콥터의 속력을 올렸다. 의심의 여지가 없다. 연기는 그의 발착장 내지는 발착장 근처에서 올라오고 있었다. 발각됐어! 오토는 짧은 흐느낌을 발했다. UN 놈들이 내 기지를 일소하고 나를 기다리고 있는 거야. 그러나 가봐야 했다. 직접 확인할 필요가 있었다.

아래에 로켓 발착장의 잔해가 보였다. 연기를 뿜는, 돌조각이 널린 폐허. 그는 무작정 그 위를 선회하며 엉엉 울었다. 눈물이 뺨을 흘러내렸다. 그러나 UN 관계자들의 모습은 없었다. 군용기도, 병사들의 모습도 보이지 않는다.

혹시 지구에서 보낸 로켓이 착륙하다가 폭발한 것일까?

오토는 재빨리 헬리콥터를 착륙시켰다. 뜨거운 지면을 후다닥 가로질러 창고였던 건물의 잔해로 달려갔다.

발착장의 신호탑까지 오자, 핀으로 붙여놓은 네모난 마분지가 눈에 들어왔다.

어니 코트는 네 소행이 마음에 안 들어.

거듭해서 읽으며 이 글의 뜻을 이해하려고 해보았다. 어니 코트는— 그렇지 않아도 곧 전화를 하려던 참이었다. 어니는 슈타이너의 단골이었기 때문이다. 이건 도대체 무슨 뜻일까? 아직 만나지도 않은 어니에게 내가 실수라도 했단 말인가? 그게 아니라면 어떻게 어니를 화나게 할 수 있단 말인가? 이해할 수 없었다— 어니 코트에게 내가 무슨 짓을 했길래 이런 꼴을 당해야 하나?

왜? 오토는 물었다. 도대체 내가 너한테 무슨 짓을 했다는 거야? 왜 나를 파멸시킨 거지?

잠시 후 그는 창고 쪽으로 걸어갔다. 만에 하나 재고품 일부라도 건질 수 있을지도 모른다는 실낱 같은 희망에서였다. 잔해 속에도 무엇인가 남아 있을지도 모른다.

아무것도 남아 있지 않았다. 재고품은 모조리 사라져버렸다. 통조림 깡통, 유리병, 종이상자, 종이봉지 따위는 눈을 씻고 찾아봐도 없었다. 창고 건물의 잔해는 남아 있지만, 그것이 전부였다. 그렇다면 그들—폭탄을 떨어뜨린 자들—은 먼저 창고로 와서 재고품을 약탈했던 것이다.

어니 코트. 너는 나한테 폭탄을 던졌어. 그리고 내 물건을 훔쳤어. 오토는 정처 없이 창고 주위를 배회하며 뇌까렸다. 주먹을 쥐었다 폈다 하며, 이따금 분노로 가득한 눈으로 하늘을 흘끗 올려다보면서.

그래도 왜 이런 일을 당해야 하는지 이해할 수 없었다.

틀림없이 뭔가 이유가 있을 것이다. 반드시 알아내고야 말겠다. 알아낼 때까지 내게 휴식이란 없다. 어니 코트, 이 나쁜 자식. 알아낸 뒤에는 너를 찾아내서 반드시 복수를 하고야 말겠다.

오토는 코를 풀었고, 훌쩍거리면서 느린 발걸음으로 헬리콥터로 돌아갔다. 조종석에 앉아서 오랫동안 앞을 응시하고 있었다.

이윽고 그는 여행가방 하나를 열었다. 22구경 권총을 꺼내서 무릎 위에서 쥐고 어니 코트 생각을 했다.

어니 코트에게 헬리오가발루스가 말했다. "미스터, 바쁘신데 죄송합니다. 하지만 준비가 되셨다면 무슨 일을 해야 할지 말씀드리고 싶습니다."

책상에 앉아 있던 어니는 기쁜 표정으로 고개를 들었다. "얘기해봐."

헬리오가발루스는 오만하면서도 어딘가 슬픈 표정으로 말했다. "만프레드와 함께 사막으로 가서 프랭클린 델라노 루스벨트 산맥까지 걸어가야 합니다. 그 소년을 블리크맨들의 신성한 바위인 '더러운 혹'으로 데려가면 당신의 순례는 끝납니다. 소년을 '더러운 혹'과 만나게 하면, 당신이 찾는 해답이 나올 겁니다."

어니는 블리크맨 하인에게 손가락을 흔들어 보이며 농담하듯이 말했다. "그런데도 예전에 넌 그걸 사기라고 했어." 블리크맨들의 신앙에는 어떤 의미가 있다는 느낌을 줄곧 가지고 있었다. 헬리오가발루스는 그를 속이려고 했던 것이다.

"당신은 성스러운 바위 옆에서 교감을 나눠야 합니다. '더러운 혹'에 생기를 불어넣는 정령은 당신의 정신을 수신하고, 그 정령이 자비롭다면 당신의 소원을 들어줄 겁니다." 그러고는 이렇게 덧붙였다. "실제로는 소년의 내부에 있는 능력에 의존해야 합니다. 바위 혼자서는 무력합니다. 하지만 이 부분은 알아두십시오. '더러운 혹'은 시간이 가장 약한 지점에 위치해 있습니다. 블리크맨들은 몇 세기 동안이나 그 사실을 활용해왔습니다."

"그랬었나." 어니는 말했다. "시간에 뚫린 구멍 같은 거로군. 그리고 너희들은 그걸 통해서 미래로 갔던 거야. 흠, 내가 관심이 있는 건 과거야. 네가 한 얘기는 솔직히 미심쩍기는 하지만 일단 시도는 해보겠어. 지금까지 넌 그 바위에 관해 별의별 얘기를 해줬는데—"

"제가 예전에 한 얘기들은 사실입니다. '더러운 혹'만으로는 당신에게는 아무 도움도 안 됐을 겁니다." 헬리오가발루스는 주눅들지 않고 어니의 시선을 똑바로 맞받아쳤다.

"만프레드가 협력할 거라고 생각해?"

"그 아이에게 바위 얘기를 하니까 정말로 보고 싶어 했습니다. 그곳으로 가면 과거로 도망칠 수 있다고 가르쳐줬습니다. 그것이 그 아이의 마음을 사로잡은 겁니다. 하지만—" 헬리오가발루스는 잠시 말을 멈췄다. "당신은 그 아이의 노력에 보답해야 합니다. 값을 매길 수 없을 정도로 가치 있는 무엇인가를 그 아이에게 주는 겁니다…… 이를테면 당신은 그의 삶으로부터 AM-WEB의 망령을 영원히 불식해줄 수 있습니다. 지구로 돌려보내주겠다는 약속을 하십시오. 그러면 그에게 무슨 일이 일어나든 간에, 그 끔찍한 건물의 내부를 보는 일은 다시는 없을 겁니다. 그렇게 해주신다면, 그 아이는 당신을 위해 자기가 갖고 있는 모든 정신력을 동원해서 당신을 도울 겁니다."

"괜찮게 들리는군."

"절대로 실망시켜서는 안 됩니다."

"헛, 물론 그런 일은 없을 거야." 어니는 약속했다. "당장 UN

354

당국에 연락해서 필요한 절차를 밟겠어. 좀 복잡하긴 하지만, 그 정도는 누워서 떡 먹기인 변호사들을 동원할 수 있으니까 괜찮아."

"좋습니다." 헬리오가발루스는 고개를 끄덕였다. "그 아이를 배신한다는 것은 정말로 비열한 처사임을 잊으면 안 됩니다. 그 장소에서 그 아이가 경험할, 자기 미래의 삶에 대한 소름끼치는 고뇌를 당신이 한순간이라도 겪는다면 결코—"

"그래. 정말이지 끔찍하게 들리는군."

"정말로 끔찍할 겁니다." 헬리오가발루스는 그를 바라보며 말했다. "당신도 그런 고뇌를 견뎌내야 한다면 말입니다."

"만프레드는 지금 어디 있지?"

"루이스 타운의 거리를 돌아다니면서 구경을 하고 있습니다."

"세상에. 그래도 괜찮아?"

"괜찮을 겁니다. 사람들로 붐비는 상점가를 구경하면 크게 흥분합니다. 모두 처음 보는 거라서."

"정말로 그 녀석을 많이 도와줬군."

현관의 초인종이 울리자 헬리오가발루스가 나갔다. 어니가 고개를 들자 잭과 도린의 모습이 보였다. 두 사람 모두 긴장으로 딱딱하게 굳은 표정을 하고 있었다.

"어, 왔어?" 어니는 건성으로 말했다. "들어와. 그렇지 않아도 전화를 하려던 참이었어, 잭. 자네에게 맡길 일이 있어."

잭이 말했다. "왜 미스터 이한테서 내 계약을 산 겁니까?"

"자네가 필요하니까." 어니가 말했다. "이유는 지금부터 말해줄게. 난 만프레드와 순례에 나설 건데, 우리가 길을 잃고 갈증으로 죽거나 하지 않도록 머리 위에서 선회하면서 감시해줄 사람이 필요해. 우리는 사막을 가로질러 F.D.R. 산맥으로 가야 하거든. 그렇지, 헬리오?"

"예, 미스터." 헬리오가발루스가 말했다.

"당장 출발해야 해. 걸어서 가려면 닷새쯤 걸리겠군. 휴대용 통신기를 가져가서 식량이나 물이 필요하면 연락할게. 밤이면 헬리콥터를 착륙시키고 우리가 잘 텐트를 쳐줘. 만프레드나 내가 사막 생물에게 물리거나 할 경우에 대비해서 헬리콥터에 의약품을 싣는 것도 잊지 말고. 사막에는 화성뱀이나 쥐들이 잔뜩 돌아다닌다고 들었어." 어니는 손목시계를 보았다. "3시로군. 4시에 출발해서 오늘밤까지 다섯 시간은 걷고 싶어."

"이…… 순례의 목적이 뭐야?" 잠시 후 도린이 물었다.

"거기 가서 볼일이 있어." 어니는 대답했다. "사막의 블리크 맨들한테 가야 해. 사적인 용무야. 당신도 헬리콥터를 타고 따라올 거야? 그렇다면 옷을 갈아입는 편이 나을 거야. 부츠하고 두꺼운 바지를 입는 편이 낫겠군. 언제든 지상으로 내려와야 하는 상황이 생길 수 있으니까 말이야. 닷새 동안이나 상공을 선회하고 있어야 하니 짧은 여행이 아니지. 특히 물을 싣는 걸 잊지 마."

도린과 잭은 서로의 얼굴을 쳐다보았다.

"농담하고 있는 게 아냐." 어니는 말했다. "그러니까 그렇게 우뚝 서 있지만 말고 빨리 준비하라고. 알았어?"

"내가 보기엔 선택의 여지가 없는 것 같군." 잭은 도린에게 말했다. "어니가 하라는 대로 하는 수밖에 없어."

"맞아, 친구." 어니는 말했다. "그러니까 빨리 필요한 장비를 끌어모아줘. 취사할 때 쓸 버너, 휴대용 램프, 휴대용 화장실, 식량, 비누, 타월, 총 따위를 말이야. 필요한 게 뭔지 알지. 자네 집은 사막 가장자리에 있으니 잘 알 거야."

잭은 천천히 고개를 끄덕였다.

"도대체 그 사적인 용무라는 게 뭐야?" 도린이 말했다. "그리고 왜 걸어서 가야 하는데? 거기까지 가야 한다면 평소 때처럼 헬리콥터를 타고 날아가면 그만이잖아?"

"걸어가야 하니까 걸어가는 거야." 어니는 짜증 섞인 어조로 대꾸했다. "그러는 수밖에 없어. 내 생각은 아냐." 그러고는 헬리오가발루스에게 말했다. "돌아올 때는 헬리콥터를 타도 되지?"

"예, 미스터." 헬리오가발루스가 말했다. "어떤 식으로 돌아와도 상관없습니다."

"내가 최고의 몸 상태를 유지하고 있어서 다행이야." 어니는 말했다. "그렇지 않았으면 걸어서 사막 횡단을 하는 것은 아예 불가능했겠지. 만프레드도 문제없으면 좋겠군."

"그 아이는 상당히 강합니다, 미스터." 헬리오가발루스가 말했다.

"아이를 데려가겠다는 거로군요." 잭이 중얼거렸다.

"그래. 무슨 이의라도 있나?"

잭은 대답하지 않았지만, 표정이 한층 더 어두워졌다. 그러더니 느닷없이 큰 소리로 내뱉었다. "그 아이에게 닷새 동안이나 사막을 걷게 할 수는 없습니다— 그러다가 죽기라도 하면 어쩔 겁니까."

"지상차 같은 걸 타고 가면 안 돼?" 도린이 반문했다. "UN 우체국 사람들이 우편 배달할 때 쓰는 조그만 카트 같은 걸 타면 되잖아. 그걸 타고 가도 오래 걸릴 거니까 순례하는 거나 다름없고."

"그건 어때?" 어니는 헬리오가발루스에게 물었다.

블리크맨은 잠시 생각해보더니 말했다. "방금 말하신 조그만 차 같은 거라면 괜찮을 거라고 생각합니다."

"좋아, 그렇게 하지." 어니는 그 자리에서 결정을 내렸다. "아는 친구들한테 전화를 걸어서 우편배달차 한 대를 가져오라고 해야겠군. 좋은 아이디어를 내줘서 고마워, 도린. 물론 두 사람은 여전히 상공에서 선회하면서 차 고장 따위에 대비해야 하지만 말이야."

잭과 도린은 고개를 끄덕였다.

"내가 목적지에 도착할 즈음이면 아마 내 목적이 뭔지 알아차릴 수 있을 거야." 사실 싫든 좋든 알게 될걸. 어니는 속으로 말했다. 그럴 거라는 데는 의심의 여지가 없어.

"이게 다 뭔지. 기분이 이상해."

도린이 말했다. 그녀는 잭의 팔을 잡고 바싹 몸을 갖다 댄다.

"내 탓이 아니라 헬리오 저 녀석 탓이야." 어니는 씩 웃으며 말했다.

"사실입니다." 헬리오가발루스가 말했다. "제가 생각해낸 일입니다."

그러나 잭과 도린의 표정은 변하지 않았다.

"오늘 자네 아버지하고는 말을 좀 해봤나?" 어니가 잭에게 물었다.

"예. 전화로 짧게 통화했습니다."

"토지거래 신고는 끝났대? 등기까지? 아무 문제 없이?"

"만사가 순조롭게 끝났다고 합니다. 지구로 돌아갈 준비를 하고 있습니다."

"정말 효율적이로군. 감탄스러울 정도야. 화성에 불쑥 나타나서 자기가 매입할 땅에 말뚝을 박고, 공증 사무소에서 등기를 마치고 지구로 돌아간다. 나쁘지 않아."

"뭘 노리고 있는 겁니까, 어니?" 잭은 조용한 목소리로 물었다.

어니는 어깨를 으쓱해 보였다. "만프레드하고 성스러운 순례에 나서야 해. 단지 그뿐이야." 그러나 이런 말을 하면서도 어니는 여전히 히죽거리고 있었다. 어쩔 수 없었다. 도저히 참을 수가 없었고, 굳이 그 사실을 감추려고도 하지 않았다.

UN의 우편배달차를 쓰면 루이스 타운에서 '더러운 혹'까지의 순례 여정을 원래 생각했던 닷새에서 단 8시간으로 단축할 수 있다는 것이 어니의 계산이었다. 이제 여기서 할 일은 없고, 출발하는 것만 남았군. 그는 거실 안을 왔다갔다하며 되뇌었다.

어니는 거실 창문을 통해 건물 밖의 길모퉁이에 주차된 차를 내려다보았다. 그 안에 헬리오가발루스와 만프레드가 앉아 있는 것이 보였다. 그는 책상 서랍에서 권총을 꺼내 웃옷 안쪽에 넣었고, 서랍을 잠근 다음 서둘러 복도로 나갔다.

잠시 후 그는 길가로 나가서 우편배달차로 다가갔다.

"자, 출발이야." 어니는 만프레드에게 말했다. 헬리오가발루스는 차에서 내려왔고, 어니는 조종간 뒤에 앉았다. 조그만 터빈 엔진의 시동을 걸자 유리병 안에 갇힌 꿀벌처럼 윙윙거리는 소리가 났다. "상태가 좋군." 그는 기운찬 어조로 말했다. "그럼 잘 있어, 헬리오. 이번 일이 잘 풀리면 너한테도 두둑이 상을 줄 테니 잊지 말라고."

"상은 필요 없습니다. 저는 단지 당신에 대한 제 의무를 다했을 뿐입니다. 상대가 누구라도 이렇게 했을 겁니다."

어니는 주차 브레이크를 푼 다음 루이스 타운 시내의 교통 흐름 속으로 우편배달차를 몰고 들어갔다. 늦은 오후였다. 이제 출발이다. 상공에서는 잭과 도린이 헬리콥터를 타고 선회하고 있을 것이다. 어니는 하늘을 올려다보며 굳이 그들의 모습을 찾으려고 하지는 않았다. 당연히 있을 것이라고 생각했기 때문이다. 헬리오가발루스에게 손을 흔들어 작별인사를 했다. 그러자 차 뒤로 거대한 트랙터 버스가 느닷없이 끼어들며 헬리오가발루스의 모습을 가렸다.

"어때, 만프레드?" 어니는 루이스 타운 교외에서 사막을 향해 차를 몰며 말했다. "이런 걸 타고 가니까 재미있지 않아? 이 차는 시속 50마일까지 낼 수 있어. 결코 느린 속도가 아니지."

소년은 대답하지 않았지만, 흥분한 듯이 몸을 떨고 있었다.

"정말 대단해."

어니는 소년을 대신해서 자기 질문에 대답했다.

우편배달차 옆에 바싹 붙어서 같은 속도로 따라오는 차의 존재를 어니가 깨달은 것은 루이스 타운을 거의 빠져나왔을 때의 일이었다. 차 안을 보니 남자와 여자가 타고 있었다. 처음에는 잭과 도린이 아닌가 했지만 잘 보니 여자는 전처인 앤 에스터 헤이지였고, 남자는 밀튼 글러브 박사였다.

도대체 뭘 원하는 거지? 어니는 의아해했다. 척 보면 바쁜 걸 모르겠나. 무슨 용건인지는 모르겠지만 지금은 안 된다고.

"코트!" 글러브 박사가 외쳤다. "차를 세워! 꼭 해야 할 얘기가 있어!"

"염병할." 어니는 멈춰서는 대신 차의 속도를 올렸고, 왼손으로 윗도리 안의 총을 더듬었다. "너희들하고 할 얘긴 없어. 둘이서 무슨 작당을 한 거야?" 이 상황은 전혀 마음에 들지 않았다. 그렇고 그런 작자들끼리 패거리를 이뤄서 내게 대항하겠다, 이건가. 미리 예상했어야 했어. 어니는 휴대용 통신기를 켜고 조합 건물에 있는 에디 고긴스를 불러냈다. 수자원조합의 사무장이다. "여긴 어니야. 자이로컴퍼스로 현재 위치는 8.45702이야. 루이스 타운 외곽이지. 당장 와줘 — 좀 손을 봐줘야 할 녀석들이 있어. 따라잡힐 것 같으니까 빨리 와." 사실은 지금도 여전히 옆에 바싹 붙어 있었다. 그들이 탄 차로 조그만 우편배달차를 따라잡는 것은 식은죽 먹기였고, 원한다면 추월할 수도 있었다.

"알겠습니다, 어니." 에디 고긴스가 말했다. "당장 우리 아이들을 보내겠습니다. 걱정 마십쇼."

따라오던 차가 우편배달차를 추월해서 길모퉁이에 정차했다. 어니는 마지못해 속력을 늦추고 정지했다. 차는 어니의 앞길을 막는 위치에 멈췄다. 글러브 박사가 뛰어내리더니 양팔을 마구 흔들며 게처럼 후다닥 다가왔다.

"이제 권세를 부리면서 약자를 못살게 굴던 당신의 시대는 끝났어!"

글러브 박사는 어니를 향해 외쳤다.

하느님 맙소사. 어니는 생각했다. 하필 이럴 때에. "용건이 뭐야?" 그는 말했다. "빨리 얘기해. 난 바빠."

"잭 볼렌을 건드리지 마." 글러브 박사는 숨을 헐떡이며 말했다. "난 그의 대리인이야. 그는 휴양과 안정을 필요로 하는 환자야. 지금부터는 나를 통해야 해."

앤이 차에서 내렸다. 앤은 우편배달차로 다가와서 어니를 마주보았다. "내가 이해하는 바에 따르면—" 그녀는 운을 뗐다.

"이해하긴 뭘 이해해." 어니는 독기 서린 어조로 말했다. "비켜. 안 비키면 손을 봐주겠어."

상공에 수자원노동조합의 표지를 단 헬리콥터가 나타나더니 아래로 내려오기 시작했다. 잭과 도린일 것이라고 어니는 추측했다. 그리고 그 뒤에서 두 번째 헬리콥터가 나타나더니 빠른 속도로 다가왔다. 보나마나 에디와 조합원들일 것이다. 두 대의 헬리콥터는 근처에 착륙할 태세를 갖췄다.

앤이 말했다. "어니, 지금 하는 일을 멈추지 않으면 난 당신한 테 뭔가 안 좋은 일이 일어날 거라는 생각이 들어."

"나한테?" 어니는 야유하듯이 말했다. 도저히 믿지 못하겠다 는 표정이었다.

"예감이 안 좋아. 제발, 어니. 당신이 뭘 하려든 간에— 다시 한 번 생각해봐. 세상에는 좋은 일들이 얼마든지 널려 있는데, 꼭 그렇게 복수에 집착해야겠어?"

"뉴 이스라엘로 돌아가서 빌어먹을 가게나 보고 있어."

어니는 이렇게 내뱉고 모터를 고속으로 공회전시켰다.

"그 아이는 만프레드 슈타이너가 맞지?" 앤이 말했다. "글러 브 박사가 B-G 캠프로 데려가게 해줘. 모든 사람을 위해서도 그게 좋아. 본인에게도, 당신에게도."

헬리콥터 한 대가 착륙했다. 그 안에서 4명의 수자원조합원 들이 뛰어내리더니 이쪽으로 달려오기 시작했다. 글러브 박사 는 그들을 보고는 당황하며 앤의 옷소매를 잡았다.

"봤어요, 글러브 박사님." 앤은 태연한 표정이었다. "부탁이 야, 어니. 지금까지 힘을 합쳐서 보람 있는 일들을 많이 해왔잖 아⋯⋯. 나를 위해서, 샘을 위해서라도— 만약 당신이 이번 일 을 그대로 진행한다면, 앞으로는 어떤 식으로든 결코 협력할 수 없을 거야. 그걸 모르겠어? 그토록 많은 걸 잃어도 될 정도 로 중요한 일이야?"

어니는 잠자코 있었다.

에디 고긴스가 숨을 헐떡이며 우편배달차 옆으로 왔다. 조합원들은 앤과 글러브 박사를 둥글게 에워쌌다. 다른 헬리콥터가 착륙하더니 잭이 내렸다.

"저 친구한테 물어봐." 어니가 말했다. "자기 의지로 따라온 거야. 성인이고, 자기가 뭘 하는지도 잘 알고 있어. 그러니까 이번 순례에 자발적으로 따라온 건지 아닌지 본인한테 직접 물어보라고."

글러브와 앤이 잭을 향해 몸을 돌리자, 어니는 우편배달차를 후진시킨 다음 전진 기어를 넣고 앞을 막아선 차 옆을 번개처럼 빠져나갔다. 자기 차로 돌아가려고 하는 글러브 박사를 사내들이 막아서며 몸싸움이 벌어졌다. 어니는 그를 쫓아왔던 차와 사람들을 뒤에 남기고 똑바로 전진했다.

"자, 간다." 그는 만프레드에게 말했다.

앞으로 이어지는 길은 흐릿하고 편평한 한 줄기의 선이 되어 멀리 보이는 산들을 향해 뻗어나가고 있었다. 우편배달차는 거의 최고속도로 덜컹거리며 달리고 있었다. 어니는 씩 웃었다. 곁에 있는 소년도 흥분한 표정이었다.

누구도 내 앞길을 막을 수는 없어. 어니는 되뇌었다.

옥신각신 몸싸움을 벌이는 소리가 뒤로 사라졌다. 이제는 차의 조그만 터빈 엔진이 윙윙거리는 소리가 들릴 뿐이다. 어니는 몸의 힘을 빼고 등받이에 등을 기댔다.

자, 이제 '더러운 혹'으로 가자. 그는 생각했다. 그러자 잭이 가지고 있다는 마법 부적이 뇌리에 떠올랐다. 헬리오가발루스는 그것이 물의 정령의 부적이라고 했다. 어니는 미간을 찌푸렸다. 그러나 찌푸린 표정은 오래가지 않았다. 차의 속력을 늦추지도 않았다.

곁에서 만프레드가 흥분된 어조로 외쳤다. "거블 거블!"

"거블 거블이라니, 그게 뭐야?" 어니는 물었다.

대답은 없었다. 두 사람은 덜컹거리는 UN 우편배달차에 몸을 싣고 전방의 F.D.R. 산맥을 향해 직진했다.

저기 도착하면 무슨 뜻인지 알 수 있을지도 모르겠군. 어니는 생각했다. 알고 싶어. 이유는 알 수 없었지만, 소년의 입에서 나오는 묘한 말들은 어니를 그 어떤 것보다도 불안하게 만들었다. 문득 헬리오가발루스를 데리고 올걸, 하는 생각이 떠올랐다.

"거블 거블!" 만프레드가 질주하는 차 안에서 외쳤다.

15

사암과 흑요석으로 이루어진, '더러운 혹'이라고 불리는 검고 불규칙한 돌기가 새벽 햇살을 받으며 거대하고 불길한 모습을 드러냈다. 어젯밤은 사막에 착륙한 헬리콥터 옆에 천막을 치고 야영했다. 잭이나 도린과는 아무 말도 나누지 않았다. 새벽이 되자 헬리콥터는 이륙해서 상공을 선회했다. 어니와 만프레드는 아침을 든든하게 먹고 짐을 싼 다음 다시 여행을 재개했다.

블리크맨들의 성스러운 바위를 향한 순례 여행도 이제 끝나가고 있었다.

우리의 고민을 일거에 해소해줄 장소가 저기 있군. 눈앞에 솟아 있는 '더러운 혹'을 올려다보면서 어니는 생각했다. 만프레드에게 차의 조종간을 맡기고 헬리오가발루스가 그려준 지도를 훑어보았다. 문제의 바위로 올라가는 산길이 표시되어 있다.

헬리오가발루스는 바위 북쪽에 암반을 뚫어서 만든 동굴이 있고, 아마 블리크맨 제관祭官 하나가 그곳에 있을 것이라고 했다. 진탕 술을 퍼먹고 어딘가에서 자고 있을지도 모르지만 말이야, 하고 어니는 중얼거렸다. 블리크맨 제관들에 관해서는 잘 알고 있다. 대다수가 늙은 주정뱅이고, 다른 블리크맨들조차도 이들을 경멸한다.

처음 나온 언덕 기슭의 그늘진 곳에 차를 세우고 엔진을 껐다. "여기서부터는 걸어서 올라가야 해." 어니는 만프레드에게 말했다. "가급적 짐을 많이 지고 올라가야겠군. 식량하고 물은 물론이고, 통신기도 가지고 가야 해. 버너는 필요해지면 나중에 가지러 오면 되겠군. 어차피 여기서 몇 마일만 더 가면 된다고 하니까 말이야."

소년은 차에서 뛰어내렸고, 어니와 힘을 합쳐 짐을 내렸다. 곧 그들은 F.D.R. 산맥으로 이어지는 바위투성이의 산길을 올라가고 있었다.

만프레드는 주위를 둘러보더니 움츠러들며 부르르 몸을 떨었다. 또다시 AM-WEB을 체험하고 있는지도 모른다고 어니는 추측했다. 헨리 월리스 산은 여기서 불과 100마일 떨어진 곳에 있다. 미래에 이 부근에 건설될 건축물들의 기氣를 포착한 것인지도 모르겠다. 어니조차도 그런 느낌을 받고 있을 정도였다.

그게 아니라면 블리크맨들의 성스러운 바위의 기운을 느낀 것일까?

어니는 바위의 모습이 마음에 들지 않았다. 하필 저런 곳을 왜 성지로 만든 것일까? 그는 자문했다. 이 황량한 장소 전체가 불길한 기운을 내포하고 있었다. 그러나 오래전에는 이 지역 전체가 비옥했을 수도 있다. 산길을 따라 옛 블리크맨 야영지의 흔적도 남아 있었다. 혹시 이곳은 화성인의 발상지인지도 모른다. 고색창연하며 닳고 닳은 느낌을 준다는 사실은 부정할 길이 없었다. 마치 무수히 많은 흑회색 생물들이 태곳적부터 이곳을 활보했던 듯한 느낌이다. 그런데 지금은 무엇이 남아 있는가? 죽어가는 종족이 남긴 마지막 잔해뿐이다. 앞으로 살날이 얼마 남지 않은 자들을 위한 유적이라고나 할까.

무거운 짐을 지고 숨을 헐떡이며 산을 오르던 어니는 잠시 멈춰 섰다. 만프레드는 그를 따라 가파른 경사를 힘겹게 올라오고 있었다. 여전히 불안이 가득한 표정으로 주위를 둘러보고 있다.

"걱정 마." 어니는 격려했다. "여길 두려워할 필요는 전혀 없어." 소년의 능력이 이미 바위의 그것과 융합하기 시작한 것일까? 혹시 바위도 두려움을 느끼고 있는 것일까? 바위가 감정을 느끼는 게 가능하단 말인가?

산길이 편평해지면서 더 넓어졌다. 이제는 모든 것이 그림자 속에 잠겨 있었다. 마치 거대한 무덤 안에 들어오기라도 한 것처럼 모든 것이 차갑고 축축했다. 바위 표면에 독버섯처럼 듬성듬성 자라 있는 식물은 말라죽은 것처럼 보였다. 마치 자라던 중에 독기를 맞고 시들어버린 듯한 광경이다. 앞쪽 길에 죽은 새가 떨어져 있었다. 몇 주 전부터 거기서 그렇게 썩고 있었던 것 같지만 확실하게는 알 수 없었다. 거의 미라처럼 바싹 마른 상태였다.

진짜 마음에 안 드는 장소로군.

만프레드는 새의 사체 위에서 허리를 굽히고 말했다. "거비쉬."

"맞아." 어니는 속삭였다. "자, 빨리 가자고."

이윽고 그들은 바위 밑동에 도달했다.

발려서 심만 남은 듯한 관목들의 잎사귀가 바람에 날려 버석거린다. 벌거숭이가 된 가지들이 뼈처럼 지면에 꽂혀 있는 듯한 느낌이다. 바람은 '더러운 혹'에 난 틈새에서 불어왔다. 마치 무슨 짐승이 사는 동굴에서 나는 냄새 같군, 하고 어니는 생각했다. 제관이 풍기는 냄새일지도 모르겠다. 빈 술병이 길가에 떨어져 있고, 깨진 병조각이 근처의 날카로운 잎사귀 끝에 걸려 있는 것을 봐도 어니는 그리 놀라지 않았다.

"여기 누구 없어?" 어니가 큰 소리로 말했다.

한참 뒤에 나이든 블리크맨이 나타났다. 마치 거미줄을 뒤집어쓴 듯한 잿빛 옷차림으로, 바위 속 동굴에서 슬금슬금 빠져나온다. 등을 떠미는 듯한 강한 바람을 피해 비스듬한 자세로 암벽에 몸을 밀착시키고 한숨 돌리는가 싶더니 다시 옆으로 움직이기 시작했다. 눈가가 빨갛게 충혈되어 있다.

"고주망태 같으니라고." 어니는 나직하게 말하고는 헬리오가 발루스가 준 종이쪽지를 보면서 블리크맨어로 노인에게 인사를 건넸다.

제관은 이가 없는 입을 열고 반사적으로 답례의 말을 웅얼거

369

렸다.

"자, 받아." 어니는 담배가 든 종이상자를 건넸다. 제관은 여전히 뭐라고 웅얼거리며 슬금슬금 다가오더니 갈퀴 같은 손으로 담배상자를 받아 들더니, 잿빛 로브 아래에 쑤셔 넣는다. "어때, 마음에 들어?" 어니가 말했다. "그럴 거라고 생각했어."

어니는 이 방문의 목적이 무엇이고, 그가 제관에게 무엇을 원하는지를 알리기 위해 종이쪽지에 쓰인 블리크맨어의 메시지를 읽었다. 동굴 안에 그와 만프레드만 남아서 바위의 정령을 불러낼 테니 제관은 한 시간쯤 밖에 나가서 조용히 있으라는 내용이었다.

제관은 여전히 알 수 없는 말을 중얼거리며 뒷걸음질을 쳤고, 잠시 로브 자락을 만지작거리더니 몸을 돌리고 휘적거리며 자리를 떴다. 뒤를 돌아보지도 않고, 바위 옆쪽에 난 길을 내려가서 모습을 감춘다.

어니는 종이쪽지를 뒤집고 그곳에 쓰인 헬리오가발루스의 지시사항을 읽었다.

첫째, 동굴에 들어갈 것.

어니는 만프레드의 팔을 잡고 바위에 난 어두운 균열 속으로 한 걸음씩 걸어 들어갔다. 회중전등을 켜고, 동굴이 넓어질 때까지 소년을 이끌고 들어갔다. 여전히 고약한 냄새가 난다. 마치 몇 세기 동안이나 폐쇄되어 있었던 것처럼. 썩은 넝마가 잔뚝 들어 있는 오래된 상자에서 날 듯한 냄새이고, 동물성이라기보다는 식물성에 가깝다.

둘째, 불을 피울 것.

돌로 적당히 가장자리를 두른 새까맣게 탄 구덩이가 하나 있고, 그 속에는 땔감 조각과 뼛조각 같은 것들이 들어 있었다……. 아무래도 그 늙은 주정뱅이는 여기서 요리를 하는 듯하다.

가지고 온 짐 안에 불쏘시개가 들어 있다. 어니는 배낭을 동굴 바닥에 내려놓고 경직된 손으로 주둥이의 끈을 풀었다. "길을 잃으면 안 되니까 꼼짝 말고 있어." 그는 만프레드에게 말했다. 그러던 중 이러다가 동굴 밖으로 영영 못 나가는 것은 아닐까 하는 생각이 떠올랐다.

그러나 모닥불이 타오르기 시작하자 두 사람 모두 기분이 나아졌다. 동굴 안은 따뜻해졌지만 습기는 줄어들지 않았다. 퀴퀴한 곰팡내는 여전히 남아 있다. 아니, 오히려 더 강해진 느낌마저 든다. 불이 이 정체 모를 냄새를 끌어당기고 있는 것일까.

다음 지시는 어니를 당혹스럽게 만들었다. 이런 상황에는 어울리지 않는 듯했기 때문이다. 그러나 그는 지시에 따랐다.

셋째, 휴대용 라디오의 주파수를 574kc에 맞출 것.

어니는 조그만 일제 트랜지스터 라디오를 꺼내서 켰다. 574
킬로사이클에 주파수를 맞췄지만 잡음밖에는 들리지 않았다.
그러나 이 소리는 주위의 바위로부터 어떤 반응을 이끌어낸 듯
했다. 바위가 변화하면서 좀더 민감해진 듯하다. 마치 라디오에
서 나오는 잡음이 바위를 깨워 그들의 존재를 알렸다고나 할까.
다음 지시도 라디오에 관한 지시 못지않게 괴상한 것이었다.

넷째, 넴뷰탈을 먹을 것(아이는 안 먹음).

수통의 물로 수면제 알약을 삼키며 어니는 이 행동의 목적이
그의 오감을 마비시켜서 암시에 걸리기 쉬운 상태로 만들기 위
한 것이 아닌가 하고 생각했다. 아니면 불안감을 줄이기 위한
것일까?

지시는 하나 더 남아 있었다.

다섯째, 동봉한 종이 꾸러미를 불에 넣을 것.

헬리오가발루스는 신문지―《뉴욕타임스》의 동정란―로 모
종의 풀을 싼 작은 꾸러미를 어니의 배낭에 넣어두었다. 어니
는 모닥불 옆에서 무릎을 꿇고 조심스레 꾸러미를 풀었고, 안
에 들어 있던 검고 말라비틀어진 풀을 불 속에 털어넣었다. 그

러자마자 구역질나는 악취가 올라오며 불길이 사그라들었다. 연기가 뭉개뭉개 피어오르며 동굴 안을 가득 채웠다. 만프레드가 콜록거리는 소리가 들렸다. 염병할. 어니는 생각했다. 이대로 가다간 둘 다 죽게 생겼어.

연기는 눈 깜짝할 새에 사라졌다. 동굴은 아까보다 더 어둡고, 공허하고, 훨씬 커 보였다. 마치 주위의 암벽이 뒤로 후퇴한 듯한 느낌이다. 당장이라도 추락할 듯한 감각이 몰려왔다. 몸이 더 이상 똑바로 서 있지 않은 듯한 느낌. 균형감각이 사라졌기 때문임을 어니는 깨달았다. 위치 관계를 파악할 수가 없다.

"만프레드." 그는 말했다. "잘 들어. 넌 내 도움을 받은 덕택에 AM-WEB에 관해서는 더 이상 걱정 안 해도 돼. 헬리오가발루스가 설명했을 거야. 그건 이해했지? 좋아. 자, 그럼 3주쯤 전으로 되돌아가. 그럴 수 있지? 최선을 다해서 해봐. 있는 힘을 모조리 쥐어짜라고."

어두침침한 동굴 안에서 소년은 그의 얼굴을 살펴보았다. 공포로 둥그레진 눈으로.

"내가 잭 볼렌을 만나기 전으로 나를 돌려보내." 어니는 말했다. "갈증으로 죽어가던 블리크맨들이 있던 사막에서 그 녀석을 만나기 전으로 말이야. 알겠어?" 그는 소년을 향해 다가갔고—

앞으로 엎어졌다.

넴뷰탈 탓이로군. 그는 생각했다. 완전히 기절해버리기 전에 일어서야 해. 그는 비틀거리며 억지로 일어났고, 몸을 지탱할 만한 것을 찾아 앞을 더듬었다. 불이 확 타오르며 눈이 멀었다.

그는 손을 들어올렸고…… 다음 순간에는 물 속에 있었다. 따뜻한 물이 몸 위로, 얼굴 위로 떨어진다. 그는 쿨럭거렸고, 캑캑거렸고, 주위에서 증기가 뭉개뭉개 솟아오르는 것을 목격했다. 발바닥에 닿는 타일의 익숙한 감촉.

그는 증기 욕실 안에 있었다.

사내들의 목소리가 들린다. 에디의 목소리가 "맞습니다"라고 말했다. 주위에 흐릿한 사내들의 윤곽이 떠오른다. 샤워를 하고 있는 것이다.

예전에 십이지장궤양을 앓았던 왼쪽 옆구리에서 사타구니까지가 뜨끔하는 것을 느꼈고, 그 탓에 엄청나게 배가 고프다는 사실을 깨달았다. 샤워기 아래에서 나온 어니는 후들거리는 다리를 억지로 움직이며 따뜻하고 축축한 타일 위를 철벅거리며 걸어갔고, 커다란 테리클로스 목욕 타월을 건네받기 위해 종업원을 찾았다.

예전에도 여기 이렇게 있었던 적이 있어. 어니는 생각했다. 이런 일들을 했고, 지금부터 내가 하려는 말을 했지. 정말이지 섬뜩하군. 이런 현상을 뭐라고 부르더라? 프랑스어였는데…….

빨리 아침을 먹는 편이 낫겠다. 배 속에서 꾸르륵 소리가 나면서 궤양으로 인한 통증이 더 심해졌다.

"어이, 톰." 그는 욕실 종업원을 불렀다. "당장 와서 몸을 닦고 옷을 입혀줘. 아침을 먹어야겠어. 예전에 궤양이 걸렸던 곳이 아파 죽겠군." 예전에는 결코 이렇게 심한 통증을 느낀 적이 없었다.

374

"예, 어니."

톰은 희고 부드러운, 커다란 타월을 가지고 그에게 다가왔다.

톰의 손을 빌려 잿빛 플란넬 바지와 티셔츠, 부드러운 가죽장화와 선원모 따위를 착용한 다음 조합장 어니 코트는 증기 욕실에서 나왔고, 조합 회관의 복도를 가로질러 전용 식당으로 갔다. 식당에서는 헬리오가발루스가 아침식사를 차려놓고 기다리고 있었다.

마침내 그는 핫케이크와 베이컨이 잔뜩 담긴 접시, 진짜 지구산 커피, 뉴 이스라엘에서 산출된 오렌지를 짜서 만든 오렌지주스, 그리고 지난주의 《뉴욕타임스》 일요판이 놓인 식탁 앞에 앉았다.

차갑고 달콤한 오렌지주스가 든 유리잔으로 손을 뻗치면서 어니는 흥분한 나머지 몸이 떨리고 있다는 사실을 자각했다. 유리잔이 너무 미끄러워서 중간에서 떨어뜨릴 뻔했다……. 그는 생각했다. 조심해야 해. 심호흡을 하고 마음을 편하게 가지는 거야. **틀림없어. 나는 몇 주 전에 있던 곳으로 돌아온 거야. 만프레드와 블리크맨의 바위가 이런 일을 가능하게 했어.** 휴우. 기대감이 몰려오며 가슴이 두근거린다. 정말이지 대단해! 그는 오렌지주스를 홀짝였다. 맛을 즐기면서, 마지막 한 방울까지 남기지 않고.

드디어 내가 원하던 것을 얻었어.

자, 지금부터는 신중하게 행동해야 해. 바꾸고 싶지 않은 일들도 있으니까 말이야. 반사적으로 슈타이너의 자살을 막거나 해서 갓 시작한 암거래를 망치고 싶지는 않아. 물론 그 친구 일은 안됐지만, 일단 시작한 암거래를 그만둘 생각은 없어. 그러니까 그 부분은 지금 그대로 놓아두어야 해. 아니, 앞으로 그렇게 되도록 놓아두어야 해. 그는 정정했다.

내가 할 일은 두 가지야. 우선 F.D.R. 산맥에 있는 헨리 월리스 산 일대의 토지 증서를 손에 넣어야 해. 그러면 잭의 아버지보다 몇 주 빨리 그것을 입수할 수 있고, 지구에서 화성까지 날아온 노회한 땅 투기꾼의 계획은 완전히 허사가 되는 거지. 몇 주 뒤에 화성에 도착해서 사려는 땅이 이미 팔렸다는 사실을 알면 어떤 얼굴을 할까. 그 먼 곳에서 여기까지 날아왔는데도 맨손으로 돌아가는 수밖에 없다니. 혹시 그러다가 심장발작이라도 일으키는 것이 아닐까. 어니는 이런 생각을 하며 껄껄 웃었다. 정말 안됐군.

그런 다음 한 가지 할 일이 더 있다. 잭 볼렌 일이다.

손을 봐줄 거야. 어니는 뇌까렸다. 나는 잭을 아직 만나지도 않았고 그쪽도 내가 누군지 모른다. 하지만 나는 그를 알고 있다.

지금 잭에게 나는 운명이나 마찬가지다.

"안녕하십니까, 코트 씨."

묵상을 방해받은 어니는 내심 짜증을 내며 고개를 들었고, 방으로 들어온 여자가 책상 옆에 서서 기다리고 있었다는 사실을 깨달았다. 본 적이 없는 얼굴이다. 조합의 비서 풀에서 파견 나온 여직원이다. 그의 아침 지시를 받아 적으려고 온 것이다.

"어니라고 불러." 그는 중얼거렸다. "다들 그 이름으로 나를 부르라고 했는데, 왜 너만 그걸 몰라? 새로 온 직원이야?"

여자가 그리 미인은 아니라고 생각한 어니는 다시 신문으로 눈을 돌렸다. 한편 여자의 몸이 육감적이고 관능적인 것도 사실이었다. 저 검은 실크 드레스 말인데, 밑에 아무것도 입지 않은 것 같군. 어니는 신문 너머로 곁눈질을 하며 생각했다. 결혼반지를 끼지 않은 것을 보니 미혼인 듯하다.

"이리로 와봐." 어니는 말했다. "혹시 내가 이 부근을 모두 지배하는 유명한 어니 코트라서 두렵기라도 한 거야?"

여자가 관능적이기 짝이 없는 미끄러지는 듯한 동작으로 다가오는 것을 보고 그는 깜짝 놀랐다. 비스듬한 자세로 슬금슬금 탁자로 다가오더니 은근하고 허스키한 목소리로 말한다. "아냐, 어니. 난 당신이 두렵지 않아." 그를 바라보는 노골적인 눈길은 순진함과는 거리가 멀었다. 어니는 그녀의 이런 태도가 무엇을 암시하는지를 깨닫고 경악했다. 마치 그의 모든 변덕과 충동, 특히 그녀와 관계된 그것들을 샅샅이 알고 있는 것 같았기 때문이다.

"여기서 일한 지 오래됐어?" 어니는 물었다.

"아냐, 어니." 여자는 한층 더 가까이 다가와서 탁자 가장자리에 기댔기 때문에 한쪽 다리가—어니는 자기 눈을 의심했다—그의 다리와 맞닿을 정도가 되었다.

어니의 다리에 닿은 여자의 다리가 바르르 떨리면서 단순하지만 원초적인 리듬을 전해왔다. 어니는 이 감촉에 화들짝 놀라며 몸을 뗐고, 힘없는 어조로 말했다. "어이."

"왜 그래, 어니?"

여자는 미소 지었다. 이런 미소는 태어나서 한 번도 본 적이 없다. 차가우면서도 친숙하기 그지없는 미소. 마치 기계로 찍어 낸 입술과 이와 혀를 일정한 패턴에 따라 배열한 듯한 느낌이고, 따스함 따위는 찾아보려야 찾아볼 길이 없다⋯⋯. 그러나 그 미소는 압도적인 관능을 뿜어내며 그를 허우적거리게 만들었다. 그것이 발산하는, 흠뻑 젖은 듯한 뜨거운 열을 정통으로 받은 어니는 의자에 앉은 채로 경직했다. 몸이 말을 듣지 않는 탓에 고개를 돌릴 수도 없었다. 저 혀가 문제야. 그는 생각했다. 진동하는 혀. 혀끝이 뾰족하다는 사실을 깨달았다. 마치 뭔가를 자르기 위해 만들어진 듯한 혀. 남을 다치게 할 수 있는 혀. 살아 있는 생물의 몸을 가르고 들어가서 고문하고, 자비를 베풀어달라고 애원하도록 만드는 일을 즐기는 혀. 특히 마지막 부분을 가장 즐긴다. 애원을 듣는 일 말이다. 새하얀 이는 날카로웠고⋯⋯ 갈가리 찢는 일에 적합해 보인다.

그는 전율했다.

"나 때문에 신경이 거슬리는 일이라도 있었어, 어니?" 여자는 속삭였다. 어느새 식탁을 따라 슬금슬금 다가온 탓에—어떻게 그랬는지는 알 수 없었다—지금은 거의 온몸을 어니에게 기대고 있다시피 했다. 하느님 맙소사. 이 여자는— 이런 건 말도 안 돼.

"어이." 그는 침을 삼키려다가 목 안이 바싹 말랐다는 사실을

378

깨달았다. 몇 마디를 겨우 쥐어짰다. "신문 좀 읽게 저기 가 있어." 신문을 움켜잡고 두 사람 사이에 펼쳤다. "가보라고." 그는 귀에 거슬리는 소리로 말했다.

여자의 모습이 조금 흐릿해졌다. "왜 그러는 거야, 어니?" 금속 바퀴가 레일과 접촉하는 듯한 목소리가 그르렁거렸다. 마치 녹음된 기계음 같군. 그는 생각했다.

어니는 아무 말도 하지 않고 신문을 읽는 시늉을 했다.

다시 고개를 들었을 때 여자는 없었다. 그는 혼자였다.

이런 일은 기억에 없어. 배 속 깊은 곳이 전율하는 것을 느끼며 어니는 되뇌었다. 그건 도대체 어떤 종류의 생물일까? 이해할 수가 없다― 방금 무슨 일이 일어난 것일까?

그는 기계적으로 신문 기사를 읽기 시작했다. 자전거를 잔뜩 실은 일본 화물선이 우주공간에서 조난했다는 내용이었다. 탑승자 300명이 전원 사망한 대형사고였지만, 몇천 대의 조그만 일제 자전거들이 우주에 둥둥 뜬 채로 태양 주위를 영원히 공전하는 광경을 상상하니 절로 웃음이 나왔다……. 물론 동력원이 절대 부족한 화성에서 그런 자전거들이 필요한 것은 사실이지만 말이다. 화성의 낮은 중력 하에서는 자전거가 있으면 한 푼도 쓰지 않고 몇백 마일을 돌아다니는 것도 가능하다.

계속 신문을 읽던 중 백악관에서 리셉션이 열렸다는 기사가― 그는 눈을 가늘게 떴다. 글자들이 번져 있다. 거의 읽을 수 없을 정도로. 인쇄 오류인가? 뭐라고 쓰여 있지? 그는 신문지를 눈 가까이로 가져왔다…….

거블 거블, 이렇게 쓰여 있었다. 그러자마자 기사는 무의미해 졌다. 거블 거블이라는 글자가 계속 이어질 뿐이다. 하느님 맙 소사! 그는 배 속이 울렁거리는 것을 느끼며 화난 얼굴로 그것 을 응시했다. 십이지장궤양 자리가 지독하게 아파왔다. 신경이 곤두서고 울화가 끓어오른다. 십이지장궤양 환자에게는, 특히 지금처럼 식사를 하는 것이 최악의 조합이다. 거블 거블 따위 는 엿이나 먹으라고 해라. 그는 뇌까렸다. 그건 그 녀석이 하는 말이잖아! 신문 기사까지 망쳐놓다니 대단하다.

다른 페이지를 훑어보았지만 거의 모든 기사들이 한두 줄 읽 은 뒤로는 흐릿해지며 무의미하게 변했다. 짜증이 솟구쳤다. 그 는 신문을 내던졌다. 도대체 이건 무슨 조화일까.

이건 분열병의 대화야. 어니는 깨달았다. 사적인 언어. 여기 서 그런 걸 읽고 싶지는 않아! 그 녀석 혼자서 그런 식으로 말 하고 싶다면야 아무 문제도 없지만, 이 세계와는 무관한 거잖 아! 나 자신의 세계에 그런 걸 들여오는 건 용납할 수 없어. 그 러자 이런 생각이 떠올랐다. 물론 나를 여기 데려온 것은 그 녀 석이니까 자기한테는 그럴 권리가 있다고 생각하는 건지도 모 르겠군. 이 세계를 자기 것으로 보고 있을 수도 있어.

어니 입장에서는 별로 마음에 들지 않는 생각이었다. 아예 떠 오르지 않았으면 좋았을 텐데.

그는 일어서서 창가로 갔고, 훨씬 아래쪽에 있는 루이스 타운 의 거리를 내려다보았다. 통행인들이 바삐 걸어다니고 있다. 그 런데 걷는 속도가 너무 빠르다. 차들도 마찬가지다. 왜 저렇게 속도를 내는 걸까. 움직임 전체가 묘하게 불쾌한 느낌을 준다고나 할까. 사람이든 차든 매끄럽지 못한, 일종의 발작적인 움직임을 보이는 통에 서로 충돌하거나 당장이라도 충돌할 듯한 인상을 받는다. 당구공처럼 딱딱하고 위험한 물체가 서로를 향해 굴러가는 듯한……. 건물들은 모두 면도날처럼 날카로운 각으로만 이루어져 있는 느낌이다. 그러나 정확히 무엇이 달라졌는지를 지적하려고 하면─달라졌다는 점에는 의심의 여지가 없었지만─뚜렷한 말이 생각나지를 않았다. 언제나 보던 낯익은 광경이었지만─

너무나도 빨리 움직이고 있는 탓일까? 그래서인가? 아니다, 원인은 그보다 더 깊은 곳에 있었다. 모든 사물에 적의가 깃들어 있다. 단지 우연히 충돌하는 것이 아니라, 마치 일부러 그러는 것처럼 서로를 향해 돌진하며 맞부딪치고 있는 것이다.

문득 어떤 광경을 목격하고 놀라 헐떡였다. 거리를 바삐 돌아다니는 사람들에게는 거의 얼굴이 없었다. 응당 얼굴이 있어야 할 부분에는 얼굴의 단편斷片이나 흔적이 있을 뿐이다……. 마치 처음부터 제대로 형성된 적이 없는 것처럼.

헛, 이걸론 도저히 안 되겠어. 어니는 되뇌었다. 그는 깊고 강렬한 공포를 맛보았다. 무슨 일이 일어나고 있는 걸까? 나한테 도대체 뭘 건네려고 이런단 말인가?

그는 크게 동요하며 책상으로 돌아가서 다시 앉았다. 커피잔을 집어 들고 마시면서, 익숙한 아침 일과로 돌아감으로써 방금 본 거리의 장면을 잊으려고 했다.

커피에서는 쓰고 톡 쏘는 듯한 괴상한 맛이 났기 때문에 결국은 잔을 다시 내려놓는 수밖에 없었다. 아마 만프레드 그 녀석은 자기가 언제나 독을 투여받고 있다는 상상에 빠진 것인지도 모르겠군. 어니는 절망감에 시달리며 생각했다. 이런 걸 언제까지 견뎌야 하지? 그 녀석의 망상 덕택에 싫어도 지독하게 맛없는 음식을 먹어야 한단 말인가? 하느님 맙소사. 이렇게 끔찍할 데가.

최선의 방법은 가급적 빨리 이곳에서의 용무를 마치고 현재로 돌아가는 것이다.

책상의 가장 아래쪽 서랍의 자물쇠를 열고 어니는 조그만 배터리식 암호 녹음기를 꺼내서 녹음 준비를 했다. 그것을 향해 말한다. "스코트, 긴급하게 지시할 일이 하나 있어. 이걸 듣자마자 실행에 옮겨야 해. F.D.R. 산맥의 땅을 사는 거야. UN이 그곳에 거대한 주택 단지를 세울 예정이거든. 예정 부지는 헨리 월리스 협곡 주위가 될 거라는군. 조합의 기금을 내 명의로 인출해서 그 토지의 권리를 매입해. 내 이름으로 등기하는 거야. 그러면 2주 뒤에 지구의 땅 투기꾼들이 와도—"

어니는 입을 다물었다. 녹음기가 끽끽거리더니 멈췄기 때문이다. 여기저기를 들쑤시자 릴테이프는 다시 느리게 돌기 시작했지만 얼마 안 가서 또 멈췄다.

수리했다고 생각했는데. 어니는 화난 표정으로 생각했다. 잭 볼렌이 다 고쳐줬잖아? 그제야 어니는 이것이 잭을 부르기 전에 일어난 과거의 일임을 깨달았다. 그러니 녹음기가 제대로 작동하지 않는 것도 당연하다.

　그럼 그 괴상한 여비서에게 직접 구술하는 수밖에 없겠군. 책상의 호출 버튼을 눌러 그녀를 부르려고 하다가 그만두었다. 어떻게 그런 것을 다시 여기로 부르란 말인가? 그는 자문했다. 그러나 선택의 여지는 없었다. 그는 버튼을 눌렀다.

　문이 열리며 그녀가 들어왔다. "나를 부를 줄 알았어, 어니." 그녀는 다급한 표정으로 성큼성큼 걸어왔다.

　"어이." 어니는 위엄이 담긴 목소리로 말했다. "그렇게 가까이 다가오지 마. 난 다른 사람이 너무 가깝게 서 있는 걸 못 견뎌." 이렇게 말하면서도 그는 이런 식의 두려움이 어디서 생겨났는지를 깨닫고 있었다. 이것은 사람들이 너무 가까이 다가와서 자기 공간을 잠식해 들어올지도 모른다는 분열증 환자 특유의 강박관념이다. 흔히 근접 공포라고 불리는 것이며, 주위에 있는 모든 사람들로부터 적의를 감지하는 분열증 환자의 성질에 기인한 것이다. 지금 내가 하고 있는 건 바로 그거야. 어니는 생각했다. 그러나 그 사실을 알더라도 이 여자가 가까이 오는 것만은 견딜 수가 없었다. 어니는 느닷없이 벌떡 일어나서 다시 창가로 갔다.

　"하라는 대로 할게, 어니." 여자는 탐욕스러운 어조로 대꾸했다. 그러나 자기가 한 말과는 딴판으로 슬금슬금 다가왔기 때문에 아까처럼 거의 몸이 닿기 일보직전까지 왔다. 거친 숨소리가 들렸고, 시큼한 체취가 풍겼고, 강하고 불쾌한 입냄새가……. 질식할 듯한 기분이다. 폐로 제대로 공기를 흡입할 수가 없다.

"지금부터 내가 말하는 걸 받아 써." 어니는 이렇게 말하며 그녀에게서 떨어져 나와서 일정한 거리를 두었다. "이건 스코트 템플에게 보내는 편지이니까 다른 사람들이 읽을 수 없도록 암호화해야 해." 다른 사람들이 읽는다. 흐음, 이것은 언제나 그가 두려워하던 시나리오였다. 적어도 이 부분만은 소년을 비난할 수가 없다. "엄청난 정보를 하나 얻었어." 어니는 구술했다. "당장 내 지시를 실행에 옮겨. 엄청난 이권이 걸린 일이고, 정보 출처도 확실해. UN은 F.D.R. 산맥 일대의 광활한 토지를 매입해서—"

이런 식으로 구술을 계속하는 동안 강렬한 공포가 그를 엄습했다. 공포는 시시각각 강도를 더해갔다. 혹시 저 여자가 받아 적은 편지에 예의 거블-거블 하는 글만 쓰여 있다면? 반드시 확인해봐야 해. 저 여자 가까이로 걸어가서 확인하는 거야. 그러나 그는 주저했다. 도저히 다가갈 수가 없었다.

"어이." 그는 하던 말을 멈추고 말했다. "그 메모장을 줘봐. 뭘 썼는지 봐야겠어."

"어니." 그녀는 예의 거칠고 길게 끄는 듯한 어조로 말했다. "어차피 봐도 무슨 얘긴지 모를 거야."

"뭐— 뭐라고?"

어니는 두려움에 찬 어조로 되물었다.

"속기로 쓰여 있거든."

그녀는 차갑고, 악의적인 게 분명한 미소를 떠올렸다.

"알았어."

어니는 단념하고 구술을 계속했다. 구술이 끝나자 암호로 바꿔서 당장 스코트에게 보내라고 지시했다.

"그런 다음엔?" 그녀가 물었다.

"그게 무슨 뜻이지?"

"잘 알면서."

이렇게 말한 그녀의 목소리를 듣자 소름이 돋으면서 순수하게 육체적인 혐오감이 치밀어올랐다.

"그다음은 없어. 그냥 나가봐. 돌아오지 않아도 돼."

어니는 그녀 뒤를 따라가서 문을 쾅 닫았다.

아무래도 스코트에게 직접 연락하는 편이 낫겠군. 저 여자는 도저히 못 믿겠어. 그는 책상 앞에 앉아 수화기를 들고 다이얼을 돌렸다.

곧 발신음이 들렸지만 계속 그것만이 되풀이될 뿐이었다. 상대방이 전화를 받지 않는다. 왜? 어니는 의아함을 느꼈다. 설마 나를 배신하기라도 한 걸까? 내게 적대하기로 마음먹었나? 적과 손을 잡았을까? 그 녀석도 믿을 수 없다. 그 누구도 믿을 수가 없다. 그러자 느닷없이 남자 목소리가 들려왔다. "여보세요. 스코트 템플입니다." 그제야 어니는 발신음이 단지 몇 번만 울렸을 뿐이라는 사실을 깨달았다. 실제로 기다린 시간은 몇 초밖에는 되지 않는다. 그 짧은 시간 동안에 배신이니 파멸이니 하는 생각이 순간적으로 뇌리를 스쳐 지나갔던 것이다.

"여긴 어니야."

"여어, 어니. 무슨 일이야? 목소리를 들으니 뭔가 중대한 일이 있나 보군. 얘기해봐."

내 시간감각은 뒤죽박죽이 되었어. 어니는 깨달았다. 상대방이 전화를 받을 때까지 족히 반시간은 발신음을 들은 느낌을 받았지만, 실제로 흐른 시간은 몇 초에 불과했다.

"어니." 스코트가 말하고 있다. "크게 말해줘. 내 말이 들려?"

이것은 분열증의 증세다. 기본적인 시간감각이 붕괴한 탓이다. 그 녀석 탓에 나까지 영향을 받고 있는 것이다.

"도대체 뭐라는 거야!" 스코트는 짜증을 냈다.

어니는 가까스로 사고의 사슬을 끊고 말했다. "어, 스코트. 들어봐. 내부 정보를 하나 알아냈는데, 그걸 써서 당장 행동에 나서야 해. 무슨 뜻인지 알겠어?" 그러고는 F.D.R. 산맥에 관련된 UN의 계획에 관해 상세하게 설명했다. "그런고로, 가능한 자금을 몽땅 동원해서라도 살 가치가 있어. 지금 당장. 자네도 동의하지?"

"이 내부 정보는 확실한 거야?" 스코트가 말했다.

"물론이야. 확실해!"

"무슨 근거로? 어니, 솔직히 말해서 난 자네를 좋아해. 하지만 툭하면 터무니없는 몽상에 빠져서 옆으로 새는 걸 너무 자주 봐왔어. 아무 쓸모도 없는 F.D.R. 산을 샀다가 나까지 개박살이 나고 싶지는 않아."

"절대로 확실하니까 내 말을 믿어."

"못 믿겠어."

어니는 자기 귀를 의심했다. "우린 몇십 년이나 함께 일해왔어. 그것도 언제나 서로의 구두 약속을 믿고." 그는 쥐어짜듯이 말했다. "도대체 뭐가 문제야, 스코트?"

"내가 하고 싶은 질문도 바로 그거야." 스코트는 침착한 어조로 대꾸했다. "도대체 자네만큼이나 비즈니스 경험이 풍부한 사내가 어떻게 그런 황당무계한 미끼에 낚일 수가 있는 거지? F.D.R. 산맥에 한푼의 가치도 없다는 건 자네도 잘 알잖아. 누구나 다 아는 사실인데 자네만 모를 리 없어. 그러니까 묻겠는데, 도대체 무슨 꿍꿍이속으로 그러는 거지?"

"날 못 믿겠다는 거야?"

"왜 내가 자네를 믿어야 하지? 허풍은 좀 작작 떨고, 자네의 그 내부 정보가 진짜라는 걸 증명해보라고."

어니는 가까스로 대꾸했다. "염병할. 내가 그걸 증명할 수 있다면 자넨 나를 믿을 필요가 없어. 그런 건 믿음의 문제가 아니니까 말이야. 알았어. 나 혼자서 하겠어. 행여나 나중에 실수한 걸 깨닫는다고 해도, 자기 자신을 탓하라고. 날 탓하지 말고." 어니는 수화기를 쾅 내려놓고는 분노와 절망감으로 부들부들 떨었다. 어떻게 이런 일이 일어날 수 있단 말인가! 도저히 믿을 수가 없었다. 스코트 템플, 이 세상에서 전화 한 통만으로도 사업 거래를 할 수 있었던 유일한 지인. 나머지 인간들은 모두 바다에나 쓸어넣으면 좋을 사기꾼들뿐이었는데…….

뭔가 오해가 있는 거야. 그는 되뇌었다. 문제는 이 오해가 깊고, 근원적이고, 은밀한 불신에 기인하고 있다는 점이었다. 분열중적인 불신.

이것은 의사소통 능력의 붕괴로 이어진다.

그는 일어서서 큰 소리로 말했다. "결국 팩스 그로브로 가서 직접 공증을 받는 수밖에 없겠군. 토지 등기를 하는 거야." 그러자 퍼뜩 생각나는 일이 있었다. 토지 등기를 하려면 일단 매입할 토지가 있는 F.D.R. 산맥까지 실제로 가서 말뚝을 박아야 한다. 그러자 그의 전 존재가 비명을 올리며 이런 생각에 반기를 들었다. AM-WEB이 세워질 예정인, 그 소름끼치는 장소로는 절대로 갈 수 없다.

흐음, 그러나 달리 선택의 여지는 없었다. 일단 조합의 가게에서 말뚝을 만든 다음 헬리콥터를 타고 헨리 월리스 산으로 가자.

곰곰이 생각해보니 이 계획은 거의 불가능에 가까운 고통스러운 행위의 연속처럼 느껴졌다. 어떻게 그 많은 일을 나 혼자 힘으로 할 수 있단 말인가? 일단 말뚝에 그의 이름을 새겨 넣어줄 조합의 야금공을 찾아내야 한다. 그것만으로도 며칠은 걸릴 것이다. 루이스 타운에 가게를 낸 직공에게 부탁을 하는 게 어떨까? 만약 안면이 없는 직공일 경우, 그쪽에서 비밀을 지켜줄 것이라는 보장이 있나?

잠시 후 그는 격렬한 조류를 거슬러 헤엄치는 듯한 기분으로 마지못해 수화기를 들어올렸고, 금속 공예점에 전화를 걸었다.

너무 피곤해서 움직이기도 쉽지 않다. 왜? 오늘 나는 무슨 일을 했나? 온몸이 극도의 피로로 납작하게 짜부라진 듯한 기분이었다. **조금만 쉴 수 있었으면. 조금만 눈을 붙일 수 있으면 얼마나 좋을까.**

어니가 자기 이름을 새긴 금속 말뚝을 조합의 직공에게서 수령하고, F.D.R. 산맥까지 타고 갈 수자원조합의 헬리콥터를 호출한 것은 늦은 오후의 일이었다.

"안녕하십니까, 어니."

헬리콥터 조종사가 인사했다. 조종사 풀에서 온, 쾌활한 청년이었다.

"여어." 어니는 웅얼거리며 인사를 건네고 조종사의 도움을 받아 거류지의 가구 상점에 특별 주문해서 만든 전용 가죽의자에 앉았다. 조종사가 앞쪽 조종석에 앉자 어니는 말했다. "늦었으니 서둘러 가줘야겠어. 일단 F.D.R. 산맥으로 갔다가 팩스 그로브의 공중 사무소에 들러야 해."

하지만 도저히 거기 맞추지는 못할 거야. 그는 혼잣말을 했다. 그러기에는 **시간이 너무 촉박해.**

16

조합장인 어니 코트를 태운 수자원조합의 헬리콥터가 이륙
하자마자 무전기의 스피커가 시끄럽게 울려대기 시작했다.

"긴급 통지. 자이로컴퍼스 좌표 4.65003의 사막 지대에서 블
리크맨 몇 사람이 열사병과 갈증으로 죽어가고 있습니다. 루이
스 타운의 북쪽에서 비행 중인 모든 헬리콥터들은 최대 속도로
현장으로 가서 구조활동을 시작해주십시오. 국제연합법에 의
거, 모든 상용 및 개인용 헬리콥터는 이 명령을 따라야 합니다."

머리 위 어딘가에서 화성을 주회 중인 인공위성의 송신기를
경유해서, UN 아나운서의 또렷한 목소리가 같은 메시지를 되
풀이했다.

어니는 헬리콥터가 침로를 바꾼 것을 알아차리고 말했다.
"어이, 그냥 가자고." 이번이 마지막 기회였다. 다른 곳에 들렀

다가는 팩스 그로브와 공중 사무소는커녕 F.D.R. 산맥에 도착
조차 할 수 없을 것이다.

"지시에 따라야 합니다." 조종사가 대꾸했다. "법률에 그렇게
정해져 있으니까요."

헬리콥터는 사막 지대에 진입, UN이 지목한 지점을 향해 고
속으로 날아가기 시작했다. 검둥이 새끼들. 어니는 생각했다.
블리크맨 나부랭이를 구하려고 하던 일을 모두 집어치우고 날
아가야 한다니 말이 안 된다― 게다가 가장 골치 아픈 부분은
내가 잭 볼렌을 만나야 한다는 점이다. 피할 수가 없다. 깜박 잊
고 있었다. 이제는 너무 때가 늦었다.

가슴패기를 눌러보니 윗도리 안에 아직도 권총을 차고 있었
다. 덕분에 조금 기분이 나아졌다. 헬리콥터가 착륙하기 위해
하강하는 동안에도 줄곧 그곳에 손을 대고 있었다. 우리가 먼
저 도착하기를 기대하는 수밖에. 어니는 생각했다. 그러나 이
컴퍼니의 헬리콥터가 이미 착륙해 있는 것을 보고 그는 낙담했
다. 잭 볼렌은 이미 다섯 명의 블리크맨들에게 바쁘게 물을 나
눠주고 있었다. 빌어먹을.

"도움이 더 필요합니까?" 조종사가 좌석에 앉은 채로 물었
다. "필요 없으면 다시 이륙하겠습니다."

잭 볼렌은 대답했다. "물이 부족해요." 그러고는 손수건으로
얼굴을 닦았다. 햇살이 뜨거운 탓에 땀투성이였다.

"오케이." 조종사는 이렇게 말하고 회전날개를 정지시켰다.

어니는 조종사에게 말했다. "저 친구한테 여기 잠깐 와보라

고 해."

5갤런들이 물통을 들고 밖으로 뛰어내린 조종사는 잭을 향해 성큼성큼 걸어갔다. 잠시 후 잭은 블리크맨을 돌보는 것을 멈추고 어니를 향해 걸어왔다.

"날 보자고 했습니까?"

잭은 아래에 서서 어니를 올려다보며 말했다.

"응." 어니는 말했다. "널 죽여야겠어." 그는 권총을 꺼내 잭을 겨냥했다.

파카알에 물을 담고 있던 블리크맨들이 동작을 멈췄다. 불그스름한 화성의 햇살 아래에서 거의 벌거숭이에 가까운 상태로 서 있던 검고 비쩍 마른 청년이 등 뒤로 손을 돌리더니 독화살이 든 화살통에서 화살을 한 대 꺼냈다. 화살을 시위에 매기더니 지체 없이 쏘았다. 어니는 아무것도 보지 못했지만 날카로운 아픔을 느꼈다. 아래를 내려다보니 흉골 조금 아래쪽에 화살이 꽂혀 있었다.

저 녀석들은 다른 사람의 마음을, 의지를 읽어. 어니는 생각했다. 화살을 뽑으려고 했지만 꼼짝도 하지 않는다. 그제야 그는 자신이 죽어가고 있다는 사실을 깨달았다. 화살촉에는 독이 묻어 있었고, 그 독이 사지로 들어와서 혈액순환을 멈추고, 위로 올라가며 그의 뇌와 마음을 침식하고 있었다.

잭은 아래쪽에 선 채로 물었다. "왜 나를 죽이려고 했지? 내가 누군지도 모르면서?"

"잘 알아." 어니는 신음소리를 냈다. "넌 내 암호 녹음기를 수리하고 내게서 도린을 빼앗아갈 거야. 그리고 네 아버지는 내가 가진 모든 것, 내 보물들을 모두 훔쳐갈 거야. F.D.R. 산맥을 사들이는 방법으로 말이야." 그는 눈을 감고 숨을 돌렸다.

"완전히 돌았군." 잭이 말했다.

"아냐." 어니는 말했다. "난 미래를 알아."

"의사한테 가야겠어." 잭은 헬리콥터로 뛰어올랐고, 여전히 충격에서 못 벗어난 것처럼 보이는 조종사를 밀쳐내고 어니의 가슴에 꽂힌 화살을 살펴보았다. "늦기 전에 해독제를 투여하면 살릴 수 있어." 그는 스위치를 눌러 시동을 걸었다. 헬리콥터의 회전날개가 천천히 돌다가 곧 빠르게 회전하기 시작했다.

"헨리 월리스 산으로 데려가줘." 어니는 중얼거렸다. "말뚝을 박아야 해."

잭은 그를 훑어보았다. "당신, 어니 코트가 맞지?" 잭은 조종사를 밀쳐내고 대신 조종석에 앉았다. 헬리콥터가 상승하기 시작했다. "루이스 타운으로 데려갈게. 여기서 가장 가까운 도시고, 거기선 다들 당신을 알 테니까 말이야."

어니는 대꾸하지 않고 눈을 감은 채로 그냥 누워 있었다. 모든 게 엉망이 되었다. 말뚝도 박지 못했고, 잭에게 손을 대지도 못했다. 이제 모두 끝장이다.

블리크맨들. 잭에게 안겨 헬리콥터 아래로 운반되는 것을 느끼며 어니는 생각했다. 이곳은 루이스 타운이다. 고통으로 흐릿해진 눈에 낯익은 건물들과 사람들이 보인다. 애당초 모든 것이 그 블리크맨들 탓이다. 블리크맨들이 없었더라면 나는 잭을 아예 만나지도 않았을 것이다. 결국 모든 것이 그놈들 탓이다.

나는 왜 아직도 죽지 않았을까? 잭에게 안긴 채로 병원 옥상의 발착장을 가로질러 응급용 경사로로 운반되면서 어니는 생각했다. 화살을 맞고 나서 긴 시간이 흘렀다. 따라서 독은 온몸에 퍼져 있어야 마땅하지만, 지금도 여전히 느끼고, 생각하고, 이해할 수 있다……. 혹시 나는 과거로 돌아온 상태에서는 죽지 못하는 것인지도 모르겠다. 그렇다면 죽을 수도 없고, 나 자신의 시간으로 돌아가지도 못하는 상태로 계속 이곳에 머무르게 되는 것일까.

그런데 그 젊은 블리크맨은 어떻게 그토록 빨리 알아차렸던 것일까? 화성의 원주민이 지구인에게 화살을 쏘았다는 얘기는 거의 들어본 적이 없다. 그것은 사형에 해당하는 중죄이고, 그들의 종언을 의미한다.

혹시 내가 올 것을 미리 알고 있었는지도 모르겠다. 자기들에게 먹을 것과 물을 준 잭에게 은혜를 갚으려고 아예 작당을 했던 것이다. 보나마나 잭에게 물의 정령 부적을 준 놈들일 것이다. 맞다. **그리고 그걸 볼렌에게 건넸을 때도 이미 그렇게 되리라는 걸 알고 있었어. 처음부터, 모든 것을 알고 있었던 거야.**

나는 만프레드의 이 소름끼치는 분열증적 과거에 속수무책인 상태로 갇혀 있어. 나 자신의 세계로, 내 시간으로 돌려보내 줘. 그냥 여기서 나가기만 하면 돼. 말뚝을 박는다거나 누구에게 해를 끼칠 생각도 없어. 단지 나는 '더러운 혹'으로, 그 얼어

죽을 녀석과 함께 있었던 동굴 안으로 돌아가고 싶어. 원래 있던 곳으로. 부탁이야. 만프레드!

그들—누군가—은 그를 수레 같은 것에 태워서 어두운 복도를 나아가고 있었다. 사람들의 목소리. 문이 열리는 소리. 금속의 번득임. 외과수술 도구들. 마스크를 쓴 얼굴들이 보였고, 그들이 수술대 위에 그를 올려놓는 것을 느꼈다…… 도와줘, 만프레드. 그는 마음속 깊은 곳에서 절규했다. 놈들이 나를 죽이려고 해! 나를 다시 데려가줘. 지금 안 그러면 끝장이야. 왜냐하면—

공허하고 칠흑처럼 새까만 가면이 머리 위에 나타나더니 아래로 내려왔다. 안 돼! 어니는 절규했다. 아직 안 끝났어. 내가 이런 식으로 끝날 리가 없어. 만프레드, 제발 부탁이니 이 일이 더 이상 진행되기 전에 빨리, 빨리.

다시 한 번 밝고 정상적인 현실을 보고 싶어. 이런 분열증적 살인도, 고립도, 짐승 같은 욕망도, 죽음도 없는 장소를.

죽음으로부터 나를 구하고, 내가 살던 곳으로 되돌려 보내줘.

도와줘, 만프레드.

도와줘.

누군가의 목소리가 말했다. "일어나, 미스터. 시간이 됐어."

눈을 떴다.

"담배 더 줘." 거미줄 같은 잿빛 로브 차림의 늙고 추레한 블리크맨 제관이 몸을 수그리고 그의 몸을 흔들며 같은 얘기를 그의 귀에 대고 주문처럼 되풀이하고 있었다. "더 오래 있고 싶거든 나한테 대가를 치러야 해." 그는 어니의 윗도리를 뒤지기 시작했다.

어니는 몸을 일으키고 앉아 만프레드를 찾았다. 소년은 보이지 않았다.

"저리 꺼져." 어니는 일어서며 말했다. 가슴에 손을 대봐도 아무렇지도 않았다. 화살 따위는 꽂혀 있지 않다.

비틀거리며 동굴 입구로 가서 좁은 균열 사이로 억지로 빠져나왔다. 화성의 차가운 아침 햇살이 그를 맞이했다.

"만프레드!" 그는 고함을 질렀다. 어디에도 소년의 모습은 보이지 않았다. 흐음. 어쨌든 간에 현실 세계로 돌아왔군. 중요한 건 바로 그거야.

잭에게 복수하고 싶다는 욕구는 더 이상 느끼지 않았다. 산맥의 토지에 투자하고 싶은 욕구 또한 사라졌다. 도린 앤더튼 따위는 얼마든지 줘버리자. 어니는 처음에 지나왔던 산길을 내려가면서 뇌까렸다. 그러나 만프레드와의 약속은 지킬 것이다. 기회가 오자마자 꼬리표를 붙여서 지구로 보내면, 변한 환경 탓에 병이 나을지도 모르겠다. 혹은 지구에는 이곳보다 더 나은 정신과 의사들이 있을지도 모른다. 어떻게 되는 간에, 적어도 AM-WEB에 수용되는 일만은 없을 것이다.

만프레드를 찾으며 산길을 내려가던 중에 헬리콥터 한 대가 저공 선회 중인 것을 목격했다. 혹시 만프레드를 목격하고, 그 뒤를 쫓고 있는 것인지도 모르겠다. 잭과 도린 모두 줄곧 이쪽을 감시하고 있었을 테니까 말이다. 그는 멈춰 서서 헬리콥터를 향해 손을 흔들었고, 착륙하라는 신호를 보냈다.

헬리콥터는 조심스럽게 고도를 낮췄고, '더러운 혹'의 입구 앞의 공터에 착륙했다. 문이 열리더니 사내 하나가 내려왔다.

"그 아이를 찾고 있는데……" 어니는 운을 뗐다가 사내가 잭이 아니라는 사실을 깨달았다. 한 번도 본 적이 없는 사내였다. 검은 머리의 잘생긴 사내였지만, 두 눈이 광포하게 이글거리고 있었다. 사내는 느닷없이 어니를 향해 달려오기 시작했다. 손에 쥔 물체가 햇살을 반사하며 번득인다.

"넌 어니 코트야." 사내는 새된 소리로 외쳤다.

"맞아. 그런데 뭐?" 어니는 반문했다.

"넌 내 발착장을 파괴했어."

사내는 이렇게 절규하며 권총을 들어올리고 발사했다.

첫 번째 총알은 어니를 빗나갔다. 저 녀석은 도대체 누군데 나한테 총을 쏘는 거지? 어니는 황급히 윗도리 안의 권총을 더듬으며 생각했다. 가까스로 총을 뽑아서 득달같이 달려오는 사내를 향해 한 발 쏘았다. 그제야 상대방이 누군지 머리에 떠올랐다. 그가 시작한 밀수 사업에 끼어들려고 했던 잔챙이 암거래상이다. 본때를 보여줬다던 바로 그놈이군. 어니는 중얼거렸다.

달려오던 사내는 몸을 푹 숙이다가 발을 헛디디면서 옆으로 굴렀고, 엎어진 자세에서 또 총을 쏘았다. 아까 어니가 쏜 총알도 빗나간 듯했다. 사내가 쏜 총알이 핑 소리를 내며 아슬아슬하게 어니의 몸을 비껴갔다. 한순간 맞았다고 생각했을 정도였다. 반사적으로 가슴에 손을 대보았다. 괜찮다. 빌어먹을 자식, 넌 나를 못 맞혔어. 어니는 권총을 들어올리고 신중하게 사내를 겨냥했다.

전 세계가 그의 주위에서 폭발했다. 하늘에서 해가 떨어졌다. 해는 어둠 속으로 전락했고, 어니를 함께 끌고 갔다.

한참 지난 뒤에 엎드려 있던 사내가 꿈틀거렸다. 여전히 광포한 눈을 하고 조심스럽게 몸을 일으켰고, 일어선 채로 어니 쪽을 바라보다가 천천히 다가왔다. 그러면서 양손으로 권총을 잡고 어니를 겨냥했다.

상공에서 희미한 폭음이 들려오자 사내는 고개를 들었다. 그림자가 그의 머리 위를 휙 스쳐 지나가더니 두 번째 헬리콥터가 어니와 사내 사이를 가로막으며 착륙했다. 덕분에 어니는 불쌍한 잔챙이 암거래상의 모습을 더 이상 볼 수 없었다. 헬리콥터에서 잭이 튀어나왔다. 어니에게 달려가서 무릎을 꿇고 용태를 확인한다.

"저 녀석을 잡아." 어니는 속삭였다.

"그럴 수 없습니다." 잭은 이렇게 말하며 하늘을 가리켰다. 암거래상은 자기 헬리콥터를 '더러운 혹' 위로 이미 상승시킨 상태였다. 잠시 주저하는가 싶더니 기수를 기울이며 빠르게 전진했고, 눈 깜짝할 새에 봉우리를 넘어 사라졌다. "저 작자 일은 잊으십쇼. 부상이 심합니다— 자기 걱정부터 해야 합니다."

어니는 속삭였다. "내 걱정은 안 해도 돼, 잭. 내 말을 들어봐." 그는 잭의 멱살을 잡고 끌어 잭의 귀를 자기 입가로 가져왔다. "비밀 하나를 말해줄게." 어니는 말했다. "실은 이런 발견을 했어. 여기는 분열증적 세계 중 하나에 불과해. 분열증 특유의 증오와 육욕과 죽음으로 가득 찬 세계지. 나는 이런 일을 이미 한 번 겪었지만 죽지는 않았어. 거기서는 독화살을 가슴에 맞았지. 그리고 이번에는 이런 꼴을 당했어. 그러니까 난 걱정하지 않아." 어니는 눈을 질끈 감고 의식을 잃지 않으려고 악전고투했다. "우선 만프레드 그 녀석부터 찾아줘. 이 근처 어딘가에 있을 거야. 그 녀석한테 물어보면 얘기해줄 거야."

"당신 생각은 틀렸습니다, 어니." 잭은 어니 곁에서 몸을 수그리며 말했다.

"틀렸다니 뭐가?"

이제는 잭의 얼굴이 거의 보이지 않았다. 모든 것이 어스레한 박명薄明 속으로 녹아든다. 흐릿한 잭의 모습이 마치 유령 같다.

날 속이지는 못해. 어니는 생각했다. 내가 여전히 만프레드의 마음속에 있다는 걸 나는 알아. 보나마나 조금 뒤에는 깨어날 거야. 그러면 총에 맞지도 않았다는 걸 확인하게 되겠지. 난 다시 멀쩡해질 거고, 이런 일이 결코 일어나지 않는 나 자신의 세계로 돌아갈 거야. 그렇지? 입을 열어 그렇게 말하려고 했지만 말이 나오지 않았다.

잭 곁으로 온 도린이 말했다. "이 사람은 죽을 거야. 그렇지?"

잭은 대꾸하지 않았고, 어니를 어깨에 걸치고 헬리콥터로 데려가려고 했다.

또 그놈의 거블-거블 어쩌고 하는 세계로군. 어니는 잭이 자신의 몸을 들어올리는 것을 느끼며 되뇌었다. 내가 거기서 큰 교훈을 얻은 것도 사실이야. 다시는 이런 미친 짓은 하지 않겠어. 어니는 헬리콥터로 가는 잭에게 말을 걸려고 했다. 자네 방금도 똑같은 일을 했다는 걸 알아? 화살을 뽑으려고 나를 루이스 타운의 병원으로 데려갔잖아. 기억 안 나?

"가망이 없어 보여." 잭은 어니를 헬리콥터 안에 내려놓으며 말했다. 가쁜 숨을 몰아쉬며 조종석에 앉는다.

물론 가망은 있어. 어니는 분개하며 생각했다. 도대체 뭐가 문제야. 날 살릴 생각이 없어? 빌어먹을, 빨리 가자고. 입을 열어 잭에게 이런 얘기를 하려고 했지만 그럴 수가 없었다. 아무 말도 할 수 없었다.

헬리콥터는 세 사람의 무게에 신음하며 힘겹게 상승하기 시작했다.

루이스 타운으로 돌아가던 중에 어니 코트는 죽었다.

잭은 도린에게 조종간을 맡기고 죽은 사내 곁에 앉아서 깊은 생각에 잠겼다. 어니는 죽었을 때도 자신이 만프레드의 마음속에 흐르는 어두운 조류에 휘말려 여전히 허우적거리고 있다고 믿었다. 차라리 잘된 일인지도 모른다. 마지막에는 그렇게 믿는 편이 더 편했을 것이다.

그제야 잭은 어니가 죽었다는 사실을 실감했고, 놀랍게도 마음속에서 비통한 감정이 솟구치는 것을 자각했다. 이건 아니잖아. 그는 죽은 사내 곁에 앉아서 생각했다. 너무 가혹하다. 어니는 이런 일을 당해도 될 정도로 악인은 아니었다. 나쁜 짓들을 한 것은 사실이지만, 그렇다고 이런 식으로 비참하게 죽으라는 법은 없지 않은가.

"어니는 마지막에 뭐라고 했어?"

도린이 물었다. 어니의 죽음을 사실 그대로 받아들이고, 지금은 상당히 침착해진 상태였다. 조종간을 잡는 손길도 사무적이고 능숙했다.

"어니는 이 모든 것이 현실이 아니라고 생각했어. 분열증 환자의 환상 속에서 헤매고 있다고 믿었던 거야."

"불쌍한 어니."

"어니를 쏜 사내가 누군지 알아?"

"거래하다가 생긴 적 중 한 사람일 거야."

두 사람은 한동안 침묵했다.

"만프레드를 찾아봐야 해." 도린이 말했다.

"응." 그러나 나는 그 아이가 지금 어디 있는지 알아. 잭은 생각했다. 아마 산 속 어딘가에서 야생 블리크맨들을 만났고, 그들과 함께 있는 거겠지. 확실했다. 어차피 늦든 빠르든 일어났을 일이다. 잭은 만프레드 일이 걱정되지도, 신경 쓰이지도 않았다. 아마 그 소년은 태어나서 처음으로 적응 가능한 환경을 찾아냈는지도 모른다. 야생 블리크맨들과 함께라면 자기 자신의 진정한 생활양식을 찾아낼 가능성이 있었다. 그의 주위에 있던 사람들, 그와는 본질적으로 다른 탓에 아무리 노력해도 결코 닮는 것이 불가능했던 사람들의 창백하고 고통스러운 삶을 반영하는 대신에 말이다.

도린은 말했다. "어니가 옳았을지도 모른다는 생각은 안 들어?"

한순간 잭은 그녀의 말뜻을 이해하지 못했다. 잠시 후에야 알아차리고, 고개를 가로저었다. "아니."

"그럼 왜 그렇게 확신에 차 있었을까?"

"모르겠어." 하지만 만프레드와 어떤 관계가 있었던 것만은 틀림없다. 죽기 직전 본인 입으로 그렇게 말하지 않았는가.

"여러 면에서 어니는 머리가 좋은 사람이었어." 도린이 말했다. "그런 생각을 했다면, 틀림없이 그럴 만한 확실한 이유가 있었을 거야."

"물론 머리야 좋았지. 하지만 언제나 자기가 믿고 싶은 것만 믿었잖아." 자기가 하고 싶은 일만 하는 인물이기도 했다. 어니의 죽음도 결국은 본인의 행동으로 귀결된다. 인생의 어떤 시점에서 그가 취했던 행동이 그를 죽음으로 몰아갔던 것이다.

"어니가 없는 지금, 이제 우리 사이는 어떻게 될까?" 도린이 말했다. "어니가 없는 생활을 상상하기는 쉽지 않아……. 무슨 뜻인지 알아? 당신도 알 거야. 처음에 그 헬리콥터가 착륙하는 걸 봤을 때, 무슨 일이 일어날지 알아차렸으면 좋았을 텐데. 우리가 몇 분만 더 빨리 착륙했더라면……." 도린은 말꼬리를 흐렸다. "지금 와서 이런 얘기를 해도 소용이 없겠지만."

"아무 소용도 없지." 잭은 짤막하게 대꾸했다.

"이제 우리들한테 무슨 일이 일어날지 알아?" 도린이 말했다. "우리는, 당신과 나는, 서로에게서 점점 멀어질 거야. 당장은 아니고, 몇 달 혹은 몇 년 걸릴지도 모르지만, 늦든 빠르든 우리는 헤어질 거야. 어니 없이는 안 돼."

잭은 잠자코 있었다. 반론할 생각은 없었다. 사실일지도 모른다. 앞길에 무엇이 기다리고 있을지 고민하는 일에는 이제 지쳤다.

"아직도 날 사랑해?" 도린이 물었다. "이런 일을 겪은 뒤에도?" 그녀는 고개를 돌리고 잭의 얼굴을 바라보았다.

"물론 사랑해."

"나도 마찬가지야." 도린은 나직하고 힘없는 목소리로 말했다. "하지만 그것만 가지고서는 충분하지 않아. 당신에겐 아내와 자식이 있잖아― 긴 안목에서 보면 그건 대단한 거야. 하여튼 간에, 그럴 만한 가치는 있었어. 적어도 내겐. 난 결코 후회하지 않을 거야. 어니가 죽은 건 우리 탓이 아니니까 죄책감을 느낄 필요는 없어. 마지막에 자기 하고 싶은 일을 하려다가 죽은 거니까 자업자득이라고 해야겠지. 어니가 실제로 뭘 하려고 했는지는 결코 알 수 없겠지만. 하지만 난 어니가 어떤 식으로든 우리에게 상처를 줄 작정이었다고 생각해."

잭은 고개를 끄덕였다.

그들은 어니 코트의 유해를 싣고 말없이 루이스 타운을 향해 날아갔다. 어니 자신의 거류지로, 그가 과거에 ―아마 앞으로도 영원히 ―수자원노동조합 제4행성 지부의 최고 책임자로 군림한 장소를 향해.

F.D.R. 산맥의 건조하고 두루뭉술한 산길을 올라가던 만프레드 슈타이너는 전방에 6명의 검은 그림자 같은 사람들이 나타난 것을 보고 발을 멈췄다. 사내들은 물이 담긴 파카알과 독화살이 담긴 화살통을 가지고 있었고, 여자의 경우는 돌판을 하나씩 가지고 있었다. 모두가 담배를 피우며 한 줄로 서서 터벅터벅 산길을 내려오고 있다.

만프레드를 보자 그들은 멈춰 섰다.

비쩍 마른 청년이 앞으로 나와서 정중한 어조로 말했다. "고귀한 그대가 내려주는 비는 우리에게 활력을 가져다준다. 친구여."

만프레드는 이 말의 뜻을 알지 못했지만 그들의 사념은 이해할 수 있었다. 신중하지만 친절했고, 저변에도 증오 따위는 깔려 있지 않았다. 그를 해치려는 욕구는 전무하다는 사실을 알고 만프레드는 기쁨을 느꼈다. 만프레드는 그들에 대한 두려움을 잊고 각자가 입은 동물 가죽에 주의를 돌렸다. 저것은 무슨 동물의 가죽일까? 그는 생각했다.

블리크맨들도 그에게 호기심을 느끼는 듯했다. 점점 앞으로 다가오더니 급기야는 그를 빙 에워싼다.

"이 산에 거대한 괴물 배들이 착륙했어. 아무도 타고 있지 않은." 블리크맨 하나가 그를 향해 사념을 보내왔다. "어떤 징조처럼 보였기 때문에 모두가 놀라움과 호기심으로 가득 찼지. 지상에 착륙한 배들은 이미 모양을 바꿔가면서 땅을 변화시키기 시작했어. 혹시 너도 거기서 온 거야?"

"아니."

만프레드는 상대가 듣고 이해할 수 있도록 마음속으로 대답했다.

블리크맨들은 손을 들어 산맥 중앙부를 가리켰다. UN의 무인 자동식 로켓의 무리가 상공에 떠 있었다. 지구에서 보낸 것들이다. 그들은 기초를 다지고 있었다. 건설 부지를 닦는 작업은 이미 시작되었다. AM-WEB을 위시한 새로운 건조물들이 태양계 제4행성의 표면에 잇달아 출현할 것이다.

"저것 때문에 산을 떠나고 있는 거야." 연상의 블리크맨 사내가 만프레드에게 사념을 보내왔다. "저런 일이 일어나고 있는 곳에서는 도저히 살아갈 수가 없으니까. 예의 바위를 통해서 이미 오래전에 보았던 일이 드디어 현실이 된 거지."

만프레드는 마음속으로 말했다. "저도 함께 갈 수 있을까요?"

블리크맨들은 깜짝 놀라며 뒤로 물러났고, 자기들끼리 의논을 하기 시작했다. 만프레드를 어떻게 생각해야 할지, 그가 원하는 것이 무엇인지 감이 안 잡히는 듯했다. 지구에서 온 이주민에게서 이런 요청을 받은 적은 일찍이 없기 때문이다.

"우리는 사막으로 나갈 거야." 마침내 청년이 말했다. "거기서 살아남을 가능성은 별로 크지 않지만 시도해보는 수밖에 없어. 그런데도 함께 가고 싶어?"

"예." 만프레드는 말했다.

"그럼 따라와." 블리크맨들은 동의했다.

그들은 다시 출발했다. 다들 피곤한 기색이었지만, 금세 빠른 속도로 걷기 시작했다. 만프레드는 처음에는 뒤처지는 것이 아닌가 걱정했지만, 이따금 보조를 늦춰주는 덕택에 그럭저럭 따라갈 수 있었다.

전방에 사막이 보였다. 그들과 그를 위한 사막이. 그러나 후회하는 사람은 아무도 없었다. 어차피 되돌아가는 것은 불가능했다. 산맥의 새로운 환경에서는 살아갈 수 없기 때문이다.

나는 이제 AM-WEB에서 살지 않아도 돼. 만프레드는 블리크맨들을 따라가며 생각했다. 이 검은 그림자들을 통해서 나는 도망칠 거야.

이토록 좋은 기분을 느끼는 것은 난생처음이었다.

블리크맨 여자 한 명이 수줍은 듯이 몸에 지니고 있던 담배를 내밀었다. 만프레드는 고맙다고 인사하고 한 대 받아들었다. 그들은 길을 재촉했다.

만프레드는 길을 가면서 자기 내부에서 뭔가 기묘한 일이 일어나고 있다는 사실을 깨달았다. 그는 변하고 있었다.

땅거미가 질 무렵, 데이비드와 시아버지를 위해 저녁 준비를 하고 있던 실비아는 수로를 따라 걸어오는 사람을 목격했다. 남자였다. 그녀는 깜짝 놀라서 현관으로 가서 문을 열었고, 고개를 내밀고 누군지 확인하려고 했다. 하느님. 혹시 그 자칭 건강식품 세일즈맨, 오토 뭐라는 사내가 돌아온 거라면—

"나야, 실비아." 잭이 말했다.

데이비드는 집 밖으로 뛰쳐나가 아버지를 향해 달려가며 흥분된 어조로 외쳤다. "어, 왜 헬리콥터도 없이 걸어온 거예요?

트랙터 버스를 타고 온 건가? 그랬나 보군요. 헬리콥터는 어떻게 됐어요, 아빠? 혹시 사막 한복판에서 고장이 나서 조난할 뻔한 건가요?"

"이제 헬리콥터는 없어." 잭이 말했다. 피곤한 표정이었다.

"나도 라디오 뉴스에서 들었어." 실비아가 말했다.

"어니 코트 얘기?" 잭은 이렇게 말하며 고개를 끄덕였다. "그래, 사실이야." 그는 집으로 들어가서 윗도리를 벗었다. 실비아는 그것을 받아들어 옷장에 걸었다.

"그럼 당신에게도 많은 영향이 있겠네?"

"실직했지. 어니가 내 계약을 사버렸거든." 잭은 주위를 둘러보았다. "아버지는 어디 계셔?"

"낮잠. 낮에는 볼일이 있다고 나가 계셨어. 당신이 오늘 집에 돌아와서 다행이야. 내일 지구로 떠난다고 하셨거든. UN이 F.D.R. 산맥에서 벌써 공사를 시작했다는 거 알아? 그 얘기도 뉴스에서 하던데."

"그건 몰랐어." 잭은 주방으로 가서 식탁 앞에 앉았다. "아이스티 좀 줄래?"

실비아는 남편을 위해 아이스티를 만들며 말했다. "벌써 이런 얘기를 하면 안 되겠지만, 실직하면 상황이 얼마나 심각해져?"

잭은 말했다. "수리라면 뭐든 가능하니까 괜찮아. 사실, 미스터 이라면 틀림없이 나를 다시 고용해줄 거야. 어차피 내 계약도 팔고 싶어서 판 게 아니거든."

"그럼 왜 그렇게 풀이 죽어 있는 거야?" 실비아는 이렇게 말하고 나서야 어니를 머리에 떠올렸다.

"트랙터 버스정류장은 여기서 1마일 반이나 떨어진 곳에 있잖아. 걸어오느라고 지쳤을 뿐이야."

"오늘 집에 올 거라고는 생각 못했어." 신경이 곤두선 탓에 다시 요리를 하기가 쉽지 않았다. "소 간하고 베이컨하고 간 당근을 합성 버터로 볶은 거하고 샐러드밖에는 없어. 아버님이 디저트로 케이크 같은 걸 드시고 싶다고 해서, 데이비드하고 나중에 특별 케이크를 만들 생각이었어. 내일 출발하시고, 다시는 못 뵐 수도 있으니까. 그럴 각오는 해둬야지."

"케이크라니 좋은 생각이로군." 잭은 중얼거렸다.

실비아는 참지 못하고 내뱉었다. "도대체 뭐가 문제인지 얘기해줬으면 좋겠어— 당신이 이러는 거 나 처음 봐. 그냥 지친 게 아니잖아. 그 사내가 죽어서 이러는 거 아냐?"

잠시 후 잭은 말했다. "어니가 죽기 전에 한 말을 생각하고 있었어. 그때 나도 그 자리에 있었거든. 어니는 자기가 있는 곳은 현실 세계가 아니라 정신분열증 환자의 환상 속이라고 했어. 그 생각이 머리에서 떠나지를 않아. 우리가 사는 세계가 만프레드의 세계와 얼마나 닮았는지는 생각해본 적도 없었거든— 전혀 다른 곳들이라고 생각했어. 하지만 이제는 차이가 있다고 해도 정도의 문제에 더 가깝다는 생각이 들어."

"코트 씨가 왜 죽었는지는 얘기하고 싶지 않은 거야? 뉴스에서는 F.D.R. 산맥의 험준한 지점에서 헬리콥터 사고를 당해 죽었다고 하던데."

"사고가 아니었어. 어니는 그에게 앙심을 품은 인물에 의해 살해당했어. 보나마나 어니 때문에 험한 꼴을 당하고 복수를 하려고 결심했던 자겠지. 물론 경찰은 살인자를 찾고 있어. 어니는 자기가 무의미한 정신병적인 증오의 대상이 되었다고 생각하면서 죽었지만, 실상은 정신병과는 전혀 무관한 지극히 이성적인 증오에 의한 살인이었을 가능성이 높아."

실비아는 강렬한 죄책감에 시달리며 생각했다. 내가 오늘 무턱대고 저질렀던 일을 당신이 알게 된다면 느꼈을 종류의 증오를 얘기하는 거로군. "잭—" 그녀는 어색하게 운을 뗐다. 정확히 뭐라고 해야 할지는 알 수 없지만, 물어보지 않을 수가 없었다. "우리 결혼은 이제 끝났다고 생각해?"

잭은 오랫동안 그녀를 빤히 쳐다보았다. "왜 그런 소리를 하는 거지?"

"그렇지 않다고 당신이 말하는 것을 듣고 싶어서."

"그렇지 않아." 그는 여전히 그녀를 쳐다보며 말했다. 실비아는 발가벗겨진 듯한 느낌을 받았다. 마치 남편에게 마음을 읽힌 듯한 기분이었다. 그녀가 무슨 짓을 했는지를 어떤 식으로든 정확하게 알고 있다는 느낌.

"그렇게 생각할 특별한 이유라도 있는 거야? 내가 오늘 왜 집에 왔다고 생각해? 결혼생활이 끝장난 게 사실이라면, 그런 일이 있은 뒤에 내가 집에 돌아왔을 거라고—" 그는 침묵했다. 이윽고 그는 "아이스티나 빨리 줘"라고 중얼거렸다.

"그런 일이라니?" 그녀가 되물었다.

"어니가 죽은 일."

"여기가 아니라면 어디 가려고 했는데?"

"사람은 언제나 두 장소를 선택할 수 있는 법이야. 집, 그리고 다른 사람들이 있는 나머지 세계."

실비아는 말했다. "어떤 여자야?"

"뭐?"

"당신이 만난 여자 말이야. 방금 거의 말할 뻔했잖아."

잭이 하도 오랫동안 입을 다물고 있는 탓에 실비아는 대답을 들을 수 없을 것이라고 생각했을 정도였다. 그러나 그는 마침내 입을 열었다. "빨강머리야. 거의 그 여자 곁에 머물 뻔했지만, 결국 그러지 않았어. 이걸로 충분해?"

"나도 선택할 수 있었어." 실비아는 말했다.

"몰랐어." 잭은 멍한 표정으로 말했다. "전혀 눈치채지 못했어." 그는 어깨를 으쓱했다. "흐음, 눈치챈다는 건 좋은 일이로군. 정신이 번쩍 드니까. 혹시 이론적인 얘기를 하고 있던 건 아니겠지? 구체적인 현실 얘기지?"

"맞아." 실비아는 대답했다.

데이비드가 주방으로 뛰어 들어왔다. "할아버지가 깨셨어요." 그는 큰 소리로 말했다. "아빠가 집에 왔다고 말했더니 정말로 기뻐하시면서 일이 어떻게 되었는지 물어보시더군요."

"잘 되어가고 있어." 잭은 말했다.

실비아가 말했다. "잭, 계속 이렇게 살고 싶어. 당신이 원한다면."

"물론이야. 당신도 알잖아. 내가 다시 돌아왔다는 걸." 이러면서 떠올린 미소가 너무나도 쓸쓸해서 실비아는 가슴이 찢어지는 듯한 느낌을 받았다. "난 정말로 먼 길을 왔어. 우선 내가 그토록 싫어하는 빌어먹을 트랙터 버스를 타고, 그다음에는 걸어서."

"이제는— 그런 선택을 가지고 다시는 고민하지 않을 거지, 잭? 약속해줘."

"다시는 고민하지 않을 거야." 잭은 단호하게 고개를 끄덕이며 말했다.

실비아는 식탁으로 다가가서 허리를 굽히고 그의 이마에 입을 맞췄다.

"고마워." 잭은 그녀의 손목을 잡으며 말했다. "기분이 좋아졌어." 실비아는 남편의 피로를 느낄 수 있었다. 곁에만 있어도 전달될 정도였다.

"저녁을 든든하게 먹어야 해. 당신이 이렇게— 녹초가 된 건 처음 봤어." 그러자 남편이 과거에 앓았던 병, 정신분열증이 도져서 새로운 발작을 일으킨 것이 아닌가 하는 생각이 떠올랐다. 그것이 사실이라면 많은 일을 설명할 수 있다. 그러나 굳이 그런 일을 화제에 올리고 싶지는 않았기 때문에 이렇게 말했다. "오늘은 일찍 자는 거야. 알았지?"

잭은 방심한 표정으로 고개를 끄덕였고, 아이스티를 홀짝였다.

"기분이 좋아? 이렇게 집으로 돌아오니?" 아니면 다시 마음이 바뀌지는 않았어? 실비아는 반문했다.

"좋아." 잭은 단호하고 힘찬 어조로 대답했다. 본심이다.

"아버님이 떠나기 전에 꼭 만나서―"

실비아가 이렇게 말한 순간 밖에서 소름끼치는 비명이 울려 퍼졌다. 그녀는 화들짝 놀라며 잭을 보았다.

잭은 벌떡 일어나며 말했다. "옆집이야. 슈타이너네 집." 잭은 그녀 곁을 지나 현관으로 갔다. 실비아도 남편과 함께 밖으로 달려나갔다.

슈타이너 가족의 집 현관에서 딸 한 명이 그들을 맞았다. "우리 오빠가―"

실비아와 잭은 소녀 곁을 지나 집으로 들어갔다. 실비아는 눈 앞에 펼쳐진 광경을 이해 못했지만, 잭은 알아차린 듯했다. 그녀의 손목을 움켜잡고 더 이상 들어가지 못하게 했기 때문이다.

거실은 블리크맨들로 발 디딜 틈이 없었다. 그들 한복판에 있는 생물의 모습이 실비아의 눈에 들어왔다. 상반신만 노인의 형체를 갖추고 있었고, 하반신을 포함한 나머지 부분은 펌프와 호스, 다이얼 따위가 뒤죽박죽으로 얽힌 기계장치로 이루어져 있었다. 기계는 끊임없이 찰칵거리며 작동했다. 이 기계가 노인의 생명을 유지해주고 있다는 사실을 실비아는 직감했다. 원래 몸에서 사라진 부분을 모두 기계로 대체한 것이다. 아아, 하느님. 실비아는 생각했다. 말라비틀어진 저 얼굴에 미소를 띤 채로 저렇게 앉아 있는 저 생물은 도대체 누구인가요? 무엇인가요? 그러자 그것이 입을 열었다.

"잭 볼렌." 삐걱거리는 듯한 목소리였다. 입이 아니라 기계에 달린 스피커에서 나오고 있다. "어머니에게 작별을 고하려고 왔습니다." 그러고는 침묵했다. 기계장치가 붕붕거리며 속도를 올렸다. 마치 애를 쓰는 듯한 느낌이다. "당신에게 감사를 드리고 싶습니다."

잭은 실비아 곁에 서서 그녀의 손을 꽉 잡고 말했다. "뭘? 난 너를 위해 해준 일이 없는데."

"아뇨. 큰일을 해주셨습니다." 그것은 앉은 채로 블리크맨들에게 고개를 끄덕여 보였다. 블리크맨들은 잭 근처까지 기계를 밀고 와서 똑바로 일으킴으로써 그와 마주볼 수 있게 해주었다. "제 입장에서는……" 다시 침묵했다가 이번에는 아까보다 더 큰 소리로 말하기 시작했다. "오래전 당신은 저와 의사소통을 하려고 시도했습니다. 그렇게 해주셔서 정말 고맙습니다."

"그렇게 오래전의 일이 아냐." 잭은 말했다. "벌써 잊었어? 넌 우리들에게 돌아왔잖아. 그것도 오늘. 지금은 네가 어렸을 당시의 먼 과거야."

실비아는 남편에게 물었다. **"저건 누구야?"**

"만프레드."

실비아는 양손으로 눈을 가렸다. 더 이상 도저히 쳐다볼 수 없었다.

"AM-WEB에서 도망쳐 나왔어?" 잭이 물었다.

"예에에." 그것은 기쁜 듯이 쉭쉭거렸다. "이제는 친구들과 함께입니다." 그것은 주위를 에워싼 블리크맨들을 가리켰다.

"잭." 실비아가 말했다. "밖으로 데려다줘 — 부탁이야. 더 이상 견딜 수가 없어." 실비아는 남편에게 매달렸다. 잭은 아내를 데리고 슈타이너의 집을 나와 저녁의 어둠 속으로 다시 발을 디뎠다.

집으로 돌아가자 레오와 데이비드가 흥분하고 두려움에 찬 표정으로 그들을 마중했다. "잭, 도대체 무슨 일이 일어난 거지? 그 여자는 왜 그런 비명을 질렀던 거야?"

잭은 대꾸했다. "모두 끝났습니다. 이젠 괜찮습니다." 그러고는 실비아에게 말했다. "밖으로 도망친 거야. 처음에는 뭐가 뭔지 이해 못했겠지."

실비아는 몸을 떨며 말했다. "나도 이해 못해. 이해하고 싶지도 않고. 나한테 설명하려고 들지 마." 그녀는 주방으로 가서 불을 끄고 혹시 타지 않았는지 냄비 안을 들여다보았다.

"걱정하지 마." 잭은 그녀의 어깨를 두드렸다.

실비아는 억지 미소를 지어 보였다.

"아마 이런 일은 두 번 다시 일어나지 않을 거야." 잭은 말했다. "설령 일어난다고 해도―"

"고마워." 실비아는 말했다. "처음 봤을 때는 그 아이 아버지가, 노버트 슈타이너가 돌아온 거라고 생각했어. 그래서 그렇게 겁에 질렸던 거야."

"회중전등을 가지고 나가서 슈타이너 부인을 찾아봐야겠군. 혹시 무슨 일을 당하지는 않았는지 확인해봐야 해."

"응. 당신이 아버님하고 함께 나가서 찾아보는 게 낫겠어. 나는 요리에서 손을 뗄 수가 없으니."

두 사내는 회중전등을 가지고 집에서 나갔다. 데이비드는 집에 남아서 어머니가 식탁 차리는 것을 도왔다. 너는 나이 들면 어디에 가 있을까? 실비아는 자기 아들을 바라보며 생각했다. 너도 만프레드처럼 늙으면…… 몸 여기저기를 절제하고 기계로 대체하게 되는 걸까?

미래 따위는 안 보이는 편이 나아. 그녀는 중얼거렸다. 안 보인다는 걸 하느님에게 감사해야 해.

"나도 나가보고 싶었는데." 데이비드는 불평했다. "슈타이너네 아줌마가 그런 비명을 지른 이유가 뭔지 왜 나한테는 얘기 안 해줘?"

실비아는 말했다. "언젠가 때가 되면 해줄게."

하지만 지금은 아냐. 그녀는 생각했다. 그러기에는 너무 일러. 우리들 모두에게도.

저녁 준비가 끝나자 실비아는 평소 습관대로 포치로 나가 잭과 레오를 불렀다. 불러도 오지 않을 것이라는 사실은 알고 있었다. 지금 그들은 너무 바쁘고, 할 일이 많다. 그러나 실비아는 그들을 불렀다. 그것이 그녀의 일이었기 때문이다.

화성의 밤의 어둠 속에서 그녀의 남편과 시아버지는 슈타이너 부인을 계속 찾아다니고 있었다. 회중전등이 여기저기에서 번득인다. 침착하고 끈기 있는, 힘찬 목소리가 들려온다.

필립 K. 딕의 강림

작가는 작품을 통해서만 말해야 한다는 경구는 여러 의미에서 충분히 귀담아들을 가치가 있는 충고이지만, 체계적으로 소개되는 경우가 드문 해외 거장들의 경우 일정 수준의 배경 설명은 필요악에 가깝다. 그러나 낯간지러운 찬사 일색의 보도자료라든지 실제로 읽기는 했는지 의심스러워질 정도로 무성의한 주례사비평 따위가 여전히 횡행하는 번역문학계에서, 단발적인 소개나 '해설'만으로 작가에 대한 진지한 연구나 분석을 이끌어내는 것은 쉽지 않다.

가장 이상적인 대안은 앞에서 언급했듯이 뚜렷한 방향성을 가진 기획을 통해 체계적으로 소개하는 것이겠지만, 전통적으로 장르문학의 일부로 간주되는 SF의 출간은 가뭄에 콩 나듯 선보이는 화제작들과 극소수의 총서에 거의 전적으로 의존해온 탓에 해외문학 연구자가 아닌 이상 비평에 필수적인 장르의 전체 상을 파악하기가 불가능에 가깝다는 구조적인 딜레마를 안고 있었다. 그런 맥락에서, 총 12권으로 완결될 한국어판『필립 K. 딕 걸작선』의 출간이 하나의 문학적 이정표로 기록되리라는 점을 필자는 믿어 의심치 않는다.

필립 K. 딕

필립 킨드리드 딕은 1928년에 태어나서 1982년 53세의 젊은 나이로 요절한 미국의 SF 작가이다. 시카고에서 태어났고, 생애 대부분을 캘리포니아 주에서 보냈다. 초등학교 시절부터 불안장애에 시달렸지만 독서와 글쓰기를 좋아하는 조숙한 소년이었고, 9살 때부터 개인 신문을 만들기도 했다. SF를 발견한 것은 동세대의 미국 작가들과 마찬가지로 코믹스와 펄프 잡지를 통해서였다. 1950년대부터 "생계를 위해" 쓰기 시작한 100여 편의 중단편들과 1960년대에서 1970년대에 발표한 20여 편의 장편들은 훗날 미국 SF의 지형도 자체를 바꿔버릴 정도의 폭발력을 내포하고 있었다. 생전에는 독일과 일본이 2차 세계대전에서 승리했다는 내용의 대체역사 소설 『높은 성의 사내』(1962)로 세계 SF 대회에서 수여되는 휴고상을 수상하기도 했지만 SF계에서는 비교적 소수의 팬덤을 거느린 컬트 작가에 가까웠다.

인식론적인 색채가 짙은 딕의 1960년대 작품군에 가장 먼저 주목하고, 열광한 것은 장 보드리야르(1929~2007)와 슬라보예 지젝(1949~)을 위시한 유럽의 포스트모더니즘 계열의 철학자들이었으며, 이들의 활발한 딕 연구는 당시 인디애나 주립대학의 비평저널 《사이언스 픽션 스터디스Science Fiction Studies》

(1973~)를 필두로 싹트기 시작한 영문학계에서의 본격 SF 비평이 활성화되는 계기를 제공했다.

덕은 각양각색의 공포증, 우울증, 망상증에 시달렸으며 약물 남용과 수 차례에 걸친 자살 시도, 그리고 다섯 번의 결혼과 이혼을 거듭하며 파란만장한 인생을 보냈음에도 불구하고 매우 능동적인 교우 관계를 유지했다. 말년에는 동료 작가 및 작가 지망생들과도 활발하게 교류했고, 당시에 썼던 방대한 수의 편지는 언더우드 출판사에서 여섯 권의 서간집으로 출간되어 덕 연구를 위한 중요한 1차 자료가 되었다. SF 작가인 팀 파워즈, 제임스 P. 블레이록, K. W. 지터는 덕 말년에 그와 교유한 '캘리포니아 서클'의 일원이다. 현대 미국문학의 대표적인 앙팡테리블 중 한 명인 조나단 레섬은 덕 연구가로도 일가를 이뤘으며, 사이버펑크 운동의 중심인물이자 1984년에 장편『뉴로맨서』로 SF 문단을 휩쓴 윌리엄 깁슨의 작품세계에도 덕의 그림자가 짙게 드리워져 있다. 영화계의 애독자로는 데이비드 크로넨버그, 워쇼스키 형제, 미셸 공드리, 테리 길리엄, 크리스토퍼 놀란, 데이비드 린치, 앤드류 니콜, 피터 위어, 스티븐 스필버그 등이 유명하며, 이들의 영화는 식자층 사이에서 덕의 지명도를 올리는 데 크게 기여했다.

왜 필립 K. 딕인가

결과론이 되겠지만 국내 출판계에도 '그럴만한 시기가 되었다'라는 것이 위 질문에 대한 가장 솔직한 대답일 것이다. 국내에서도 딕은 〈블레이드 러너〉나 〈마이너리티 리포트〉 등 할리우드 영화의 원작자로 어느 정도 알려져 있지만, 그가 30년 동안 쓴 40여 편의 장편을 통해 현대의 비非 리얼리즘 문학 및 대중문화 전반에까지 장기적이고도 지대한 영향을 끼친 문학적 아이콘이라는 점은 간과되어 왔다. 특히 1962년에서 1974년에 걸쳐 1년에 2권 꼴로 발표된 중기 장편군群은 병적일 정도로 집요한 주제의식을 바탕으로 20세기 문명사회 특유의 악몽과 광기를 소설의 형태로 체화한 인상적인 걸작들로, 작가인 딕에게 SF 팬덤에서의 컬트적인 인기와 더불어 주류 평단에서의 높은 평가라는 일종의 성배聖杯를 안겨주었다.

서구 SF사史에서는 장르 정체성과 상업성의 확립에 주력했던 근대가 끝나고 혼돈의 현대가 시작된 시기를 1960년대의 뉴웨이브 운동*의 시작과 동일시하는 경향이 있다. 그러나 딕은 뉴웨이브와는 확연하게 거리를 둔 지점에 머무르며 '현실이란 무엇인가?'라는 보편적이면서도 지극히 개인적인 주제에 천착하는—어폐를 무릅쓰고 말하자면 '작가주의적'인—장편들을 잇

---

* New Wave Movement. 1960년대의 영국 SF계에서 시작된 문예 사조. 현대문학에 걸맞은 세련된 문학 기법의 도입과 인간 정신을 의미하는 내우주內宇宙의 탐구를 골자로 삼고 있다.

달아 내놓으면서 평단의 주목을 받았다. 정체성, 다중 현실, 시뮬라크라*, 약물에 의한 의식의 변용, 융 심리학, 불안감, 편집증, 음모론, 거대 기업, 전체주의 등은 딕의 작품세계를 묘사할 때 자주 등장하는 키워드이다. 디키언dickian이라고 형용되는 이런 경향은 현대 SF에서는 하나의 소재적 흐름으로 자리 잡았다고 해도 과언이 아니다. 그러나 딕이 외계인의 침략과 초능력 따위의 통속적인 SF의 소도구들을 써서 담담하게 묘사하는 디스토피아가, 작가 입장에서는 미래였던 21세기를 살아가는 독자들에게 오히려 소름이 돋을 정도의 기시감을 불러일으키는 이유는 무엇일까?

그런 식의 일상에 불만을 품은 주인공이 자신의 영웅적 특질을 활용해서 '경천동지할' 변화를 꾀한다면 판에 박힌 할리우드 친화적 모험 SF의 플롯이 탄생하겠지만, 딕의 소시민적 주인공들을 끊임없이 괴롭히는 갈등은 거의 언제나 현실 인식과 직결된 개인 정체성의 불확실성에서 비롯된다. 그리고 이런 불확실성은 플롯을 통해 해소되기보다는 현실 자체의 다중화多重化를 유발하고, 나아가서는 현실 붕괴로까지 이어진다. 어느 정도 딕을 읽은 독자들이라면 수긍하겠지만, 딕이 전 세계적으로 공감을 얻는 이유는 그가 부조리한 미래 사회를 정확하게

---

* simulacrum, 模造品, 複製. 다른 사물과 유사하지만 본질적으로 상이한 사물을 지칭하거나, '기만'의 맥락에서 쓰인다. 딕 작품에서는 안드로이드나 기계화된 인간의 이미지로 자주 나타난다.

'예언'해서가 아니라―딕보다 부조리하거나 예언적인 작가들은 얼마든지 있다―편집증과 분열증으로 상징되는 20세기 과학 문명사회 특유의 '일그러짐'을 SF 작가의 입장에서 성실하게 직시했기 때문이다. 그런 성실함의 끝자락에서 제시되는 것은 예정조화豫定調和적인 카타르시스와는 거리가 먼 모호하고 불만족스러운 철학적 비전啓示의 형태를 취하는 경우가 대부분이다. 이런 식의 '열린' 결말을 존재론적 불안의 포스트모던한 표출*로 볼 것인지, 새로운 현실 인식의 지평을 열어주는 열쇠로 볼 것인지는 읽는 사람의 자유이다. 그러나 적어도 작가 본인은 종생 '구원'을 희구했으며 후기의 걸작『발리스』3부작의 근간을 이루는 신비 체험에 천착했던 말년에는 그것을 얻었다고 확신했다는 점을 첨언해둔다.

화성의 타임슬립

최전성기인 1964년에 발표된『화성의 타임슬립』은 같은 시기에 쓰인『파머 엘드리치의 세 개의 성흔』(1965),『안드로이드는 전기양의 꿈을 꾸는가?』(1968),『유빅』(1969)과 더불어 명실공히 딕 중기의 최고 걸작으로 평가받는다. 작가 본인의 말을 빌리자면 "실험적인 주류 소설과 SF 사이의 간극을 줄인" 작품이기도 하다. 전반부의 줄거리를 간단히 나열해보면 다음

---

* Baudrillard, J. (1991, November. 'Simulacra and Science Fiction')

과 같다.

1994년. 물 부족에 허덕이는 화성 식민지에서는 인구 증가와 환경오염이 극에 달한 지구를 떠난 이민자들이 관할 당국인 UN으로부터 최소량의 물을 배급받으며 근근이 살아가고 있었다. 정신분열증에 시달리던 과거의 아픈 경험을 잊기 위해 화성의 한 거류지에서 수리공으로 근무하는 잭 볼렌은 우연한 기회에 화성의 수자원노동조합장인 어니 코트와 만나 그의 피고용인이 되고, 권력자인 어니의 생활 속으로 빨려 들어간다. 한편, UN이 화성의 아무 쓸모도 없는 황야를 구입해서 거대한 복합 거주지를 세울 작정이라는 경천동지할 사실을 알게 된 어니는 시설에 수용되어 있는 자폐아 만프레드 슈타이너의 특수한 예지능력을 이용해서 자신의 기득권을 지키려고 한다. 그러나 모든 일상성으로부터 차단당한 채 생지옥과도 같은 현실 속에서 살아가던 만프레드는 어니의 예상을 뛰어넘는 능력을 가지고 있었다…….

기득권을 잃을 위기에 처한 권력자가 우연히 발견한 자폐증 소년의 예지능력을 이용해서 획책한 부동산 투기(!)의 전말을 큰 줄기로 삼아, 인구 6명당 1명이 걸릴 정도로 만연하는 분열증이 잭 볼렌과 노버트 슈타이너를 위시한 등장인물들의 행동에 끼치는 영향이 극명하게 부각된다. 1994년의 화성 식민지라는, 21세기를 살아가는 독자 입장에서는 이중의 허구에 해당하는 무대는 외계 행성이라기보다는 20세기 캘리포니아의 교외

주택가를 방불케 하는 나른한 일상성과 절망으로 가득 차 있는 공간이며, 여기서 비롯된 미묘한 심리적 '어긋남'은 광기에 사로잡힌 등장인물들의 '논리적'인 행동에 의해 정착되고, 극대화됨으로써 놀랄 정도의 현실연관성을 획득한다.

등장인물의 심리적 파탄이 (딕의 작품에서는 심심치 않게 볼 수 있는) 플롯의 파탄으로 이어지지 않는다는 점도 특기할 만하다. 캘리포니아인다운 다양한 통속 심리학의 용어로 기술되는 분열증의 증세는 굳이 지적하자면 이인증* 쪽에 더 가까워 보이지만, 11장 끝자락에서 묘사되는 볼렌의 인상적인 '발작'이 시뮬라크라 공포증이 상징하는 존재론적, 주류 문학적 불안과 '거비쉬'라는 불길한 단어로 시작되는 하이퍼리얼리티 사이를 잇는 메타장르적 기제로 매끄럽게 작용한다는 점을 감안하면 충분히 수긍할 수 있는 일종의 의도된 모호함이라고 해도 무방하다. 소설의 주요 갈등 요인을 제공하는 자폐아 만프레드의 내적 세계가 처음에는 작중 인물인 베르크홀츠라이의 시간 이론을 통해 '과학적'으로 설명되었다가, 시간여행이라는 SF 고유의 기제에 의해 장갑을 뒤집듯이 "또 하나의 현실"로 상대화되는 대목, 특히 신경증적인 갈등이 단순한 개인적, 사회적인 망상을 넘어 세계의 존재 양태樣態에까지 영향을 끼치기 시작하는 후반부는 악몽이 일상을 잠식해 들어가는 특유의 현실 붕괴 감각이 최대한 발현된 딕 SF의 백미라고 해도 과언이 아니다.

---

* 離人症, depersonalization. 자기 자신이나 외부 세계를 실재하지 않는 허구로 느끼는 증세. 비현실감, 정신-육체의 분리 감각, 공황 등이 특징이다.

이 책의 번역 텍스트로는 조나단 레섬이 편찬하고 미국의 비영리 출판사인 라이브러리 오브 아메리카Library of America (LoA)에서 출간된 하드커버판 딕 선집을 사용했다. 라이브러리 오브 아메리카의 미국문학 총서는 마크 트웨인에서 헨리 제임스를 망라하는 거장들의 작품을 수록한 방대한 선집으로, 딕은 200여 권에 달하는 이 미국문학 총서에 수록된 최초의 SF 작가이다.

김상훈 (SF 평론가)

1928   필립 킨드리드 딕. 12월 16일 일리노이 주 시카고의 자택에
서 쌍둥이 누이인 제인 샬럿 딕과 함께 예정일보다 6주 일찍
태어났다. 아버지 조셉 에드거 딕은 제1차 세계대전에 참전
했다가 제대 후 농무부에서 일했다. 어머니 도로시 킨드리드
딕은 공문서를 검열하는 비서였으며, 만성 신부전증을 앓고
있어서 쌍둥이들에게 수유를 하기가 힘들었고 의사의 도움
도 제대로 받지 못했다. 그래서 쌍둥이들은 둘 다 발육 상태
가 좋지 않았다.

1929   1월 26일, 심각한 탈수 증세와 영양실조에 시달리던 갓난
애들을 서둘러 병원으로 데려갔지만 누이는 병원으로 가
던 중 사망했다. 그는 체중 5파운드*가 될 때까지 인큐베이
터 신세를 지게 된다(쌍둥이 누이의 죽음에 괴로워하던 그
는 훗날 이렇게 기술했다. "누이는 살기 위해, 나는 누이를
살리기 위해 발버둥을 친다, 영원히······. 그녀는 내게는 전
부나 다름없다. 나는 늘 내 누이와 헤어지는 동시에 함께해
야 하는 저주를 받았다"). 아버지에게 샌프란시스코로 전
근해도 좋다는 농무부의 허락이 떨어졌다. 가족은 콜로라
도 주 포트 모건으로 휴가를 떠났고, 그는 어머니 도로시와
함께 현지 친척의 집에 머물며 아버지의 전근 절차가 끝나
기를 기다렸다. 누이는 포트 모건 공동묘지에 묻혔다. 가족
은 캘리포니아의 베이지역에 있는 소살리토로 이사했고, 퍼

---

* 2.3킬로그램

닌슐러*로 옮겼다가 마지막에는 앨러미다에 자리를 잡았다.

1930 아버지가 네바다 주 리노에 위치한 국가부흥청(NRA) 서부
지부 국장으로 승진한다. 가족은 버클리에 정착했고, 아버지
는 주중에는 리노에 머물며 직장과 가정을 오갔다.

1931 캘리포니아 대학의 아동 복지 연구소가 운영하는 실험적인
탁아소에 다녔다. 기억력과 언어능력 및 손의 협응력 테스트
에서 높은 점수를 받았다. 음악적 재능이 뛰어나다는 칭찬도
듣게 되었다.

1933-34 어머니가 이혼을 요구하면서 부모가 별거에 들어간다. 그는
어머니와 외갓집에서 외조부모 및 매리언 이모와 함께 살게
되었다. 어머니가 정규직을 얻으면서 집에 남겨지게 된 그는
'미마Meemaw'라는 애칭으로 부르던 외할머니의 자상한 보
살핌을 받으며 진보적인 성격이 강한 브루스태틀록 스쿨 부
설 유치원을 다녔다. 매리언 이모는 신경쇠약으로 가끔 병원
에 입원하기도 했지만 그를 무척 귀여워했다.

1935-37 부모의 이혼 절차가 마무리되면서 어머니를 따라서 워싱턴
D.C.로 이사했다. 아버지는 재혼했다. 이 시기부터 천식과
심계 항진증을 앓기 시작했다. 기숙학교로 보내라는 의사의
권유를 받고 행동장애를 가진 아동들을 위한 컨트리데이 스
쿨로 보내졌다. 그곳에서 처음으로 구토 공포증을 경험하며,
사람들 앞에서는 음식을 삼키지도, 먹지도 못하게 되었다. 6
개월 뒤 귀가 조치를 받고 처음으로 심리치료사를 만난다.
프렌즈 퀘이커 데이 스쿨을 다니다가 2학년 때 공립학교로

---

* 샌프란시스코 반도.

전학했다. 학교에서는 소외감 때문에 힘들어했고 이것은 곧 잘 무단결석으로 이어졌다("그 후에는 내가 혐오하는 학교에 가는 일을 제외하면 딱히 하는 일이 없는 시기가 오래 계속되었다. 기껏해야 수집한 우표들을 만지작거리거나…… 구슬치기, 딱지치기, 볼로배트bolo bats, 당시 갓 출판되기 시작한 코믹북 읽기 같은 남자아이들의 놀이를 하는 정도였다……"). 자연스럽게 우러나오는 마음의 평화와 감정 이입을 체험한 것도 이 시기였다. 그는 훗날 인터뷰에서 이 경험을 어린 시절의 '사토리*'라고 표현했다. 어머니의 격려를 받고 처음으로 글쓰기를 시작한 것도 이 무렵이었다.

1938   어머니와 함께 버클리로 돌아갔다. 3년 동안 만나지 못했던 아버지를 찾아갔다. 새로 전학한 공립학교에서 자신을 '짐 딕'이라고 소개하지만 곧 다시 필립이라는 이름을 사용했다. 지역 소식과 연재만화를 실은 개인 신문인《더 데일리 딕The Daily Dick》을 만들었다.

1940-43   고전 음악과 오페라에 열중하기 시작했고, 평생 그 열정을 가슴에 품고 살았다. 『어린 왕자』와 『호빗』, 『곰돌이 푸』 및 『오즈』 시리즈를 읽었다.《어스타운딩》《어메이징》《언노운》 등의 SF 잡지를 발견하고 열심히 모으기 시작했다. 이 잡지들의 내용을 본떠 그림을 그리고 글을 썼다. 독학으로 타자 치는 법을 익혔고, 라디오 방송으로 접한 제2차 세계대전 소식을 들으며 친구들과 전황에 대해 곧잘 토론을 벌였다. 두 번째 개인 신문인《진실The Truth》을 만들면서 연재만화의 주인공으로 '미래 인간Future-Human'을 등장시켰다("자신의 초超 과학기술을 인류의 복지를 위해 사용하고, 미래의 암

---

* Satori. 일어로 '깨달음'을 의미함.

흑가에 맞서는 인물"이었다). 지금은 소실된 첫 번째 소설 『소인국으로의 귀환Return to Liliput』을 완성했다. 《버클리 가제트》지에 정기적으로 단편소설과 시를 기고했다. 가필드 공립 중학교와 오하이 시에 위치한 기숙사제 사립 고등학교 인 캘리포니아 예비 학교를 다녔다. 정서장애를 극복하기는 여전히 어려웠지만, 급우들에게 정신의학과 심리 테스트에 관한 해박한 지식을 피력하기도 했다(1974년에 딸 로라에게 보낸 편지에서 그는 이렇게 쓰고 있다. "어떤 의미에서는, 학 교에 적응을 잘하면 잘할수록 나중에 현실 세계에 적응할 수 있는 확률은 도리어 낮아진다고 할 수 있어. 그러니까 네가 학교에 제대로 적응을 못하면 못할수록, 나중에 학교에서 자 유로워진 뒤에 마주치는 현실에 더 잘 대처할 확률이 높아진 다고도 할 수 있겠지. 그런 날이 정말로 온다면 말이야. 아마 나는 군대에서 말하는 '안 좋은 태도'를 갖고 있는지도 모르 겠구나. 제대로 하든지, 아니면 포기하든지 양자택일하라는 뜻인데, 나는 언제나 그만두는 쪽을 택했어"). 광장공포증과 공황장애로 인한 발작이 더 심해졌다.

1944-47   버클리 고등학교에 입학했다. 독일어를 배우고 칼 구스타프 융의 저서를 읽기 시작했다. 곧잘 현기증 발작을 일으켜 앓 아눕곤 했다. 샌프란시스코의 랭글리 포터 클리닉에서 매주 융 학파의 심리분석가에게 치료를 받았지만 결국은 그 분석 가를 철두철미하게 경멸하기에 이르렀다. 유니버시티 라디 오에 판매원으로 취직했으나, 나중에 아트 뮤직으로 옮겼다. 두 곳 모두 음반, 악보, 전자기기 등을 판매하고 수리도 해 주는 음악 상점이었다. 이 두 가게의 소유주인 허브 홀리스 는 카리스마 넘치는 까다로운 인물이었는데, 딕에게는 멘토 이자 아버지 같은 존재가 되었다(홀리스는 훗날 딕의 소설 에 자주 등장하는 전제적이지만 따스한 마음을 가진 '보스'

의 모델이 된다). 홀리스 밑에서 일하는 동안 딕의 불안장애는 많이 나아졌지만, 학교에만 가면 악화되는 통에 마지막 1년 과정은 집에서 개인 교습을 받으며 마쳐야 했다. 같은 해 가을이 되자 집에서 나와 로버트 던컨, 잭 스파이어, 필립 라만티어 같은 작가들과 함께 창고를 개조한 공동주택으로 이사를 갔다. 대부분 동성애자로, 작가 특유의 보헤미안적 삶을 즐기던 룸메이트들은 딕의 독자적인 지적 성장의 원천이 되었다. 딕은 버클리 대학에 잠시 다니며 철학을 전공했지만 의무적으로 참가해야 하는 ROTC 훈련을 혐오했다. 광장공포증은 더욱 악화되었고, 11월에는 결국 자퇴를 하고 말았다. 훗날 그는 ROTC 훈련 도중 소총 분해결합을 거부했다는 이유로 퇴학당했다고 주장했다.

1948-49　아트 뮤직의 매니저는 여성 경험이 전무하다는 것을 알고 가게의 지하방에서 젊은 여성과 잠자리를 함께 할 수 있는 기회를 마련해준다. 재닛 말린과 알게 되고, 서둘러 결혼해 버클리의 아파트로 이사한다. 갈등으로 점철되었던 6개월 동안의 서투른 결혼 생활은 연말이 되기 전에 이혼으로 끝이 난다. 아버지와 다시 재회하고, 지금은 소실된 장편 『어스셰이커The Earthshaker』를 간간이 집필하기 시작했다.

1950　6월에 두 번째 아내인 클리오 애퍼스틸리디스와 결혼한다. 버클리의 프란시스코 거리에 작은 집을 장만했고, 마지막으로 아버지를 만났다. 작문 교사이자 범죄소설과 SF 분야에서 편집자와 평론가로 활동하던 앤서니 바우처(앤서니 화이트)와 조우했고 그의 영향을 받아 다수의 SF 단편을 쓰기 시작했다(훗날 딕은 바우처를 평하며 "성숙한 어른, 그것도 분별 있고 교육받은 어른도 SF를 즐길 수 있다는 사실을 깨닫게 해준 인물"이라고 회고하기도 했다). 당시 딕은 지독한 가난

에 허덕였다(훗날 출간된 단편집 『황금 사나이The Golden Man』의 1980년도 판 서문에서 딕은 이렇게 술회했다. "럭키 도그 애완동물상점에서 파는 말고기는 동물 사료로 팔던 것이었다. 그러나 클리오와 나는 그걸 먹었다. 정말 궁핍했다……").

1951-52 《판타지 앤드 사이언스 픽션》지에 처음으로 팔린 단편 「루그Roog」로 데뷔한다. 홀리스에 대한 신의를 저버렸다는 이유로 아트 뮤직에서 해고당했다. 잡지 《플래닛 스토리즈》에 단편 「워브는 그 너머에 머문다Beyond Lies the Wub」를 게재하고, 스콧 메러디스 출판 에이전시와 전속 계약을 맺는다. 최초의 사실주의적 소설인 『거리에서 들리는 목소리Voices from the Street』(2007)와 『메리와 거인Marry and the Giant』(1987)을 집필했지만 생전에는 출간되지 못했다(훗날 딕은 이렇게 술회했다. "나는 1951년 11월에 처음으로 단편을 팔았고, 이것들은 1952년에 처음으로 잡지에 실렸다. 고등학교를 졸업할 무렵에는 꾸준히 글을 쓰면서 잇달아 장편을 탈고했지만 물론 하나도 팔리지 않았다. 나는 버클리에 살고 있었고, 주위 환경은 문학을 하기에 안성맞춤이었다. 주류 문학을 하는 소설가들은 얼마든지 있었고, 베이지역에 사는 지극히 유망한 전위적 시인들과도 교류했다. 모두들 나더러 글을 쓰라고 권했지만, 꼭 그걸 팔아야 한다고 격려한 사람은 아무도 없었다. 그러나 나는 책을 팔고 싶었고, SF 소설도 쓰고 싶었다. 나의 궁극적인 꿈은 주류 문학적 소설과 SF **양쪽**을 쓰는 것이었다").

1953-54 최초의 SF 장편인 『태양계 제비뽑기Solar Lottery』(1955)와 『존스가 만든 세계The World Jones Made』(1956)를 판타지 소설 『우주 꼭두각시The Cosmic Puppets』(1957) 및 리

얼리즘 소설인 『함께 모여라Gather Yourselves Together』
(1994)와 함께 에이전시에 팔았다. 음반 가게인 '터퍼와 리
드'에서 잠시 일하던 중 공황장애와 광장공포증이 재발했고,
폐소공포증까지 겪었다. 공포증과 우울증 치료제로 처방받
은 암페타민을 복용하기 시작했다. 수십 편의 단편을 썼고
그중 대다수를 잡지에 파는 데 성공했다. 딕은 가장 다작을
하는 SF 작가 중 한 사람이 되었다(1953년 한 해 동안에만
무려 30편의 작품이 펄프 잡지*에 실렸다). FBI 수사관 두 명
이 방문해서 점잖게 그를 심문한다. 이 사건을 계기로 그는
평생 동안 감시당하고 있다는 생각을 품게 되었다. SF 작가
로 이름을 알리는 것에 대한 모호한 저항감과, 사람들 앞에
나서기를 두려워하는 광장공포증에 시달리면서도 난생 처음
으로 SF 컨벤션에 참가해서 A. E. 밴 보그트를 만났다. 보그
트의 소설은 딕의 초기 SF 소설들에 큰 영향을 미쳤다. 단편
고료와 아내가 이런저런 시간제 일을 해서 번 돈으로 주택
융자금을 갚고, 짧은 기간이나마 재정적인 안정을 누렸다.
매리언 이모가 세상을 떠나자 딕의 어머니는 매리언의 남편
인 조 허드너와 결혼하고, 조카인 여덟 살배기 쌍둥이를 입
양했다.

1955   장편 데뷔작인 『태양계 제비뽑기』가 에이스 북스에서 페이
퍼백 단행본으로 출간되었다. 첫 번째 단편집 『한 줌의 암흑
A Handful of Darkness』도 리치&코원 출판사에 의해 영국
에서 간행된다. 딕은 같은 해 『농담을 한 사내The Man Who
Japed』(1956)와 『하늘의 눈Eye in the Sky』(1957)을 집필
했다.

---

* pulp magazine. 갱지를 사용한 선정적인 싸구려 잡지.

1956-57	주류 문단의 인정을 받기 위한 노력의 일환으로 일반 소설인 『조지 스타브로스의 시간A Time for George Stavros』 (소실됨) 『언덕 위의 순례자Pilgrim on the Hill』(소실됨), 『시스비 홀트의 깨진 거품The Broken Bubble of Thisbe Holt』(1988), 『좁은 땅에서 빈둥거리며Puttering About in a Small Land』(1985)를 집필했다. 클리오와 두 번의 자동차 여행을 하면서 동쪽으로는 아칸소 지방까지 둘러보았다. 『한 줌의 암흑』 증보판인 『변수 인간 외The Variable Man and Other Stories』가 에이스 북스에서 페이퍼백 단행본으로 출간되었다. 스콧 메러디스 출판 에이전시와 잠시 결별했지만 곧 재계약했다.
1958	딕은 처음으로 자신의 사실주의적 모티프를 SF 소설에 접목했고, 그 결과물인 『어긋난 시간Time Out of Joint』이 리핀코트 출판사에서 출간되었다. 그의 소설 중에서는 최초의 하드커버였으며, SF 소설이 아니라 스릴러를 의미하는 '위협에 관한 소설Novel of Menace'로 홍보되었다. 일반 소설인 『밀튼 럼키의 구역에서In Milton Lumky Territory』(1985)와 『니콜라스와 히그Nicholas and the Higs』(소실됨)를 집필했다. 단편인 「포스터, 넌 죽었어!Foster, You're Dead」가 소비에트 연방에서 무단으로 잡지에 실린 것을 알게 되었다. 이를 계기로 소련 과학자 알렉산드르 톱치예프와 편지로 아인슈타인의 상대성 이론에 관해 의견을 주고받았고, 이 편지들은 CIA에게 노출되었다(딕은 1970년대에 정보자유법에 의거해 공개 요청을 보낸 뒤에야 이 사실을 알았다). 9월에 클리오와 마린 카운티의 포인트 러예스 스테이션으로 이사했다. 10월에 앤 루빈스타인이라는 미망인을 만나 격정적인 사랑에 빠졌고, 12월에는 클리오에게 이혼을 요구했다.

1959   클리오는 이혼 후 포인트 러예스 스테이션을 떠나 버클리로 돌아갔다. 딕은 앤과 함께 살며 그녀의 세 딸(헤티, 제인, 텐디)의 의붓아버지가 되었다. 이들은 가금류와 양을 키우며 아이들의 양육비 명목으로 세인트루이스에 사는 앤의 전남편 가족들이 보내준 돈으로 생계를 꾸려갔다. 앤의 정신과 의사에게서 상담을 받기 시작했는데, 이는 1971년까지 간헐적으로 이어졌다. 만우절에 멕시코의 엔세나다에서 앤과 결혼했다. 돈을 벌기 위해 초기 중편 중 두 편을 장편 SF로 개작했다. 이것들은 1960년에 각각 『미래 의사Dr. Futurity』와 『불카누스의 망치Vulcan's Hammer』라는 제목으로 에이스 북스의 '더블 시리즈*'로 출간되었다. 일반 소설인 『허풍선이 과학자의 고백Confessions of a Crap Artist』(1975)을 집필했다. 이 소설은 클리오와의 이혼, 그리고 앤과의 연애에서 대부분의 소재를 얻었으며, 크노프사와 하코트사 양쪽에서 출간될 뻔했지만 결국 성사되지는 못했다. 그러나 그 과정에서 딕의 작가적 능력에 주목한 하코트 출판사는 차기 일반 소설의 선불금을 지불했다. 앤이 임신을 했고, 딕은 암페타민의 일종인 서모자이드린을 계속 복용했다.

1960   2월 25일에 첫아이인 로라 아처 딕이 태어났다. 하코트 출판사에서 일반 소설을 내고자 하는 희망은 결국 이루어지지 못했다. 편집자가 휴가를 간 사이에 출판사가 합병을 하면서, 딕이 쓴 『모두 똑같은 이를 가진 사내 The Man Whose Teeth Were All Exactly Alike』(1984)와 『조지 스타브로스의 시간』을 개작한 작품인 『오클랜드의 험프티 덤프티 Humpty Dumpty in Oakland』(1986)의 출간을 제대로 추진하지 못했기 때문이었다. 가을이 되자 앤이 또 임신을 했

---

* Ace Double. 두 작가의 각기 다른 작품을 앞뒤로 뒤집어 묶은 페이퍼백 시리즈.

지만 경제적으로 더 궁핍해지는 것을 두려워했던 앤은 딕의 반대에도 불구하고 아이를 낙태했다.

1961   앤의 수공예 보석상에서 잠깐 일을 했다. 변화를 다룬 중국의 고전인 『역경I Ching』을 발견하고, 향후 20년 동안 그 점괘를 참고하며 살아갔다. 딕은 자신이 '움막'이라고 부르던 곳에 틀어박혔다. 타자기와 전축, 그리고 책들이 있는 이 오두막에서 그는 『높은 성의 사내The Man in the High Castle』의 집필에 착수했다. 플롯의 일부는 『역경』의 점괘를 참조했다.

1962   『높은 성의 사내』는 퍼트넘 출판사에서 스릴러물로 출간되었고 호평을 받았지만 판매는 부진했다. 그러자 퍼트넘 출판사는 사이언스 픽션 북클럽에 판권을 팔았다. 딕은 장편 『당신을 합성해드립니다We Can Build You』를 집필했는데, 이는 1969년에서 1970년 사이에 《어메이징》지에 「A. 링컨, 시뮬라크럼A. Lincoln, Simulacrum」이란 제목으로 연재되었다. 같은 해에 집필한 『화성의 타임슬립Martian Time-Slip』은 1963년 잡지 《월드 오브 투모로우》에 '우리는 모두 화성인All We Marsmen'이란 제목으로 연재되었다(훗날 딕은 이렇게 회고했다. "『높은 성의 사내』와 『화성의 타임슬립』을 통해 나는 실험적인 주류 소설과 SF 사이의 간극을 줄였다고 생각한다. 어느 날 갑자기 작가로서 하고 싶었던 일을 다 할 수 있는 길을 찾은 기분이었다").

1963   7월에 스콧 메러디스 출판 에이전시에서 팔리지 않는다는 이유로 10여 편 이상의 주류 소설을 돌려보냈다. 돈이 궁해진 나머지 그는 앤의 집을 담보로 레코드 가게를 시작할 것을 고려했다. 9월에는 『높은 성의 사내』가 SF 문학상 중 최

고의 권위를 자랑하는 휴고상 최우수 장편상을 받았다. 그러나 결혼 생활은 악화일로를 걸었다. 딕은 친구들에게 아내가 자기를 죽이려 한다고 주장했다. 오랫동안 부부 싸움을 하다가 앤을 로스 정신병원으로 보냈고, 앤은 랭글리 포터 클리닉에서 2주간 치료를 받는 데 동의했다. 결혼이 깨지는 것을 막기 위해 두 사람은 미국 성공회 예배에 참석하기 시작했다. 딕은 이곳에서 세례를 받았다. 딕의 팬이었던 매런 해켓은 친구의 주선으로 딕을 만났다. 그녀와 그녀의 의붓딸들도 성공회 신도였다. 딕은 암페타민을 연료 삼아 『닥터 블러드머니, 혹은 폭탄이 터진 뒤 우리는 어떻게 살아남았나Dr. Bloodmoney, or How We Got Along After the Bomb』(1965), 『타이탄의 게임 플레이어The Game-Players of the Titan』(1963년, 에이스 북스에서 출간), 『시뮬라크라The Simulacra』(1964), 『작년을 기다리며Now Wait for Last Year』(1966)를 탈고했고, 『알파성의 씨족들Clans of the Alphane Moon』(1964)과 『우주의 균열The Crack in Space』(1966)을 쓰기 시작했다. 집필실이 있는 오두막으로 걸어가면서 그는 하늘에서 기괴한 가면을 쓴 인간 얼굴의 환영幻影을 보았다. 훗날 그는 이 체험을 장편 『파머 엘드리치의 세 개의 성흔The Three Stigmata of Palmer Eldritch』(1965)에 녹여내었다.

1964   버클리를 방문하는 일이 잦아졌다. 『파머 엘드리치의 세 개의 성흔』을 탈고한 후 3월에 출판 에이전시에 넘겼다. 3월 9일 이혼 소송을 제기하고 잠시 어머니 집에서 살았다. 베이지역의 활기찬 SF 팬덤에 합류해서 폴 앤더슨, 매리언 짐머 브래들리, 론 굴라트와 레이 넬슨 같은 작가들을 만났다. 『높은 성의 사내』의 속편을 쓰기 시작했다가 포기했다. 『우주의 균열』, 『잽건The Zap Gun』(같은 해 『프로젝

트 플로셰어Project Plowshare』라는 제목으로 잡지에 연재되었고 1967년에 출간됨), 『끝에서 두 번째의 진실The Penultimate Truth』을 탈고했으며, 『텔레포트 되지 않은 사내The Unteleported Man』(1966)를 쓰기 시작했다. SF 작가 아브람 데이비슨의 아내로 당시 그와 별거 중이었던 그래니아 데이비슨(훗날 '그래니아 데이비스'로 소설 출간)과 연애 편지를 교환했다. 7월에는 운전 도중 차가 전복되는 바람에 큰 부상을 입고 심각한 우울증을 겪으면서 집필 의욕을 상실했다. 오클랜드에서 열린 세계 SF 컨벤션에 참석했다. 마약이 횡행했던 집회였다. 친구인 잭과 마고 뉴컴 부부가 오클랜드에 있는 딕의 자택을 방문했다. 12월이 되자 그는 매런 해킷의 의붓딸인 21살의 낸시 해킷에게 구애를 시작했다("네가 나를 위해 우리 집으로 들어왔으면 좋겠어. 안 그런다면 나는 머리가 돌아버려서 점점 더 약을 찾게 될 거고…… 결국 아무런 글도 쓸 수 없을 거야. 나에겐 자극과 영감을 줄 수 있는 네가 필요해").

1965   3월에 낸시 해킷과 함께 살기 시작했다. 가정 생활을 시작하며 다시 집필을 하기 시작했고 고질적인 광장공포증 역시 부활했다. 딕은 LSD를 두 번 복용하고 불편한 환영을 경험했다("나는 '그'를 맥동하고, 격렬하고, 마구 진동하는 존재로서 지각했다. 복수심에 불타는 위압적인 존재, 마치 형이상학적인 IRS*요원처럼 회계 감사를 요구하는 존재라고나 할까"). 팬진**인 《라이트하우스》에 실린 에세이 「마약, 환영 그리고 실체에 대한 탐색Drugs, Hallucinations, and the Quest for Reality」에서 그는 다음과 같이 술회했다. "사람들은 환각

---

* Internal Revenue Service. 미 국세청.
** fanzine. 팬이 발행하는 잡지.

에 매달릴 필요가 없다. 착란으로 몸을 망치는 길은 하나만 있는 것이 아니므로."『텔레포트 되지 않은 사내』를 완성하고, 캘리포니아의 미국 성공회 주교인 제임스 파이크*와 돈독한 우정을 쌓았다. 파이크가 비서로 채용한 낸시의 의붓어머니인 매런 해켓은 파이크의 숨겨진 정부情婦였다. 딕은 파이크와의 대화를 통해 신학적 고찰과 초기 크리스트교의 기원에 관한 연구에 심취하기 시작했다. 낸시와 함께 산 라파엘로 이사했다. 레이 넬슨과 공동으로『가니메데 혁명The Ganymede Takeover』(1967)을 썼고,『거꾸로 도는 세계 Counter-Clock World』(1967)의 집필을 시작했다.

1966 『거꾸로 도는 세계』를 탈고하고『안드로이드는 전기양의 꿈을 꾸는가?Do Androids Dream of Electric Sheep?』(1968)와『유빅Ubik』(1969), 아동 SF인『농부 행성의 글리멍The Glimmung of Plowman's Planet』(1988년에 영국에서『닉과 글리멍Nick and the Glimmung』이라는 제목으로 출간됨)을 썼다. 7월에 낸시와 결혼했다. 딕은 회의적이었지만, 파이크 주교와 매런 해켓, 낸시와 함께 영매가 주최하는 세앙스**에 참석했다. 이 모임의 목적은 자살한 파이크의 아들인 짐과 접촉하기 위한 것이었다.『작년을 기다리며』와『텔레포트 되지 않은 사내』,『우주의 균열』이 출간되었다.

1967 3월 15일에 둘째 딸 이솔더(이사) 프레이어 딕이 태어났다. 텔레비전 드라마〈침략자The Invaders〉의 구성 원고를 썼지만 팔리지 않았다.『거꾸로 도는 세계』,『잽건』,『가니메데 혁명』이 페이퍼백으로 출간되었다. 6월에 낸시의 의붓어

---

* James A. Pike(1913~1969).
** séance. 교령회. 죽은 사람들의 영혼과 통교하려는 사람을 중심으로 한 모임.

머니 매런 해켓이 자살했다. IRS가 딕에게 체납된 세금과 벌
금 및 이자의 납부를 요구하면서 이미 심각했던 가계 재정난
이 한층 더 악화되었다. 단편 「부조父祖의 신앙Faith of Our
Fathers」이 할런 엘리슨이 편집한 SF 앤솔러지 『위험한 비전
Dangeros Visions』에 실렸다. 서문에서 엘리슨은 딕이 LSD
에 의한 환각 상태에서 이 단편을 썼다고 주장했지만, 이것
은 딕의 고의적인 오도誤導에 의한 것이었다.

1968   잡지 《램파츠》 2월호에 실린 '작가와 편집자에 의한 전쟁세
반대운동' 청원서에 서명하면서 IRS와의 갈등이 심화되었다.
낸시와 함께 '마약 SF 컨벤션Drug Con'이라는 이명異名을
얻은 베이컨*에 참가했다. 그곳에서 로저 젤라즈니를 처음으
로 만났다. 젤라즈니와는 훗날 장편 『분노의 신Deus Irae』
(1976)을 공동 집필하게 된다. 『안드로이드는 전기양의 꿈을
꾸는가?』의 초판이 하드커버로 출간되었다. 이 작품의 영화
판권도 팔렸다. 『은하의 도기 수리공Galactic Pot-Healer』
(1969)과 『죽음의 미로A Maze of Death』(1970)를 집필했
다. 딕의 오랜 멘토였던 앤서니 바우처가 사망한다. 활자화
되지는 않았지만 다음과 같은 자기소개 글을 썼다. "……기
혼자이며, 두 딸과 젊고 신경질적인 아내와 함께 살고 있다
……. 처음에는 스카를라티**, 다음에는 제퍼슨 에어플레인***,
그다음에는 〈신들의 황혼Götterdämmerung〉에 귀를 기울
이며 대부분의 시간을 보내며, 이것들을 어떻게든 한데 엮
어보려고 시도하고 있다. 각종 공포증에 시달리고 있다…….
채권자들에게 엄청난 빚을 지고 있지만 갚을 돈이 없다. 경
고. 이 작자에게 돈을 빌려주지 말 것. 돈뿐만 아니라 당신의

---

* BayCon. 샌프란시스코 베이지역에서 개최되는 SF, 판타지 컨벤션.
** Giuseppe Domenico Scarlatti(1685~1757). 이탈리아 작곡가.
*** Jefferson Airplane. 1965년 결성된 미국의 사이키델릭 록 그룹.

약까지 훔치려 들 것이다."

1969   『프로릭스 8에서 온 친구들Our Friends from Frolix 8』
(1970)을 썼다. 『은하의 도기 수리공』이 페이퍼백으로, 『유
빅』이 하드커버로 출간되었다. 몬트리올의 한 호텔에서 거
행된 존 레넌과 오노 요코의 평화를 위한 '침대 시위bed-in'
에 참석한 티모시 리어리*의 전화를 받았다. 리어리는 레넌
과 오노에게 수화기를 넘겼고, 이들은 『파머 엘드리치의 세
개의 성흔』에 감탄했다며 영화화하고 싶다는 희망을 전했다.
저널리스트인 폴 윌리엄스의 방문을 받았다. 처방받은 약물,
특히 리탈린의 복용량이 크게 늘면서 결혼 생활에도 금이 가
기 시작했다. 암페타민을 강박적으로 복용한 나머지, 췌장염
과 초기 신부전증 증세로 응급실 신세를 진다. 예수가 역사
인물로서 존재했다는 증거를 찾기 위해 이스라엘로 탐사 여
행을 떠났던 파이크 주교가 9월에 유대 사막에서 사망했다.

1970   『흘러라 내 눈물, 경관은 말했다Flow My Tears, the Police-
man Said』(1974)를 쓰기 시작했다. 평소의 집필 습관과는
달리 3월과 8월 사이에 여러 번 고쳐 썼다. 낸시의 동생 마
이클 해킷이 아내와의 이혼 소송 중에 딕의 집으로 와서 눌
러앉았다. 딕은 환각제인 메스칼린을 복용한 후 찬란한 사랑
의 비전[幻影]을 체험했고, 『흘러라 내 눈물, 경관은 말했다』
에 이를 투영했다. 7월에는 당국에 푸드 스탬프**를 신청했다.
중단편집 『보존 기계 The Preserving Machine』가 출간되
었고, 『프로릭스 8에서 온 친구들』이 페이퍼백 단행본으로,
『죽음의 미로』가 하드커버로 출간되었다. 9월에 낸시가 딸

---

* Timothy Leary(1920~1996) 미국의 심리학자. LSD와 카운터컬처 옹호자로 유
  명하다.
** food stamp. 저소득자용 식량 배급권.

인 이사를 데리고 집을 떠나면서 다량의 약물—거리에서 구입한 불법 마약까지 포함한—과 암페타민의 기운을 빌린 밤샘 토론, 편집증, 보헤미안적 너저분함으로 점철된 친구들과의 공동 생활 시대를 시작했다. 글은 거의 쓰지 않았고, 『흘러라 내 눈물, 경관은 말했다』를 가끔 개고하는 정도였다. 10월에는 톰 슈미트가 합류했다(11월에 쓴 편지에서 딕은 이렇게 술회했다. "다들 각성제를 복용하고 있고, 다들 죽을 거야……. 하지만 앞으로 몇 년은 더 살겠지. 사는 동안은 지금 모습 그대로 살 거야. 어리석게, 맹목적으로. 토론하고, 함께 시간을 보내고, 농담을 나누고, 서로 의지하면서 말이야").

1971 　『흘러라 내 눈물, 경관은 말했다』의 미완성 원고를 엉망진창이 된 일상으로부터 지키기 위해서 변호사에게 맡겼다. 젊은 히피와 폭주족, 중독자들이 딕의 집에 드나들자 마이클 해킷이 떠났다. 5월에 한 친구가 딕을 스탠포드 대학병원의 정신과 병동에 입원시켰다. 8월이 되자 마린 제너럴 정신병원과 로스 정신과 클리닉 양쪽에서 치료를 받았다. 자신이 FBI나 CIA의 감시를 받고 있다고 주장하며, 총을 구입한 것도 이 시기의 일이었다. 11월에는 도둑이 들어 집이 크게 부서졌다. 서류 캐비닛은 누군가에 의해 폭파되었고, 창문과 문은 박살이 났으며, 개인 서신 및 재정 관련 서류들이 도난당했다(침입자의 정체에 관해 딕은 오랫동안 숱한 추측을 했다. 정부 요원, 종교 광신도, 블랙 팬서*, 심지어는 자기 자신까지 의심했다). 딕은 결국 이 집을 포기했다.

1972 　2월에 캐나다 밴쿠버에서 열린 SF 컨벤션의 주빈으로 참가했다. 그곳에서 연설한 「안드로이드와 인간」은 호평을 받았

---

* Black Panther. 흑인 해방을 주장하는 미국의 극좌 과격파 조직.

고, 딕은 캐나다에 머무르겠다는 의사를 밝혔다. 그러나 얼마 지나지 않아 밴쿠버에 환멸을 느끼고 또 다른 장소를 물색했다. 오레곤 주 포틀랜드에 있는 어슐러 K. 르 귄에게 편지를 써서 방문해도 될지 타진했다. 캘리포니아 주립대학 풀러턴 캠퍼스의 윌리스 맥넬리 교수에게 풀러턴이 살 만한 곳인지 문의했다(이 시점부터 편지를 쓰는 일이 급격하게 늘어났으며, 이 경향은 죽을 때까지 계속되었다. 르 귄 외에도 제임스 팁트리 주니어, 스타니스와프 렘, 존 브루너, 노먼 스핀래드, 토마스 디시, 브라이언 올디스, 로버트 실버버그, 시어도어 스터전과 필립 호세 파머 등의 동료 작가들과 정기적으로 편지를 주고받았다). 3월에 처음으로 자살 시도를 했다. 주로 헤로인 중독자들을 위한 시설인 X-컬레이 재활센터에 입원해서 공격적 집단 요법*에 참여했다. 몇십 년 동안이나 처방을 받아 남용해오던 암페타민을 끊었다. 맥넬리 교수와 학생들이 오렌지 카운티로 그를 초청하는 편지를 보내왔다. 딕은 풀러턴에 정착해서 일련의 룸메이트들과 함께 살았다. 젊은 친구들이 많이 생겼는데, 그중에는 작가 지망생인 팀 파워스도 있었다. 맥넬리는 딕에게 객원 강사 자리를 알선하고 풀러턴 캠퍼스의 도서관에 다량의 딕 관련 서류를 보관했다. 개인 서신과 꿈에 관련된 글들을 모아『검은 머리의 소녀The Dark-Haired Girl』작업을 했다(1988년에 증보판으로 출간되었다). 그해 출판된『필립 K. 딕 걸작선The Best of Philip K. Dick』의 작품 선정을 도왔다. 7월에는 18세의 레슬리(테사) 버스비를 만나 곧 동거에 들어갔다. 9월에는 로스앤젤레스 SF 컨벤션에 참가했다. 10월이 되자 낸시 해켓과의 이혼 소송을 마무리 짓기 위해 테사와 함

께 마린 카운티로 여행을 떠났다. 낸시는 이사의 단독 양육권을 획득했다. 스타니스와프 렘과 편지를 주고받았고, 렘은 『유빅』의 폴란드어 번역을 주선했다. 『흘러라 내 눈물, 경관은 말했다』를 완성하고, 단편 「시간비행사들을 위한 조촐한 선물A Little Something for Us Tempunauts」을 썼다.

1973 다시 꾸준히 글을 쓰기 시작했다. 2월에서 4월까지 『어둠 속의 스캐너A Scanner Darkly』(1977)를 썼다. BBC와 프랑스의 다큐멘터리 작가들과 인터뷰를 가졌다. 4월에 테사와 결혼했고, 7월 25일에 아들 크리스토퍼 케니스 딕이 태어났다. 당시 박사 과정을 밟고 있었던 장 피에르 고랭이 그를 방문해 프랑스 평론가들이 텔레비전에서 그를 노벨상 수상자로 추천했다는 사실을 알렸다. 런던의 《데일리 텔레그래프》지와 인터뷰를 했다. 돈 문제와 건강 문제에 계속 시달렸다. 유나이티드 아티스트 영화사에서 『안드로이드는 전기양의 꿈을 꾸는가?』의 영화 판권을 매입했다.

1974 2월에 하드커버로 출간된 『흘러라 내 눈물, 경관은 말했다』는 『높은 성의 사내』 이래 가장 좋은 평을 받으며 휴고상과 네뷸러상 후보에 올랐고, 1975년도 존 W. 캠벨 기념상을 수상했다. 《램파츠》 청원서에 서명했던 딕은 혹시 당국으로부터 불이익을 받지는 않을지 우려하며 4월의 납세 기간이 오는 것을 두려워했다. 2월에 사랑니 발치 수술을 받으며 소듐 펜토탈*을 투여받았는데, 이때 일련의 강력한 환영을 경험했다. 이 환영은 3월 내내 계속되면서 한층 강도를 더해 갔고, 4월이 되자 간헐적으로 나타나다가 점점 약해졌다. 이때 받은 여러 계시는 각양각색의 선하고 악한 종교적, 정치

---

* sodium pentothal. 전신 및 국소 마취제의 상품명.

적 영향—신, 그노시스파 기독교도들, 로마 제국, 파이크 주교, KGB 등을 포함하지만 이것이 전부는 아니었다—의 산물로 치부되었지만, 딕은 남은 생애 동안 그 의미를 해석하는 데 골몰하며 많은 시간을 보낸다. "내가 『성스러운 침입 The Divine Invasion』(1981)을 쓴 뒤로는 단 한 마디도 하지 않았다. 내게 들리는 계시는 구약성서에서 '신의 영혼'을 의미하는 루아Ruah의 목소리였다. 그것은 여성의 목소리로 말했고, 메시아 예언에 관련된 얘기를 늘어놓는 경향이 있었다. 한동안은 그것의 인도를 받았다. 고등학교 시절부터 가끔 그 목소리를 듣곤 했다. 위기가 닥치면 뭔가 다시 내게 말해줄 것이다……." 딕은 '2-3-74'라고 부르게 된 것에 관한 사변적인 해설을 쓰기 시작했다. 대부분 손으로 쓴 이 난삽한 원고는 8천여 장에 달했다. 훗날 딕은 이 원고에 『주해서Exegesis』라는 제목을 붙였다(전체 원고는 미출간 상태이며 읽으려는 사람도 거의 없지만, 사후에 발췌본이 출간되었다). 메러디스 출판 에이전시와 결별했다가 일주일도 되지 않아 다시 계약을 맺고 『흘러라 내 눈물, 경관은 말했다』의 출판 계약을 더블데이에서 DAW로 이전하는 데 동의했다. 심각한 고혈압과 경미한 뇌졸중으로 의심되는 증세로 5일 동안 입원했다. 프랑스 영화감독인 장 피에르 고랭이 다시 찾아와서 그가 각본을 쓰는 조건으로 『유빅』의 영화화 판권을 일괄 지급하는 계약을 맺었다. 딕은 한 달 만에 『유빅』의 각본을 썼다(영화화는 되지 않았지만, 각본은 1985년에 출간되었다). 〈블레이드 러너〉라는 제목으로 영화화된 『안드로이드는 전기양의 꿈을 꾸는가?』를 각색하던 시나리오 작가들의 방문을 받았다. 《롤링스톤스》지의 폴 윌리엄스와 인터뷰를 했다. 1971년에 겪었던 주거 침입 사건에 관한 상세한 회고와 분석이 주된 내용을 이뤘다.

1975	어깨 부상으로 수술을 받은 후 진행 중이던 장편 『발리시스템 A Valisystem A』에 관한 메모를 휴대용 녹음기로 녹음했지만 2주 만에 다시 타이프라이터로 집필하기 시작했다(이 소설은 결국 사후 출간된 『앨버무스 자유 방송Radio Free Albemuth』(1985)과 1981년에 출간된 『발리스Valis』 두 소설로 분할되었다). 《뉴요커》지는 1월호와 2월호의 '토크 오브 더 타운Talk of the Town' 란에 연속 인터뷰 기사를 싣고 딕을 '우리가 가장 좋아하는 SF 작가'라 칭했다. 1월과 2월에 마지막으로 타오르는 듯한 비전[啓示]을 체험했다. 그 노시스주의, 조로아스터교, 불교에 관한 책들을 열독하고 밤마다 『주해서』를 집필했다. 장편 『허풍선이 과학자의 고백』을 출간했다. 이것은 딕이 쓴 초기의 사실주의적 작품 중에서 유일하게 생전에 출간된 것이다. 만화가인 아트 슈피겔만의 방문을 받았다. 딕은 옛 친구이자 영국 성공회의 사제 훈련을 받고 있던 도리스 소우터에게 점점 사랑을 느꼈다. 5월에 도리스가 암이라는 진단을 받았다. 할런 엘리슨과 사이가 틀어졌다. 공동 저자인 로저 젤라즈니와 함께 『분노의 신』을 완성했다. 외국어 판의 출간으로 생겨난 인세 수입이 비교적 많아졌다. 외국에서 들어온 인세 덕에 잠시 풍족한 삶을 누리며 중고 스포츠카와 브리태니커 백과사전을 구입했지만, 몇 달 지나지 않아 그의 우상이자 멘토인 로버트 하인라인에게 돈을 빌리는 신세가 되었다. 『어둠 속의 스캐너』의 수정 작업을 끝냈다. 11월에 《롤링스톤스》에 실린 특집 기사에서 로큰롤 평론가인 폴 윌리엄스가 딕을 '우주 최고의 SF 마인드를 가진 인물'로 평했다.
1976	도리스 소우터에게 청혼했지만 거절당했다. 그녀는 딕의 집안과 얽히고 싶어 하지 않았다. 2월에 크리스토퍼가 탈장으로 입원했다. 2월 말 딕과 테사는 별거했다. 그러고 나서 몇

시간도 지나지 않아 딕은 여러 방법을 동시에 동원해 자살을 시도했다. 오렌지 카운티 메디컬 센터에 수용되었다가 곧 정신병동으로 보내져 14일 동안 감시를 받으며 격리되었다. 테사가 잠시 집으로 돌아왔지만 딕은 곧 그녀와의 관계를 청산하고 도리스와 함께 산타아나의 아파트로 이사를 갔다. 그곳에서 그는 남은 인생을 보냈다(도리스와는 플라토닉한 관계를 유지했다). 5월에 밴텀 출판사에서 복간을 목적으로 『파머 엘드리치의 세 개의 성흔』, 『유빅』, 『죽음의 미로』 판권을 매입했고, '2-3-74'를 토대로 집필 중인 소설 『발리시스템 A』의 선금을 지불했다. 9월에 도리스는 그의 옆집으로 이사하기로 결정했다. 다시 우울증이 도지면서 자살 충동에 대한 두려움 때문에 딕은 10월에 세인트 조셉 병원의 정신 병동에 입원했다. 연말에는 밴텀의 편집장이 『발리시스템 A』를 조금 수정해줄 것을 요구했지만 딕이 원본 전체를 대폭 수정하는 바람에 『발리스』라는 다른 소설이 탄생했다(1976년에 그가 출판사에 보낸 『발리시스템 A』는 1985년에 『앨버무스 자유 방송』으로 출간되었다). 『분노의 신』이 출간되었다.

1977 처음으로 혼자 사는 것에 적응하기 시작했다. 테사와 크리스토퍼는 정기적으로 딕을 찾아왔다. 2월에 테사와의 이혼이 마무리되었다. 『어둠 속의 스캐너』가 출간되었고, 팀 파워스와의 우정은 절정에 달했다. 훗날 SF 작가로 입신하게 될 파워스와 K. W. 지터, 제임스 블레이록과 정기적으로 저녁을 함께 보냈다. 파워스와 지터에게 그가 본 '2-3-74' 비전에 관해 자세히 얘기하고 토론을 벌였다. 이 두 친구는 딕이 구상 중이던 자서전적 색채가 짙은 장편 『발리스』의 등장인물들의 모델이 된다. 『유빅』, 『파머 엘드리치의 세 개의 성흔』과 『죽음의 미로』가 복간되면서 《롤링스톤스》지의 격찬을 받았고, 딕은 동시대인들에 의해 매우 중요한 미국 작가

로 인정받는다. 4월에 32세의 사회사업가인 조안 심슨을 만나서 오렌지 카운티에서 3주 동안 함께 지낸다. 그 후 심슨을 따라 소노마로 가서 여름 동안 잠시 머물렀다. 딕은 우울증으로 인한 격렬한 발작에 시달렸다. 프랑스의 메스Metz 문학 축제에 주빈으로 초빙받아 출국했다. 해외여행을 감행한 것은 공포증에 대한 승리를 의미했다. 그곳에서 강연한 「만약 이 세상이 끔찍하다고 생각하면, 다른 세상들로 가보라」는 종교적 색채가 짙었던 데다가 동시통역 문제가 겹쳐서 청중을 당혹케 했다. 귀국한 뒤에는 캘리포니아 북부에 뿌리를 내리고 사는 것을 거부한 탓에 심슨과 헤어졌다. 『주해서』의 집필을 계속했다. 단편 「도매가로 기억을 팝니다We Can Remember It For You Wholesale」의 영화 판권을 팔았다 (이 작품은 훗날 〈토탈 리콜Total Recall〉(1990)이라는 제목으로 개봉되었다).

1978   밴텀에서 나올 『발리스』의 수정 작업이 늦어졌다. 대신 『주해서』를 집필했다. 8월에 어머니가 세상을 떴다. 배다른 딸들인 로라와 이사가 처음으로 만났고 딕은 이 만남에 감격했다. 9월이 되자 '2-3-74' 체험을 담을 적절한 소설적 구조를 모색하면서 『주해서』에 이렇게 썼다. "나의 장편─및 단편들─은 지적─개념적─인 미로이다. 그리고 나는 우리가 놓인 상황을 파악하기 위해 지적인 미로에서 헤매고 있다. ……왜냐하면 현 상황 자체가 출구를 찾을 수 없는 미로이기 때문이다……." 메러디스 출판 에이전시의 새 담당자 러셀 갤런이 딕이 낸 장편들의 재간을 적극적으로 추진하고, 논픽션을 한 편 써보라고 권유한 덕분에 상당히 고무되었다. 이 권유가 계기가 되어 『발리스』를 위한 효율적인 접근 방법이 떠올랐다. 11월이 되자 2주에 걸쳐 『발리스』를 썼고, 갤런에게 이 책을 헌정했다.

1979	딸 로라와 이사가 여러 번 방문했다. 『어둠 속의 스캐너』가 프랑스의 메스 문학 축제에서 대상을 수상했다. 『주해서』집 필에 심혈을 기울였고, 자신의 가장 중요한 작품이 될지도 모른다는 언급을 했다. 러셀 갤런은 딕의 신작 단편들을 잡지 《플레이보이》나 《옴니》 같은 높은 고료를 주는 시장에 내놓았다. 갤런이 오렌지 카운티를 방문했을 때 마침내 두 사람은 직접 만났다. 그러나 딕이 평소 버릇대로 밤새도록 얘기를 나누자 갤런은 녹초가 되었다. 임대 아파트 건물이 조합주택으로 개조되면서 딕은 자기가 살던 아파트를 매입했지만 옆집의 도리스 소우터는 자금을 마련하지 못하고 부득이 다른 곳으로 이사했다. 도리스가 떠나가자 딕은 크게 고뇌했다. 도리스에 대한 자신의 애착을 투영한 「공기의 사슬, 에테르의 그물Chains of Air, Webs of Aether」이라는 단편을 썼다. 단편 「두 번째 변종Second Variety」의 영화 판권이 팔렸다(1995년에 〈스크리머스Screamers〉라는 제목으로 개봉되었다).
1980	「공기의 사슬, 에테르의 그물」을 포함해 『발리스』의 속편으로 간주되는 『성스러운 침입』을 3월 말에 탈고했다. 『주해서』의 집필은 계속했지만 연말까지는 별다른 저술 활동을 하지 않았다. 몇몇 장편소설의 아우트라인을 구상했지만 결국 쓰지는 못했다. 더 이상 환영을 통해 영감을 받지 못할지도 모른다는 불안에 시달리다가 11월 말에 급작스러운 계시를 받았다. 이 계시를 통해 그는 『주해서』의 집필을 중단해야 한다는 결론을 내렸다. 5페이지에 달하는 결말부의 우화를 완성했고, 12월 2일에 '엔드End'라는 단어를 타이프로 친 다음 표제 페이지를 작성했다(이 페이지에는 『변증법: 신과 사탄, 그리고 예고되고 제시된 신의 최후의 승리/필립 K. 딕/주해서/Apologia Pro Mia Vita*』라고 쓰여 있다). 열흘

뒤에 참지 못하고 강박적으로 『주해서』의 집필을 재개한다.

1981   2월에 『발리스』가 출간되었다. 깊은 우정을 쌓았던 르 귄과 크
게 다투었지만 금세 화해했다. 에너지가 고갈되었다는 생각
에 다이어트를 시작하고 체중을 많이 줄였다. 리들리 스콧 감
독이 『안드로이드는 전기양의 꿈을 꾸는가?』를 햄프턴 팬처
와 데이비드 피플스의 각본으로 영화화한 〈블레이드 러너〉의
제작에 착수했다. 영화화에 대한 딕의 반응은 환호와 경멸 사
이를 오락가락했다. 투자자 측에서는 영화 대본을 소설화하기
를 원했지만, 러셀 갤런은 딕이 쓴 원작 쪽이 영화와 함께 출
간되어야 한다고 주장했다(결국 『안드로이드는 전기양의 꿈
을 꾸는가?』는 영화와 같은 제목으로 1982년에 재간되었다).
사이먼＆슈스터 출판사의 편집장이었던 데이비드 하트웰
이 일반 소설과 SF 소설을 한 권씩 써달라는 제안을 했고, 딕
은 이 제안을 받아들여 4월과 5월에 『티모시 아처의 환생The
Transmigration of Timothy Archer』을 썼다. 이 책은 제임스
파이크 주교의 죽음을 둘러싸고 일어난 사건들을 소설화한
것으로, 1963년에 메러디스 에이전시에서 그가 쓴 주류 소설
을 거부한 이래 처음으로 쓴 비非 SF였다. 딕은 6월에 갤런에
게 보낸 편지에서 자신의 비 장르 작품들이 빛을 보지 못했
던 것은 "나의 작가 인생에서는 비극—그것도 너무나도 오
랫동안 계속된 비극—이었네"라고 술회했다. 두 달 후 SF 차
기작인 『한낮의 올빼미The Owl in Daylight』를 구상하면서
그는 이렇게 썼다. "SF를 계속 쓸 작정이야. 그건 내 천직이
니까……." 그러나 딕은 기력이 고갈되어 글을 쓸 수 없다는
사실을 알게 되었다. 9월 17일 밤에는 '타고르Tagore'라고
불리는 구세주의 환영을 보았다. 딕은 이 사람이 실존 인물이

＊ 라틴어로 '나의 삶을 위한 변론'을 의미한다.

며 실론*에 살고 있다고 확신했고, 그에게서 지시를 받고 있다고 느꼈다. 다시 가정을 꾸릴 수 있을까 하는 희망에서 테사와의 재결합을 고려했다. 11월에는 〈블레이드 러너〉 초기 편집본의 특수 효과 영상 시사회에 초대받았다. 메스 문학 축제에도 재차 초빙을 받고 여행 계획을 세우기 시작했다. 그렉 릭맨과 일련의 인터뷰를 하기 시작했고, 릭맨에게 자신의 공식 전기작가가 되어달라고 부탁했다. 『한낮의 올빼미』에 관한 (완전히 상이한) 두 개의 아우트라인을 작성했다.

1982 미래의 부처인 마이트레야**의 세상이 도래한다는 영국의 신비주의자 벤자민 크림의 예언에 심취한다. 릭맨의 인터뷰는 계속되었고, 딕은 영적인 문제에 대해 불안감과 피로감을 느끼고 있다고 토로했다. 도리스 소우터의 친구인 그웬 리가 대학 리포트를 쓰기 위해 딕을 인터뷰했다. 아마 그의 생애 마지막이었을 이 인터뷰에서 딕은 『한낮의 올빼미』의 세부적인 사항들에 대해 밝혔지만, 결국 쓰지 못했다. 2월 18일에 자신의 아파트에 홀로 있던 딕은 뇌졸중으로 쓰러져 의식을 잃었다. 이웃 사람들에 의해 발견되어 병원에서 의식을 되찾았지만 말을 할 수 없었고, 몸의 왼쪽이 마비되었다. 3월 2일 딕은 뇌졸중 발작 재발과 심부전으로 인해 병원에서 숨을 거뒀고, 콜로라도 주 포트 모건의 공동묘지에 잠들어 있는 쌍둥이 누이 제인 곁에 나란히 묻혔다. 『티모시 아처의 환생』은 그의 사후에 출간되었으며, 5월에 개봉된 〈블레이드 러너〉는 딕에게 헌정되었다. '필립 K. 딕상'이 제정되었다. 이는 미국에서 처음부터 페이퍼백 단행본 형태로 출간되는 뛰어난 SF 장편을 선정해서 매년 수여하는 상이다.

---

* Ceylon. 현 스리랑카.
** 미륵보살. 불교의 보살.

● 필립 K. 딕 저작 목록

■ 장편소설

1969	『Galactic Pot-Healer』
	『Ubik』
1970	『A Maze of Death』
	『Our Friends from Frolix 8』
1972	『We Can Build You』
1974	『Flow My Tears, the Policeman Said』(존 W. 캠벨 기념상 수상)
1975	『Confessions of a Crap Artist』(일반소설)
1976	『Deus Irae』(로저 젤라즈니 공저)
1977	『A Scanner Darkly』(영국 SF협회상 수상)
1981	『VALIS』
	『The Divine Invasion』(『VALIS』의 속편)
1982	『The Transmigration of Timothy Archer』
1984	『The Man Whose Teeth Were All Exactly Alike』
1985	『Radio Free Albemuth』
	『Puttering About in a Small Land』(일반소설)
	『In Milton Lumky Territory』(일반소설)
1986	『Humpty Dumpty in Oakland』(일반소설)
1987	『Mary and the Giant』(일반소설)
1988	『The Broken Bubble』(일반소설)
	『Nick and the Glimmung』(아동SF)
1994	『Gather Yourselves Together』(일반소설)
2004	『Lies, Inc.』(『The Unteleported Man』의 개정증보판)
2007	『Voices From the Street』(일반소설)

Twilight판. 『The Collected Stories of Philip K. Dick, 1, Beyond Lies the Wub』과 동일)

『We Can Remember It for You Wholesale』(Citadel Twilight판. 『The Collected Stories of Philip K. Dick, 2, Second Variety』에서 단편 「Second Variety」를 「We Can Remember It for You Wholesale」로 대체)

1991 『The Minority Report』(Citadel Twilight판. 『The Collected Stories of Philip K. Dick, 4, The Days of Perky Pat』과 동일)

『Second Variety』(Citadel Twilight판. 『The Collected Stories of Philip K. Dick, 3, The Father-Thing』에 단편 「Second Variety」 추가)

1992 『The Eye of the Sibyl』(Citadel Twilight판. 『The Collected Stories of Philip K. Dick, 5, The Little Black Box』에서 단편 「We Can Remember It for You Wholesale」을 제외)

1997 『The Philip K. Dick Reader』(『Second Variety』의 단편 3편을 영화화된 단편 3편으로 대체)

2002 『Minority Report』(영국 Gollancz판)

『Selected Stories of Philip K. Dick』

2003 『Paycheck』(2004년 출간. 영국 Gollancz판)

『Paycheck and 24 Other Classic Stories by Philip K. Dick』(Citadel Twilight판. 『The Short Happy Life of the Brown Oxford』와 동일)

2006 『Vintage PKD』(장편 발췌. 단편, 에세이, 서간 포함)

2009 『The Early Work of Philip K. Dick, I: The Variable Man & Other Stories』

『The Early Work of Philip K. Dick, II: Breakfast at Twilight & Other Stories』

▪ 논픽션, 서간집

1988	『The Dark Haired Girl』(에세이, 시, 편지 모음)
1991	『The Selected Letters of Philip K. Dick』, 1974
1993	『The Selected Letters of Philip K. Dick』, 1975~1976
	『The Selected Letters of Philip K. Dick』, 1977~1979
1994	『The Selected Letters of Philip K. Dick』, 1972~1973
1996	『The Selected Letters of Philip K. Dick』, 1938~1971
2009	『The Selected Letters of Philip K. Dick』, 1980~1982

화성의 타임슬립

초판 1쇄 펴낸날 2011년 4월 25일
초판 7쇄 펴낸날 2020년 1월 10일

지은이 | 필립 K. 딕
옮긴이 | 김상훈
펴낸이 | 김영정

펴낸곳 | 폴라북스
등록번호 | 제22-3044호
주소 | 06532 서울시 서초구 신반포로 321 (잠원동, 미래엔)
전화 | 02-2017-0280
팩스 | 02-516-5433
홈페이지 | www.hdmh.co.kr

ISBN 978-89-93094-32-9 04840
세트 978-89-93094-31-2

* 폴라북스는 (주)현대문학의 새로운 종합출판 브랜드입니다.
* 책값은 뒤표지에 있습니다.